일러두기

1. 번역에 쓰인 원전은 2013년 중국 장강문예출판사에서 출간한 '이월하 문집' 제1판을 사용했다.
2. 맞춤법과 띄어쓰기는 한글 맞춤법과 외래어 표기법에 따랐다.
3. 한자는 우리말로 표기하고, 꼭 필요한 경우에만 괄호 속에 원음을 병기해 이해하기 쉽도록 했다.
   예 : 다이곤多爾袞(도르곤)
4. 인명과 지명은 우리말로 표기했다. 단, 이미 굳어진 표현은 원지음을 존중했다.
   예 : 나찰국羅刹國(러시아). 이후에는 '러시아'로 표기
5. 본문 중의 괄호 안에 뜻을 풀이한 것은 모두 옮긴이의 설명이다.

【제왕삼부곡 제1작】

중국 최고지도부가 선택한 최고의 역사소설

강희대제 8

얼웨허 역사소설

홍순도 옮김

더봄

강희대제 8권

개정판 1판 1쇄 발행   2015년 6월 28일
개정판 1판 2쇄 발행   2015년 9월 30일

지은이   얼웨허(二月河)
옮긴이   홍순도
펴낸이   김덕문

펴낸곳   더봄
등록번호   제2015-000072호
주소   서울특별시 중구 을지로 12길 28, 207호(저동2가, 저동빌딩)
대표전화   02-2264-0148   **팩스** 02-2264-0149
전자우편   thebom21@naver.com
블로그   blog.naver.com/thebom21

ISBN 979-11-86589-08-3 04820
ISBN 979-11-86589-00-7 04820(전12권)

책값은 뒤표지에 있습니다.

우성룡 于成龍

1617~1684. 산서山西 출신으로, 호는 우산于山이다. 복건 안찰사, 포정사, 총독, 대학사 등을 지냈다. 20여 년의 관리 생활 중 백성들을 위한 선정을 펼쳐 강희제로부터 '천하제일염리'天下第一廉吏라는 칭송을 받았다.

근보靳輔

1633~1692. 요녕療寧성 요양遼陽 출신으로, 자는 자원紫垣이다. 강희제 때의 치하治河 명신으로, 하도 총독河道總督이 된 이후 11년 간 황하의 범람을 막기 위한 제방을 쌓는 것을 평생 그의 업으로 삼았다. 그림은 백성들과 함께 황하의 제방을 쌓는 근보의 모습을 그린 것이다.

정해후靖海侯 시랑施琅

1621~1696. 대만과 인접한 복건福建 천주泉州 출신이다.
복건 수사제독水師提督으로 강희 22년(1683) 6월 대만을 점령하고
정극상으로부터 항복을 받아낸 공을 세워 정해후로 봉해졌다.
바다를 기반으로 살아가는 복건 사람들은 사당과 동상을 세울
정도로 '해신'海神으로 추앙받는 인물이다.

3부 천하통일

20장
제방은 무너지고 갈등은 깊어지다

　근보와 우성룡의 관계는 이후 많이 부드러워졌다. 또 우성룡은 관직에서도 승승장구했다. 우선 추수할 무렵이 됐을 때 일의 성과를 높이 평가받아 이부吏部로부터 청강 도대를 겸하면서 남경南京 포정사布政司로 부임하라는 승진 명령을 받았다. 또 수리에도 일가견이 있다는 사실을 인정받아 치수 업무에 참여할 수 있는 권한도 부여 받았다. 단독으로 상주문을 올릴 권한 역시 가볍게 거머쥘 수 있었다. 그는 이처럼 여러모로 조정의 격려를 받자 용기백배하지 않을 수 없었다. 모든 것이 잘 될 것이라는 믿음 역시 커져만 갔다. 그는 이후 청강의 현안들을 깨끗이 처리하기 위해 두문불출하면서 일에 전념하기도 했다. 조정의 허락을 받아 남경으로 부임할 날짜까지 미뤘다. 우성룡의 덕망 넘치는 일처리는 큰 효과가 있었다. 무엇보다도 그때그때 필요한 치수 노동자들을 적재적소에 모집하고 투입하는 것이 가능해졌다. 게다가 물이 불어나는 가을

철이 본격적으로 다가오지 않은 탓에 홍수 방어에 특별한 문제도 발생하지 않았다. 그러므로 근보와 우성룡은 의견충돌 없이 그럭저럭 사이 좋게 지냈다. 그러나 좋은 시간은 몇 개월 가지 못했다. 강력한 위력의 화산이 폭발하면서 한 차례의 무서운 충돌이 빚어진 것은 양측이 사이 좋게 지낸 지 고작 5개월이 갓 넘어섰을 때였다.

때는 강희 21년 9월이었다. 가을철 황하의 물은 예상 밖으로 빨리 불어나고 있었다. 황하 유역인 섬서, 하남, 안휘에서부터 강소까지의 구간에 가을비가 몇 날 며칠 그치지 않고 퍼붓기 시작한 것이다. 수위가 급격히 높아졌다 당연히 새롭게 만든 제방과 수문, 배수로 등은 엄청난 시련을 목전에 두게 됐다.

근보는 1주일 전 물이 불어나는 철이 본격적으로 다가온다는 소식을 들어 문제의 심각성을 너무나도 잘 알고 있었다. 진황, 봉지인, 팽학인 등의 참모들을 데리고 총독부에서 바로 현장으로 달려갔다. 지도와 모형판, 여러 다양한 측량기기들을 모두 휴대한 채였다. 일단 그들은 황하黃河와 청하淸河가 운하運河와 합쳐지는 제방의 맨 윗부분에 천막을 쳤다. 그런 다음 쏟아지는 빗속에서 현장을 밤낮으로 지켰다.

그들이 지키는 현장은 삼면이 강물에 인접해있었다. 또 한쪽은 작년 가을에 얻은 황하의 흙모래가 남겨 놓은 비옥한 토지였다. 당연히 수확을 앞둔 벼이삭들이 머리를 한껏 숙인 채 비바람에 떨고 있었다. 그런 사실을 아는지 모르는지 제방 너머에서는 싯누런 황하의 물이 물비린내를 풍기면서 새하얀 거품을 일으키며 파죽지세로 덮쳐오고 있었다. 강물의 힘은 상상 이상이었다. 상류에서 떠내려 오던 아름드리 크기의 나무를 하늘 높이 던져버리는가 하면 물속에 쑤셔 박기도 했다. 그야말로 위세를 과시했다.

"비바람이 마치 거대한 바위처럼 무섭게 몰아치는구먼!"

근보가 우비를 입은 채 장대비를 맞으면서 둑 위에 서서 덜덜 떨고 있었다. 뭐라고 중얼거리는 것은 이제 거의 습관이 된 듯했다. 그의 두 눈은 며칠 동안 날을 샌 탓에 붉게 충혈되어 있었다.

"뭐라고 하셨습니까?"

봉지인이 우렛소리와 다름없는 거대한 물소리 때문에 근보의 말을 잘 듣지 못했는지 큰 소리로 물었다.

진황은 바짓가랑이를 무릎까지 걷은 채 그 옆에 서 있었다. 몸에는 우비와 갓을 쓰고 있었다. 하지만 명색뿐이었다. 이미 비를 있는 대로 다 맞아 그야말로 온몸이 후줄근해져 있었다. 우비와 갓은 거추장스럽기만 했다. 그 생각이 들자 그는 바로 우비와 갓을 과감하게 벗어던져 버렸다. 또 근보와 봉지인이 대화를 주고받는 사이를 틈 타 고개를 돌려 팽학인을 바라보는 여유도 가질 수 있었다.

팽학인은 그의 기대와는 달리 아무런 생각도 없는 것 같았다. 그저 멍한 얼굴에 한동안 깎지 않아 더부룩한 머리가 이마에 착 달라붙은 모습을 하고 있었다. 그는 그 모습이 너무 우스워 자신도 모르게 입을 헤벌린 채 웃고 말았다. 그가 곧 근보를 향해 말했다.

"대인! 비가 그칠 것 같지 않은데요? 운하 서쪽에서 물꼬를 터 이쪽의 물을 빼버려야겠네요!"

"진 선생, 그게 선생의 솔직한 주장입니까?"

갑자기 등 뒤에서 진황의 목소리보다 더욱 큰 소리가 들려왔다. 사람들이 흠칫 놀라면서 뒤를 돌아봤다. 우성룡이 서리라도 내린 듯 차가운 얼굴을 한 채 둑 위에 서 있었다. 아마도 홍수 피해가 걱정이 돼 한 바퀴 순찰을 돌고 오는 길에 진황의 이야기를 듣고 다가온 듯했다. 그가 냉소를 지으면서 덧붙였다.

"선생들은 매일이다시피 신축 공정이 백년의 홍수를 막을 수 있다고 허풍을 떨었습니다. 하지만 지금 보니 전혀 그렇지 않군요. 지은 지 며칠이나 됐다고, 이제는 자기들 스스로 둑을 허물겠다는 겁니까? 뭐하는 거냐고요, 지금!"

근보가 둑 위에 고인 물을 뛰어 건너면서 대답했다.

"우 대인! 여기를 말하는 것이 아닙니다. 여기는 괜찮아요. 담인의 뜻은 여기의 수위를 낮춰 상류의 소가도 홍수를 끌어오자는 거예요. 그쪽 둑이 준공이 되지 않은 상태이기 때문에 아무래도 견뎌내지 못할까 봐 그러는 겁니다. 우리가 미리 상의라도 해보자는 것에 지나지 않아요. 너무 흥분하지 마십시오."

강물을 줄어들게 만드는 둑을 만들자는 제안은 사실 진황이 했던 것이었다. 이론적으로는 틀리지 않았다. 그가 다시 한 번 자신의 생각을 설명했다.

"강폭이 좁은 곳에 배수로를 만들면 수위가 높은 상류의 물을 이 배수로를 통해 하류로 끌어오는 것이 가능합니다. 더불어 홍수의 양을 조절하고 주 제방의 부담을 줄여줄 수 있습니다. 배수로에 있는 물은 나중에 논밭에 요긴하게 댈 수도 있습니다."

당연히 우성룡의 생각은 달랐다. 처음부터 진황의 생각이 기상천외하다면서 귀 기울일 생각조차 하지 않았다. 급기야 그가 얼굴을 돌리면서 조소어린 말투로 비아냥거렸다.

"그놈의 물을 줄이는 감수減水 둑인가 뭔가를 몇십 개나 만들더니, 이게 무슨 꼴입니까? 오히려 백성들을 해치게 생겼잖아요? 애써 지어놓은 농작물과 가옥들이 한순간에 물에 잠기게 생겼어요. 도대체 물과의 전쟁에 대비한 것이 뭐가 있어요? 자기만 아무 탈이 없으면 다른 사람이야 죽든 말든 상관없다는 얘기인가요?"

"백성들에게는 지금 대피령을 내려도 늦지 않습니다! 이 아래는 웅덩이가 많아 스물 몇 개의 마을이 물 피해를 입을 가능성이 큽니다. 지금 사람을 보내 마을에 대피령을 내리면 됩니다. 그로 인한 피해는 어느 정도 우리가 보상을 해줄 거예요. 우 대인도 아시다시피 소가도의 감수 둑은 백만 냥이라는 거금을 들인 대역사大役事의 결과물입니다. 몇 년 동안 나라 전체가 심혈을 기울여 드디어 완공을 눈앞에 두게 됐죠. 그런데 지금 거센 물의 충격을 받으면 그로 인한 피해는 상상할 수조차 없습니다. 뿐만 아니라 상류 지역의 삼천 경頃의 벼농사도 한순간에 물속에 파묻혀 버리는 참상을 겪게 됩니다!"

진황은 우성룡의 불같은 성격을 너무나 잘 알았다. 때문에 굳이 현장에까지 나온 상태에서 소모적인 말싸움을 하고 싶지가 않았다. 그저 우성룡을 조금이나마 이해를 시키고 싶은 마음에 다급히 입을 열었을 뿐이었다. 하지만 간곡하게 우성룡을 바라보면서 설득했으나 반응은 좋지 않았다. 곧바로 바늘로 찔러도 피 한 방울 나올 것 같지 않는 우성룡의 고집스런 얼굴을 목도하게 된 것이다. 그는 가슴이 미어졌다.

반면 진황에게는 시선조차 주지도 않고 무서우리만치 무표정한 얼굴을 하고 서 있던 우성룡은 한참 후에야 쥐어 짜내듯 부정적인 한마디를 툭 내뱉었다.

"안 돼요!"

우성룡이라고 나름대로 생각이 없는 것은 아니었다. 그는 전체적으로 강폭이 너무 좁아 이쪽에서 물꼬를 터 방류를 한다고 해도 상류에 별로 영향을 미치지 못한다고 생각했다. 또 자칫하면 두 곳 모두 둑이 무너져 나가는 참변을 겪을 확률이 크다고도 우려했다. 근보 역시 비슷한 생각을 하고 있던 터였다. 진황을 탐색하듯 쳐다본 것도 그런 기우와 무관하지 않았다.

추워서인지 아니면 화가 치밀어서인지 진황의 누렇게 뜬 얼굴은 파랗

게 질리기 시작했다. 보기에 흉할 정도였다. 얼마 후 그가 거친 숨을 몰아쉬면서 우성룡에게 보충설명을 하기 시작했다.

"소가도의 공정이 완공됐더라면 이번에 이렇게 할 필요가 없을 겁니다. 하지만 막대한 자금을 들이고 몇 년 동안 심혈을 기울인 소가도를 위해서는 반드시 물꼬를 터야 합니다! 대인, 만약 물꼬를 트더라도 소가도를 지켜내지 못하면 저 진황이 목숨을 내놓겠습니다!"

진황의 말에 봉지인도 발을 동동 구르면서 거들었다.

"더 이상 이러고 있을 시간이 없습니다. 어서 백성들을 대피시키라고 해야겠어요. 사람을 보내야 합니다!"

"하하하하……."

우성룡이 목을 한껏 뒤로 젖히며 큰 소리로 웃었다. 그러더니 붉으락푸르락한 얼굴을 한 채 말했다.

"진 선생과 팽 선생, 근보 대인에다 내 머리통까지 떼어내 합쳐봤자 모두 몇 근이나 나가겠어요? 죄를 지은 대가로는 턱 없이 부족하죠. 내 눈에 흙이 들어가기 전에는 절대 안 돼요!"

우성룡은 단호했다. 그런 다음 팔을 무섭게 휘저으면서 되돌아가 버렸다.

"방류해! 하독은 나야. 머리가 날아가도 내가 혼자 감당한다! 즉각 사람을 마을로 보내 안전지대로 대피하도록 도와주라고 전하라. 여섯 시간 후에 방류할 테니까 차질이 없어야 해!"

근보는 더 이상 지체해서는 안 되는 위기일발의 순간이라고 판단했다. 바로 최후의 결정을 내렸다. 그러자 봉지인이 머리를 저었다.

"다 좋은데 우 대인이 끝까지 고집을 부리면서 막고 나설 것 같아 걱정입니다!"

그의 말에 팽학인이 재빨리 눈동자를 굴리더니 신나게 손바닥을 쳤다. 이어 자신감 넘치는 어조로 말했다.

"폐하께서 하사하신 상방보검尙方寶劍(황제의 명령을 의미하는 보검)을 갖고 계시지 않습니까? 이럴 때 써 먹으면 제격 아니겠습니까?"

팽학인의 말에 근보가 뭔가를 깨달은 듯했다. 바로 눈을 번쩍 뜨면서 큰 소리로 외쳤다.

"여봐라! 천자검을 모셔라! 황마괘黃馬褂(노란 마고자)도 준비해놓고!"

천자검과 황마괘는 모두 황제가 하사한 최고의 권위를 나타내는 물건이었다. 아문에서 챙겨오는 데만 한 시간이 넘게 걸렸다. 근보는 얼마 후 마을로 대피령을 전하러 내려갔던 아역이 돌아오자 곧바로 아홉 마리의 맹수가 수놓인 관복을 차려 입었다. 또 산호로 만든 정자가 달린 모자를 쓴 다음 우산을 받쳐든 채 천자검을 앞세우고 네 명의 교위와 함께 길을 나섰다. 아무런 관직이 없는 진황은 맨 마지막에서 뒤를 따랐다. 얼마 후 일행은 온통 흙탕물이 뒤덮인 질척대는 길을 걸어 서쪽 제방에 도착했다.

하지만 현장의 분위기는 예상했던 것보다 심각했다. 방류를 결정한 둑 위에 수천 명의 인파가 몰려와 있었던 것이다. 우성룡은 그 인파 속에서 열몇 명의 아역들을 불러놓고 뭔가를 지시하고 있었다. 백성들은 여기저기 모여서 건빵을 먹고 있었다. 또 일부는 앉은 채로 졸고 있었다. 그 모습을 지켜보는 근보의 가슴속에서는 갑작스레 분노의 불길이 치솟았다.

"감히 백성들을 동원해 황명에 대항하려고 하다니!"

근보는 자신도 모르게 이를 갈았다. 물론 백성들의 생각을 완전히 무시할 수는 없다는 생각에 잠시 대안을 모색하지 않은 것은 아니었다. 우성룡이 다가온 것은 바로 그때였다. 그는 황명을 집행하려고 한다는 사실을 미리 알고 있었던 듯 무릎을 꿇은 채로 큰 소리로 말했다.

"진사 출신이자 남경 포정사인 청하淸河의 도원道員 우성룡이 대인을 공손하게 뵈옵니다!"

우성룡이 말을 마치고는 머리를 크게 세 번 조아렸다. 그런 다음 길게 엎드린 채 명령을 기다렸다.

"우성룡! 백성들을 동원해 항명하겠다는 것인가?"

근보의 눈에서는 섬광이 번뜩였다. 목소리에는 위엄이 깔려 있었다.

"대인……."

우성룡은 말을 잇지 못했다. 그저 눈에서 눈물만 흘러내리고 있었다. 그때 백성들 중에서 노인 한 명이 허둥지둥 달려 나왔다. 동시에 흙탕물 위에 무릎을 꿇고 울먹였다.

"대인, 제발 부탁입니다. 우 대인을 윽박지르지 마십시오. 이 분은 정말 억울하십니다. 방금 하독부에서 대피령이 내렸다면서 저희들을 높은 곳으로 신속히 대피하라고 권유하던 중입니다……."

진황은 노인이 낯설지가 않았다. 그랬다. 그는 바로 황 영감이었다. 그러고 보니 둑 위에는 장춘명, 유덕량, 유인청 등도 와 있었다. 우성룡에 대한 고마움이 너무나 절절했던지 더할 나위 없이 차가운 시선으로 근보를 노려보고 있었다. 진황은 칼로 도려내는 듯 마음이 아팠다.

근보는 우성룡이 백성들에게 대피하라는 권유를 했다는 말에 속으로 적지 않게 놀랐다. 그에게 건네는 말투도 한층 부드러워졌다.

"일어나세요. 우리 함께 백성들을 안전지대로 대피시키자고요."

우성룡은 이미 완전히 지쳐 있었다. 피곤한 것은 더 말할 나위도 없었다. 추위에 떨기도 했다. 그럼에도 후들거리면서 땅바닥에서 일어났다. 그는 순간 불과 얼마 되지 않은 잠깐의 시간이 10년 같다는 생각을 했다. 곧 그가 두 다리를 심하게 떨면서 양 손을 맞잡은 채 백성들을 향해 공수를 했다.

"부모형제 여러분! 우성룡이 간곡하게 부탁드리니 어서 빨리 동쪽 방향으로 물러나 주세요……."

우성룡의 얼굴에는 어느덧 또다시 눈물이 흘러내렸다. 뒤이어 백성들 사이에서는 흐느끼는 소리가 들려왔다. 그들은 우성룡을 쉴 새 없이 뒤돌아보면서 자리를 뜨기 시작했다.

"방류를 시작하라!"

근보가 외쳤다. 힘이 넘치는 목소리였다. 그는 당연히 이처럼 일이 순조롭게 잘 풀리는 것은 절대 불가침인 황제의 권위가 위력을 과시했기 때문이라는 사실을 너무나 잘 알고 있었다. 진작 이렇게 했더라면 마음고생도 훨씬 적게 했을 터였다. 그런 생각은 그의 간단하기 이를 데 없는 명령을 더욱 자신감 있게 만들고 있었다.

"즉각 물꼬를 터라! 우 대인! 이리로 오세요!"

그러나 우성룡은 대답이 없었다. 그저 흐리멍덩한 눈빛으로 멀어져가는 사람들을 바라보기만 했다. 그는 근보에게 다가갈 생각은 전혀 하지 않은 채 둑 위에 털썩 주저앉으면서 내뱉었다.

"하고 싶은 대로 해보세요!"

순간 바람도 멎고 비도 그쳤다. 강물의 포효 역시 더 이상 없는 것 같았다. 우성룡의 그런 행동은 커다란 충격일 수밖에 없었다. 당연히 곡괭이와 삽을 들고 있던 백여 명의 친병들과 열몇 명의 아역들은 돌부처처럼 굳어진 채 할 말을 찾지 못했다.

그때였다. 둑 위에 퍼질러 앉아 있던 우성룡이 갑자기 대성통곡을 하면서 미친 듯 땅을 치고 머리를 쥐어박았다. 그런 다음 실성한 사람처럼 자리에서 벌떡 일어나더니 저만치 달려가 황하를 마주하고 무릎을 털썩 꿇었다. 또 하늘을 향해 두 팔을 벌리면서 소리를 내질렀다.

"하늘이시여! 하늘이시여! 백성들이 가엽지도 않으십니까? 이 사람들이 없으면 누가 당신을 받들고 모시겠습니까? 그래도 퍼부어야겠다면 그렇게 하십시오. 마음껏 쏟아 부으십시오. 황하야, 어서 와라. 나 우성룡을 삼켜버려라. 제물이 필요하면 나를 먼저 데려가거라!"

"끌어내!"

근보가 말로는 표현할 수 없는 묘한 감정을 억누르면서 악에 받쳐 명령을 내렸다.

"예!"

"누가 감히?"

우성룡이 순간 결연한 태도를 보이면서 소매 속에서 예리한 비수를 꺼냈다. 동시에 자신의 목을 겨누면서 반항했다.

"굴욕은 싫소이다. 나에게 뭔가를 주겠다면 죽음을 주시오! 방류를 하는 것은 그대들의 마음이오. 하지만 누가 나를 건드린다면 바로 이 자리에서 죽어버리겠소!"

진황은 조급해지지 않을 수 없었다. 단 몇 초가 아쉬운 상황이었으니 그럴 만도 했다. 더구나 현장까지 와서 이렇게 시간을 허비할 줄은 꿈에도 생각하지 못했다. 그는 실성한 사람처럼 최후의 발악을 하듯 악에 받쳐 있는 우성룡을 물끄러미 바라보았다. 이어 똑같이 실성한 듯 맥이 풀려 있는 근보와 팽학인, 봉지인을 뒤돌아봤다. 그는 갑자기 목구멍이 막히는 기분을 느꼈다. 뜨거운 그 무엇이 치밀어 올랐다. 아니나 다를까, 그가 돌연 시뻘건 피를 왈칵 토해냈다. 이어 풀썩 그 자리에 무너지면서 땅을 치며 통곡했다.

"이제는 늦었어. 다 늦었다고⋯⋯. 소가도는 이제 끝났어! 소가도, 내 소가도는 이제 어떻게 하나!"

팽학인으로서는 이런 경우를 두 번째로 맞닥뜨렸다. 과거 정주鄭州의 지부知府가 물난리의 책임을 지게 된 것을 비관해 물에 뛰어들어 자결하는 것을 목격했던 것이다. 그는 어쨌거나 남경 포정사 우성룡이 목숨을 걸고 둑과 생사를 같이 하려는 모습을 보고는 감동한 나머지 눈물을 흘렸다. 봉지인 역시 근보가 눈을 감은 채 눈물을 흘리면서도 꿈쩍하지 않는 모습을 목도하자 안타까움에 눈물을 훔쳤다. 홍수와 반평생 씨름을 해왔음에도 포상은커녕 아픔만 계속되는 현실이 안타까운 모양이었다. 그러자 삽시간에 친병들과 아역들 역시 흐느끼기 시작했다.

그날 저녁 무렵 청강의 수위는 눈에 띄게 내려갔다. 하지만 때를 같이 해 소가도의 둑도 무너져 버렸다. 그 바람에 감수 둑을 만드는 길고도 지난한 공정은 완전히 그냥 헛수고가 되고 말았다. 이 비보는 바로 주위에 전해졌다. 홍수가 북으로부터 제방을 터뜨리면서 파죽지세로 밀려드는 바람에 그 일대의 70여 마을이 물에 잠겼다는 소식과 함께였다.

근보는 하늘과 땅이 빙글빙글 도는 것 같은 충격을 받았다. 최악의 경우를 염두에 두지 않은 것은 아니었으나 그래도 행여나 하고 있었던 그로서는 당연했다. 그는 온몸을 부르르 떨면서 백지장 같은 얼굴을 들어 망연자실한 표정으로 저 멀리 강둑을 바라봤다. 그러다 옆에 있는 진황에게 중얼거리듯 말했다.

"우리는 이제 더 이상 할 일이 없어졌어. 그만 돌아가자고……."

근보는 말을 마치자마자 혼자서 비틀거리면서 걸어갔다. 그 모습이 무척이나 안쓰러워 보였다.

팽학인은 이런저런 황당한 일을 수도 없이 많이 보고 겪어온 터였다. 그랬기에 누구보다 재빨리 마음을 다잡을 수 있었다. 그는 울고 싶어도 눈물을 흘리지 못하는 봉지인과 넋을 놓은 채 해가 질 무렵의 강물을 하염없이 바라보는 진황을 번갈아 살펴봤다. 이어 입을 열었다.

"물과 씨름하다 보면 이런 경우도 있는 겁니다. 너무 속상해하지 말고 툭툭 털고 일어납시다. 이제 그만 가죠. 밥이나 배불리 먹은 다음 늘어지게 한숨 자고 내일 다시 생각해보는 것이 낫겠어요."

봉지인이 팽학인의 말에 머리를 끄덕였다. 그러나 진황은 좀체 자리에서 일어날 생각을 하지 않고 있었다.

"두 분은 먼저 가 보십시오. 근 대인께서 많이 힘들어 하실 텐데 위로나 좀 해주세요. 저는 조금 있다가 뒤따라 가겠습니다."

진황은 이튿날 아침이 돼서야 비로소 기진맥진한 몸을 이끌고 총독아문으로 돌아왔다. 남경 통정사南京通政司에서 청강 쪽으로 서찰을 전달하는 일을 하는 제齊씨가 문 앞에서 아역들과 얘기를 나누고 있는 모습이 눈에 들어왔다. 그는 무슨 소식이 있을 것이라는 판단하에 황급히 달려갔다. 과연 근보가 뭔가를 읽고 있었다. 진황이 다그치듯 물었다.

"대인, 뭡니까?"

"남경에서 보내온 긴급 부문部文(조정의 각 부에서 내리는 문서)과 관보官報야. 최아오崔雅鳥라는 작자, 너무 웃기는군. 세상천지에 자기만 빼고 다 병신이지 뭐. 뭐라고 지껄였나 좀 보라고."

근보가 머리도 들지 않은 채 냉소를 흘리면서 긴급 부문을 진황에게 건네주었다.

……근보가 하는 일을 보면 정말 어리석기 그지없다. 장대비가 연일 퍼붓는데, 어찌 정해진 양이 있겠는가? 강물이 불었다 줄었다 하는 것 역시 정해진 규칙이라는 것이 있는가? 그럼에도 케케묵은 방법으로 치수를 합네 하고 측량기나 메고 다니면서 우둔하기 짝이 없는 작태만 보인다. 결국 엄청난 국가재정의 낭비를 몰고 왔다. 더불어 동남쪽에 천고의 우환을 낳은 셈이 되고 말지 않았는가…….

근보가 진황이 보고 돌려준 부문을 책상 위에 내던지면서 분노를 터트렸다.

"이 글대로라면 나 근보는 천하에 용서받지 못할 민적民賊이 되는 셈이지 않은가? 목을 베고 싶으면 벨 것이지, 왜 이런 글은 쓰는 거야? 정말 웃기는 놈이로군!"

바로 그때였다. 주렴을 걷고 들어와 책상 위에 내동댕이쳐진 부문을 읽어보던 팽학인이 갑자기 불에 덴 듯 화들짝 놀라면서 소리를 질렀다.

"근 대인, 이 밑에 폐하의 어비御批가 있네요!"

깜짝 놀란 근보와 봉지인, 진황이 황급히 팽학인에게 다가갔다. 과연 부문의 여섯 번째 장 맨 밑에 깨알 같은 주홍글씨가 적혀 있었다.

이 관리의 말을 전부 믿을 수는 없다. 짐은 근보가 현장에 머무르면서 그때 상황에 따라 잘 움직였으리라고 믿는다. 그러니 그 내용을 상세히 보고 하도록 하라.

－체원주인體元主人

순간 근보는 두 다리를 지탱하지 못하고 그만 무릎을 꿇고 말았다. 그런 다음 길게 엎드려 짐승처럼 울부짖기 시작했다. 은혜에 감동했는지 아니면 유감인지, 그도 아니면 비감과 후회인지 모를 감정이 한꺼번에 밀려오는 바람에 힘이 쑥 빠져버렸던 것이다. 그는 그 와중에도 한마디를 덧붙였다.

"폐하, 하루만 일찍 어비를 보내주셨더라면 소인……, 소인은 이번 재앙을 막을 수 있었을 겁니다!"

그랬다. 근보는 강희의 어비가 하루만 일찍 도착했더라도 자신의 결정을 결사적으로 막고 나서던 우성룡과 소모적인 싸움을 벌이면서 시간을 낭비하지 않을 수 있었다. 더구나 불과 몇 시간의 늑장 대응으로 인해 소가도가 떠밀려나가는 엄청난 피해도 입지 않을 수 있었을 것이다.

근보가 더욱 통탄할 일은 편지가 폭우로 인해 남경에서 사흘 동안 묶여 있었다는 사실이었다. 편지 말미에 쓰여 있는 날짜는 확실히 그 사실을 증명해주고 있었다.

근보는 한참 동안이나 비감한 상태에 잠겨 있다 마침내 마음의 정리를 한 듯 천천히 입을 열었다.

"어찌 됐든 다 지나간 일이야. 더 이상 생각하지 말자고. 상서 이상아伊桑阿, 시랑侍郎 송문운, 또 어사 최아오와 이라객伊喇喀 등이 명을 받고 조운을 시찰하러 남경으로 내려왔다고 하네. 또 시랑施琅이 지휘하는 군함 사백 척도 곧 운하를 통해 남하한다고 하네. 시랑은 이미 준비를 마치고 폐하의 부름을 받고 북경으로 간 상태라고 하고. 소가도가 터진 것은 어디까지나 민정民政의 실수에 지나지 않아. 그러나 만약 조운의 제방이 똑같은 실수를 범한다면 그것은 바로 군기軍機를 방해한 중죄를 범하는 것이야. 목이 달아나는 것은 당연해. 치밀하고 세심하게 준비를 해야 해. 최선을 다해야 한다고!"

근보의 말이 끝나자 봉지인이 물었다.

"흠차欽差는 언제 청강으로 내려옵니까?"

"내일쯤이야. 이름을 들어보니 색액도하고 관련된 사람들이야. 각별히 조심해야 할 것 같아. 명주와 사이가 껄끄러우니 그 사람에게 하지 못한 분풀이를 애꿎은 우리에게 할 수도 있으니까 말이야!"

"걱정하지 마십시오. 조운의 제방은 절대 사고가 나지 않게 할 수 있습니다! 제 생각에는 소가도 문제부터 빨리 매듭짓는 것이 시급한 것 같습니다. 흠차가 와서 물어보면 답변거리가 있어야 하지 않습니까."

진황이 한참 말없이 듣기만 하다 드디어 입을 열었다. 근보는 진황의 말이 일리가 있다고 생각했다. 그러나 머리가 워낙 엉킨 실타래처럼 복잡한 터라 달리 대책이 떠오르지 않았다. 그가 어정쩡한 표정으로 말했다.

"무슨 매듭을 어떻게 짓겠는가? 경위야 어떻든 결과적으로 엄청난 국가적 낭비를 초래한 장본인들이니 도둑하고 크게 다를 바가 없어. 허황된 미사여구로 군주를 기만할 수는 없지……. 흠차가 뭐라고 말하는지부터 우선 들어보자고. 하지만 이것 한 가지만은 명심하게. 어떤 경우든 나 근보는 동지들을 팔아먹는 파렴치한 짓은 하지 않는다는 사실을 말이야. 이번 사고도 나 혼자 떠안으면 되니까 여러분은 그런 줄 알고 있으라고. 나를 설득하려는 괜한 짓은 하지 말고. 그저 내가 하는 대로 따라와 주면 돼."

진황은 사실 지난밤 잠을 설쳐가면서 한 가지 괜찮은 방법을 생각해낸 바 있었다. 비장한 결의에 차 있는 근보의 말에 여유 있게 대답한 것도 바로 그 때문이었다.

"당연히 군주를 기만해서는 안 됩니다. 제 말은 비록 실수는 저질렀으나 거기에 맞춰 유리한 방향으로 머리를 쓰면 피해를 최대한 줄일 수 있는 방법이 있다는 겁니다. 근 대인은 우선 반성문을 작성하는 것이 좋을 듯합니다. 또 우리 몇몇은 완벽한 대책을 강구해야 합니다. 그것을 저녁 무렵에 반성문과 함께 올려 보내면 영명하신 폐하께서 우리를 그냥 외면하지는 않으실 겁니다."

다음날 정오 무렵 흠차대신인 이상아는 송문운, 최아오, 이라객 등 세 명의 거물 관리들을 대동한 채 8인 가마에 나눠 타고 하독부에 도착했다. 근보는 흠차를 맞는 관례대로 예포를 세 번 울렸다. 또 가운데 문을 열어 이상아 일행을 맞았다. 삼궤구고의 대례가 끝난 다음 근보가 여전히 무표정한 몇 명의 상대를 힐끔 쳐다보면서 큰 소리로 외쳤다.

"소인 근보가 삼가 폐하의 안녕을 비옵니다. 만세, 만만세!"

이상아가 그제야 얼굴에 웃음기를 보이면서 근보를 일으켜 세웠다. 이어 일일이 대동한 이들을 소개하고 나서 물었다.

"우성룡은 어디 있습니까?"

근보는 이상아가 우성룡을 찾자 마른침을 꿀꺽 삼켰다.

"대인께 아룁니다. 진갑 그 사람은 지금 둑을 지키고 있습니다. 데려오기 위해 사람을 보냈습니다."

"삼품의 높은 관리가 직접 현장에 나가 있군. 제대로 일하는 사람이 분명해!"

이상아가 우성룡을 칭찬했다. 그러더니 허허 웃으면서 근보를 향해 말했다.

"자원, 이번에 조운을 시찰하러 오면서 그대에게 좋은 소식을 가져왔어야 하는데 말입니다. 아쉽게도 그렇게 하지 못했습니다!"

근보가 자리에 엉거주춤 앉으려다 이상아의 말에 다시 황급히 자세를 고쳤다. 그리고는 이상아 앞으로 다가가 읍을 했다.

"저 근보는 잘한 것이 하나도 없습니다. 죄를 묻는 것은 당연합니다. 이미 폐하께 반성문을 올렸습니다. 대인께서 달리 훈시가 계신다면 달게 받아들이겠습니다."

"앉아요, 앉아!"

이상아가 다리를 꼬고 앉은 채 내침김에 담뱃불까지 붙이고 나서 덧붙였다.

"훈시는 무슨! 이것들은 몇 건의 부의部議들입니다. 그중에는 도어사都御史 위상추魏相樞의 탄핵의 글도 들어 있고, 폐하의 어비도 있습니다. 질책하는 내용은 있으나 처분한다는 명령은 없어요. 하지만 소가도 사건에 대해서는 폐하께서 아직 모르고 계시니 마음의 준비는 해야 할 겁니다. 대장부가 일을 하다보면 영욕이 엇갈리는 경우가 있을 수 있습니다. 너무 무겁게 생각할 것은 없어요."

이상아가 마치 미리 준비한 것 같은 말을 마치고는 곧바로 두꺼운 문서를 건넸다.

내용은 많았다. 그러나 그 자리에서 꼼꼼히 읽을 수는 없는 일이었다. 그러나 어제 읽은 내용이 들어 있다는 것은 확인할 수 있었다. 호부와 공부의 상서인 양청표梁淸標, 살목합薩穆哈 등이 근보가 치수 사업을 하면서 돈을 물 쓰듯 한다고 비난한 내용도 들어 있었다. 사실 두 사람은 보통 사람들이 아니었다. 삼번을 평정한 공신들이었다. 일명 마왕魔王으로 불릴 정도라면 더 이상 설명이 필요 없었다.

다른 하나는 작년 황하의 제방이 몇 군데 무너진 것에 대한 책임을 물어 근보의 관직을 박탈하자는 이부吏部 고공사考功司의 제안이었다. 그저 대책 없이 주장만 한 것이 아니었다. 근보가 3년 내에 황하의 수로水路를 원상회복시키겠다고 주장한 원문까지 인용하고 있었다. 하기야 올해 그 시일이 다가오는데도 아직 원상회복시키지 못했다면 책임을 물어도 할 말이 없을 터였다.

이상하게 그 제안 부분에는 뚜렷한 손톱자국도 새겨져 있었다. 아마도 강희가 읽으면서 남겨둔 흔적인 듯했다. 아니나 다를까, 밑에는 강희의 어비가 있었다.

근보를 해임시키는 것은 어렵지 않다. 하지만 그보다 더 나은 사람이 있는가? 어느 누구도 감히 나서지 못하는 치수 사업에 선뜻 용기 있게 나섰다는 그 기개만으로도 멋지고 가상하지 않은가! 후임이라고 더 잘한다는 보장 역시 없다. 근보에게 대죄입공戴罪立功(죄를 뒤집어쓴 채 공을 세움)할 수 있는 기회를 주는 것이 바람직하다.

근보는 마음이 한결 편해졌다. 강희의 그 한마디가 그에게는 엄청난 힘이 됐던 것이다. 그는 문서를 다시 한 장 더 넘겼다. 이번에는 그 이름 도 유명한 위상추의 탄핵안이 눈에 들어왔다.

21장
흠차欽差의 비난과 황제의 밀지密旨

위상추의 탄핵문서에는 글자가 깨알같이 박혀 있었다. 같은 뜻이라도 어휘가 굉장히 딱딱하고 단호했다. 근보를 토벌하겠다는 격문을 방불케 했다. 그의 주장에는 나름 논리도 있었다. 우선 근보가 강의 허리를 좁혀 모래를 쓸어내기는커녕 오히려 쌓이게 만들어 하도를 막았다면서 질책을 했다. 또 근보가 누군가의 허튼소리에 현혹돼 감수 둑인가 뭔가를 만들어 국가와 백성들에게 재난을 가져왔다고도 주장했다. 근보가 기상천외한 괴물이라는 주장에 다름 아니었다. 근보는 자기 자신은 치수治水의 '치'자도 모르는 주제에 남을 비난하는 것에는 이골이 난 위상추의 억지스러운 비난의 글을 다 읽고는 대수롭지 않은 표정으로 자리에 앉았다.

"이 대인, 제가 저지른 죄는 잘 압니다. 방금 열거했던 조항에 이번 소가도 사건까지 합치면 그 죄가 하늘을 찌를 정도가 됩니다. 함께 죄를 물어주십시오."

"그 부분에 대해서는 내가 북경을 떠날 때 폐하께서 특별한 지시를 하지 않으셨습니다. 다만 색액도와 명주 대신이 그대에게 반드시 전해주라고 한 말은 있습니다. 산양山陽, 보응寶應, 고우高郵, 강도江都 등의 네 개 주州에 있는 황하의 물을 끌어 들여 만든 땅을 팔았다는 소문이 있다고 말입니다. 잠시 둔전屯田(군량미를 조달하기 위한 토지)으로 사용하는 것은 괜찮다고는 했어요. 그 땅들은 원래 임자가 있는 땅인 만큼 주인에게 돌려줘야 합니다. 관청에서 백성들의 땅을 빼앗아서야 되겠습니까?"

이상아가 약간 부어 오른 눈두덩이를 치켜뜬 채 비판하듯 말했다. 근보를 비롯한 좌중의 사람들은 깜짝 놀랐다. 사실도 아닌 소문이 북경에까지 날개 돋친 듯 퍼졌을 것이라는 생각은 전혀 하지 못했던 것이다. 옆에서 잠자코 듣고만 있던 진황 역시 마찬가지였다. 분노를 억누를 길이 없었다. 속으로 욕을 하며 화를 삭였다.

'그들 지주들은 치수 공사를 할 때는 돈 한 푼 내는 것조차 싫어서 도망을 다녔어. 그런데 이제 와서 자기 땅이라고 주장해? 더구나 발 빠르게 북경까지 들락거렸다니! 한심하군, 정말. 물론 4천 경頃의 땅이 생기지 않은 것은 아니지. 그러나 아직 반 이상은 경작이 불가능한 상태야. 그럼에도 굶주린 이리떼처럼 덤벼들려고 해? 정말 어쩌려고 그러는 것인가!'

진황은 자신의 처지가 처지인 만큼 대신들의 말에 끼어들어서는 안 된다고 생각했다. 시종 잠자코 있었던 것은 그 때문이었다. 그러나 끝내는 참을 수가 없다는 듯 큰 소리로 옆자리에 있는 봉지인을 향해 말했다.

"세상 돌아가는 꼴 한번 우습네요! 우리가 치수를 제대로 하지 못해 죽을죄를 지은 것은 사실입니다. 강물에 내동댕이쳐진 다음 물고기 밥이 돼도 억울할 것은 없죠. 그러나 치수 사업을 통해 얻은 좋은 땅을 우리가 백성들에게 판 것이 무슨 죄가 됩니까? 그 돈으로 치수에 도움을 주고자 한 것도 민적民賊의 짓이라면 이래도 저래도 죽으라는 말밖에 더 되겠습니까? 반면 어떤 사람들은 하루 종일 포식하고 낮잠이나 자다가 사고만 나면 기다렸다는 듯이 붓을 들고 야단법석이니, 실로 어진 신하가 되기는 애초에 글렀다고 해야겠습니다!"

이상아는 진황의 말에 흠칫 놀랐다. 한낱 별 볼 일 없는 참모가 여러 사람들 앞에서 공공연히 자신을 빗대 비난하는 게 예사롭지 않게 느껴지는 모양이었다. 그는 상서 자리에 오르자마자 황제의 각별한 신임을 얻었다. 흠차로 지방 순시를 떠나오면서는 재상의 배포와 아량을 보여주라는 강희의 훈시도 들었다. 때문에 웬만하면 여유 있는 태도를 보이려고 했다. 하지만 여러 사람 앞에서 체면이 구겨졌다는 생각은 그로 하여금 그런 자세를 버리게 만들었다. 급기야 한참이나 진황을 노려보다가 갑자기 껄껄 웃음을 터트렸다.

"이 친구, 성질 한번 대단하구만! 대명大名을 물어봐도 되겠소? 내가 근보 대인에게 대놓고 민적이라고 했소? 치수의 목적은 백성들의 삶을 위한 것이오. 그러므로 경위야 어찌 됐든 땅을 새로 얻었으면 원래의 주인에게 돌려줘야 하는 것은 당연지사가 아니오?"

"흠차 대인께서 궁금하시다니 말씀드리겠습니다. 저는 진황이라고 합니다. 현재 나라 경제는 잇따른 병력의 출정으로 밑바닥이 드러난 상황에 있습니다. 그럼에도 폐하께서는 치수를 국책 사업으로 결정하셨습니다. 또 그 총책임을 근보 대인에게 맡기셨습니다. 그러니 저희들이 어찌 추호라도 태만할 수 있겠습니까? 방금 흠차 대인께서는 근보 대인에게 대놓고 백성들을 속여 땅을 빼앗았다고 말씀하시지는 않았습니다. 하지만 말 속에 뼈가 있다는 사실을 저희는 잘 압니다. 때문에 거만하게 들릴 것이 걱정이 되지 않는 것은 아니나 한 말씀 올리지 않을 수 없습니다. 새롭게 생긴 땅은 반 이상이 이런저런 이유로 이름이 자주 바뀐 전왕조 명나라의 갱명지更名地입니다. 물속에 잠겨 있는 십년 동안에는 관리들의 인사를 비롯한 갖가지 일도 많이 생긴 탓에 땅의 경계도 불분명해진 상태입니다. 그런 것을 나라에서 공적 자금을 들여 물속에서 건져냈습니다. 그러니 땅 주인은 바로 국가라고 할 수 있습니다! 설사 원래 주인에게 돌려준다 해도 치수 공사를 할 때 돈 한 푼 내지 않았으니, 돈 좀 받고 돌려주는 것이 뭐가 문제 될 것이 있습니까?"

진황이 몸을 뒤로 젖히면서 반박했다. 그러자 상주문을 올렸다 강희에게 면박을 당해 기분이 별로인 최아오가 진황의 말꼬리를 잡았다.

"관청에서 백성들의 재물을 거저 줍다시피 했다고 주인에게 돌려주지 않아도 된다는 법이 도대체 어디에 있소?"

근보는 진황과 최아오의 설전을 지켜보면서 속으로 자신의 생각을 잠깐 정리하는 시간을 가질 수 있었다.

'땅을 빼앗겼네 어쩌네 하면서 말이 많을 때 입장을 분명히 해서 입을 막아 버리지 못하면 억울한 누명을 쓸 수 있어. 또 나중에라도 이런 땅이 생기면 꼼짝없이 빼앗길 것이 분명해. 더구나 치수 사업에 들어가는 예산이 부족해 일꾼들에게 주는 일당도 겨우 입에 풀칠을 할 정도에 지나지 않아. 만약에 이런 재원조차 말라 버린다면 어떻게 치수 사업에 나서는 일꾼들에게 열심히 일하라고 격려할 수가 있다는 말인가?'

생각을 하면 할수록 문제는 심각했다. 근보는 더 이상 주저할 이유가 없다고 판단했다.

"이 땅은 조정에서 손쉽게 밑천 들이지 않고 그냥 얻은 것이 아닙니다. 국고의 반 이상을 털어 넣은 결과 얻어낸 노력의 결실입니다. 이자성이 명나라를 멸망시키고 대청大淸이 이자성을 제거한 것과 비슷한 것이라고 해야 합니다. 하늘이 우리 청나라의 황제들에게 중원을 선물한 것이나 다름없는 것입니다. 흠차 대인의 말씀대로라면 우리가 피땀을 흘리면서 이룩한 이 강산을 원래 주인인 명나라의 주씨에게 공손히 바쳐야 한다는 것입니까?"

근보가 입에 올린 화제는 조정에서 가장 꺼려하는 부분이라고 해도 과언이 아니었다. 또 명나라를 잊지 못하는 강남의 추종 세력들이 밤낮으로 떠들고 다니는 민감한 문제였다. 어느 누구도 그에 대해 선뜻 입을 열지 못했다. 모두가 한참을 그렇게 있는가 싶더니 송문운이 화제를 돌리며 물었다.

"우성룡은 왜 여태 오지 않는 거야?"

송문운의 말에 문 앞에 서 있던 하인이 조심스럽게 대답했다.

"우 대인은 비를 맞아서 감기에 걸리셨습니다. 열이 너무 심하게 나셔서 몸져누우셨습니다."

이상아는 화제를 바꾸려고 하는 송문운의 말에 동조하지 않았다. 어떻게든 꼬투리를 잡고 늘어져 근보를 궁지에 몰아넣어야 했던 것이다. 하지만 쉽지 않았다. 근보가 한 치의 양보도 없이 당당하게 나온 탓이었다. 안색이 처음과는 상당히 많이 달라진 이상아가 적당하게 반박할 말이 바로 떠오르지 않자 마른웃음을 지었다.

"소가도의 일은 어떻게 처리했는지 모르겠군."

근보는 이상아가 꼬투리를 잡아 걸고 넘어가려는 말인 줄 모르지 않았다. 그래서인지 대답이 몹시 조심스러웠다.

"제가 이미 반성문과 함께 스스로를 탄핵하는 상주문을 폐하께 올렸습니다. 더불어 돈으로 배상을 하게 해주실 것을 폐하께서 윤허해주십사 하고 말씀을 드렸습니다."

"근보 대인은 대단한 부자시군요! 소가도처럼 대단한 공사의 피해도 돈으로 메꿀 수가 있다니 말입니다."

이라객이 묘한 웃음을 지으면서 비아냥거렸다. 근보가 내친김에 뭐라고 반박을 하려고 할 때였다. 밖에서 문관이 배첩拜帖을 들고 들어왔다. 근보가 받아보니 작지만 힘 있는 필체로 쓴 짧은 글이었다.

근공靳公 자원 대인, 우제愚弟 위동정이 만나뵙기를 청합니다.

근보는 위동정이 왔다는 말에 깜짝 놀랐다. 이상아 일행을 향해 간단하게 읍을 한 다음 허겁지겁 밖으로 달려나갔다.

이상아는 흠차의 신분을 가지고 내려온 자신을 놔두고 위동정을 맞으러 달려가는 근보의 태도에 적지 않게 기분이 상했다. 그러나 내무부에서 일한 적이 있는 이라객은 달랐다. 위동정의 내력에 대해 너무나 잘 알고 있는 탓에 황급히 이상아의 귓전에 대고 기분 나빠하지 말라고 달래었다.

"위동정이 바로 호신虎臣입니다. 네 개나 되는 성省의 해관 총독이지 않습니까. 대인께서도 나가서 아는 척이라도 하는 것이 좋을 듯합니다."

황제가 보낸 사신이라는 자부심이 강한 이상아가 이라객의 말을 들을 까닭이 없었다. 그저 듣는 시늉만 했다.

"호신이라는 사람은 나도 잘 압니다."

위동정은 일찍이 강희의 어전 시위로 있으면서 오배 제거에 큰 공로를 세웠다. 또 삼번을 철폐하는 과정에서도 나름 일조를 한 탓에 후작侯 爵으로 봉해졌다. 당연히 삼안화령三眼花翎과 황마괘, 천자검 등 신성불가침의 권력을 상징하는 하사품들을 모두 다 가지고 있었다. 누가 봐도 대단한 인물이라고 할 수 있었다. 더구나 외관外官들 중에서 유독 그만이 상주문이나 각종 자문을 여러 부서를 통하지 않고 직접 강희에게 전달할 수 있는 권한을 가지고 있었다. 그럼에도 불구하고 웬만해서는 지방의 행정에 관여하지 않았다. 남경에서도 근보와 몇 번 만난 적은 있었으나 그냥 알고 지내는 정도였다. 그 이상도 이하도 아니었다. 그런데 그렇게 대단하기 이를 데 없는 그가 하독아문에는 웬일이라는 말인가? 근보는 공연히 마음이 복잡했다. 하지만 위동정이 의문儀門을 이미 통과해 들어오는 모습을 보고는 바로 표정을 바꾼 다음 걸걸한 웃음으로 맞이했다.

"호신 아우, 귀인은 정말 뭐가 달라도 다릅니다! 청의青衣 두루마기만 입어도 이렇게 멋있으니 말입니다. 부럽소이다. 듣자 하니 남경에서 일하면서도 항상 손에서 책을 놓지 않는다고 하더군요. 나로서는 정말 창피하기 그지없습니다!"

위동정 역시 미소를 지으면서 화답했다.

"그렇지만도 않습니다! 나는 지방관이 아니니까 밖에 한 번씩 나갈 때마다 백성들이 큰절을 하고 인사말을 건네고 하는 것이 부담스러워요. 분에 넘치는 칭찬의 말도 그렇고요. 그래서 가마에 앉아 일부러 책을 읽는 척하며 얼굴을 가리는 것입니다!"

위동정이 이어 계단을 올라서면서 물었다.

"대인, 듣자 하니 흠차가 여기 계신다던데, 왜 보이지 않습니까?"

이상아가 안에서 위동정의 말소리를 듣고는 조금 전의 태도와는 달리 황급히 밖으로 모습을 드러냈다. 그러면서 허리를 굽혀 인사하고는 아첨하듯 말했다.

"위 대인, 이번에 남경에 갔을 때 뵙지를 못해 여간 섭섭하지 않았습니다."

이상아와 위동정이 서로 인사를 끝내기가 무섭게 근보가 앞으로 나섰다. 좌중의 여러 사람을 위동정에게 소개하려는 듯했다. 위동정은 미소를 머금은 채 네 명의 조신朝臣들과 일일이 맞절을 한 다음 겸손하게 입을 열었다.

"저는 원래 폐하의 시중을 드는 어전 시위로 있었습니다. 그러다 폐하의 명을 받고 광주廣州로 내려갔다가 지금 오는 길입니다. 흠차 대인께서 여기 계신다는 소문을 듣고 폐하의 근황이 궁금해 특별히 찾아와 인사를 올리는 겁니다!"

위동정은 말을 마치고는 바로 큰절을 올렸다. 강희에게 문안을 올리는 것이었다. 이상아는 강희를 대신해 절을 받고는 흐뭇한 표정으로 좌중을 훑어봤다. 그런 다음 위동정을 일으켜 세우면서 물었다.

"호신 대인, 밖에서 돌아오자마자 폐께 인사를 올리고자 다시 여기를 찾으신 갸륵한 충성심에 대해서는 반드시 말씀을 올리겠습니다."

위동정은 이상아의 말에서 느닷없이 나타난 진짜 이유를 다그쳐 묻는 듯한 느낌을 받았다.

"내가 폐하의 흠차 대인을 뵈러 온 것에는 여러 가지 이유가 있습니다. 우선 폐하께 문안을 올리고 싶었습니다. 다음으로는 소가도에 사고가 있었다는 얘기를 전해들었기에 근 대인과 우 대인을 찾아뵙고 어려운 점이 뭐가 있는지 들어보기 위해서입니다. 제방이 무너졌으니 물난리를 입은 백성들은 반드시 구제를 해줘야 합니다. 또 소가도의 공정 역시 복구를 해야 하고요. 하지만 예산이 부족할 겁니다. 그래서 내가 해관에서 이십만 냥을 준비해 왔습니다. 잠시 치수 사업에 요긴하게 쓸 수 있도록 빌려주려고 합니다. 불난 집에 뿌리는 물 한 대야의 효과밖에 되지 않겠으나 조금이나마 보탬이 된다면 저도 위안이 될 것 같습니다."

위동정은 정말 겸손하고 예의가 발랐다. 담담한 말투에서는 진지함과 확신이 배어 있었다. 신분으로 볼 때 절대로 그냥 하는 소리가 아니라는 사실도 충분히 알 수 있었다. 순간 근보와 이상아 일행, 진황 등의 눈이 하나같이 휘둥그레졌다. 한참이 지난 후에 비로소 제정신이 돌아온 이상아가 아부의 말을 했다.

"위 대인은 정말 엄동설한의 숯불과 같은 존재입니다!"

위동정은 이상아의 말이 진심에서 우러나온 것이 아니라는 사실을 너무나 잘 알았다. 그러나 뜻이 다른 사람과의 소모적인 싸움을 피하는 성격답게 대충 비위를 맞춰주었다.

"그렇지는 않습니다. 모두 폐하를 위한 일인 만큼 너와 나 구분 없이 돕자는 것일 뿐입니다. 우리 해관이 그나마 먹고 살 형편이 되니까 돕는 것이지, 그렇지 않으면 마음뿐이지 않겠습니까? 모두들 힘들어 할 것이 빤한데 뒷짐 진 채 나 몰라라 할 수는 없으니 말입니다."

위동정은 말을 마치자마자 안주머니에서 은표를 꺼내 근보에게 건넸다. 그러면서 한마디 말을 덧붙이는 것도 잊지 않았다.

"사람을 남경 해관부에 보내 찾으면 됩니다."

그러자 이상아가 갑자기 정색을 하면서 물었다.

"어떻게 이렇게 할 수 있습니까?"

그의 얼굴에 굴욕감이 물씬 묻어났다. 위동정은 이상아가 갑자기 이런 식으로 나오는 것이 이해가 되지 않았다. 하지만 그냥 참고 넘어가려고 했다. 그때 다시 이상아가 말을 이었다.

"동쪽의 담을 헐어 서쪽을 막겠다는 것 아닙니까? 그러면 동쪽은 어떻게 할 겁니까?"

이상아의 일행 중에서는 이라객이 그나마 위동정에게 호의적이었다. 차를 마시면서 못 들은 척하고 있었다. 반면 최아오는 아는 것도 별로 없으면서 일단 귀에 거슬리는 소리를 했다.

"그러게 이 바닥에서는 친구를 잘 사귀어야 한다니까요. 일을 터뜨려도 땜질을 해 주는 사람이 있으니 무슨 걱정이 있겠습니까!"

"최 대인, 지금 무슨 말을 하는 겁니까?"

위동정이 최아오의 말에 제동을 걸었다. 책임감 같은 것은 전혀 생각하지 않고 아무렇게나 지껄이는 그의 말을 그냥 들어 넘길 수는 없다는 생각인 듯했다. 여전히 웃고 있기는 했으나 눈빛이 예사롭지 않았다. 최아오는 그 눈빛에서 갑자기 섬뜩한 기운을 느꼈다. 차마 자신의 말을 반복할 용기를 내지 못했다. 그때 이상아가 대화에 끼어들었다.

"하독과 해관은 전혀 다른 부서입니다. 위 대인께서 이렇게 통 크게 나오시니까 최 대인이 궁금해 할 법도 하지 않습니까? 나도 고개가 갸우뚱해지는 걸요!"

"방금 들어서자마자 말씀드렸다시피 모든 것은 폐하를 위한 일이기 때문에 결코 잘못된 것이 아니라고 생각합니다."

위동정은 일이 크게 번지는 것을 원치 않았다. 그래서 대못을 박듯 자신의 생각을 강하게 밝혔다. 그러나 이상아는 오히려 팔을 걷어 붙이며 대놓고 반박했다.

"그러나 폐하께서는 대인에게 치수 사업에 관여하라는 지시를 내리시지는 않은 것으로 압니다!"

"그건 서로 마찬가지 아닐까요? 폐하께서는 성지聖旨에 대인에게 조운을 순시하라고 했지, 치수 사업에 간섭하라고 하지는 않았습니다!"

끝까지 조용히 일을 풀어나가려고 참고 견디던 위동정의 인내는 드디어 한계에 이르고 말았다. 곧 안색이 무섭게 변하는가 싶더니 두 눈에서 불똥까지 튕겼다. 그가 냉랭한 어조로 덧붙였다.

"둑이 무너지는 것을 막지 못한 것은 하독의 결코 피할 수 없는 책임입니다. 그러나 백성들이 무슨 죄가 있습니까? 저 위동정은 총독 자리에 있습니다. 그런 만큼 치수 사업과 해관 업무는 일맥상통한다고 생각합니다. 돈이 없어 쩔쩔맬 것이 딱해서 남는 자금으로 조금 도와주려는 것을 대인께서 꼬치꼬치 캐묻고 기분 나쁘게 왈가왈부하는 것은 도대체 무엇 때문입니까?”

“나는 흠차요!”

이상아는 느닷없는 위동정의 매서운 질문에 당황하면서 할 말을 찾지 못하자 대뜸 소리를 질렀다. 그런 다음 목을 이리저리 비틀면서 시간을 버는 듯했다. 그러기를 얼마나 했을까, 그가 냉소를 흘리면서 다시 입을 열었다.

“근보는 황제의 은혜를 저버리고 직무유기를 범했다. 급기야는 소가도를 붕괴시켜 칠십여 마을이 물에 잠기게 했다. 죄가 이만저만 큰 것이 아니다. 여봐라!”

“예!”

“저자의 모자를 벗겨라!”

이상아의 명령은 너무나도 갑작스러웠다. 좌중의 사람들이 대경실색할 정도였다. 하지만 당사자인 근보는 오히려 침착했다. 이상아의 명령이 떨어지기 무섭게 무릎을 꿇더니 모자를 벗기려 달려드는 부하들을 제지하고는 두 손을 덜덜 떨며 스스로 산호 정자가 달린 모자를 벗어 건네주었다.

“소인, 명에 따르겠사옵니다!”

근보가 너무나도 양순하게 나오자 옆에 선 채 묵묵히 지켜보던 위동정이 큰 소리로 외쳤다.

“잠깐만!”

흠차가 1, 2품 고위 관원의 모자를 벗기는 일은 긴급한 상황이 아닌 이상 윗사람의 허락을 받지 않으면 해서는 안 되는 일이었다. 말하자면 이상아는 기본적인 원칙을 위반하고 있었다. 월권행위였다. 당연히 그런 월권을 일삼는 것은 위동정에게 위압감을 주겠다는 생각과 무관하지 않았다. 눈치 빠른 위동정이 그것을 모를 리가 없었다. 그는 치미는 분노로 인해 몸을 부르르 떨면서 앞으로 성큼 다가갔다. 그러나 그는 최대한 감정을 자제한 채 얼굴을 똑바로 든 채 이상아에게 말했다.

"미안하지만 대인께서는 잠시만 자리를 비켜 주십시오."

"뭐, 뭐라고? 당신이 무슨 자격으로 나보고 자리를 비키라는 거야?"

이상아가 급기야 목에 핏대를 세우고 막말을 해댔다. 그러자 위동정이 무거운 얼굴로 한 글자씩 또박또박 말했다.

"저는 폐하의 밀유密諭를 받들려고 합니다. 근보 대인에게 단독으로 묻고 싶은 얘기가 있습니다!"

좌중의 사람들은 황제의 밀유라는 말에 숨을 훅 하고 들이마시면서 서로를 번갈아 쳐다봤다. 이어 부리나케 자리에서 일어나더니 밖으로 나갔다. 기세가 하늘을 찌르던 이상아 역시 결정적인 순간에 위동정이 비장의 카드를 꺼내 보일 줄은 꿈에도 생각하지 못한 듯했다. 당황한 나머지 얼굴이 백지장처럼 변했다. 그는 어깨를 으쓱하면서 어쩔 수 없다는 듯 자리에서 일어났다. 이어 위동정을 향해 허리를 굽혀 보였다. 위동정은 뭐라고 형언하기 어려운 난감한 표정을 짓고 나가는 이상아를 쳐다봤다. 이어 두어 걸음 뒤따라 가서 어깨를 툭툭 치며 진지하게 말했다.

"대인, 잘 생각해보십시오. 저를 이렇게까지 하도록 만든 사람이 누구인가를 말입니다. 저는 폐하 곁에서 수 년 동안이나 시중을 들었습니다. 그 시간을 통해 폐하가 추호의 기만도 용납하지 않는 분이시라는 사실을 깊이 깨달았습니다. 대인께서 무슨 일을 할 때면 늘 이 사실을 염두에 뒀으면 합니다. 그때그때의 기분에 따라 일을 처리했다가는 불나방 신세를 자초하게 될 위험이 큽니다……."

이상아는 망연자실한 표정으로 모자가 벗겨나간 채 엎드려 있는 근보를 힐끔 쳐다보더니 밖으로 나갔다. 발걸음이 마치 커다란 돌을 매달고 가는 것처럼 무거웠다. 위동정은 이상아가 저만치 사라지자 그제야 돌아서서 말없이 근보를 뚫어져라 쳐다봤다.

커다란 대청에는 그들 두 사람밖에 없었다. 한 명은 서 있고 한 명은 엎드린 채 한동안 말이 없었다. 참기 어려운 침묵이 벽에 걸려 있는 황제 하사품인 자명종 소리와 더불어 흘러갔다.

"근보 대인, 내가 명을 받고 묻겠습니다."

마침내 위동정이 입을 열었다. 근보가 즉각 대답했다.

"소인 근보, 성훈聖訓에 귀를 기울이겠사옵니다!"

위동정이 부스럭거리면서 문서를 꺼내 펼쳤다. 원래 그는 열흘에 한 번씩 강희에게 밀주密奏를 보냈다. 주로 보고한 것은 그가 방문한 현지의 기상 상황, 쌀 가격의 변동, 치수 사업의 자금 운영, 관리들 간의 암투, 파벌 간의 세력 다툼 등에 대한 정보였다. 간혹 현지의 관습이나 재미있는 얘기를 곁들이기도 했다. 위동정이 펼쳐 보인 밀주의 여기 저기 빈 곳에는 강희의 어비가 있었다. 위동정은 근보와 관련 있는 어비만을 골라 하나씩 근보에게 직접 확인했다. 예를 들자면 다음과 같은 내용들이었다.

근보가 명령을 어기고 강둑에 나무를 심지 않고 있다고 한다. 무슨 이유 때문에 그러는지 그대가 물어보도록 하라. 또 근보가 강물이 불어나는 가을에 둑이 무사할 수 있다고 자신을 한다. 과연 어떻게 그럴 수 있는지에 대해서도 알아보도록 하라.

북상하는 조선漕船이 낙마호駱馬湖 일대에서 올해에만 20여 척이 침몰했다고 한다. 이 구간을 무사히 운행할 수 있는 대책이 없는지 근보에게 물어보도록 하라…….

감수 둑을 신축하는 것에 대해 조야에서는 의견이 분분하다. 짐이 직접
나가 보지 못하는 것이 안타깝다. 근보에게 다시 확인해 보라. 감수 둑이
과연 위력을 발휘할 수 있는 것인지! 그대가 치수 사업 공사 현장에 가서
시찰을 하고 어려운 점이 있으면 먼저 해관 명의로 조금 도와주도록 하
라…….

강희의 어비는 열 개는 더 되는 듯했다. 다만 소가도의 일에 대해서는
아직 모르는 듯 따로 언급이 없었다.

근보는 어비가 제기하는 의문에 대해 하나씩 해명했다. 위동정은 그
의 상세한 설명에 만족했는지 얼굴이 환해졌다.

"대인, 그만 일어나세요. 내가 보기에 감수 둑을 쌓는 것은 전에 경험
했던 일과는 차원이 다릅니다. 올 가을에 이런 큰 타격을 당했으니, 앞
으로는 신중하게 고민해 보는 것이 좋을 듯합니다. 모레쯤 내가 몇 곳을
직접 돌아보고 나서 폐하께 상주문을 올릴 것입니다. 소가도의 둑이 터
지면서 천삼백여 명이 물에 빠져 죽었다는 사실은 갈례葛禮가 이미 상
주문을 올린 상태입니다. 근보 대인도 상주할 내용이 있으면 내가 대신
해서 몰래 전해드리겠습니다."

근보는 위동정의 침착하고 노련함에 적지 않게 놀랐다. 그가 볼 때 위
동정의 그윽한 눈빛은 그 깊이를 가늠하는 것이 쉽지 않았다. 그는 자
신도 모르게 사촌 사이인 위동정과 명주를 저울에 올려놓은 채 무게를
가늠해 봤다. 아무래도 명주 쪽이 상당히 가벼운 것 같았다. 비로소 그
는 처음부터 위동정의 인간 됨됨이를 알았더라면 명주에게 붙을 이유가
없지 않았겠느냐는 생각을 하였다. 나아가 듬직하고 인간성 좋으면서도

무게감이 느껴지는 위동정과 직접 선을 댔으면 좋았을 것이라는 후회도 했다. 그는 때아닌 후회를 하면서 몸을 숙인 채 대답했다.

"대인의 진심을 확인할 수가 있어서 기분이 좋습니다. 솔직히 입 밖에 꺼내기 어려운 점이 있기는 합니다……"

근보가 어렵사리 운을 떼는가 싶더니 바로 우성룡과 벌였던 격렬한 논쟁에 대해 상세하게 설명했다.

"다른 걱정은 하지 마십시오. 우리는 어디까지나 모두 폐하의 충실한 노복奴僕이자 신하입니다. 우리는 늘 합심하고 진실하게 왕래해야 합니다. 해관과 치수 업무는 서로 연결돼 있습니다. 상생해야 하는 업무들입니다. 그런 만큼 대인을 대신해 진실하게 상주문을 올리는 것은 내가 마땅히 해야 할 일입니다. 시랑 장군은 곧 수군을 거느리고 남하할 예정입니다. 당연히 대만 해역에서는 전쟁의 불길이 치솟을 겁니다. 이 와중에 폐하께서는 나를 군량미 운반 담당으로 지명하셨어요. 그러니 나 역시 이쪽 일을 신경 쓰지 않을 수가 없습니다!"

위동정은 근보의 마음을 이해한 듯했다. 그의 말 속에는 근보를 위로하는 뜻이 내포되어 있었다. 물론 근보의 해명에 대한 반론이 전혀 없는 것은 아니었다. 근보가 그런 생각이 들었는지 붉어진 얼굴을 한 채 황급히 화제를 돌렸다.

"소가도 사건은 정말 가슴 아픈 일입니다. 하지만 다행히도 나에게는 손해를 어느 정도 만회할 수 있는 대책이 있습니다. 폐하께 대신 전달해 주시기 바랍니다."

근보가 잠시 말을 멈추고는 무덤덤한 표정으로 위동정을 힐끗 쳐다봤다. 위동정의 표정에서 자신감을 얻었는지 그가 다시 말을 이었다.

"내년 봄이 지나면 조정에 더 이상 손을 내밀지 않고 감수 둑을 다시 제대로 쌓아올릴 수 있다고 말입니다. 지금 이 부분에 대해 상세하게 말씀을 올리면 폐하께서는 책임을 회피하기 위해 별 말을 다 한다고 말씀하실 수도 있습니다. 그러니 그냥 내 개인적인 재산을 투입해 일을 해결할 것이라고 해주세요."

"그게 무슨 말씀이신지?"

"이번 사고는 소가도의 감수 둑이 제대로 완공되지 않았기 때문에 일어난 사고입니다. 그런 만큼 모든 책임은 내가 떠안을 수밖에 없습니다. 원래 황하의 하류 지역은 영락永樂(명나라 3대 황제. 1403~1424) 연간부터 갯벌이 끝없이 형성돼 있었습니다. 이 지역에 흙모래를 잔뜩 포함하고 있는 황하의 물이 지나가면 자연적으로 이천오백 경의 양전良田을 얻게 됩니다. 이 땅과 밭을 1묘畝(100제곱미터)에 은자 세 냥씩 받고 팔면 감수 둑을 복구하는 것은 크게 어려움이 없을 것이라고 생각합니다……."

근보가 진황과 상의했던 대로 자신의 계획을 밝혔다. 그러자 위동정이 안타까운 눈빛을 한 채 반문했다.

"나는 이해가 잘 되지 않습니다. 그렇게 좋은 일을 왜 진작 실행에 옮기지 않았습니까? 이 년 전에 방류를 하여 하류 지역의 양전을 확보했더라면 적어도 수십만 냥의 자금을 아꼈을 것이 아닙니까?"

위동정의 질문에 근보가 황급히 대답했다.

"내가 거기에까지는 미처 생각이 미치지 못했다는 것이 가슴이 아픕니다. 할 말이 없습니다. 사실은 둑이 터지고 난 다음에 직면한 엄청난 재앙 앞에서 몇 날 며칠을 고민하다 보니 궁여지책으로 그런 생각이 떠올랐던 겁니다. 내가 스스로 쓴 탄핵의 글에서도 이런 내용은 감히 적지 못했어요. 호신 대인이 나 근보의 이런 속죄 의사를 대신 잘 전달해 주시기만 바랄 뿐입니다."

"그렇게 해보겠습니다. 묻고 싶은 것은 이제 다 물었습니다."

위동정이 홀가분한 듯 기지개를 켰다. 그러더니 차 한 모금을 마시고는 웃으면서 덧붙였다.

"대인, 이런 말을 해야 하나 말아야 하나 고민 아닌 고민을 해봤습니다. 그러니 그냥 부담 없이 들어주세요. 어디에선가 여자 하나를 데려와 누구를 괴롭힌 적이 있다고 하던데요?"

근보는 처음에는 위동정이 도대체 무슨 말을 하나 의아했다. 질문을 받고서도 자세를 어정쩡하게 취한 것은 그 때문이었다. 그러나 바로 뇌리에 이수지가 떠올랐다. 그가 전혀 예상치 못한 상황에 깜짝 놀라면서 황급히 물었다.

"위 대인, 그 일에 대한 소문을 더 들은 것이 있습니까? 폐하께서 뭐라고 하셨나요?"

위동정이 바로 대답했다.

"누구한테 들었는가 하는 것은 중요하지 않습니다. 그게 얼마나 민감한 일인데, 그대로 덥석 받아 들고 그러십니까! 그렇게 하면 도와주고도 뺨을 얻어맞기 십상입니다. 나라면 그렇게 하지 않았을 겁니다. 정 방법이 없었다면 우선 그들 모자를 어디에선가 살도록 해주고 나중에 조용히 이광지를 불러다 처리했어야 했습니다. 그 경우 의외로 문제가 쉽게 해결될 수도 있었습니다. 이광지 역시 사실을 받아들이기가 훨씬 쉬웠을 것이고요. 그뿐만이 아닙니다. 그랬다면 그들 가족도 한데 합쳤을 가능성이 컸을 겁니다. 그러나 지금은 이게 뭡니까? 서로가 더 불편하게 되지 않았습니까?"

근보는 그제야 명주가 적극적으로 나서서 이수지 모자를 거둬들였던 사실을 떠올렸다. 당시 명주는 자신이 알아서 다 할 테니 걱정하지 말라고 자신 있게 말했었다. 그런데 도대체 뭐가 어디에서부터 잘못 됐다는 말인가? 근보는 오리무중에 빠질 수밖에 없었다. 위동정이 그런 그를 보고 허허 웃었다.

"그냥 생각이 나서 해본 소리입니다. 그러니 너무 심각하게 받아들이지는 마십시오. 조정의 큰일도 아니지 않습니까. 이제 이상아 대인 일행을 부르자고요. 일 얘기도 어느 정도 끝난 상태니까 통쾌하게 술잔이나 기울입시다. 아무래도 대인께서 주인이시니 한턱내야겠네요!"

22장

횡행하는 매관매직

위동정의 밀주密奏가 북경에 전해지자 조정은 바로 들끓기 시작했다. 소가도가 터졌다는 사실을 처음으로 보고했으니 그럴 만도 했다. 마치 팔팔 끓어 넘치는 기름솥이 그럴까 싶었다. 당연히 호부를 비롯해 공부, 어사御使 아문에는 거의 매일이다시피 그와 관련한 상주문이 눈꽃처럼 날아들었다.

원래 고사기와 근보는 그냥 얼굴 몇 번 본 정도에 지나지 않았다. 결코 친하다는 말을 쓸 수가 없는 사이였다. 그러나 근보의 문제는 곧 절친한 친구 진황의 문제이기도 했다. 조심스럽고 안타까울 수밖에 없었다. 때문에 고사기는 어떤 상주문들은 서랍 속에서 하루 이틀 처박아두고는 했다. 친구를 위해 시간을 버는 것이 목적이었다. 하지만 워낙 이목이 집중된 민감한 사안인 터라 어쩔 수 없이 일부 문서들은 챙길 수밖에 없었다. 하루는 건청궁으로 강희를 만나러 갔다. 그때 마침 손에 노란 종이꾸러미를 들고 나오는 시랑과 맞닥뜨렸다. 궁금해진 그가 웃으며 물었다.

"그건 뭡니까? 폐하께서 하사하신 물건인가 봅니다?"

시랑이 머리를 끄덕이면서 기분 좋다는 듯 대답했다.

"지금은 공개할 수 없는 보배입니다. 이걸로 제기祭旗(군대에서 출정하기 전에 무운장구를 기원하기 위해 제사를 올리는 것)하면 법력이 대단할 것입니다."

시랑이 미묘한 여운을 남기면서 사라지자 고사기는 바로 허리를 굽히고 건청궁 안으로 들어갔다. 먼저 명주와 색액도가 눈에 들어왔다. 그가 둘을 향해 눈인사를 건넨 다음 강희를 향해 말했다.

"폐하, 소가도의 일 때문에 의견이 분분하옵니다. 온갖 소문도 무성하옵니다. 아무래도 폐하께서 이와 관련한 모종의 결정을 내려주셔야 하겠사옵니다."

때는 11월이었다. 날씨가 무척이나 추웠다. 강희는 양가죽 마고자를 입고 있었지만 몹시 추운 모양이었다. 뜨끈뜨끈한 아랫목에 앉은 채 머리를 숙이고 위동정의 상주문을 열심히 읽고 있었다. 강희가 새까만 턱수염을 만지작거리면서 한참 후에야 입을 열었다.

"올해는 일이 많은 겨울로 기억될 것 같군. 원래는 이달에 봉천으로 순시를 떠나려고 했었지. 하지만 뒤로 미루는 수밖에 없겠어. 자네의 상주문에는 처음부터 끝까지 근보에 관한 얘기뿐이더군. 혹시 강남의 과거 시험장에서 해괴한 일이 발생한 것은 알고 있나? 지금 짐이 정신이 없으니 그것까지 요약해서 들려줘 봐. 무슨 소문이 어떻게 돈다는 것인지!"

고사기는 강희가 당장 읽지 않은 상주문은 저녁 때 궁으로 가지고 가서 꼼꼼히 다시 살핀다는 사실을 알고 있었다. 때문에 말 한마디라도 각별히 조심해야 했다. 그가 잠시 머뭇거리다 입을 열었다.

"별의별 소리가 다 들리옵니다. 어떤 사람은 근보의 총독 직위를 박탈해 흑룡강으로 유배를 보내자는 주장도 하옵니다. 또 어떤 이는 근보의 가산을 전부 압수해 보상하게 해야 한다고 말하옵니다. 극히 소수의 사람은 녹봉의 지불을 정지시키고 다른 부서로 발령을 내는 것이 바람직하다는 주장을 펴기도 하옵고요. 그 외에 북경으로 압송해 죄를 물어야 한다고 주장하는 사람도 있사옵니다. 형부에서는 근보에게 자살하도록 해야 한다는 주장까지 나오고 있는 모양이옵니다……."

"명주, 근보는 자네가 추천했잖아. 자네는 어떻게 생각하나?"

이번에는 명주에게 물었다.

"근보가 무식한 자의 망언에 넘어가 확실히 자신의 맡은 바 책임을 다하지 못한 것은 사실이옵니다. 그 죄는 결코 간과할 수 없다고 생각하옵니다. 더불어 소인에게도 사람을 잘못 본 책임을 물으시는 것이 마땅하오니 폐하께서는 함께 죄를 물어주시옵소서. 하지만 현명하신 폐하께서 한 번 더 살펴보시는 것도 나쁘지는 않을 듯하옵니다. 하독이라는 자리는 원래 좋은 소리를 듣기 힘든 자리이옵니다. 그런 만큼 근보 대신 누굴 앉히실 것인지도 한번 생각해보셔야 하지 않겠사옵니까? 후임자가 그리 쉽게 나타나지는 않을 것 같사옵니다."

명주가 손바닥을 비비면서 조심스럽게 아뢰었다. 색액도 역시 가만히 있지 않았다.

"소신들은 북경에 있으면서 실제로 현장에는 내려가 보지 않았사옵니다. 강북의 지방관들이 하는 얘기를 들어 보면 술양을 비롯해 해주, 숙천, 도원桃源, 청하 이들 다섯 개 현에서만 해도 몇 년 사이에 만여 경頃의 땅을 물속에서 건져 냈다고 하옵니다. 소인도 근보가 이번에 사고를 치기는 했다고 생각하옵니다. 그러나 아무래도 공로가 더 크다고 생각하옵니다. 폐하께서도 분명히 기억하고 계실 것이옵니다. 원래 청수 담 둑을 쌓을 때의 예산은 팔십만 냥이었사옵니다. 하지만 이제 와서 보니 몇만 냥밖에는 들지 않았사옵니다. 이로 미뤄 볼 때 근보도 무능하다고만 할 수는 없을 것 같사옵니다."

원래 색액도는 사람을 골탕 먹이는 것에 관한 한 단연 발군이라고 할 수 있었다. 심지어 대놓고 뒤통수를 치는 짓도 마다하지 않았다. 하지만 큰 병을 한번 앓고 난 이후 성격이 좋은 쪽으로 변했다. 사람을 대하는 태도가 이전보다 훨씬 유연해졌을 뿐만 아니라 아량도 넓어졌다. 근보에 대해서도 좋은 말만 골라서 했다.

강희가 눈에 힘을 준 채 창밖을 내다봤다. 그러더니 깊고 무거운 한숨과 함께 입을 열었다.

"공과는 분명히 해야 해. 공로가 인정되면 짐은 반드시 상을 내릴 거야. 또 죄를 지었다면 아무리 공로가 크더라도 처벌을 비켜갈 수는 없어. 물론 북경이 치수 공사 현장과 너무 멀리 떨어져 있는 것은 틀림없는 사실이기는 해. 그래도 말도 많고 탈도 많은 감수 둑과 좁다는 소리를 듣는 하도가 어떤 모습인지 한번 내려가 살펴봐야 했는데 말이야!"

강희가 말을 마치자마자 창가로 다가갔다. 그런 다음 마치 씻은 듯 깨끗한 파란 하늘을 바라보면서 중얼거리듯 덧붙였다.

"짐이 성경盛京(지금의 요녕遼寧성 심양瀋陽. 당시의 이름은 봉천奉天. 청나라의 초창기 수도) 행차를 서두르는 것은 선조들의 능陵에 제사를 올리기 위해서이기는 하지. 그러나 더 중요한 것은 동몽고 각 기旗의 왕공들을 만나는 것이야. 그들과 함께 러시아에 대한 대응책을 마련하려고 해. 러시아는 지금 흑룡강 일대에서 우리에게 집적대면서 싸움을 걸어오고 있어. 장난이 아니라고 하더라고. 그래서 참다못한 주배공周培公과 파해巴海가 한바탕 혼을 내줬다고 해. 하지만 군량미가 모자라는 바람에 아주 박살을 내지는 못했다고 하네. 게다가 지금 서쪽 지역도 정벌해야 하는 상황이야. 누구를 보낼까 생각은 하고 있으나 아직은 결정을 내리지 못했어. 주배공이 적임자이기는 한데, 그 사람은 병이 골수에 들어 있으니, 나 참! 삼번을 평정하면 좋아지겠거니 했는데, 아직도 나라의 상황이 여전히 좋지 못해!"

명주가 강희의 말에 호언장담했다.

"러시아와 갈이단은 아무리 까불어도 관계없사옵니다. 그까짓 한 줌밖에 되지 않는 놈들은 한 발로 짓이겨 버리면 되옵니다. 폐하께서 그토록 염려하실 정도는 아니옵니다. 그러니 북쪽을 먼저 손 본 다음에 힘을 모아 서쪽과 동남쪽을 쳐도 늦지는 않을 것 같사옵니다."

강희는 그래도 최근의 상황이 걱정되는 모양이었다. 멍하니 한 곳만 응시하면서 생각에 잠겨 있더니 천천히 입을 열었다.

"갈이단은 그리 호락호락하지 않아. 러시아도 피터라는 자가 새 황제가 됐어. 짐은 그 사람이 뛰어난 군주라고 생각해. 그러니 일단 동남쪽을 치는 것이 좋을 듯해. 그곳은 나라의 살림살이를 뒷받침하는 자원의 보고가 아닌가. 그쪽을 먼저 손을 봐야 서쪽과 북쪽의 평정에 반드시 필요한 재정적 여유를 가질 수 있지."

강희가 열이 나는지 한껏 달아오른 이마를 만졌다. 그러다 갑자기 얼굴을 돌리면서 고사기에게 물었다.

"자네는 멍청하게 서서 무슨 생각을 하는 건가?"

"소인은 지금 두 마디 말이 생각나옵니다. 먼저 동남쪽을 평정하고, 그다음에 서쪽과 북쪽을 잠재우시려는 폐하의 국책은 절대로 변경되어서는 안 된다는 것이 그 첫째이옵니다."

고사기가 황급히 대답했다. 그러자 강희가 탄식하듯 내뱉었다.

"전에 오차우 스승과 여러 번 상의를 했었지. 그때에도 결론은 단 하나섰어. 병력이 든든하게 뒷받침되지 않고 군량미가 충분히 비축되지 않은 상태에서는 서쪽과 북쪽을 건드릴 수는 없다는 것이었지. 그렇다면 두 번째는 뭔가?"

"'의심 가는 사람은 등용하지 말고, 등용한 사람은 의심하지 말라'疑人不用, 用人不疑는 것이 두 번째이옵니다."

"그게 무슨 소리인가?"

강희의 질문에 고사기가 침착하게 대답했다.

"모르기는 해도 근보가 돈을 너무 많이 쓰다 보니 여러 사람들의 표적이 되지 않았나 싶사옵니다. 시기와 질투의 희생양이 됐다고 볼 수 있사옵니다. 당연히 실수가 더욱 크게 비춰지고 있다고 생각하옵니다. 솔직히 이번에 근보가 아닌 다른 사람이 그 일을 했다고 해도 결과는 마찬가지가 되지 않았을까 생각하옵니다."

"음, 일리가 있는 말이야."

고사기가 강희로부터 격려를 받자 더욱 용기를 내서 말을 이어갔다.

"색액도 대인도 그렇게 말했사옵니다. 실제로 북경에 있는 관리들은 근보의 치수를 비난하고 헐뜯고 있사옵니다. 하지만 지방의 관리들은 그가 하는 일을 인정하옵니다. 그의 공로도 치하하고 있사옵니다. 이런 사실은 방금 소인이 했던 말을 뒷받침해주는 분명한 증거라고 생각하옵니다! 옛말에 '개 한 마리가 그림자를 보고 짖으면 백 마리의 개가 따라 짖는다'라는 말이 있사옵니다. 폐하께서는 총체적인 방향을 제시하시면 되옵니다. 온갖 잡종 개들이 동네방네 떠들썩하게 짖어대더라도 초지일관 밀고 나가셔야 하옵니다! 소인 생각에는 근보의 책임은 묻되 그 자신이 장담한대로 시간을 주는 것도 괜찮을 것 같사옵니다. 대죄입공하도록 하는 것이 바람직하다고 생각하옵니다."

고사기의 말에 강희는 자신도 모르게 빙긋 웃어 보였다. 조정의 백관들을 백 마리의 개에 비유하면서 별 도움이 되지 않는 무리들을 비난하는 모습이 재미있었던 것이다. 그가 입을 열어 뭐라 말하려고 할 때였다. 갑자기 명주가 끼어들었다.

"폐하, 소인이 청강으로 내려가 현지 시찰을 하고 오는 것을 윤허해 주시옵소서!"

강희가 명주의 제안에 웃으면서 말했다.

"지금 이상아와 우성룡 둘 때문에 한바탕 시끄러운데, 자네까지 갈 필요가 뭐 있나! 짐은 자네도 믿지 못하겠어! 대만을 정벌하는 계획이 어느 정도 마무리가 되면 짐이 직접 가 보겠어. 그래야 마음이 놓일 것 같아!"

사실 강희는 명주의 말을 듣는 순간 바로 뇌리를 스치는 생각이 있었다. 그건 바로 그를 보내면 일은 뒷전인 채 잔머리를 굴려 색액도의 사람인 이상아를 괴롭힐 것이라는 생각이었다. 그러나 명주의 생각은 달랐다. 강희가 자신을 믿지 못한다고 했으나 그게 본심은 아니라고 생각한 것이다. 그래서 별로 당황하지도 않았다. 둘이 그런 생각을 할 때 색액도가 나지막이 입을 열었다.

"이상아가 내려간 지 한참이나 됐는데, 왜 아직 소식이 없을까요?"

군신 네 사람이 이처럼 현안을 논의하고 있을 때였다. 웅사리가 허겁지겁 융종문에서 달려오더니 상서방으로 들어와 털썩 무릎을 꿇었다. 이어 몇 부는 족히 될 것 같은 상주문을 두 손으로 받쳐 올리면서 아뢰었다.

"하계주가 예부에 전해온 상주문이옵니다. 강남의 추위秋闈(가을에 남경에서 거행하는 지방 과거 시험인 향시鄕試를 일컬음. 남위南闈라고도 함) 부정과 관련이 있는 중대한 사안이라 부의部議를 거치지 않고 직접 폐하께 열람을 부탁드리는 바이옵니다."

강희는 남경에서 발생한 남위의 부정 사건에 대해서는 위동정의 상주문을 받아 보았기에 대충 알고 있었다. 하지만 위동정이 사건의 전말에 대해 상세히 적지는 않아서 완전히 꿰고 있는 것은 아니었다. 강희는 웅사리가 들고 온 상주문을 찬찬히 훑어보면서 생각에 잠겼다. 순간 명주의 안색이 몹시 창백하게 변했다. 숨소리 역시 주체할 수 없이 거칠어졌다. 그럴 만도 한 것이 남위의 주시험관인 좌옥흥左玉興과 조태명趙泰明이 하나같이 그와 밀접한 관계를 가지고 있는 서건학徐乾學의 문하생이었기 때문이다. 말하자면 그는 사건이 크게 불거져 강희가 피비린내 나는 대옥大獄을 일으킬 것을 우려했던 것이다. 그 경우 불똥이 그에게 튀는 것은 불문가지不問可知였다.

"올해 남위의 주시험관은 누가 추천했는가?"

강희가 시선을 상주문에 둔 채 이마를 한껏 찌푸리며 물었다. 그리고는 스스로 바로 답을 말했다.

"짐의 기억이 틀림없다면 웅사리였지?"

"예, 폐하!"

웅사리가 억울하다는 표정을 한 채 명주를 힐끗 쳐다보면서 무릎을 꿇었다. 하지만 입에서는 전혀 다른 내용의 말이 튀어나왔다.

"소인이 사람 보는 안목이 없어 인재를 선발하는 나라의 큰 잔치에 피해를 입혔사옵니다. 폐하께서 중죄를 물어 주십시오!"

"뭘 그리 허둥지둥대고 그러는가? 아직은 뭐가 어떻게 된 것인지 잘 모르잖나! 누구나 결코 다른 사람에게 떠맡길 수 없는 자기 몫의 죄는 있는 법이야. 다른 사람이 대신 당해주는 것도 한계가 있는 거라고. 그만 일어나게."

강희가 무표정한 얼굴을 한 채 말했다. 그런 다음 봉투에서 선지宣紙(안휘安徽성의 특산품인 고급 종이) 한 장을 꺼내더니 천천히 펴봤다. 뒷면에 풀이 말라붙은 흔적이 있는 것으로 미뤄볼 때 벽에 붙어 있던 것을 떼어낸 것이 분명했다.

눈 뜬 장님 좌구명左邱明은 검정과 노랑은 구별 못해도 자기 형만은 알아본다.
간 큰 남자 조자룡趙子龍에게는 세상 모든 돈 있는 자들은 다 그의 아버지다!

　　　　　　　　　　　　　－무석無錫의 서생 오사도鄔思道 근증謹贈

강희는 오사도의 필체를 본 다음 잘 썼다는 칭찬의 말을 했다. 하지만 내용에 대해서는 가타부타 말이 없었다. 그런 다음 두 번째 상주문을 꺼내 들었다. 강남 순무가 보낸 글이었다.

강희의 표정은 점점 어두워졌다. 처음에는 단순하게 그저 그러는가 싶더니 얼마 후에는 급기야 두 손을 가볍게 떨었다. 감정을 죽이려고 노력하는 표정이 역력했다. 좌중의 여러 대신들은 무섭게 화를 낼 강희의 다음 모습을 그려 보면서 머리를 깊숙이 숙이고 있었다. 하나같이 간이 콩알만큼 오그라들었다. 곧이어 강희가 나지막한 목소리로 읽어 내려가는 소리가 들렸다.

……임자일壬子日에 과거시험에 응시한 수백 명의 거인들이 재신財神을 받쳐든 채 공원貢院(과거 시험장)으로 쳐들어갔습니다. 좌옥홍과 조태명은 황급히 도망을 쳐서 가까스로 저희 서署에 피신할 수 있었습니다. 소인은 남경의 성문을 지키는 수장인 연갱요年羹堯를 현장에 보내 진압과 위무의 노력을 동시에 기울였습니다. 또 복건으로 갈 수군 천 명을 임시로 공원에 배치했습니다. 말썽을 일으킨 자들 가운데 오사도를 제외한 나머지는 모

두 붙잡아 심문하고 있는 중입니다…….

강희가 글을 읽다 말고 갑자기 책상을 부술 듯이 탁 내리쳤다. 동시에 자리에서 벌떡 일어났다. 화가 너무 치밀었는지 얼굴이 벌겋게 달아올라 있었다. 그래도 분노를 주체하지 못하겠다는 듯 애꿎은 책상만 연이어 탁탁탁 내리쳤다. 그 바람에 위에 놓여 있던 문서더미를 비롯해 붓과 먹, 벼루, 찻잔 등이 위태롭게 춤을 추는가 싶더니 바닥에 떨어지는 수난을 당하고 말았다. 갑작스런 사태에 기겁을 한 웅사리를 비롯한 대신들은 바로 두루마기 자락을 거머쥔 채 털썩 무릎을 꿇었다.

밖에 있던 목자후와 무단 역시 안에서 무슨 일이 일어난 줄 알고 황급히 달려 들어왔다. 안에서는 여전히 명주 등 네 명의 상서방 대신들이 겁에 질려 엎드려 있었다. 또 시녀 몇 명은 부지런히 땅바닥에 떨어진 물건을 주워 올리고 있었다. 강희는 눈, 코, 입의 위치가 제대로 붙어 있지 않은 것처럼 보일 만큼 흥분해 있었다. 온몸을 부들부들 떨면서 거친 숨을 몰아쉬고 있었다. 그가 목자후 일행이 들어서는 모습을 보고는 바로 돌아서더니 벽에 걸려 있던 검을 내려 손에 거머쥐었다. 이어 목자후에게 검을 건네주면서 큰 소리로 명령했다.

"목자후, 이걸 가지고 밤을 새서 남경으로 달려가라. 간이 부어터진 두 놈을 잡아 바로 머리를 날려버려. 그 머리는 반드시 북경으로 가져오고!"

목자후는 감히 토를 달 엄두를 내지 못했다. 지체없이 큰 소리로 대답했다.

"예, 폐하! 목을 쳐야 할 두 명의 관리 이름만 말씀해 주시옵소서. 소인이 즉각 처리하고 오겠사옵니다."

"폐하, 제발 고정하십시오!"

웅사리가 무릎걸음으로 강희에게 다가갔다. 그런 다음 연신 머리를 조아리면서 몇 마디 덧붙였다.

"이 일은 더 조사해 봐야 하옵니다. 먼저 부의部議에 넘겼다가 죄상이 밝혀지는 대로 법에 의해 죄를 묻는 것이 좋을 듯하옵니다!"

웅사리가 강희와는 달리 온건하게 나온 것은 다 이유가 있었다. 자신이 명주의 각별한 부탁을 이기지 못해 두 사람을 추천했기 때문이었다. 한마디로 자신이 잘못하면 평생 벗지 못할 억울한 누명을 쓰게 된다고 생각한 것이다. 하지만 강희는 분노를 가라앉힐 생각을 하지 않았다. 아니 오히려 손에 들고 있던 상주문을 내던지면서 보다 강경한 태도를 보였다.

"이걸 좀 보라고! 이게 어디 시험이야? 매관매직을 위한 문제를 낸 것과 뭐가 다르냐고. 과거 시험이 완전히 부정의 온상이 돼버렸다고 해도 과언이 아니야! 짐은 박학홍유과 시험 이후 남쪽이 겨우 안정을 찾아가는가 했어. 그런데 아니었어. 좌옥흥이라는 자가 어쩌면 이다지도 짐의 얼굴에 먹칠을 한다는 말인가!"

웅사리가 강희의 힐책에 식은땀이 흥건한 얼굴을 훔쳤다. 그런 다음 땅바닥에서 상주문을 주워 순식간에 읽어내려갔다. 수백 명의 거인들이 공동명의로 올린 고소문이었다.

"읽어보게!"

강희가 호통을 쳤다.

"예, 폐하!"

웅사리가 황급히 머리를 조아리면서 대답했다. 그리고는 조심스럽게 상주문을 읽기 시작했다.

조정에서 과거시험을 실시하는 것은 진정한 인재를 발굴해 나라의 동량으로 키우기 위함입니다. 일부 몰지각하고 파렴치한 시험관이 자기 주머니를 채울 기회를 만들어 주기 위한 것이 결코 아닙니다. 이 사실은 누구나 다 아는 것입니다. 또 폐하께서는 인재를 중요하게 생각하시고 이치吏治에 엄격하신 분입니다. 따라서 모든 관리들은 오장육부를 깨끗하게 씻어 성결한 마음으로 폐하의 부름에 응해야 합니다. 그런데 천벌을 받아 마땅한 좌옥홍과 조태명 등은 천리天理를 어기고 양심을 저버린 채 가난한 선비의 주머니를 털어 사리사욕을 채웠습니다. 이 어찌 천자의 그늘 아래에서 일어날 법한 일입니까? 또 네댓 명의 중당中堂을 중심으로 조정 부원部院의 열몇 명은 더러운 재물을 긁어모으는 데 혈안이 돼 있습니다. 정말 우열을 가리기 힘듭니다…….

상주문에는 주장에 대한 충분한 증거들 역시 생생한 자료들로 첨부돼 있었다. 누구는 누구에게 돈을 얼마나 줘서 시험에 합격했고, 얼마가 모자라 누구한테 빌려 요구하는 액수를 맞췄다는 식의 증거들이었다. 뇌물을 주시험관에게 가져다 바쳤다는 선비들 중에는 웅熊씨라는 거인도 있었다. 자신은 청렴하고 깨끗하다고 자신하는 웅사리는 당연히 마음이 불편했다. 문제의 웅씨가 단언할 수는 없어도 자신의 먼 친척이 될지도 모르기 때문이었다. 좌중의 나머지 대신들 역시 마찬가지였다. 자신들이 직접 관여하지 않았을 뿐만 아니라 청탁조차 받지 않았으나 간혹 귀에 익숙한 이름이 나올 때마다 마치 약속이나 한 듯 몸을 떨었다. 자신의 이름을 팔지 않았나 하는 걱정이 태산 같았던 것이다. 웅사리는 모두들 마음이 무거워 손에 땀을 쥐고 있다는 사실을 아는지 모르는지 상주문을 계속 읽어 내려갔다.

조정에서는 이들에게 섭섭하게 하지 않은 것으로 압니다. 그런데 이들은 어찌하여 이런 배은망덕한 짓을 일삼을 수 있었을까요? 천벌이 무섭지도 않다는 말입니까? 소인들은 죄를 지었으면 죗값을 달게 받고 모든 것을 운명에 맡길 각오가 돼 있사오니 상방보검을 청하는 바입니다. 하루속히 원흉을 베어 죽이기를 간절히 소망하는 바입니다!

웅사리는 상주문을 다 읽은 다음 단체 서명자들의 이름을 훑어 내려갔다. 가장 맨 앞에 있는 사람은 다름 아닌 오사도라는 거인이었다. 상서방은 순간 바늘 떨어지는 소리까지 들릴 정도로 고요한 침묵 속에 잠겨 버리고 말았다.

명주는 강희가 "각자 자기 몫의 지은 죄가 있다"라는 말을 했을 때 이미 한 번 흠칫 놀랐다. 그러나 다행히도 뇌물로 받기로 한 돈은 아직 수중에 들어오지 않은 상태였다. 때문에 순간적으로 일말의 위안을 느끼고 안도의 숨을 몰래 내쉴 수 있었다. 하지만 상주문에 적나라하게 거명된 뇌물 수수자의 명단에 열몇 명의 봉강대리들이 있다는 사실은 확실히 문제라고 할 수 있었다. 그 중에는 그와 교분이 두터운 사람들도 있었으니 말이다. 결국 그는 계속 벌렁거리는 가슴을 어쩌지 못했다.

좌중의 사람들 중에 고사기만이 상주문에서 거론된 사건과 아무런 관련이 없었다. 그럼에도 그는 손에 땀이 나는 것조차 느끼지 못할 정도로 긴장했다. 전대미문의 대옥大獄이 터지는 날에는 수백 명의 목이 한꺼번에 날아갈 수밖에 없는 현실에 경악을 하고 있었던 것이다.

"웅사리, 짐은 '법대로' 죄를 묻자고 하던 자네의 말을 기억하고 있네. 어떻게 처리하는 것이 법대로 처리하는 것이라고 생각하는가?"

강희의 물음에 웅사리가 잠시 생각을 정리하는 듯하더니 천천히 입을 열었다.

"우리 《대청률》은 《명률》에서 비롯됐사옵니다. 그러므로 전 왕조의 사례도 따라야 한다고 생각하옵니다. 이 사건의 주시험관과 부시험관은 분명 뇌물을 받고 법질서를 어지럽혔사옵니다. 크나큰 성은에 보답하기는커녕 나라의 기대를 저버렸사옵니다. 그런 만큼 능지처참에 처해야 한다고 생각하옵니다. 또 일반 시험관들은 죄질의 경중에 따라 각기 교형紋刑(목을 졸라 사형시키는 형벌)과 사형, 사형집행유예의 처분을 내려야 하옵니다. 나머지 일부는 자살을 하도록 하는 처분을 내릴 필요가 있겠사옵니다. 그리고 이 사건에 연루된 대신들도 처형하거나 멀리 유배를 보내야 하옵니다. 법대로 할 경우에는 분명 이렇게 할 수 있사옵니다. 그러나 폐하에게는 법 밖의 시은施恩의 권한이 있사옵니다. 소인이 감히 왈가왈부할 수는 없사옵니다."

웅사리의 말에 강희는 잠시 혼란스러워졌다. 능지처참이나 교형, 사형 등을 운운한 것은 결국 사건에 연루된 거의 모든 사람을 죽이자는 제안에 다름 아니었으니까 말이다. 솔직히 말해 그건 조금 곤란했다. 한꺼번에 너무 많은 사람을 죽이는 것은 황제로서도 당연히 부담스러울 수 있었던 것이다. 그가 순간적으로 망설인 것은 그 때문이었다. 그러나 그런 생각도 잠시였다. 과거에 읽었던 책인 여유량呂留良의 《춘추대의》春秋大義와 엄백안嚴伯安의 《성이론설》性理論說의 내용들이 퍼뜩 그의 뇌리를 스치고 지나갔다. "오랑캐나 체제를 흔드는 무리들은 야수와 같다"거나 "군주가 덕을 잃으면 중원의 땅도 꺼진다"는 등의 글귀였다. 그는 급기야 생각을 달리 하지 않으면 안 되겠다는 최종 결심을 굳혔다.

사실 그의 생각이 틀린 것은 아니었다. 최근 들어 자칭 타칭 '주삼태자'를 일컫는 이들은 잡고 잡아도 그야말로 끊임없이 나오고 있었다. 그러나 단 한 명의 진짜는 그물에 걸려 들지 않고 있었다. 그렇다면 조정에서 뭔가 더욱 강력하고 일사불란한 움직임을 보일 필요가 있었다. 그렇지 않을 경우 조정을 우습게 보는 세력들이 더욱 창궐할 가능성이 높았다. 과거시험과 관련해 불만을 토로한 거인들 역시 조정을 등지지 말라는 법이 없었다. 강희는 최악의 상황에까지 생각이 미치자 마침내 결연한 어조로 입을 열었다.

"짐에게 이 마당에 은혜를 베풀라고? 그럴 수는 없어. 오히려 거물급 몇몇의 목을 베어 만천하에 보여줄 것이야!"

"폐하……"

강희가 결연한 자세를 보이자 대신 몇 명이 애타는 어조로 일제히 머리를 조아렸다. 가능하면 은혜를 베푸는 것이 어떻겠느냐는 입장을 표명하는 몸짓이었다.

그러나 강희는 이미 마음을 확고하게 굳힌 것이 분명했다. 대신들에게는 시선 한 번 주지 않은 채 휭 하는 바람소리와 함께 밖으로 나가더니 곧장 가마에 올라탔다. 이어 격분에 찬 손짓을 하면서 더욱 강경하게 내뱉었다.

"봉강대리들 몇 명은 반드시 목을 베어 버리겠어!"

명주는 마음이 납덩이처럼 무거운 상태로 집으로 돌아왔다. 문지기 왕씨가 마치 기다렸다는 듯 다가와 아뢰었다.

"어르신, 돌아오셨군요! 서건학과 여국주 두 대인이 아까부터 어르신을 기다리고 있습니다."

명주가 얼굴을 늘어뜨리면서 물었다.

"무슨 볼일이 있어서 왔다던가?"

"소인은 잘 모르겠습니다. 그저 산동성의 공상임이라는 사람이《도화선》桃花扇이란 연극을 만들었다고 하는 말은 들었습니다. 아주 재미있다면서 중당 어른께서 기분이 좋고 한가한 틈을 타 보실 수 있도록 이곳으로 극단을 불렀다고 하는 것 같았습니다……"

왕씨가 기분이 별로 좋아 보이지 않는 명주의 기색을 살피면서 대답했다. 어조에서 각별히 조심하고 있는 기색이 읽혔다.

"기분이 좋고 한가하다고?"

명주가 싸늘한 냉소를 흘리면서 여전히 굳은 얼굴을 한 채 두 번째 문을 넘어섰다. 하인들이 법석을 떠는 모습이 시야에 들어왔다. 연극 무대를 만드느라 정신이 없는 듯했다. 그는 치밀어 오르는 화를 억지로 누르면서 그 모습을 지켜봤다. 뭐라고 호통을 쳐야 한다는 생각이 머릿속에서 맴돌고 있었다. 그러나 마땅한 말이 떠오르지 않아 입만 실룩댈 뿐이었다. 그때 집안의 부집사인 황명인黃明印이 먼발치에서 다가오더니 아부하듯 말했다.

"어르신, 무대가 마음에 드십니까?"

그 말에 명주는 드디어 인내의 한계에 다다랐다. 대답 대신 커다란 손바닥을 들어 황명인의 얼굴을 냅다 후려갈겼다. 얼떨결에 얻어맞은 황명인은 그 자리에서 맷돌처럼 한 바퀴 빙그르르 돈 다음에야 겨우 멈춰섰다. 얼굴은 어느새 가지색을 띠면서 부어오르고 있었다. 그러나 명주는 뺨을 만지면서 황당한 표정을 짓는 황명인은 쳐다보지도 않고 성큼성큼 걸음을 내딛고 있었다.

그 시각 서건학과 여국주는 아무것도 모른 채 바둑에 열을 올리고 있었다. 명주가 들어서자 서건학이 먼저 황급히 일어나면서 비굴한 웃음을 지은 채 말했다.

"대인, 이런 치사한 선비도 있네요. 오늘 바둑에 진 사람이 극단을 데리고 온 비용을 부담하는 것으로 하자고 했더니, 벌써 여섯 번이나 수를 물리는군요. 수전노도 이런 수전노가 없네요!"

서건학의 편잔에 여국주가 입을 헤벌린 채 받아쳤다.

"그쪽은 돈 없으면 시체라고 할 정도로 부자잖아? 그러니 내가 지지 않으려고 용을 쓸 수밖에 없지 않겠어?"

"연극이라니? 무슨 연극인가?"

명주가 차가운 말투로 물었다. 자신에게 잘 보이려고 있는 재롱 없는 재주 다 피우는 것이 지금 이 순간에는 즐겁지가 않았다.

"좋은 연극입니다! 남경이 완전히 뒤집어졌다고 하네요! 공자의 자손들은 역시 대단한 것 같네요. 그런 극본을 쓸 수 있다니 말입니다."

여국주가 흥이 나서 대답했다.

"연극은 무슨 빌어먹을!"

명주는 반나절 동안 꾹 참았던 성질을 드디어 활화산처럼 폭발시켰다. 성난 사자처럼 머리털을 꼿꼿하게 세우고 두 사람에게 다가가더니 아직 대국이 진행 중이던 바둑판을 천장에 닿을 정도로 높이 걷어 차버리고 말았다. 순간 바둑알이 비 오듯 떨어져 내리더니 방안 가득 널렸다. 명주에게는 이제 그렇게도 중요하게 생각하던 재상으로서의 체면, 대신의 위엄 같은 것은 사라지고 없었다.

원래 명주는 표정 관리를 잘 하기로 소문이 나 있었다. '늘 웃는 명주'라는 별명으로 통했다. 그러나 그런 그가 갑자기 무서운 표정을 지으면서 핏대를 세우자 서건학과 여국주는 말할 것도 없고, 하인들 역시 잔뜩 겁에 질려 숨을 죽였다. 그때 명주가 다시 좌중을 향해 욕설을 퍼부었다.

"곧 왕사정이 처박혀 있는 감옥에 들어가 돼지죽이나 처먹게 생긴 줄도 모르는군. 연극은 무슨 얼어 죽을 놈의 연극이야!"

"명상明相!"

여국주가 황급히 사정하는 듯한 표정을 지으면서 이성을 잃은 명주를 자제시키려고 했다. 최대의 존칭인 '재상'의 호칭까지 들먹였다. 그가 덧붙였다.

"구족九族이 씨도 안 남기고 멸족당할 죄를 지었다고 해도 좋습니다. 또 살갗이 죽죽 찢겨 들개에게 먹히는 죄를 지었다고 해도 좋습니다. 도대체 무슨 일 때문에 이러시는지 말씀을 해주십시오!"

명주가 여국주의 말에 더욱 크게 냉소를 터트리면서 소리쳤다.

"그대들이 남위 시험에서 무슨 짓을 저질렀는지 내가 모르고 있었다니! 간이 부어터진 사람들 같으니라고! 서건학, 유식한 당신 말대로라면 그야말로 동창사발東窓事發이야. 음모가 발각돼 모두 죽게 생겼다고! 진짜 큰일이 난 거야! 지금 갈례가 모든 곳을 철저하게 지키고 있다고. 또 연갱요는 병사들에게 공원을 봉하고 각 방마다 이 잡듯 수색하라는 지시를 내렸어. 완전히 독 안에 든 쥐가 뜨거운 물을 뒤집어쓰는 격이 됐다는 말이야. 알겠어? 이번에 봉강대리 열댓 명의 목이 날아갈 거야. 또 백관들이 모조리 연루당하게 생겼어! 방금 나는 그대들의 바둑판을 걸어찼으나 폐하께서는 오늘 책상을 뒤집어 엎었다고! 그대들이 어떤 짓을 저질렀는지 앞으로 똑바로 지켜보라고!"

명주는 완전히 악에 받쳤다. 좀체 이성을 차리지를 못했다. 얼마 후에는 곧바로 허물어지듯 의자에 주저앉은 다음 머리를 다리 사이에 쑤셔 박은 채 엉성한 머리카락을 마구 쥐어뜯기 시작했다.

23장
고사기의 처세술

서건학과 여국주는 마치 번개를 맞은 듯 안색이 완전히 잿빛으로 변했다. 꼼짝도 못한 채 그 자리에 그대로 얼어붙어 버렸다. 그러다 한참 후에야 서건학이 천천히 입을 열었다.

"그 일이 우리 북경의 관리들과 무슨 상관이 있습니까? 저희들이 알기로는 일이 이렇게 터진 것은 갈례가 색액도를 등에 업고 강남 순무를 꼬드겨 저지른 일입니다. 그 사람들, 해도 해도 너무하지 않나요? 여태 챙긴 검은돈만 해도 얼만데요?"

명주도 서건학의 말처럼 갈례가 뒤에서 힘이 돼주는 색액도의 배경을 믿고 자신을 물 먹이려 한다는 사실을 모르는 것은 아니었다. 그러나 일이 이 지경에까지 이르렀는데도 자신의 청렴함만을 주장하면서 떠들어대는 서건학에 대해서는 괘씸한 생각을 품지 않을 수 없었다. 화도 치밀었다. 아무리 생각해도 현재 상황에서는 자신이 나서서 색액도와 시시

비비를 따져야 한다는 생각이 들었던 것이다. 하지만 아무리 화가 난다고 해도 서건학의 눈치를 보지 않을 수도 없었다. 사실 명주가 그럴 수밖에 없는 이유는 있었다. 사건과 관련해 그 자신이 결코 자유롭지 못한 탓이었다. 무엇보다 그는 남위 시험 1, 2, 3등의 선발에 결정적인 영향을 미치도록 원격조종을 한 원죄가 있었다. 게다가 자신이 휘하의 관리들과 몰래 교신한 편지가 서건학의 수중에 있었다. 만약 서건학이 다른 마음을 품고 그 비밀을 터뜨려 버리는 날에는 가장 먼저 목이 달아날 사람은 다름 아닌 명주 자신이었다. 그는 그 사실을 누구보다 잘 알고 있었다. 급기야 명주가 서건학의 약을 올려 득이 될 것이 없다고 생각했는지 길게 한숨을 내쉬었다.

"폐하께서 이번 일을 직접 해결하시겠다는 입장을 분명히 하셨어. 그런 만큼 꼼짝없이 볼기를 맞지 않으면 안 되는 상황이야. 변명은 해봤자 소용없어. 의심만 증폭시킬 게 뻔해. 그렇다고 색액도에게 사정한다는 것은 호랑이와 뺨을 비비는 격이 될 거야! 불행 중 다행이라면 여국주가 갈례와 친분이 두텁다는 사실이야. 또 갈례의 약점도 잡고 있다는 거야. 그러니 갈례에게 편지를 보내고 돈을 조금 찔러주면서 한번 부탁해보는 수밖에! 어쨌거나 자네 두 사람은 말려 들지 않아야 해."

명주가 말을 하다 말고 갑자기 몸을 흠칫 떨었다. 가슴이 얼음장처럼 차가워지는 느낌이 들었던 것이다. 그는 색액도가 병가病暇에서 돌아온 다음 자신을 대하는 강희의 태도가 전과는 비교가 되지 않을 만큼 차가워졌다는 사실을 비로소 느꼈다. 과거 강희는 예상 못한 큰일이 터질 경우 색액도에 앞서 우선 명주를 찾아 상의를 했다. 그러나 지금은 확실히 아니었다. 그는 엉킨 실타래처럼 머리가 복잡해지는 기분을 느꼈다. 어찌할 바를 모른 채 말없이 가만히 앉아 있었다. 서건학과 여국주도 처음에는 경황이 없었으나 명주의 태도를 보고는 사태의 심각성을 깨달은 것 같았다. 마치 불가마 위의 개미처럼 당황하면서 명주에게 간청하다시피 했다.

"중당 어른, 저희를 살려주세요!"

명주가 둘의 이구동성에 고개를 저으며 쓴웃음을 지었다.

"일이 더 커지면 나는 혐의를 피해 어디 숨어 있어야 할지도 몰라. 내 코가 석 자란 말이야! 나에게 부탁하느니, 그 버러지 같은 거지 선비한 테 말해 보는 것이 나을지 몰라!"

명주가 별생각 없이 툭 말을 던지다가 갑자기 눈을 반짝이면서 무릎을 쳤다. 고사기를 떠올리는 순간 뭔가 방법이 있을 것 같다는 생각이 든 것이다. 그가 다시 말을 이었다.

"그래, 그렇게 하지! 자네들은 즉각 은 이만 냥을 마련해 가지고 그 원숭이를 잘 구워삶아 놓게. 그나마 그자는 폐하 앞에서 입이라도 벙끗할 수 있는 사람이야. 맞아, 고사기 외에는 이 일을 해결할 사람이 없어!"

여국주는 직급이 고사기보다 두 단계는 높았다. 당연히 먼저 찾아가 허리를 굽힌다는 것은 내키지 않는 일이었다. 게다가 뇌물까지 챙겨가 는 것은 더 말할 나위가 없었다. 그가 싫다는 표정을 지으면서 중얼거렸다.

"이만 냥씩이나 마련하라고요?"

체면이 서지 않기는 대학사인 서건학도 마찬가지였다. 그래서 그런지 상기된 얼굴을 한 채 말이 없었다.

"꼴값 떨지 말게. 뭐가 그리 잘났다고 그래! 상서방에 들어가 일하고 있으면 재상이나 다름없다는 거 몰라? 어느 누구보다 힘이 있는 사람 이라고 할 수 있지! 그 친구는 아마 현금은 받지 않을 거야. 그러니 골 동품을 싸들고 가. 그것도 그냥 주지는 말고 그 잘난 붓글씨라도 하나 받아오라고. 서로 바꿨다는 느낌을 주면 뇌물 받는 게 훨씬 편할 것 아닌가!"

명주가 굳어진 얼굴에 냉소를 흘리면서 지시했다. 그런 다음 밖을 향해 다급하게 외쳤다.

"황명인, 황명인 어디 있어?"

"어르신, 소인 대령했습니다!"

황명인이 곧 까치발을 한 채 들어서더니 한쪽 무릎을 꿇었다. 명주가 그새 마음이 많이 진정된 듯 담담하게 입을 열었다.

"연극은 오늘 여기에서 하지 말고 고상부高相府(고사기의 집을 재상의 집으로 높여 부른 것임)에서 하도록 해. 시월 이십육일이 마침 고상高相이 백년가약을 맺는 좋은 날이야. 아마 그때 필요할 거야. 극본이 지금까지의 다른 연극과는 차원이 다르고, 배우들의 연기력 역시 타의 추종을 불허할 만큼 좋다고 내가 그러더라고 해. 그러면 폐하께서도 분명히 좋아하실 것이라고 못을 박으라고. 또 나한테 있는, 송나라 휘종徽宗이 그린 《응시도》鷹視圖와 하기통夏器通이 보내준 선덕로宣德爐(명나라 선종宣宗 때 구리로 만든 화로)도 가져다 줘. 결혼을 축하드린다는 말 역시 잊지 말고. 검은 머리 파뿌리 되도록 행복하게 살라는 말도 버벅거리지 말고 잘해. 무슨 말인지 알아들었지?"

"예? 예, 예! 알아들었습니다!"

고사기는 명주를 비롯한 세 사람이 공동으로 보낸 시가 4만 냥의 골동품을 흔쾌히 받아들였다. 극단의 공연은 더 말할 필요도 없었다. 또 그는 붓글씨 몇 글자를 대충 휘갈겨 서건학과 여국주에게 주는 것 역시 잊지 않았다. 내친 김에 명주한테도 그림 한 장을 그려주었다. 어려운 문제를 푸는데 도움을 주겠다는 의사를 확실하게 내비쳤다고 할 수 있었다.

명주의 말대로 고사기는 분명히 돈을 받지 않았다. 그저 벼루와 옛 서화를 비롯해 송나라 때의 종이, 한나라 때의 기와, 도자기 등의 골동품을 받았을 뿐이었다. 솔직히 이런 것들은 부담없이 받기에 좋은 물건들이었다. 무엇보다 보기에도 우아할 뿐 아니라 뇌물수수 혐의도 받지 않을 수 있었다. 물론 그가 천방지축으로 겁 없이 값비싼 골동품들을 마구 긁어모은 것은 아니었다. 아니 그는 이럴 때 자칫 잘못했다가는 머리가 달아난다는 사실을 어느 누구보다도 잘 알고 있었다. 하지만 그는 강희의 속마음을 너무나 분명하게 꿰뚫어보고 있었다. 강희가 이번에 산을 울려 호랑이를 겁주자는 뜻에서 일부러 분위기를 무섭게 조성하는 것이라는 사실을 일찌감치 간파하고 있었다. 무리하게 대학살을 감행하지는 않을 것이라고 확신했다. 한마디로 그는 강희가 치국治國과 용병用兵을 대세로 생각하고 있다는 사실을 너무나 잘 알고 있었다.

고사기는 뇌물이나 다름없는 선물을 받은 다음 이틀 동안이나 서재에 엎드려 글을 쓰기도 하고 낙서도 해가면서 이리저리 생각을 굴렸다. 그 결과 이틀 후에 다가올 자신의 결혼식에서 이 일을 함께 마무리 짓는 쪽으로 생각을 굳혔다. 강희가 그날 사실상 주례를 해준다고 했으니, 완벽한 기회라고 해도 좋았다. 하지만 만사를 확실하게 할 필요는 있었다. 귀한 사람은 일이 많다고 하지 않았던가. 여기에까지 생각이 미치자 고사기는 바로 소마라고를 떠올렸다.

강희는 소마라고에게 바깥바람을 많이 쐬고 자연과 더불어 산책을 하라는 고사기의 '처방'을 철저히 지키도록 했다. 창춘원暢春園에 그녀만을 위한 그럴 듯한 별장을 마련해준 것이다. 고사기는 그 생각이 나자 곧장 가마를 타고 창춘원으로 향했다. 창춘원의 우수봉牛首峰 밑에 위치한 별장은 강희가 마련해준 명당다웠다. 무엇보다 온통 울창한 송죽과 화초로 뒤덮여 있는 것이 무척이나 신비로웠다. 고사기는 패찰을 내밀어 보이고는 어렵지 않게 금원禁苑에 들어섰다. 고즈넉하면서도 종수궁에서 느낄 법한 숨막힘은 없는 활기찬 곳이었다. 그의 시야에 저 멀리 나무 밑에서 어떤 부인과 바둑을 두고 있는 소마라고의 모습이 들어왔다. 옆에는 시녀들이 빙 둘러선 채 구경을 하고 있었다. 고사기는 비록 늦게 입궁을 하기는 했으나 그 누구보다도 자주 드나들었기 때문에 바둑을 두는 부인이 '넷째 공주'로 불리는 공사정孔四貞이라는 것을 한눈에 알아 볼 수 있었다. 그녀가 인기척을 느낀 듯 뒤를 돌아봤다. 이어 고사기를 발견하고는 큰 소리로 말했다.

"고 의원 오셨군! 이곳에 다시 한바탕 소란이 일게 생겼구먼! 지난번 그 약 덕분에 큰 고생을 하지는 않는 것 같아. 고마웠네!"

"넷째 공주님, 별 말씀을 다 하십니다. 사실 제게는 별다른 재주는 없습니다!"

고사기가 웃음을 지으면서 겸손하게 공사정의 말에 화답했다. 그런 다음 소마라고의 안색을 살폈다.

"대사님의 병은 이제 다 나으신 것 같습니다. 청정한 공기를 마시고 양덕수신養德修身한 결과라고도 할 수 있겠으나 워낙 대사님께서 타고난 자질이 좋으시기 때문에 그 어떤 병도 범접을 못하는 듯합니다!"

아부어린 고사기의 말에 공사정이 웃음기 다분한 어조로 화답했다.

"까마득히 높은 자리에 앉아 있으면서도 아직 아부 따위를 하다니. 우리는 그대에게 내릴 마땅한 관작이 없네그려!"

소마라고는 고사기와는 이미 친숙한 사이였다. 비록 너무 약삭빨라 거부감이 없지는 않았으나 뛰어난 재주 또한 마음에 들었다. 어디 그뿐인가. 걸쭉한 입담에 뛰어난 언어 구사력은 천박한 느낌보다는 오히려 우아한 운치가 돋보이는 것 같아 그다지 밉지 않았다. 소마라고가 얼굴에 보일 듯 말 듯한 미소를 띠우면서 말했다.

"고 거사居士, 저쪽 방석에 가서 앉으세요. 연운煙雲아, 차를 가져오너라!"

소마라고의 말이 떨어지기 무섭게 앳된 비구니 한 명이 차를 가져왔다. 고사기가 자리에 앉아 차를 마시면서 말했다.

"차 맛이 정말 기가 막히는군요! 대사님 덕분에 이렇게 맛있는 차도 마셔보고. 정말 감사합니다!"

소마라고가 평소와 다른 고사기의 호들갑에 이상한 생각이 든 듯 고개를 갸웃했다.

"그런데 이곳에는 무슨 일로 왔나요? 옆구리에는 또 무슨 종이를 그렇게 많이 끼고 다닙니까?"

"대단히 쑥스럽고 황송합니다만 지난번 대사님께서 저의 필체에 대해 말씀하시지 않았습니까. 그런데 돌아가서는 그만 깜빡했지 뭡니까. 며칠 전 제가 무단의 집에 술을 마시러 갔습니다. 그곳에서 목자후가 붓글씨를 좀 써달라고 조르더군요. 그때 갑작스럽게 대사님의 말씀이 떠올랐죠. 제 딴에는 공들여 쓴다고 썼으나 대사님의 법안法眼을 어지럽히지나 않을지 모르겠습니다."

고사기가 뒤통수를 긁적이면서 말했다. 공사정은 소마라고로부터 고사기의 서예 실력에 대해서 들은 바가 있었다. 그래서 잔뜩 기대를 하며 고사기의 글을 받아 탁자 위에 펼쳤다. 서화는 모두 세 장이었다. 문제는 그 중 한 장에서 수 년 동안 소마라고의 뇌리 속에서 한 번도 사라진 적이 없는, 그 남자가 선물한 몇 글자가 눈앞에 펼쳐졌다는 사실이었다. 14년 전 너무나 좋아서 자신의 영혼을 불태운 바로 그 남자가 선물한 글이.

노을은 구름의 혼백이요, 꿀벌은 꽃의 정신이다.

소마라고는 순간적으로 깜짝 놀랐다. 동시에 자신의 가슴속 깊은 곳에 고이 간직했던, 이제는 더 이상 존재하지 않는 것 같았던 감정의 침전물이 자신의 의지와는 상관없이 마구 용솟음쳐 오르는 것을 느꼈다. 고사기는 그 나름대로 은근히 손에 땀을 쥐었다. 소마라고가 보이는 반응을 분명히 노리고 계획적으로 접근했으니 그럴 수밖에 없었다. 물론 소마라고가 발끈하지 않을까 하는 걱정을 하지 않은 것은 아니었지만.

"오 선생님이 쓰신 것과는 감히 비교할 바가 못 됩니다! 저의 어리석은 생각으로는 대사님의 속병이 이것으로 인해 생긴 것으로 보입니다. 마음속에 넣어 두고 병을 만드느니, 차라리 이거라도 벽에 걸어 두고 보시면 몸에 이롭지 않을까 생각합니다. 그렇게 바라는 마음에서 결례를 무릅쓰고 이렇게 했습니다."

소마라고는 고사기의 말을 곰곰이 되새기고는 일리가 없지 않다고 생각했다. 나중에는 두 손으로 글씨가 쓰인 종이를 받쳐들고 미소를 짓기까지 했다.

"어느 누가 감히 이 솜씨에 토를 달겠어요! 하지만 나는 그대에게 선물할 것이 아무것도 없네요. 나는 상서방으로 별것을 다 가져다 나르는 지저분한 관리들처럼 가진 것이 없으니까. 세상이 어떻게 되려고 이러는지 정말 개탄스러워요. 아무튼 주는 거니까 고맙게 받겠어요. 그러나 그대도 내가 뭘 도와줄 것이라고는 기대하지 않는 것이 좋아요!"

고사기는 평소 받은 인상과는 거리가 멀어 보이는, 꽤나 성깔 있는 소마라고의 말에 속으로 적잖이 놀랐다. 하기야 강희 9년 이전의 그녀는 지금보다 훨씬 더했다는 사실을 알 리가 없는 그였으니 그럴 만도 했다.

"그럼요, 그럼요! 저는 다른 사람의 돈은 별로 좋아하지 않습니다. 더군다나 대사님께는 부탁드릴 일도 없습니다. 대사님께서 제 작품을 받아주신 것만으로도 저는 무한한 영광으로 생각합니다. 아, 그리고 깜빡

하고 말씀을 드리지 못할 뻔했습니다. 지금 북경에 유명한 극단이 왔다고 하네요. 위동정 대인께서도 대단히 만족스러워하면서 저한테 추천해 준 극단이에요. 사실 제가 며칠 뒤에 결혼을 합니다. 그 경사스러운 날에 대사님을 모셔서 같이 연극 구경이라도 하고 싶습니다. 어떻습니까? 넷째 공주님께서도 와 주신다면 폐하께서도 행여 바쁘신 와중이라도 잠깐이나마 들러 주시지 않을까 하는 기대를 해봅니다. 그렇게만 된다면 고씨 집안의 조상들이 덕을 쌓은 보람이 있지 않을까 싶습니다. 더불어 제 처 방란도 한없는 가문의 영광을 만끽할 것 같습니다!"

고사기가 계속 아부를 하자 글에서 여전히 눈을 떼지 못하던 소마라고가 마지못해 대답했다.

"나는 원래 연극 같은 것에는 흥미가 없어요. 폐하께서 여러 번 불러 주셨어도 한 번도 가지 않았어요. 그게 뭐가 재미있다고 그럴까요? 아, 이제 보니 그쪽은 폐하를 모시기는 해야겠는데, 여의치 않으니까 몇 글자 적어 둘둘 말아 안고 나한테 찾아온 것 아니에요?"

소마라고는 고사기의 전략에 쉽게 넘어가지 않았다. 그러나 공사정은 소마라고와는 달랐다. 답답한 궁중에서 벗어나고 싶은 생각이 앞섰다.

"안팎으로 텅텅 비웠다는 대사님이 뭐 이래요? 아직 생각이 그리 새털처럼 많은 것을 보니 성불하려면 수행이 부족한 것 같아! 혜진 대사가 간다면 내가 팔짱 끼고 같이 가 줄 의향이 있다네!"

고사기는 공사정의 말에 일말의 희망을 보았다. 다시 소마라고에게로 재빨리 눈을 돌렸다.

"대사님, 대사님이 남자분이시고 출가도 하지 않았다면 정말 큰일을 하셨을 것입니다. 저 같은 사람은 공부를 십 년 더해도 대사님을 쫓아가지 못할 것입니다! 솔직히 털어 놓자면 말씀하신 대로입니다. 그런 속셈이 있는 것은 사실입니다. 저의 미약한 힘으로 어찌 폐하를 모실 수 있겠습니까! 그러나 연극이 정말 재미있다는 사실만은 대사님이 믿어주셨으면 합니다. 위동정 대인이 편지에서 그러더군요. 전에 오차우 선생님께서도 이 극본을 보시고 격찬을 아끼지 않으셨다고요!"

고사기는 다급한 김에 또다시 오차우를 들먹거렸다. 효과는 있었다. 은근히 생각이 동한 소마라고가 고개를 갸웃거리면서 물은 것이다.

"그 연극 이름이 뭐예요?"

《도화선》입니다! 산동의 재주꾼인 공상임이 이십 년 동안 노력을 기울인 끝에 야심작으로 내놓은 것입니다! 전 왕조인 명나라의 흥망과 유명한 반청反淸 문인인 후조종侯朝宗과 기생 이향군李香君의 눈물 없이는 보지 못할 사랑 얘기를 그렸다고 합니다!"

고사기가 눈빛을 반짝이면서 기다렸다는 듯 냉큼 대답했다. 소마라고는 고민에 빠졌다. 무엇보다 고사기가 자신의 병을 고쳐주려고 안간힘을 다하던 모습이 그녀를 움직였다. 또 그동안 쭉 지켜본 결과 그가 괜찮은 사람이라는 느낌도 가진 터였다. 그런 사람이 결혼을 한다는데 너무 매정하게 구는 것은 솔직히 성불 운운하는 사람이 할 일이 아니었다. 얼마 후 그녀는 고민 끝에 결정을 내렸다.

"가서 기다리세요. 넷째 공주님은 아시다시피 태황태후마마의 양녀예요. 내가 공주님과 함께 폐하를 한번 뵈러 가보겠어요. 폐하를 설득시키는데 성공하면 그건 그대의 복이에요. 하지만 안 되더라도 나를 원망하지는 말아요."

고사기는 무릎을 쳤다. 반나절 동안이나 애를 태우면서 입 아프게 설득한 결과 소마라고의 약속을 겨우 이끌어냈으니 그가 쾌재를 부른 것은 당연했다. 그는 너무나도 기쁜 나머지 행여 소마라고의 생각이 변하기라도 할까봐 도망치듯이 발길을 돌렸다.

원래 특별한 사람의 움직임은 그 반응이 대단한 법이다. 공사정과 소마라고는 확실히 그런 사람들인 것이 분명했다. 둘의 막강한 힘이 증명되는 데는 그리 오랜 시간이 걸리지 않았다.

이튿날 진시辰時 막바지 무렵이었다. 하계주가 상서방에 26일 하루 휴가를 준다는 태황태후의 뜻을 고사기에게 전해왔다. 더불어 그녀가 황제, 황태자, 귀비 유호록씨, 혜비惠妃 납란納蘭씨, 영비榮妃 마가馬佳씨, 덕비德妃 오아烏雅씨, 의비宜妃 곽락라郭絡羅씨, 성비成妃 대가戴佳씨, 양비良妃 위衛씨, 그리고 황자 윤제, 윤지, 윤진, 윤기胤祺, 윤조胤祚를 거느리고 연극 구경을 갈 계획이라는 사실도 알렸다. 고사기에게 각별히 안전에 신경을 쓰라는 명령도 내렸다. 또 하계주는 태황태후가 방란에게 하사하는 금 20냥과 영주寧綢(남경에서 생산되는 비단) 30필도 가지고 왔다.

고사기는 하계주의 전언을 통해 태황태후가 황자를 출산한 비빈들과 세 살 이상의 황자들을 전부 데리고 나온다는 사실을 알 수가 있었다. 게다가 상서방에 휴가를 내린 조치는 공사정과 소마라고의 주장에 따른 것이라는 사실 역시 어렴풋이 짐작했다.

그는 태황태후 일행의 행차를 황제가 모른 척하지 않으리라는 것을 직감적으로 느꼈다. 색액도를 비롯해 명주, 웅사리, 탕빈, 이광지 등과 한림원의 여러 거물들도 서로 경쟁하듯 얼굴을 비추려고 안간힘을 다할 것이라는 사실은 굳이 거론할 필요조차 없었다. 한마디로 그의 결혼식과 연극은 황궁의 거물들이 총출동하다시피 하는 대단한 행사로 바뀌었다고 할 수 있었다.

'이런 영광을 조정의 어느 문무백관이 누릴 수 있었을까? 황궁에 들어온 시간을 따지자면 나는 아직 초년병이 아닌가?'

그는 생각하면 할수록 모든 것이 꿈만 같았다. 기분도 묘했다. 급기야 그는 흥분한 나머지 집안 집사를 불러 은 2천 냥을 하인들에게 골고루 나눠주도록 했다.

백여 명이나 되는 그의 집안 하인들은 뜻하지 않은 횡재에 좋아서 어쩔 줄을 몰랐다. 그야말로 환호작약하며 힘든 줄도 모르고 뛰어다니면서 황궁의 거물들을 맞을 준비에 전력을 다 기울였다. 그들의 얼굴에는 하룻밤을 꼬박 샜는데도 피곤한 기색이라고는 전혀 보이지 않았다. 이렇게 해서 고사기의 집 구조는 하룻밤 사이에 완전히 몰라보게 변해 버렸다. 이를테면 정청正廳은 태황태후를 비롯한 황실 가족들이 휴식을 취할 수 있는 장소로 꾸며졌다. 하인들은 그 앞을 얇은 휘장으로 살짝 가리는 것도 잊지 않았다. 대청의 한가운데에는 강희를 위한 침대도 마련했다. 그 양 옆의 곁채에는 말할 것도 없이 조정의 주요 대신들의 좌석이 따로 배치됐다. 또 동쪽의 공터에는 앞뜰과 뒤뜰을 하나로 통하게 만든 간이무대가 설치됐다. 그 밑으로는 연극을 구경하면서 차를 마실 수 있도록 탁자와 의자들이 즐비하게 놓였다.

드디어 고사기가 새신랑이 되는 날의 해가 밝았다. 간소한 결혼식이 끝나고 무대에서 관우關羽를 주인공으로 한 맛보기 연극이 시작됐다. 태황태후는 극단 단원들의 최선을 다하는 모습에 감명을 받았는지 휘장 뒤에서 강희에게 슬며시 한마디를 건넸다.

"수고들 하는군. 뭐라도 좀 하사하는 것이 어떻겠소!"

강희도 태황태후에 못지않았다. 완전히 넋을 잃고 연극구경을 하고 있었다. 그러나 그는 군주답게 연극 내용과는 다소 동떨어진 생각도 하고 있었다.

'우리가 국호를 정한 이후 문성文聖은 일찌감치 공자로 확정했어. 그러나 아직 무성武聖에 대해서는 결론이 내려지지 않았어. 전에 예부에서 세 명을 후보로 올리기는 했지. 오자서伍子胥(춘추시대 초楚나라의 무장)와 악비岳飛(송나라의 충신), 그리고 관우였지. 하지만 그 당시에는 아직 곳곳에서 전쟁이 끝나지 않아 여러 가지로 경황이 없어 결론을 내리지 못했어. 그런데 지금 저 용감무쌍하고 듬직한 관우를 보니 진짜 대단하다는 생각이 드는군. 게다가 수염을 만지작거리면서 독서를 하는 것도 얼마나 멋진가. 부장部將인 주창周倉 역시 청룡언월도를 손에 든 채 위풍당당하게 옆에 시립해 있는 모습이 보통이 아니야. 아무리 연극이지만 관우의 대장군 풍채는 늠름하고 대단해. 저만한 무장이 과연 우리 중국 역사에 또 있을까?'

강희의 그런 깊은 생각은 태황태후가 극단의 단원들에게 상을 주라는 당부를 하면서 잠시 멈췄다. 곧이어 이덕전에게 명령을 내리는 그의 목소리가 울려 퍼졌다.

"연극 단원들에게 금을 조금씩 상으로 주도록 하라!"

강희는 말을 마치기 무섭게 주위의 문신들을 불러 지시했다.

"그대들은 관우를 주제로 해서 각자 글을 쓰도록 하라. 곧 짐이 평가를 할 것이야."

고사기를 비롯한 문신들은 강희의 말이 떨어지자마자 바로 글쓰기에 들어갔다. 고사기의 친구인 사신행 역시 골똘히 머리를 쥐어짜냈다 그런 신하들의 모습을 보며 강희는 조금 전의 생각을 다시 이어나갔다.

'아무리 생각해봐도 오자서와 악비는 관우에 비할 바가 못 되는 것 같아. 오자서는 아버지와 형을 위해 복수를 하기는 했어. 그러나 부관참시剖棺斬屍라는 말을 만들어낸 것에서 보듯 죽은 초楚나라 평왕平王을 무덤에서 파내 채찍질해서 다시 죽였어. 그렇게 한 것은 효심은 갸륵하다고 할 수 있어. 하지만 신하된 도리를 제대로 지켰다고 할 수는 없어. 그러니 무장의 기본인 충성심에 대해 논할 때는 조금 부족해. 악비는 충성심과 효심에서는 나무랄 데가 없어. 그러나 우리의 선조 국가인 금金나라를 상대로 싸웠어. 우리 대청의 조상들을 함부로 범했어. 우리로서는 이것은 받아들일 수가 없지. 하지만 관우는 전혀 달라. 충과 효, 절개와 의리를 두루 겸비한 명실상부한 무부자武夫子(무장으로서는 공자에 필적한다는 의미)였다고 해도 좋아. 그래, 그를 무성의 자리에 올려놓아야 해!'

24장
혜성이 출현한 의미

강희가 웅사리를 불러 관우에게 호를 내려야겠다고 생각하고 있을 무렵이었다. 갑자기 무대 위에서 통소와 거문고 소리가 울려 퍼지기 시작했다. 이날의 본 연극인 《도화선》이라는 작품이 본격적으로 시작된 것이다. 곧 주인공인 후조종 배역의 배우가 긴소매를 흔들면서 무대 위로 나왔다. 이어 목청껏 노래를 불렀다.

손초루孫楚樓 옆의 막수호莫愁湖에는 버드나무의 푸르름이 새롭구나. 석양 길에 풍경이 좋은 곳에서 들려오는 술을 파는 소리가 길 가던 나그네의 발목을 잡는구나…….

강희는 조용히 앉아 무대 위에 시선을 고정시키고 있다 돌연 오차우를 머릿속에 떠올렸다. 그는 바로 이 연극의 주인공인 후조종의 제자였기 때문이다. 강희는 얼마 전 그의 소식이 궁금해 소륜을 오대산으로 보낸 적이 있었다. 그러나 애석하게도 어디론가 탁발을 떠나 만나지는 못했다.

'스승님께서는 지금쯤 어디에서 무엇을 할까? 어떻게 살고 있을까?'

강희는 오차우에 대한 생각을 하자 갑자기 처량한 기분이 들었다. 하기야 그 역시 이제는 어느덧 나이 서른을 넘긴 중년이었으니, 옛날 생각이 날 법도 했다. 게다가 현실도 녹록하지 않아 몹시 서글펐다. 무엇보다 대만이 아직 어떻게 될지 장담하기 어려운 난감한 상황에 처해 있었다. 서부의 반란은 아예 눈을 뻔히 뜨고서도 손을 쓰지 못했다. 그럴 겨를조차 없었다고 할 수 있었다. 그는 자신이 생각한 바대로 돌아가지 않는 세상일을 생각하자 한숨이 절로 나왔다.

'무엇보다 당장 막중한 임무를 마음 놓고 턱하니 맡길 훌륭한 장군이 나타나지 않고 있어. 어디 그뿐인가. 앞에서 길을 이끌고 갈 사람도 없다고 해도 과언이 아니고.'

강희는 생각을 하면 할수록 마음이 심란해지는 것을 어쩌지 못했다. 급기야 자리에서 벌떡 일어나서는 대청으로 나와 버렸다. 그때 비빈들과 각 부 대신의 부인들은 태황태후 앞에 모여 온갖 아양을 떨고 있었다. 그러나 강희가 들어서자 약속이나 한 듯 순식간에 제자리로 돌아가 일제히 무릎을 꿇었다.

태황태후가 새색시인 방란의 손을 꼭 잡고서 이것저것 당부를 하다 말고 웃으면서 말했다.

"밖에 대신들을 저렇게 많이 불러놓고 황제가 여기에는 웬일로 오셨어요? 나는 늙어서 이제 귀도 어두워요. 좋은 연극이라고는 해도 무슨 뜻인지 모르겠어요. 아예 이렇게 얘기나 하며 노는 것이 더 재미있네요. 내 걱정은 하지 말고 어서 들어가 보세요."

강희가 언제나 그렇듯 태황태후에게 밝은 웃음을 지어보였다.

"너무 오래 앉아만 있어서 조금 움직여야 할 것 같아서요. 시간도 많이 흘렀으니 할마마마께서 시장하시지는 않은지 궁금하기도 했고요. 음식을 가져오라고 할까요?"

강희의 공손한 말에 태황태후가 화답했다.

"여기 먹을 것이 이렇게 많은데 뭘 그래요? 내가 다 알아서 챙겨 먹을 테니까 노인네 굶을까봐 걱정은 하지 말아요. 방란이 결혼식을 올린 첫날부터 너무 큰일을 치르는 것이 안쓰러울 뿐이에요."

방란이 태황태후가 자신의 이름을 거명하자 황급히 자리에서 일어나 앞으로 나왔다. 그런 다음 강희를 향해 무릎을 꿇고 머리를 조아렸다. 모든 새색시들이 그렇듯 빨간 혼례복을 차려 입고 수줍은 표정을 짓는 모습이 더욱 예쁘고 행복해 보였다. 강희가 그녀의 머루처럼 새카만 눈에서 흘러나오는 영리한 눈빛을 응시하면서 말했다.

"그만 일어나게! 짐이 그대의 남편 고사기에게 주례를 서준다고 약속을 했는데, 식언을 하지 않게 돼서 다행이라 생각하네. 지금 마땅히 선물로 줄 것은 없네. 그러나 돌아가서 예부에 명하여 조속한 시일 내에 그대에게 대신의 안사람이라는 고명誥命(벼슬을 내려주라는 황제의 명령)을 내려주라고 하겠네!"

강희의 말이 끝나자 태황태후가 자상한 어조로 말했다.

"여기는 됐으니 이제 그만 가 보세요! 황제가 와 계시니 우리들이 한바탕 웃고 떠들지도 못하고 구석에 처박혀 숨소리조차 제대로 못 내고 있어요. 그게 안쓰러워서 그러니 우리는 신경 쓰지 마세요. 황제가 시장하면 우리는 신경 쓰지 말고 챙겨 드세요."

강희는 바로 밖으로 나왔다. 연극은 이미 중반에 접어들고 있었다. 홍광弘光황제가 패망한 다음 골방에 처박힌 채 다시 한 번 재기를 다짐하기는커녕 매일 미색에 빠져 눈이 어두워져가고 있다는 내용이 무대 위에 펼쳐지고 있었다. 그럼에도 그는 자존심은 있는지 겉으로는 안 그런 척 의연한 태도를 보였다. 또 심복인 마사성馬士誠을 불러 자신의 속마음을 알아 맞혀보라고 했다. 마사성 역시 홍광황제의 속셈을 거울 보듯 하면서도 일부러 모르는 척했다. 강희는 연극의 내용이 그 대목에 이르자 이맛살을 찌푸린 채 큰 소리를 내뱉었다.

"위선자가 따로 없군!"

명주는 애써 두근거리는 가슴을 누른 채 무대 위에 시선을 두고 있었다. 하지만 마음은 저 멀리 콩밭에 가 있었다. 연극의 대사를 하나도 기억하지 못할 정도였다. 그저 계속 고사기와 강희의 표정을 훔쳐보기만 할 뿐이었다. 마침 그때 갑자기 강희의 입에서 '위선자'라는 말이 나오자 깜짝 놀라 몸을 움찔했다. 그러나 그 말이 연극 중의 마사성을 두고 하는 것이라는 사실을 깨닫고는 몰래 한숨을 내쉬었다.

연극은 계속됐다. 이번에는 홍광황제가 열몇 명의 기생들 속에 파묻혀 헤매는 장면이 생생하게 연출됐다. 그는 주변 여기저기로 음란한 눈짓을 보내느라 다들 여념이 없었다. 곧이어 홍광황제의 입에서 "구름 같은 미녀들의 포근한 젖가슴이 있으니, 세상천지에 걱정이 없다"라는 대사가 흘러나왔다. 그 순간 강희가 실소를 흘렸다. 그런 다음 머리를 돌려 웅사리에게 말했다.

"저런 놈이 천자가 됐다니, 웃다가 이빨 빠질 일이구먼! 저러니 망하지 않고 배기겠어?"

"천만번 지당하신 말씀이옵니다!"

연극의 '연演'자조차도 싫어하는 것으로 유명한 웅사리도 이번에는 꽤 재미있게 관람하고 있는 것 같았다. 강희의 말에 바로 응답을 했다. 이어 다시 황급히 덧붙였다.

"하늘이 그의 기백을 빼앗아 우리 대청에 내려주신 것 같사옵니다! 비록 과장이 없지 않은 연극이라고는 하나 우리에게 말해주는 바가 큰 것 같사옵니다!"

두 사람이 대화를 주고받고 있을 무렵 태황태후를 모시고 살짝 가려진 휘장 뒤에 자리를 잡고 있던 소마라고 역시 깊은 감동에 젖어들고 있었다. 연극을 좋아하지 않는 그녀에게도 무대에서 벌어지는 내용이 너무나 가슴에 와 닿았던 것이다.

후조종과 이향군은 명나라가 멸망한 다음 차례로 출가했다. 그런데 수십 년이 눈 깜짝할 사이에 흘러간 지금 그의 제자인 오차우와 소마라고 역시 똑같은 길을 걷고 있지 않은가. 때문에 출가할 때의 처지와 살아온 행적은 서로 다르겠으나 사제간에 마음이 통하는 데가 충분히 있을 것도 같았다. 그녀는 그 사실이 너무나도 가슴이 아팠다. 이처럼 깔깔대고 웃어본 것이 까마득한 옛날일 뿐만 아니라 흥분해서 화를 내 본 기억조차도 없을 정도로 완벽한 출가인이 된 소마라고의 변화는 실로 컸다. 그녀를 처음부터 지켜봐 왔던 사람이라면 가슴이 아프지 않을 수가 없었다. 물론 그녀는 오로지 딱 한 사람, 바로 그 사람의 이름 석 자를 듣기만 해도 언제 어디서나 먼지 하나 없이 텅텅 비어 있을 것 같은 두 눈에 눈물을 가득 채우고는 했다. 태황태후가 이번에도 눈언저리가 촉촉이 젖어 있는 그녀를 안쓰럽게 쳐다보더니 위로의 말을 건넸다.

"대사가 좋기는 해. 그러나 너무 장황한 것 같아. 아무려나 나는 나이가 드니까 요즘은 오래 앉아 있기도 힘이 드는구먼. 날도 저물어 가는데, 우린 그만 궁으로 돌아가는 것이 좋겠어. 혜진 대사, 너도 창춘원으로 가지 마. 오늘 저녁은 나하고 같이 자도록 해……."

태황태후가 자리에서 일어나더니 곧바로 장만강에게 명령을 내렸다.

"폐하를 잘 모시고 구경 잘하고 와. 폐하에게 오늘 하루는 그냥 아무

일도 하지 말고 푹 쉬시라고 전하게. 내가 갔다는 얘기는 하지도 말고. 공연히 흥을 깰 수도 있으니까.”

말을 마친 태황태후가 이번에는 방란의 손을 어루만지면서 말했다.

“심심하면 궁으로 언제든지 들어와. 나하고 같이 재미있는 얘기도 하면서 놀자꾸나.”

태황태후는 곧 가마에 올라타고 고사기의 집을 떠났다.

연극은 자시子時가 다 돼서야 끝이 났다. 강희는 재미있게 구경했을 뿐만 아니라 기분도 좋은 듯했다. 극단의 단원들에게는 노자나 하라면서 상금을 주었다. 이어 흥이 도도한 채 차를 마시면서 고사기에게 말했다.

“극본을 참 잘 썼더군. 이렇게 좋은 연극을 왜 지금에서야 짐에게 보여준 것인가?”

그러자 고사기가 얼굴에 환한 미소를 드리운 채 대답했다.

“극본을 쓴 공상임은 워낙 성격이 거침없기로 소문이 난 간 큰 수재라고 하옵니다. 그래서 위동정 대인이 혹시 폐하의 심기를 거스르게 할 대목이 있지 않을까 우려했다고 하옵니다. 결국 남경에서 한 번 검열을 거친 후에야 들어오게 됐사옵니다. 그래도 마음이 놓이지 않기에 소인이 한 번 더 검사해보고 폐하께 말씀을 드리려고 했사옵니다. 그러다 위 대인이 꼼꼼하고 치밀한 성격의 사람이라는 것을 생각하게 됐죠. 그 정도면 틀림없을 것 같아 그냥 폐하를 모셨던 것이옵니다.”

강희 역시 웃으면서 화답했다.

“공상임은 오 선생께서 천거하기도 한 사람이 아닌가. 설사 작은 실수가 있더라도 그게 무슨 큰 문제가 되겠는가? 이번에 이 수재가 북위 시험에 응시했는지 모르겠네. 지난번 남위 시험 때처럼 억울하게 밀어내서는 안 된다고.”

고사기는 머리를 쥐어짜낸 끝에 겨우 강희의 입에서 먼저 남위라는 두 글자를 끌어내는데 성공했다. 때문에 강희가 화제를 돌리기 전에 서둘러 다시 운을 뗐다.

"폐하께서 남위에 대해 말씀하시니, 소인이 감히 진언을 올릴까 하옵니다. 며칠 전 폐하께서 크게 노하시는 바람에 소인은 진짜 혼비백산했사옵니다. 폐하의 뜻도 헤아리지를 못할 것 같았사옵니다. 그래서 폐하께서 기분이 좀 풀리신 뒤에 차차 말씀을 올리려고 했사옵니다. 이번 일은 신하들이 맡은 바 업무에 충실하지 않은 것에 지나지 않사옵니다. 어떻게 보면 오히려 대단히 기쁜 일이 아닌가 하옵니다. 적어도 폐하께서 용심龍心을 상하게 만들 정도로 크게 화를 내실 일은 아니었다고 생각하옵니다."

"그게 무슨 소리인가? 과거 시험장에서 부정이 벌어졌는데, 기쁜 일이라니?"

강희가 의아한 표정으로 되물었다.

"폐하, 세상만사는 뒤집어도 봐야만 그 실체를 정확하게 짚어낼 수가 있다고 생각하옵니다! 소인의 어리석은 견해로는 이번의 시험 부정은 천하의 문인들이 모든 수완을 다 동원하고서라도 시험에 합격해 대청의 관리가 되어 정사에 적극 참여하고 싶은 나머지 저지른 일이 아닌가 싶사옵니다. 그 행동은 벌을 받아 마땅하나 그만큼 합격하고자 하는 마음이 절실했다는 점에서는 또 나름대로 칭송도 받아야 하옵니다. 이는 태평성세가 머지않았다는 조짐이자 확실한 전환점이라고 생각하옵니다!"

"그렇게 생각하는가?"

"우리 대청이 정립定立된 지 이제 사십 년이 됐사옵니다. 그 오랜 세월 동안 인심이 붕 떠 있었던 이유로는 여러 가지를 꼽을 수 있사옵니다. 그 중 가장 큰 골칫거리였던 것은 문인들의 고집불통을 들 수가 있겠사옵니다. 그들은 성인의 가르침을 일부러 틀리게 해석해 인심을 농락했사옵니다. 또 중화와 오랑캐 간의 적대 감정도 부추겼사옵니다. 결과적으로 양측은 철천지원수가 되는 지경에 이르렀사옵니다. 그렇게 만든 장본인들이 바로 이른바 유식한 문인들이었사옵니다. 때문에 그들은 역대 과거시험에 참가하지 않았사옵니다. 당연히 정원도 채울 수 없었고요."

"음……."

강희의 표정을 슬쩍 살핀 고사기는 더욱 자신감을 얻었다.

"그러나 지금은 그와는 정반대의 양상을 보이고 있지 않사옵니까? 가산을 털어서라도 고사장에 비집고 들어오는가 하면, 빚을 내서라도 미관말직이나마 차지하려고 하는 문인들로 문전성시를 이루고 있사옵니다. 정국이 안정되고 그동안 사라진 좋은 일들이 동시에 다시 생기려 하고 있사옵니다. 크게 흥할 길조가 아닌가 싶사옵니다."

강희는 기분 좋은 얼굴로 계속 고사기의 말을 경청하고 있었다. 고사기는 속으로 쾌재를 부르면서 강희의 찻잔을 다시 채워주고는 말을 이었다.

"소인이 약간 불경스럽고 거북한 말을 한마디 아뢸까 하옵니다. 건국 초기에는 과거시험 응시자가 눈을 비비고 찾아도 없을 정도로 적었사옵니다. 오죽했으면 명주 대인 같은 사람이 동진사에 합격했겠사옵니까! 또 삼번의 난 때도 남위 시험에 응시한 선비의 수가 지금의 오분의 일도 될까 말까 했사옵니다. 그렇다고 시험제도를 폐지할 수도 없었사옵니다. 정말 난감하지 않았사옵니까? 그때는 왜 돈을 써서 부정을 저지르는 자들이 없었을까요? 사실이 증명하다시피 세상은 많이 변했사옵니다. 물론 돈을 가지고 행세를 하다 보니 진짜 실력 있는 선비들이 억울함을 당하는 경우도 완전히 배제할 수는 없사옵니다. 하지만 아무리 그래도 소수에 불과하옵니다. 소인이 합격자 명단을 보니 이번 남위 시험에서 강남의 명사들 이름이 적지 않게 올라와 있었사옵니다……."

강희가 자리에서 일어나는가 싶더니 어느새 실내를 서성거렸다. 그러자 고사기는 말을 멈추고 입만 실룩거리면서 강희의 눈치를 살폈다. 그러나 강희는 여전히 웃음을 잃지 않고 있었다.

"계속 말해. 주저하지 말고."

"폐하께서 이번 일을 결코 간과할 수 없다고 생각하신다면 대옥을 일으키는 것 외에는 방법이 없사옵니다. 웅사리 대인의 말대로 주시험관과 부시험관, 18개 고사장의 감독관 열여덟 명을 죽이고, 베고, 유배를 보낸다면 시험에 합격한 선비들도 간담이 서늘할 것이옵니다. 아마 생각이 오락가락하지 않겠사옵니까? 또 이처럼 큰 벌을 내리시면 다음 시험 때는 시험관들이 지레 겁을 먹고 비실비실 뒷걸음질을 칠지도 모르옵니다! 폐하께서는 지난 몇 년 동안 선비들의 마음을 되돌리시려고 안간힘을 다해 겨우 바람을 일으켜 놓았사옵니다. 그런데 지금 와서 불씨를 없애버리면 어찌 횃불이 활활 타오르겠사옵니까? 수 년 동안의 노력이 완전히 수포로 돌아가는 불행을 겪지 않을까 심히 우려스럽사옵니다. 게다가 이번 남위 시험 때 문인들을 모아 사건을 저지른 주범인 오사도는 아직 잡히지 않고 있사옵니다. 때문에 아직까지는 정확한 경위를 파악할 수 없는 상태라고 해도 좋사옵니다. 그런데도 시험관들부터 엄벌에 처한다면 혹 나중에라도 억울한 사연이 생길 가능성도 있사옵니다!"

고사기가 눈썹을 모은 채 걱정스런 표정을 지었다. 강희는 그의 말에 귀를 잔뜩 기울이고 있다 찻잔을 내려 놓았다.

"모르기는 해도 자네는 누군가의 부탁을 받았을 거야. 짐이 기분 좋은 틈을 타서 건국 이래 유래 없는 추문으로 기록될 사건을 무마시켜 보려는 거지? 자네 말대로라면 법을 어기고 부정을 범한 자들을 그냥 내버려두자는 얘기 아닌가. 그러면 기고만장해질 텐데, 그렇게 하자는 것인가?"

고사기는 자신의 말이 강희가 힐책한 대로 비춰졌다는 사실에 짐짓 놀라는 척하면서 털썩 무릎을 꿇었다. 이어 더욱 진지하게 아뢰었다.

"소인이 어찌 감히 그런 생각을 품을 수 있겠사옵니까! 폐하의 은혜를 입어 가난한 선비에서 팔자에도 없는 커다란 행운을 누리게 된 소인이 어찌 범죄자들을 감싸는 죄를 범할 수 있겠사옵니까? 부정을 범했으면 당연히 벌을 받아야 하옵니다. 하지만 민심은 한번 돌아서면 되돌리기 힘드옵니다. 그것을 다치지 않게 하는 선에서 충분히 일벌백계가 가능하다고 생각하는 것일 뿐이옵니다. 폐하께서는 하늘이 내린 총명함과 해와 달의 예지까지 가지고 계시니, 소인의 깊은 마음을 헤아려 주실 줄 믿어마지 않사옵니다!"

강희는 죽은 사람도 살려낼 것 같은 고사기의 입담에 마음이 한결 누그러졌다. 게다가 처음 같아서는 과거시험 부정에 연루된 자들을 모조리 죽여 없애버리고 싶었으나 고사기의 말을 천천히 음미해 보니 나름대로 일리가 있는 것도 같았다. 하지만 그렇다고 아무 조치도 취하지 않을 수는 없었다. 강희는 거기에까지 생각이 미치자 한참 고민을 한 다음 그의 의견을 물었다.

"그러면 그냥 내버려 둬?"

"아니옵니다. 혼을 내주기는 해야 하옵니다. 그러나 겉으로 너무 분위기를 그쪽으로 몰고 가서 조정 안팎을 놀라게 하지는 말아야 한다고 생각하옵니다!"

고사기는 강희가 당장 대만 출정과 같은 군사적인 문제에 발목이 잡혀 있다는 사실을 잘 알고 있었다. 다른 것들로 인해 그 일이 방해받는 것을 원하지 않는다는 것 또한 잘 알고 있었다. 이미 강희의 그런 생각을 읽었으니 그의 말은 더욱 단호해질 수 있었다.

"우선 주범인 두 시험관, 즉 좌 아무개와 조 아무개를 북경으로 압송해 질책을 함과 동시에 부정한 방법으로 삼킨 재물을 토해내도록 하는 것이옵니다! 또 일을 저지른 응시자들도 비밀리에 잡아넣어야 하옵니다. 그런 다음 대만 문제가 끝나면 폐하께서 남순南巡을 하시면서 직접 그 중에서 우수한 자들을 골라 기용하시는 것이옵니다. 그것이 지금으로서는 가장 좋은 방법이 아닌가 생각하옵니다. 이렇게 하면 합격자의 기분도 배려해줄 수 있을 뿐만 아니라 탈락됐다가 특별기용의 은혜를 입은 낙방거사들 역시 폐하의 은혜에 감지덕지할 것 아니겠사옵니까?"

강희는 고사기의 말이 너무나도 그럴싸해 순간적으로 크게 손뼉을 치면서 "자네 말대로 하지"라고 말할 뻔했다. 하지만 이내 입술까지 내달려온 말을 도로 삼켜 버렸다.

"짐이 오늘은 피곤하네. 때문에 판단이 흐려지기 쉬울 것 같네. 내일 상서방과 예부의 관원들을 불러 충분히 검토한 후에 결정하도록 하지!"

강희가 대내로 돌아왔을 때는 자시가 지난 늦은 시각이었다. 평소 같았으면 상주문을 꽤나 들춰보고 잠자리에 들었을 터였다. 그러나 오늘은 곧바로 양심전으로 향했다. 저녁에 구경한 연극의 대사 몇 마디가 귓가에 쟁쟁해 상주문을 볼 생각이 들지 않았던 것이다. 그런데 도저히 잠을 이룰 수가 없었다. 끝내는 엎치락뒤치락 하다가 아예 자리를 박차고 일어나 다시 옷을 걸쳤다. 그는 지난 3년 동안 보름에 한 번씩 별을 관찰하는 습관을 길러왔던 터였다. 단 한 번도 별보기를 거른 적이 없을 정도였다. 늦은 시각임에도 태감 이덕전이 복도에서 매를 훈련시키고 있었다. 그는 강희가 나오는 것을 보고는 황급히 달려와 인사를 올렸다. 그런 다음 당직을 서는 태감을 불러 시중을 들도록 하려고 했다. 그러나 강희는 다급히 손을 저었다.

"짐이 조용히 생각을 좀 할 것이 있으니, 공연히 귀찮게 사람을 부를 필요 없네. 그런데 매는 요즘 잘 먹고 잘 크는가?"

"예, 폐하! 살도 찌고 날로 튼튼해지는 것 같사옵니다! 하지만 가끔씩 풀어줘야 할 것 같사옵니다. 너무 가둬만 놓으니까 신경이 날카로워져서 그런지 사람만 보면 물어버리려고 하옵니다. 소인이 곁에 없으면 먹지도 않사옵니다……."

이덕전이 우렁찬 목소리로 대답했다. 강희는 쓸데없이 말이 많은 이덕전을 뒤로 하고 붉은 돌계단을 내려선 다음 정원 산책을 했다. 저 멀리 하늘에서는 차가운 초승달이 마치 옥고리처럼 희미하게 걸려 있었다. 궁중의 누각들이 달빛에 한층 신비롭게 보였다.

"세월이 정말 빠르기도 하구나!"

강희는 유리벽에 기댄 채 별무리를 지켜보다 자신도 모르게 긴 한숨을 내쉬면서 중얼거렸다. 그랬다. 그는 22년 전 어리둥절한 채 가마에 앉아 바로 이곳을 경유해 건청궁으로 가서는 부황의 영전에서 대관식을 치른 바 있었다. 물론 그는 자신이 당시에 어떤 기분이었는지는 기억하지 못했다. 하지만 불과 10년 전 음력 12월에 이곳에서 발생했던 치열했던 살육의 현장은 생생하게 기억하고 있었다. 아마 죽어도 잊을 수가 없을 것이다. 당시 오삼계의 아들 오응웅이 파견한 자객인 황보보주는 바로 서쪽 지붕 위에서 뛰어내려 자신에게 모든 음모와 그에 관한 진상을 고백한 바 있었다. 특히 양기륭이 음력 12월 23일에 반란을 일으켜 이곳이 한바탕 소란을 겪었을 때는 목자후와 무단이 열 몇 명에 이르는 태감들의 베어 버렸었다. 그러고 나서야 역당들의 기세는 한풀 꺾였다. 그는 당시의 기억을 너무나도 생생하게 되살리면서 가만히 한숨을 내쉬었다.

다행히 근래에는 그런 일이 없었다. 하지만 이제는 조정의 크고 작은 일들이 그것들에 못지않은 무게로 그를 짓누르고 있었다. 예컨대 색액도와 명주의 관계가 그랬다. 강희 8년 이전까지만 해도 두 사람은 마치 입안의 혀처럼 의기투합해 정사를 돌보고는 했다. 하지만 지금은 그 암투의 수위가 너무나도 위험한 지경에 이르렀다. 조금 심하게 말하면 둘의 사이가 원수지간이 되고 말았다. 물론 강희 입장에서는 그 둘의 불협화음이 걱정스럽기만 한 것은 아니었다. 그는 대신들 사이에는 어느 정도의 거리감이 필요하다고 생각하고도 있었으니까. 하지만 뒷짐을 진 채 먼발치에서 바라만 보기에는 물과 불 같은 둘의 암투가 대신의 체면은 말할 것도 없고, 조정의 체통에 먹칠을 하는 것도 사실이었다.

강희는 차가운 구리 학을 손바닥으로 툭툭 치고 나서 더욱 깊은 생각에 잠겼다.

'색액도는 태자의 작은 외할아버지니까 사사건건 태자를 감싸고 도는 것은 당연해. 그런데 영악하기 이를 데 없는 명주가 태자에게 괜한 시비를 건다는 것은 도무지 이해가 가지 않아. 태자가 약간 색다른 옷만 입어도 뭐라고 꼬투리를 잡지 못해 안달을 하지 않는가? 이제 열 살밖에 되지 않은 아이에 대해 지나치게 걸고넘어지고 집착하는 이유는 무엇일까? 잇속에 밝기로는 둘째가라면 서러워 할 명주가 나중에 황태자의 그늘에 있을 수밖에 없는 자신의 처지를 예견하지 못해서 그런 것은 아닐 텐데. 나중에라도 태자가 시비를 걸어왔던 것을 문제 삼아 자신의 가문에 불행을 가져다 줄 수도 있다는 사실을 모른다는 것인가? 또 두렵지도 않다는 말인가?'

시간이 흐를수록 강희의 눈빛은 구슬처럼 반짝거렸다. 도무지 풀리지 않는 수수께끼를 푸느라 부지런히 생각을 굴리고 있었던 것이다.

그때 번개같이 그의 뇌리를 스치는 그 무엇인가가 있었다. 그것은 바로 어릴 적에 손 어멈이 들려줬던 '엄마 없는 아이'의 얘기였다. 당시 손 어멈은 집안에 의붓어머니가 들어오면 바로 의붓아버지가 생긴다는 얘기를 한 바 있었다.

'이것을 노리고 있는 것이 틀림없어. 태자는 어머니가 없는 데다 옆에서 각별하게 신경을 써 줄 사람도 없어. 이걸 우습게 본 거야. 내가 아직 한창 때라 나중에라도 어떤 여자의 꾐에 넘어가 태자 자리를 박탈할지도 모른다는 계산을 한 것이로군!'

강희는 시선을 후궁 쪽으로 옮겼다. 이어 냉소를 흘리면서 앞으로 발걸음을 옮겼다.

시간은 벌써 축시丑時 끝 무렵이었다. 서북쪽의 검푸른 하늘에는 누군가가 흰색 연필로 그어 놓은 듯 수은색의 빛이 어렴풋하게 보였다. 순간 강희는 정신을 가다듬은 채 눈을 비볐다. 그러나 여전히 희미하기만 했다. 그는 황급히 궁으로 돌아가서는 서양 사람인 장성이 유럽에서 선물로 가져온 그 물건, 먼 물체를 가까이 당겨볼 수 있다는 망원경을 찾았다. 소주와 항주 일대에 천주교 성당 세 개, 동방정교회 성당 하나를 세우게 해 달라는 장성의 요구를 흔쾌히 들어주고 답례로 만들게 한 바로 그 희귀한 물건을. 그는 금궤를 열어 망원경을 꺼낸 다음 다시 밖으로 들고 나와 초점을 맞췄다. 이어 조심스럽게 들여다봤다. 순간 그는 자신도 모르게 큰 소리로 외치고 말았다.

"혜성彗星이잖아!"

그랬다. 틀림없이 나타난 지 얼마 안 되는 혜성이었다. 그 혜성은 눈에 띄지는 않지만 빠른 속도로 자미성紫微星 동남쪽을 향해 움직이고 있었다. 그러기를 얼마나 했을까, 드디어 혜성은 망원경의 도움 없이 육안으로도 볼 수 있게 됐다.

"제성帝星과 이다지도 가깝다니!"

강희는 마음이 조급해졌다. 급기야 소리 높여 외쳤다.

"여봐라!"

"예, 폐하!"

이덕전이 네 명의 당직 태감을 데리고 황급히 달려왔다.

"흠천감정欽天監正(요즘의 천문대 국장에 해당)을 들라 하라!"

조야朝野는 혜성이 나타났다는 사실에 들끓었다. 하지만 강희는 조정
의 신하들에게 그와 관련한 논의를 하라는 명령을 즉각 내리지는 않았
다. 그러다 닷새째 되는 날 조회朝會 때에야 비로소 각 부원部院의 대신
들에게 각자의 생각을 털어놓으라는 지시를 내렸다. 이렇게 해서 이날
오고五鼓(오경五更으로, 새벽 4시 경) 무렵 상서방의 대신들은 저마다 가
마를 타고 건청문으로 향했다. 이처럼 순식간에 모여든 조정 신료들은
각 부의 상서와 시랑 이상의 관원만도 약 60명에서 70명은 되었다. 그
들 중 일부는 삼삼오오 모여서 수군수군 얘기를 나누고 있었다. 또 어
떤 이들은 서북쪽을 바라보면서 강희의 물음에 어떻게 답을 해야 할지
깊은 고민에 빠져 있었다. 명주는 원래 강희가 혜성이 나타난 것에 대
해 여러 대신들의 의견을 들어보기 전에 미리 자신을 불러줄 것이라고
은근히 기대하고 있었다. 그러나 아무런 소식이 들리지 않았다. 결국 건
청궁 태감을 불러 자초지종을 물어볼 수밖에 없었다. 그제야 그는 강희
가 5일 동안에 걸쳐 목욕재계를 하고 오늘 아침 일찍 천단天壇에서 돌
아왔다는 사실을 알 수 있었다. 또 태황태후의 권고로 두 시간쯤 눈을
붙인 다음에야 대신들을 접견할 것이라는 사실도 알게 되었다. 강희는
과연 진시辰時가 다 돼서야 비로소 천가天街에 모습을 드러냈다. 대신들
중에서는 웅사리가 가장 먼저 길게 엎드린 채 건청문으로 들어서는 강
희를 공손히 맞았다.

"혜성이 나타났다는 것에 대해서는 여러분도 들어서 알고 있으리라
믿네."

강희가 자리에 앉은 다음 입을 열자 여러 대신들이 차례로 들어와 대례를 올렸다. 강희가 직설적으로 말했다,

"혜성이 나타나는 경우는 전에도 비일비재했네. 그리 호들갑을 떨 일은 아니야. 그러나 이번에는 시기나 나타난 위치로 볼 때 약간 신경을 써야 할 것 같아. 그래서 여러분을 이 자리에 불렀네."

강희가 말을 마치고는 태연한 표정으로 좌중을 훑어봤다. 그런 다음 우유 한 모금을 마시고 다시 말을 이었다.

"방금 전에 태황태후께서 짐에게 아주 좋은 말씀을 하셨어. 아주 일리가 있다고 생각해. 하늘에 변화가 있으면 인사人事를 생각해야 한다고 하셨다고. 지금 당장은 이 하늘의 변화가 우리의 어떤 인사와 무슨 관련이 있는지 알 수가 없겠지. 이에 대해 할 얘기가 있으면 거리낌 없이 마음대로 말해보게."

강희의 제안에 제일 먼저 귀가 솔깃해진 사람은 다름 아닌 명주였다. 안 그래도 겨우 다독거려서 잠재워 놓은 남위 시험 사건에 대해 호사가들이 들쑤셔 놓지나 않을까 마음이 조마조마한 터였으므로 더욱 그랬다. 그가 무릎걸음으로 쏜살처럼 한걸음 앞으로 나아가더니 입을 열었다.

"소인이 보기에 역대로 혜성의 출현은 나라에서 군대를 움직인 시기와 맞먹었던 것 같사옵니다. 혜성이 서북쪽에서 나타나 제성 쪽으로 움직인 것은 지금의 형세와 잘 들어맞사옵니다. 무엇보다 준갈이가 막남 몽고에 침입하지 않았사옵니까. 흑룡강 지역 역시 러시아의 침략이 끊이지 않고 있사옵니다. 이 현실을 반영한 것이 분명해 보이옵니다. 그러니 이번 혜성의 출현은 우리 대청의 변방 문제에 관한 하늘의 계시와 경고로 보이옵니다. 소인은 폐하께서 현명하게 살피실 줄 믿어 의심치 않사옵니다!"

"흑룡강과 준갈이의 일은 하루 이틀의 일이 아니옵니다. 게다가 흑룡강은 동북쪽에 있사옵니다. 폐하께서 파해와 주배공에게 기회를 틈타 힘껏 상대를 무찌르라고 명령을 내리신 결과가 지금 효과를 보고 있다고 들었사옵니다. 그런데 어째서 혜성이 나타나겠사옵니까? 그것도 이 시점에서 말이옵니다. 소인은 우매해서 그 이유를 잘 모르겠사옵니다."

색액도가 음울한 기색으로 반대 의견을 피력했다. 잔뜩 벼르고 있었던 강남의 남위 사건이 흐지부지된 것에 대해 화가 잔뜩 치밀어 있는 상태였기 때문이었다. 사실 그는 강희가 사건의 당사자들을 엄벌에 처하겠다는 냄새를 풍겼던 탓에 이미 이부에 명령을 내려 몇몇 지방관의 직무를 정지시킨 바 있었다. 그런데 돌연 상황이 바뀌고 말았다. 자신은 기세등등해져 조지朝旨를 내려 보냈으나 생각지도 않은 변화가 생기고 말았던 것이다. 우선 주범인 주시험관과 부시험관은 고작 직무를 해제당하고 고향으로 돌아가는 것으로 벌을 대신했다. 또 나머지는 감봉을 당하고 직급을 한 등급씩 강등당하는 별것 아닌 처벌을 받았다. 한마디로 시끌벅적하게 끓어오르던 사건이 어영부영 끝을 보게 된 것이다. 그 바람에 애꿎은 자신만 각박하고 은혜를 모르는 파렴치한이라는 질타를 받는 처지에 놓이고 말았다. 색액도는 강희가 가타부타 말이 없자 눈치를 보다 다시 입을 열려고 했다. 마침 그때 이광지가 카랑카랑한 목소리로 끼어들었다.

"소인의 어리석은 생각으로는 동북이니 서북이니 하는 지역은 중요하지 않다고 보이옵니다. 조정에서 소인배가 꿍꿍이를 꾸미고 국정을 혼란에 빠뜨리는 것이 더 문제가 아닌가 싶사옵니다. 그랬으니 나라에서 중요한 인재를 기용하기 위해 실시한 큰 잔치에 재를 뿌리고 재물을 탐하지 않았겠사옵니까. 더구나 군주도 기만했사옵니다. 혜성이 자미성 옆에 출현한 것은 소인배의 농간에 더 이상 놀아나지 말라는 하늘의 뜻이옵니다!"

이광지의 말은 비수처럼 날카로웠다. 대신들은 저마다 안색이 크게 변했다. 강희도 침묵을 지키는 것으로 보아 놀란 것이 분명했다. 얼마 후 강희가 앞으로 몸을 숙이면서 물었다.

"누구를 말하는지 밝힐 수는 없는가?"

이광지는 강희가 예상 외로 이렇게 노골적으로 물을 것이라고는 생각하지 못했다. 속이 뜨끔할 수밖에 없었다. 명주를 지목해 말한 것이기는 했으나 명백한 증거는 없었으니까. 잠시 후에 그가 입을 열었다.

"아직은 소인이 완벽하게 내막을 잘 알지 못하므로 어느 한 사람을 딱 집어 지목할 수는 없사옵니다. 하지만 소인은 분명히 있을 뿐만 아니라 찾아내기도 그다지 어렵지만은 않다고 생각하옵니다. 그런 소인배를 제거하면 혜성은 저절로 사라질 것이옵니다!"

고사기 역시 명주처럼 불안하기는 마찬가지였다. 얼마 되지는 않았으나 늘 승승장구하다 처음으로 코앞에서 자신의 안전을 위협받는 경우를 당했으니 그럴 만도 했다. 그는 순간적으로 속내를 당최 알 길이 없는 노회한 얼굴을 하고 있는 색액도를 힐끗 쳐다봤다. 속으로는 은근히 걱정도 되고 있었다. 하지만 이럴 때 적극적으로 나서서 뭔가를 얘기한다는 것은 자칫 송곳으로 자기 눈을 찌르는 격이 될 수도 있다는 생각이 들었다. 사실 대놓고 자신을 거명하지 않은 이상 다른 사람의 얘기를 하는 것에 대해서는 대범하게 눈을 감을 필요도 있었다. 그렇게 생각하자 고사기는 평소의 당당함을 회복할 수 있었다. 이광지가 입을 닫으면서 궁전 안은 삽시간에 무거운 침묵이 흘렀다. 공기마저 응고된 듯한 죽음의 정적이 따로 없었다. 더구나 그 와중에 평소 바른 소리를 잘하는 웅사리마저 입을 닫고 있었다. 하기야 그는 내막을 잘 모르고 있으니 뭐라고 말할 입장도 아니었다. 또 명주는 공연히 입을 잘못 놀렸다가 집단공격을 받지 않을까 노심초사하는 터라 아예 입을 열 생각조차 하지 못했다. 침묵의 시간은 더욱 길어졌다.

말없이 우유를 마시면서 여러 대신들을 주시하던 강희의 시선이 호부상서인 양청표의 눈과 공중에서 부딪쳤다. 순간 강희가 웃음을 지으면서 말했다.

"오늘 발언하는 사람은 다 무죄야. 어떤 말이든 해도 죄가 되지 않아. 양청표, 자네는 할 말이 있는 것 같아 보이는데?"

"예, 폐하!"

지목을 당한 양청표가 목소리를 가다듬더니 입을 열었다. 그는 예상외로 기다렸다는 듯 말을 줄줄 이어갔다.

"혜성의 출현이 하늘의 경고이자 계시라면 틀림없이 나라에서 제일 중요한 대사와 연결되는 그 무엇일 것이옵니다. 그렇다면 현재 조정의 최고 중요한 현안은 무엇이겠사옵니까? 당연히 대만 문제이옵니다! 소인이 기억하기로는 삼번의 난을 진압하셨을 때 폐하께서는 대단히 훌륭한 조지詔旨를 내리셨던 것 같사옵니다. 역적을 제거했으니 이제는 상처가 치유될 때까지 출병을 하지 않고 백성들의 몸과 마음을 살찌우는 데 전념하겠다고 말이옵니다. 소인은 당시 너무 감격한 나머지 눈물을 흘렸사옵니다. 이제는 더 이상 총칼이 난무하는 전쟁은 없겠구나 하고 말이옵니다. 그러나 그런 현명한 조지가 발표된 지 이 년도 되지 않은 지금 폐하께서는 어찌 다른 말씀을 하실 수가 있사옵니까? 대만은 손바닥만한 땅덩어리로 실로 우리에게는 새 발의 피 같은 존재이옵니다. 또 그곳은 별 볼 일 없는 곳일 뿐 아니라 비적匪賊들의 오랜 침거지에 지나지 않사옵니다. 최후의 발악을 하는 자들이 모여 있는 곳이옵니다. 바다를 사이에 두고 밑도 끝도 없는 전쟁에 돌입한다는 것은 득보다 실이 더 많은 일이옵니다! 또다시 애꿎은 백성들에게만 부담을 가

중시키게 되옵니다. 그게 어찌 '백성을 살찌우겠다'고 한 약속을 지키는 것이 되겠사옵니까?"

양청표가 의문을 제기하면서 장황하게 입장을 피력했다. 늘 구석자리만 지켜 그 존재를 몰랐던 그가 그야말로 폭탄 같은 발언을 한 것이다. 그는 삼번을 철폐할 때 흠차대신의 신분으로 광동의 상지신에게 명령을 전하러 간 적이 있었다. 그러다 죽을 위기에 놓였다가 구사일생으로 도망쳐 북경으로 돌아올 수 있었다. 때문에 주위 사람들로부터 충절지사로 추앙을 받았다. 이로 인해 그는 콧대가 다소 높아지기도 했다. 그래서였을까, 그는 강희의 표정은 무시한 채 침을 사방으로 튕기면서 완전히 결정타를 날렸다.

"하늘의 경고는 바로 폐하의 식언에 대한 것이라고 생각하옵니다. 시랑의 수군이 둔전을 둔 채 군기를 강화하는 정책과 대만 출정 계획을 포기한다면 혜성은 바로 사라질 것이옵니다……."

아니나 다를까, 강희는 겁도 없이 자신을 식언가로 내모는 양청표의 말에 화가 잔뜩 난 나머지 얼굴이 하얗게 질렸다. 하지만 자신이 사전에 오늘 발언하는 사람은 죄가 없다고 했으므로 어쩔 수 없이 꾹 참고 듣지 않으면 안 됐다. 또 끝까지 들어주는 척했다. 양청표의 말이 끝나자 강희가 차갑게 물었다.

"자네, 말 다 끝났는가? 아니면 또 있는가?"

양청표는 강희의 어투가 이상하다는 것을 느꼈는지 연신 머리를 조아리면서 대답했다.

"황송하옵니다만 소인이 끝까지 말을 하게 허락해주시옵소서. 소인 생각에는 복건 장군 뢰탑賴塔이 상주한 내용이 나라를 진정으로 위하는 발언인 것 같사옵니다. 기자箕子와 서복徐福이 각각 고조선古朝鮮과 일본으로 도주한 사실을 참고로 하면 되옵니다. 우리가 욕심을 부리지 않고 그들이 속 편하게 살도록, 그 존재를 인정해 주면 됩니다. 그러면 문제는 쉽게 해결될 뿐만 아니라 연해 지역의 백성들도 고생시키지 않을 수 있사옵니다!"

"대만은 한나라 때부터 중국의 영토에 속했어. 송나라 때는 이미 진강晉江현의 직할 지역이었을 만큼 엄연한 우리 땅이야. 양청표, 자네는 뢰탑과 마찬가지로 아무것도 모르는 주제에 입을 쳐들고 누구를 가르려고 하는가. 그러지 말게!"

강희는 책상을 두드리면서 화를 낼 법도 했으나 무섭게 노려보는 것으로 양청표의 기를 꺾었다. 이어 차분하게 자신의 입장을 마저 피력했다.

"짐이 백성들과 더불어 휴양생식休養生息을 하고 싶다는 뜻의 말을 한 것은 틀림없는 사실이야. 하지만 그것은 나라 전체가 안정이 됐을 때를 가정해서 얘기한 거야. 바닷가에 무지막지한 비적들이 똬리를 틀고 있고 사방의 변경이 불안한데, 자네라면 두 다리를 쭉 뻗고 잘 수가 있겠나?"

강희의 은근한 질책에 양청표가 머리를 숙였다. 뭔가 답변할 말을 생각하는 것 같았다. 그때 뒤에 서 있던 이광지가 큰 소리로 아뢰었다.

"소인의 생각에는 폐하의 말씀이 진리이옵니다. 양청표의 말은 인도人道나 천리天理 같은 것은 염두에 두지 않는 허무맹랑한 소리라고 생각하옵니다! 혜성이 서북쪽에서 나타나 제성이 있는 동남쪽으로 움직이는 것은 우리 청나라의 대군을 지휘해 해역을 소탕한다는 폐하의 뜻에 응하는 것이라고 생각하옵니다. 시랑 장군에게 수군을 이끌고 바다를 건너 통쾌하게 도적들의 소굴을 쳐부수고 오라는 명령을 즉각 내렸으면 하옵니다!"

사실 이광지는 조정에서 최초로 대만 출병을 제안한 상서였다. 하지만

주위에서 동조하는 대신들이 거의 없었다. 은근히 따돌림을 당할 수밖에 없었다. 그렇다고 어디에 화풀이를 할 수도 없었다. 그저 화를 삭여야 했다. 그런데 바로 눈앞에서 강희가 양청표를 강하게 질책했으니 이런 천재일우의 기회가 어디 있겠는가. 바로 자신의 주장을 다시 한 번 강력하게 피력할 수 있었다. 반면 할 말이 궁해 어쩔 줄을 모르고 있던 양청표는 더욱 궁지에 몰렸다. 그러나 이광지가 자신에게 비난의 화살을 계속해서 마구 날릴 기세를 보이자 오기가 발동한 듯 머리를 조아린 채 아뢰었다.

"이광지는 인도나 천리에 대해서는 누구보다 잘 알지 모르겠사옵니다. 그러나 출병은 쉬워도 군량미 구하기는 어렵다는 사실은 잘 모를 것이옵니다! 대만으로 출병을 하더라도 그것은 조운漕運이 활발해 군량미가 제대로 비축된 다음에나 가능하다고 생각합니다. 동남쪽은 한 번에 끝낼 수 있을 때 쳐들어 가야지, 아니면 역공을 당할지도 모르옵니다. 폐하께서는 이 점을 잘 살펴주시기를 바라옵니다!"

"음, 그 말도 일리는 있는 것 같구먼. 대만 문제는 시랑과 요계성의 말을 들어본 다음에 결정하도록 하지."

강희가 한숨을 쉬면서 양청표의 말에 수긍하는 듯한 자세를 보였다. 그런 다음 자리에서 일어나 줄줄이 엎드려 있는 신하들 사이로 내려와서는 목청을 가다듬은 채 큰 소리로 말했다.

"군자가 천명天命을 두려워한다는 것은 성현이 남긴 말이야. 하늘의 변화에 각별한 신경을 써야겠어. 강희 팔 년에도 혜성이 나타난 적이 있었지. 그때 사람들은 짐에게 불리한 예언을 많이 했었어. 그러나 그해에 짐은 오배를 제거했어. 강희 십 년에 지진이 일어났을 때도 별별 소문이 무성했지. 하지만 그때 역시 짐이 침착하게 대처하니까 아무 일 없이 흘러갔다고. 강희 십이 년 겨울에는 또 어땠어. 혜성이 또다시 나타났지.

그때 짐은 철번을 결정했어. 결과는 어땠는가? 그대들도 두 눈으로 똑똑히 봤잖아! 짐이 그대들에게 권하고 싶은 말이 있어. 현명하고 능력 있는 신하가 되기를 바라는 것은 분명 좋은 일이야. 그러나 충신이나 열신烈臣이 되기를 바라지는 말게. 현명한 신하가 있으면 훌륭한 군주가 있게 돼. 또 능력 있는 신하가 있으면 천하가 잘 다스려지기 마련이지. 하지만 충신이 나온다는 것은 군주가 우매하고 나라가 난리를 겪고 있다는 증거야. 돌아가서 가슴에 손을 얹고 곰곰이 생각들 해보게. 나는 과연 군주와 백성, 나라를 위하는 것이 우선이었는가 아니면 나 자신의 공명에 급급해 패거리를 만들고 사리사욕을 채우느라 여념이 없지는 않았는가를 말이야. 오늘 조회는 이것으로 끝내세."

25장
대만에 드리워지는 전운戰雲

강희는 곧장 대만 문제 해결에 관한 자신의 생각을 담은 조서를 복건 성에 내려 보냈다. 조서는 무려 보름 후에야 복주福州에 도착했다. 시랑 과 요계성에게 협의를 거친 후 출병 가능 여부와 가능하다면 적당한 시 기까지 정해 상주하라는 내용이었다. 조서를 받은 시랑은 요계성을 만 나기 위해 바로 총독아문으로 향했다.

복건 총독부는 복주의 동쪽에 있는 성황묘에 자리하고 있었다. 원래 이 성황묘는 강친왕康親王 걸서杰書의 임시 거처로 사용되던 곳이었다. 그 는 강희의 명령에 따라 군대를 이끌고 경정충의 반란을 평정할 당시 무 차별적인 방화와 폭격을 가했다. 그로 인해 성 안의 대부분 민가는 잿 더미가 돼버렸다. 기왓장 몇 개만 너저분하게 널려 있을 뿐이었다. 총독 부 역시 평지로 변해버리고 말았다. 그 와중에도 다행히 성황묘는 그런 대로 형체를 보존할 수 있었기에 걸서가 거처로 사용하고 있었다.

청나라 초기에 제독은 정이품이었다. 종일품인 총독보다는 한 계급 낮은 자리였다. 그러나 시랑은 흠차의 신분으로 복주에 머무르고 있었다. 때문에 계급에 연연할 필요가 없었다. 실제로 그랬기에 그가 출두하자 총독인 요계성이 장군 뇌탑을 비롯한 모든 문무관원들을 전원 불러들여 미리 동문東門까지 마중을 나오는 정성을 보였다. 시랑은 역시 흠차답게 기세에서는 뒤지지 않았다. 총독아문에 도착하자마자 자신의 수행원들을 여기저기 흩어지게 해 경호를 강화했다. 그 뿐만 아니라 총병總兵인 진망陳莽, 위명魏明에게는 장검에 손을 얹은 채 옆에서 지키고 서 있도록 했다. 그런 다음 대청에서 조서를 읽고는 바로 해역도海域圖를 꺼내 펼쳐 놓았다. 이렇게 해서 복건성의 최고 군정 장관인 요계성, 뇌탑과 그의 대만 출전 방안에 대한 토론은 본격적으로 시작됐다.

"시 공施公!"

아군과 적군 쌍방에 대한 병력 배치에 대한 시랑의 설명이 끝나자 요계성이 수염을 쓸어내리면서 느릿느릿 입을 열었다.

"우선 팽호도澎湖島를 선점하자던 당초의 계획은 지금 봐도 잘못된 것은 아닙니다. 하지만 그때는 정경鄭經이 아직 죽지 않았을 때였어요. 정경 그 작자는 자신의 아버지인 정성공鄭成功과는 달리 무략武略과 문학적 수양이 없는 인간이었습니다. 하지만 큰아들 정극축鄭克臧은 정말 잘 됐죠. 아들의 유능함에 힘입어 대만 정국이 꽤나 안정되고 안팎으로 정리정돈이 잘 되었으니까요. 때문에 우리는 상대를 결코 만만하게 볼 수가 없었습니다. 욕심 내지 말고 한 걸음씩 다가가서 우선 팽호도를 먹어버리고자 하는 전략도 그래서 나온 것이었습니다. 하지만 지금은 정경도 병들어 죽었습니다. 정극축도 자신의 동생 정극상鄭克塽에 의해 살해당한 것이죠. 또 병권 자체는 이미 정극상의 최측근인 풍석범馮錫範의 손으로 넘어갔고요. 현재 군대를 거느리고 팽호도를 지키고 있는 유국헌劉國軒도 어떻게 보면 도망을 나왔다고 할 수도 있습니다. 때문에 우리 군은 이들의 이런 허점을 노려보는 것도 좋지 않나 싶습니다. 남풍이 불어 닥칠 때 팽호도를 에둘러가 대만 본토를 한 입에 먹어버리는 겁니다. 그러면 팽호도를 먼저 칠 줄 알고 멍청하게 지킬 유국헌은 진퇴유곡에 빠져 저절로 알아서 설설 길 겁니다!"

요계성은 말은 시원시원하게 했으나 결코 젊은 나이가 아니었다. 무려 예순살에 가까운 노장이었다. 인상도 나이에 맞게 수척하고 수더분해 꼭 어느 시골 서당의 훈장처럼 보였다. 그러나 그는 외모에서 풍기는 분위기와는 완전히 다른 사람이었다. 대단히 담대하고 결단력이 뛰어난 인물로 유명했다. 그런 그의 풍모는 강친왕 걸서가 군사를 거느리고 왔을 때 확실하게 드러난 바 있었다. 당시 걸서의 병사들은 무차별적인 약탈과 만행을 저질렀다. 무려 2만여 명에 이르는 양가집 아녀자들을 병영으로 끌어다 강간을 일삼기까지 했다. 요계성은 그 당시 직위가 총병에 불과했다. 그러나 걸서의 병사들의 만행을 보다못해 독단적으로 사태를 해결하려고 했다. 자신의 부하들을 풀어 성 안에 계엄령을 선포하고 닥치는 대로 걸서의 병사들을 체포한 것이다. 그 결과 걸서의 비적 같은 병사들 2백여 명은 그의 손에 목이 날아갔다. 그는 그래도 성에 차지 않자 직접 걸서의 병영으로 찾아가 약탈을 금하게 하라는 압력을 넣는 용기도 보여줬다. 그 뿐만이 아니었다. 복건의 내로라하는 부자들을 직접 찾아다니면서 설득해 모은 금품으로는 20여 만 명에 이르는 난민들을 달래기도 했다. 복건 사람들이 누구나 할 것 없이 그를 송나라 때의 판관 포청천包靑天에 빗대 '요청천'이라고 부른 것은 다 이유가 있었다. 집집마다 그의 무병장수를 비는 패를 세운 것 역시 그 때문이었다.

시랑은 잠자코 요계성의 말을 듣기만 하더니 한참 후에야 찌푸렸던 눈썹을 폈다.

"계성 형님, 정말 일리가 있는 말씀이기는 합니다. 만약 삼번의 난을 평정하기 전인 5년 전으로 돌아가 폐하께서 저에게 바다에 나가 싸우라고 명령하셨다면 저도 그 방안을 선택했을 겁니다. 하지만 지금은 그 어디나 할 것 없이 정국이 안정돼 있습니다. 게다가 나라에서는 모든 역량을 쏟아 부어 대만을 수복하려 하고 있습니다. 그런 마당에 그렇게 위험한 장기적인 방안을 강구한다는 것은 바람직하지 않은 것으로 보입니다. 그것은 완승을 거두는 길을 애써 외면하는 것과 크게 다르지 않습니다. 수백 리에 이르는 바다에서 해전을 벌인다는 것은 생각처럼 쉽지가 않습니다. 만에 하나 대만 본토에서 조금이라도 수세에 몰린다면 중간에 가로놓인 팽호도는 바로 우리의 전군이 바다 귀신이 되는 한 맺힌 땅이 되고 말 것입니다. 제 생각에는 불변不變으로 만변萬變에 대응하는 것이 좋지 않나 싶습니다. 정극상이 어떻게 나오든 간에 우선 팽호도를 공략하자는 겁니다. 그렇게 하면 대만은 우리가 손을 대지 않더라도 저절로 난국에 휩싸이게 돼 있습니다. 이것이야말로 진정 완벽한 계책이라고 생각합니다."

"그대 생각대로라면 아무리 일러도 올 여름께 남풍이 올 때라야 가능하다는 얘기군요?"

요계성의 안색이 흐려졌다.

"그렇습니다."

시랑이 단도직입적으로 대답했다.

"여름에 해전을 벌이는 것은 더 큰 위험을 감수해야 합니다! 팽호도 전투에서 수세에 몰리는 날에는 대만의 정국도 안정이 될 겁니다. 그러면 또 얼마나 오래 기다려야 할지 모릅니다."

요계성이 고개를 갸웃거린 채 의문을 표시했다. 시랑은 그런 요계성을 바라보면서 가볍게 미소를 지었다. 최근 요계성은 강희의 명령에 따라 시랑의 병영에 와서 병사들을 격려하고는 했다. 때문에 시랑은 그와 며칠 동안 머리를 맞대고 지낼 기회를 가질 수 있었다. 이를 통해 노인이 꽤나 고집스럽고 사람을 잘 믿지 못한다는 사실도 어렴풋이나마 알게 됐다. 그가 다시 입을 열었다.

"계성 형님, 걱정은 붙들어 매도 좋을 것 같습니다. 제가 명색이 장군인데, 계절과 풍향에 대한 기초적인 기상지식도 없이 해전에 나서기야 하겠습니까? 여름은 계절풍이라 괜찮습니다. 오히려 겨울과 봄철의 바람이 더 종잡을 수가 없죠. 팽호도를 먹는 것은 적군의 목을 비트는 것과 다름이 없습니다. 그래도 버둥거리면서 최후의 발악을 하는 날에는 다른 방법도 있습니다. 큰 함대를 대만 항구에 정박시켜 놓고 무차별 대포 공격을 가하는 거죠. 또 한편으로는 기습을 위한 병력을 풀어 여러 갈래로 쳐들어가게 하면 정극상이 수만 명의 병사가 있다고 해도 맥을 못 출 겁니다. 여기저기 널려 있는 상태라 우리에게 전면적으로 저항할 힘이 없을 것이 분명합니다!"

"두 분 말씀이 다 끝나셨나요?"

갑자기 시랑의 맞은편에 앉아 있던 뢰탑이 물었다. 모자도 쓰지 않고 머리채를 뒤로 길게 드리운 그는 막 이발과 면도를 한 것 같은 얼굴을 하고 있었다. 기름을 바른 듯 얼굴도 번지르르했다. 그가 기분이 썩 괜찮은 표정을 지으면서 말했다.

"조금 외람된 말씀이나 두 분 대인께서는 폐하의 성지聖旨도 아직 읽어보지 않으신 것 같군요!"

"장군께서는 무슨 묘안이라도 있는 겁니까?"

시랑이 머리를 돌리면서 물었다. 뢰탑의 흐트러진 모습이 꼴불견이라고 생각하는 눈빛이 얼굴에 가득 담겨 있었다. 하기야 평소 진지하고 엄숙하기로 유명한 그로서는 그런 반응이 당연했다. 요계성 역시 머리를 다른 곳으로 돌린 채 콧방귀를 뀌면서 긴 수염을 쓸어내렸다. 그러나 뢰탑은 두 사람이 그러거나 말거나 강희의 친필조서를 꺼내들었다.

"폐하께서 우리가 잘 알아들을 수 있도록 적어 놓으셨네요. 하늘에 반갑지 않은 혜성이 나타났으니, 매사에 조심스럽다는 얘기가 아니겠어요? 다시 말해 대만으로 출정을 한다고 여론을 조성해놓고는 이제 와서 포기할 경우 식언을 했다는 딱지를 면치 못할 것 같으시니까 두 분에게 숙제를 내주신 거라고요. 두 분 입에서 먼저 대만을 포기하자는 얘기가 나오기를 기다리시는 거라고요. 제가 보기에는 대만 출병은 없던 일로 할 가능성이 커요! 생각해보세요. 무슨 일이 있더라도 대만을 반드시 수복하고야 말겠다는 의지에 변함이 없으시다면 왜 '출전의 가능 여부'를 두 분에게 새삼스럽게 물으시겠어요?"

요계성과 시랑은 잠자코 듣고 있었다. 그러자 신이 난 뢰탑이 혀를 날름거려 입술을 적시더니 바로 자리에서 일어나 표준 북경어로 말을 이었다.

"우리 신하들은 시시각각 폐하의 마음을 잘 헤아려야 합니다! 제 생각에는 폐하께서 혜성이 자미성을 범했다는 사실 때문에 대만에 앞서 준갈이를 먼저 손보고 싶어 하시는 것 같아요! 너무나 분명한 사실을 가지고 서로 속마음을 감추고 할 것 없이 우리가 먼저 폐하의 입장을 배려해 대만 출정의 시기를 잠시 늦추자고 하는 것이 좋을 것 같군요!"

말을 마친 뢰탑이 늘어지게 기지개를 켰다. 요계성과 시랑에게 한 방씩을 먹였다는 뿌듯함이 얼굴에 잔뜩 어려 있었다.

"모자를 써 줬으면 좋겠소이다!"

시랑이 갑자기 냅다 고함을 질렀다. 불쾌한 표정을 별로 드러내지 않고 있던 시랑이 그처럼 갑작스럽게 큰 소리를 지르자 복도에 있던 장군들까지 깜짝 놀랐다. 요계성 역시 뜻밖의 반응에 약간 긴장하는 눈치였다.

"무슨 말씀입니까?"

뢰탑이 어리둥절해하면서 물었다.

"그대 말이야, 관모官帽를 쓰라고!"

"쓰지 않겠다면 어떻게 하시겠습니까?"

얼굴이 확 달아 오른 뢰탑이 습관처럼 기름이 번지르르한 머리카락을 쓸어 넘기며 오만하게 반문했다. 그러더니 입을 양 옆으로 길게 늘이면서 냉소를 흘렸다.

"뭘 믿고 이렇게 세게 나오는 겁니까? 제가 이래 보여도 자금성에서 말을 달려 본 사람입니다. 오봉루에서 수레도 타 본 경험이 있다고요! 왜 우습게 보입니까? 그래도 어쩔 수 없습니다. 저는 태생이 남의 눈치 따위는 신경 쓰지 않는 사람이니까요! 믿어지지 않으시겠지만 저는 태조太祖(청나라의 건국 황제 누르하치) 폐하 앞에서도 이러고 있었네요. 그때 대인께서는 어디서 뭘 하고 있었는지 모르겠지만!"

시랑의 얼굴은 삽시간에 하얗게 질렸다. 그럴 만도 했다. 오래 전 그때 그 자신은 정성공의 아버지인 정지용鄭芝龍의 부하로 있었으니까. 한마디로 출신 성분에 문제가 있었던 것이다. 반면 뢰탑은 완전히 달랐다. 양황기鑲黃旗 소속의 잘 나가는 장군이었을 뿐만 아니라 할아버지와 아버지도 청나라 건국에 대단한 공을 세운 바 있었다. 때문에 평소 집안과 자신의 공로를 밑천 삼아 우려먹으면서 한족 출신 관리들을 사람 대접 하지 않기로 유명했다. 요계성 역시 툭하면 자신의 그런 출신 성분을 거론하면서 으스대는 뢰탑이 역겨웠으나 당장 어떻게 할 수는 없었다. 그가 복건에서 가장 머리 아프게 생각하는 것도 바로 전쟁터에 나가면 신들린 듯 잘 싸우고 평소에는 거들먹거리면서 잘난 척하는 뢰탑을 상대하는 것이었다.

그러나 시랑은 순순히 넘어갈 수 없었다. 이미 얼굴의 근육이 지나친 흥분으로 인해 제멋대로 꿈틀거리고 있었다. 그가 매서운 눈초리로 뢰탑을 노려보면서 큰 소리로 부하들을 불렀다.

"여봐라!"

"예!"

수십 명의 부하들이 복도에서 우렛소리와 같은 복창을 했다. 그 중 효기교위驍騎校尉 남리藍理가 가장 먼저 보검에 손을 얹고 들어오면서 씩씩하게 대답했다.

"부르셨습니까? 군문!"

"뢰탑의 의자를 밖으로 빼버려!"

시랑이 외쳤다. 얼굴은 표정 하나 없이 굳어져 있었다.

"누가 감히!"

뢰탑도 지지 않았다. 원래 야만인처럼 거칠기로 유명한 그다웠다. 그는 그런 자세에서 보듯 평생 한족들을 수도 없이 유린해온 이력이 있었다. 누가 확실하게 제어한다는 것이 쉽지 않았다. 더구나 경정충을 토벌하는 과정에서 큰 공을 세워 장군으로 봉해진 다음에는 더했다. 기세가 완전히 하늘을 찔렀다. 그는 시랑이 발끈하고 나서자 갈 데까지 가 보자는 듯 아예 의자에서 드러눕다시피 몸을 뒤로 젖히더니 다리를 꼰 채 발가락을 까닥거렸다. 그런 다음 묘한 웃음을 흘렸다.

"이봐 형씨, 어쩌나 무서운지 내가 눈 둘 바를 모르겠구먼. 내가 마주 하고 있는 사람이 황제라도 된다는 말인가? 관모를 쓰지 않았다고 쫓아내게."

하지만 그런 비아냥거리는 말이 채 끝나기도 전에 그는 뒤에 있던 남리에 의해 힘껏 떠밀려 저만치 나가떨어지고 말았다. 그 사이 의자는 한쪽으로 내쳐졌다. 이성을 잃은 뢰탑은 바로 탁자를 들어 뒤집어 엎었다.

그 바람에 그 위에 있던 해역지도를 비롯해 찻잔과 붓, 먹, 벼루들이 요란한 소리를 내면서 와장창 깨졌다. 완전히 박살이 났다고 해도 좋았다. 장내는 순식간에 아수라장으로 변하고 말았다. 요계성이 황급히 나서서 말려봤으나 이미 엎질러진 물이었다. 뢰탑은 막무가내였다. 총독부의 아역들이 저마다 겁에 질려 숨을 죽일 정도였다. 하지만 시랑의 부하들은 달랐다. 두 눈을 부릅뜨고 뢰탑의 일거수일투족을 주시하면서 그 자리에 못 박힌 듯 지키고 서서는 일제히 손을 장검으로 가져갔다.

"준비하라!"

시랑이 얼굴 근육을 가볍게 흔들면서 경멸에 찬 웃음을 지었다. 낮지만 위엄스러운 목소리였다. 그는 바로 뒤돌아서서 요계성을 향해 읍을 하고는 겸손한 자세로 한편으로 물러서 달라는 신호를 보냈다. 그러자 요계성이 황급히 읍을 하면서 옆으로 비켜섰다. 그때 의문儀門(관청의 위엄을 위해 의례적으로 만들어 놓은 문)에 있던 친병들이 두 줄로 나뉘어 의기양양하게 들어섰다. 곧 시랑의 명령이 떨어졌다.

"폐하께서 하사하신 금패金牌 영전令箭을 모셔라!"

명령은 바로 입에서 입으로 전해졌다. 밖으로 전해지는데 몇 초도 걸리지 않았다.

"금패 영전을 모시도록 하라!"

"금패 영전을 모시도록 하라!"

뢰탑은 시랑이 내뱉은 명령이 널리 퍼지자 비로소 사태의 심각성을 깨달은 듯했다. 급기야 관모를 눌러 쓰더니 실실 눈웃음을 치면서 아부어린 표정을 하고서는 시랑의 앞으로 다가왔다. 난데없는 시랑의 기세에 억눌려 약간 정신이 없었던 조금 전과는 확연히 달라진 모습이었다.

"대인, 한 집안 식구끼리 무슨 화를 내고 그러세요? 나는 급한 일이 조금 남아 있어서 그만 가 봐야겠네요. 나중에 또 만나요, 나중에!"

"당신은 죄가 있는 사람이오. 그런데 가기는 어디를 간다는 거요?"

시랑이 담담하게 말했다.

"에이, 왜 사람을 놀라게 하고 그러세요! 제가 계성 대인의 탁자를 엎었다고 그러는 건가요?"

뢰탑이 분을 억지로 삭이면서 유들유들한 표정을 지었다. 그러나 시랑은 여전히 잔뜩 굳은 얼굴을 한 채 연신 냉소를 흘렸다.

"흥, 흥! 당신은 명색이 개부건아開府建牙(관부官府를 개설하고 깃대를 세움을 이르는 말) 대신이라는 사람이야. 그런데 내가 알아보니 암암리에 대만과 사통을 했다는 소리가 들려. 또 사사롭게 조정을 대신해 정극상에게 사과를 했다는 말도 있어! 정극상을 '용감무쌍한 장사'라고 높여 불러주기도 했다는 소문도 무성하고. 또 뭐지, '중국과 해외海外는 한 집안 식구니까 진공進貢을 해도 되고, 은근슬쩍 넘어가도 좋다'고 했다면서?"

시랑의 눈빛은 날이 시퍼렇게 선 비수처럼 섬뜩했다. 그 사실을 증명이라도 하듯 곧 등골을 오싹하게 만드는 날카로운 목소리가 실내에 울려 퍼졌다.

"이 모든 것이 사실인가?"

뢰탑은 더 이상 조금 전의 그 기세등등하고 나 잘났노라며 가슴팍을 치던 무뢰한이 아니었다. 사람이 순식간에 이토록 달라질 수 있다는 것이 신기할 정도로 겁에 질려 덜덜 떨었다. 숨소리도 거칠어지더니 마구 버벅거렸다.

"조정에서 지방을 조금 유연하게 다루라고 해서……."

뢰탑이 떨리는 목소리로 변명을 늘어놨다. 하지만 시랑은 그의 변명을 들으려고 하지 않았다. 연신 콧방귀를 뀌더니 바로 중좌中座까지 올라가 위엄스럽게 자리에 앉았다. 순간 뢰탑이 이제 큰 화를 모면하기 어렵겠다고 생각했는지 냅다 도망을 치려고 했다. 그러나 문 앞에서 지키고 있던 친병 두 명이 장검을 교차시켜 가로막는 바람에 그만 그 자리에 멈춰 서고 말았다. 그러자 총병 진망이 다가오면서 웃는 얼굴로 말했다.

"대인! 우리 군문께서 가도 괜찮다는 허락을 하지도 않았는데, 어디를 나가시려고 하십니까?"

요계성은 원래 못생긴 외모에 별 볼 일 없을 것 같은 선입견 때문에 은근히 시랑을 우습게 여기고 있던 차였다. 그런데 이번에 보니 그게 아니었다. 진면목이 예사롭지 않았다. 그는 바로 기가 한풀 꺾이는 자신의 기분을 어쩌지 못했다. 아무려나 곧 네 명의 교위가 금패 영전을 모신 용정龍亭(황제의 조서 등을 옮기는 작은 가마)을 들고 중당으로 들어섰다. 어찌 할 바를 모르던 요계성은 황급히 소매를 쓸어내린 다음 무릎을 꿇었다. 그런 다음 쿵쿵 소리가 나도록 머리를 세 번 조아렸다. 그런 다음에는 시랑에게 다가가 간곡하게 부탁했다.

"한 번만 용서해주십시오, 장군. 그저 만주滿洲의 하라주쯔哈喇珠子일 따름입니다. 또 공로를 세웠던 사실도 감안해야 할 것으로 보입니다. 따끔하게 타일러 주는 것으로 끝내는 것이 좋지 않겠습니까."

뢰탑은 완전히 물에 빠진 생쥐 꼴이 되고 말았다. 애처로운 시선으로 시랑과 요계성을 번갈아보았다. 그의 얼굴은 완전히 사색이 돼 있었다.

'하라주쯔'는 만주어로 '아이'를 의미했다. 요계성이 뢰탑을 아이라고 한 데에는 두 가지 뜻이 내포돼 있었다. 우선 철딱서니 없는 어린 아이 같다는 뜻으로 해석할 수 있었다. 또 황제의 총애를 받는 아이라는 식으로도 해석이 가능했다. 원래 시랑은 너무 화가 치민 나머지 뢰탑의 목을 베 권위를 세우려고 작심을 했다. 그러나 요계성의 약간의 협박도 담긴 조심스런 권유를 듣자 다소 누그러졌다. 그가 가볍게 한숨을 짓더니 바로 껄껄 웃으면서 말했다.

"저자가 아이인지는 모르겠으나 저는 냉혹한 장군이 틀림없습니다! 조정의 정령政令을 우습게 여기고 군심軍心을 혼란에 빠뜨린 죄는 절대로 용서할 수 없습니다. 뿐만 아니라 흠차대신을 모욕한 죄 역시 결코 간과할 수가 없습니다! 본 흠차가 떠나올 때 폐하께서는 밀지密旨를 저에게 내리신 바 있습니다. 뢰탑 저자가 죄를 인정하든 하지 않든 기회를 봐서 직권을 박탈하라고 말입니다. 그런데 알아서 설설 기어도 시원치 않을 판에 흠차의 머리 위에 오르려 하다니. 발칙한 것 같으니라고! 여봐라!"

"예!"

시랑이 차갑게 웃으면서 앉아 있던 의자에서 내려왔다. 이어 쿵쿵 장화 소리를 요란하게 내면서 뢰탑의 몸 주위를 한 바퀴 돌고 나서 물었다.

"뢰탑, 지금껏 지은 죄를 물어 군법으로 처벌하려고 한다. 억울하다고 생각하는가?"

뢰탑은 시랑의 기세에 짓눌려 숨소리조차 제대로 못 내고 있다가 허물어지듯 그 자리에 엎어졌다. 그러더니 죽어라 머리를 조아렸다. 울먹이면서 입을 연 것은 그러고 나서도 한참 후였다.

"제가 죽을죄를 지었습니다. 어제 저녁에 고양이 오줌을 퍼마셨는지 정신이 흐릿해서 흠차 대인도 몰라 뵙고 까…… 까불었습니다. 제발…… 용서해주십시오……."

"이자의 관모를 벗겨라!"

시랑이 코웃음을 치며 주위를 향해 명령을 내렸다. 요계성은 결코 겁을 주기 위해 해보는 소리가 아니라는 것을 확실히 느꼈다. 흠칫 놀라면서 "시 대인!"이라고 시랑을 높여 부르고는 마지막으로 한 번 더 사정을 하는 듯 애처로운 표정을 지었다. 그러나 곧 시랑의 얼음장처럼 차가운 말이 이어졌다.

"모자를 쓰기 싫어하더니 잘 됐지, 뭐!"

"대인! 어찌 됐거나 싸움판에 나가서는 나름 용을 쓰는 아이니 만큼 대죄입공…… 하도록 하는 것이 어떻겠습니까……?"

요계성은 어떻게든 상황을 수습해보려고 안간힘을 다하고 있었다. 얼굴에 어색한 웃음이 번질 정도였다.

"동네 건달 재목으로는 썩 괜찮은 친구죠. 하지만 저는 아무나 전쟁터에 데리고 나가는 사람이 아닙니다! 저자는 원래 목을 베야 마땅한 죄인입니다. 그러나 그의 가문에서 우리 대청을 위해 대대로 공을 세운 사실을 감안하겠습니다. 또 요 제대制臺의 체면을 봐서 목숨만은 살려줄까 합니다."

시랑이 요계성의 간청은 완전히 무시한 채 조롱 섞인 목소리로 말했다. 이어 뢰탑에게 최후통첩을 보냈다.

"관모를 다시 쓰고 싶으면 4월이 다가오기 전에 우리 대군을 위해 대포 십 문을 마련해서 배에 실어 둬. 그렇지 않은 날에는……. 흥! 알아서 하라고!"

시랑이 말을 다 마치고는 바로 손을 내저으면서 주위에 지시를 내렸다.

"쫓아내!"

뢰탑은 시랑의 호통과 동시에 얼굴이 백지장처럼 창백하게 질린 채 비틀거리면서 밖으로 나갔다. 요계성은 축 늘어져 내쫓기는 뢰탑의 뒷모습을 바라보면서 방금 전의 살기등등했던 장면을 본능적으로 떠올렸다. 놀란 가슴이 쉽게 진정되지 않았다.

"요 대인, 뭘 그렇게 멍하니 생각하고 있습니까?"

시랑이 언제 얼굴을 붉힌 일이 있었냐는 듯 원래의 모습으로 돌아오더니 웃음 띤 얼굴로 요계성의 팔소매를 잡아끌었다. 그런 다음 자리에 앉히면서 다시 말을 이었다.

"냉정하기로 소문이 자자하시던데, 중대한 일을 매듭지어야 하는 마당에 이까짓 탁자 나부랭이가 뭐 그리 아쉬워서 그럽니까? 제가 쭉 생각해 봤는데, 아무래도 여름 무렵에 남풍을 빌어 팽호도를 치는 것이 유리할 것 같네요……."

26장
북경에 나타난 위동정

　요계성과 시랑은 공동명의로 강희에게 긴급 상주문을 올렸다. 두 사람이 며칠을 고민한 끝에 만든 상주문의 내용은 자신들이 합의를 이끌어낸 과정과 뢰탑을 처벌하게 된 자세한 경위 등이었다.

　강희는 상주문이 도착했을 때 마침 상서방에서 여러 대신들과 봉천행차에 대해 의견을 나누고 있었다. 우선 자신이 맡은 임무에 대한 보고를 올리기 위해 북경으로 달려온 낭심이 흑룡강 일대에 분포돼 있는 러시아의 병력에 대해 자세한 설명을 했다. 또 파해와 주배공은 카자흐(Kazakh, 오늘날의 카자흐스탄)와 벌인 수 년 동안의 싸움과 협상 등에 대해 보고를 올렸다. 강희는 최종적으로 직접 동북으로 달려가 상황을 파악하겠다는 결단을 내렸다. 또 내친김에 조상들의 숨결이 남아 있는 옛 궁전 등도 찾아 참배하기로 했다. 뿐만이 아니었다. 어떻게든 시간을 내서 여러 몽고의 왕들 역시 직접 만나보기로 했다. 강희가 시랑의 상주문을 읽고 나더니 갑자기 웃음을 터트렸다.

"뢰탑 이 자식은 이번에 아주 임자를 만났군. 시랑 같은 사람이 잡아 족쳐야지 다른 사람으로는 안 된다고! 짐이 볼 때 한족들은 공명에 너무 집착한다는 악습을 가지고 있어. 그런데 만주족들도 크게 다르지 않아. 가장 큰 단점을 한 가지 꼽으면 너무 거만하고 무법천지라는 거야. 홍의대포 십 문과 십만 개의 화살로 관모를 바꿔가라고 했으니, 이번에는 정신을 바짝 차리겠지?"

강희는 말을 마치자마자 시랑이 뢰탑에게 치도곤을 안긴 사실을 자세하게 여러 대신들에게 들려줬다. 대신들도 배꼽을 잡았다. 강희는 말이 나온 김에 시랑에게 보내는 조서를 써서 보내도록 고사기에게 명령했다. 여름에 대만 출병을 해도 좋다는 것과 뢰탑이 대포를 만들어 바치는 대로 사천 장군四川將軍으로 멀리 보내 버리라는 것이 주요 내용이었다. 뢰탑이 앙심을 품고 뒤에서 야료를 부릴지도 모른다고 생각한 듯했다.

"대포는 역시 서양 사람들이 잘 만들어. 삼번을 평정할 때도 장성이 만들어 보낸 대포가 호남과 섬서에서 한몫을 톡톡히 해냈잖아. 듣자하니 제포국製炮局에서는 대포를 더 이상 만들지 않기로 했다고 하던데, 말도 안 돼! 색액도, 자네 명심해서 잘 살피게. 병부의 책임자들에게 자주 내려가 보라고 하고 말이야. 짐이 끝까지 지켜볼 거야!"

강희가 뜨끈뜨끈한 온돌에 앉은 채 한참을 생각하더니 접시에 담긴 다과들 중에서 설탕을 녹여 바른 땅콩을 집어 입 안에 던져 넣으면서 말했다. 그러자 색액도가 몸을 앞으로 숙이면서 입을 열었다.

"시랑은 대포가 모자라는 고생은 하지 않을 것 같사옵니다. 앞으로 만드는 대포는 남겨 두었다가 갈이단에게 써 먹으면 좋을 듯하옵니다. 다만 그때까지 창고에 넣어두면 시간이 너무 길어져 대포가 잘못될 수 있사옵니다. 그게 걱정이옵니다."

대만 출정을 극구 반대한 웅사리는 색액도 옆에 자리를 잡고 있었다. 심기가 불편해야 정상이었다. 그러나 그는 앞으로도 계속 그래서는 안 된다는 사실을 너무나 잘 알고 있었다. 강희가 마음을 굳힌 이상 더 이상 토를 달았다가는 경을 칠 수도 있었다. 실제로 그는 대만 출병이 좋은 결과로 이어지지 않을까 걱정이 되기도 했다. 그가 말했다.

"여름까지는 아직 네다섯 달이 남아 있사옵니다. 만약 대포 이십 문을 더 만들어낸다면 복건으로 보내야 한다고 소인은 생각하옵니다. 만일의 경우를 대비해서 말이옵니다. 만약 대만 전투에서 승리하면 그때 가서 대포를 고북구의 대영으로 실어 나르면 될 것이옵니다. 그걸 비양고에게 넘겨줘 언젠가는 이뤄질 준갈이와의 싸움에 미리 힘을 실어주는 것도 좋을 듯하옵니다."

웅사리는 강희가 서정西征을 결심하고 전방에서 군대를 지휘할 대장을 물색했을 때 몇 번씩이나 비양고를 추천한 적이 있었다. 하지만 그때마다 강희는 통쾌한 답을 주지 않았다. 그런데도 웅사리는 여전히 비양고를 운운하고 있었다.

"자네는 어떻게 해서든 비양고를 추천하지 못해 마치 안달이라도 난 사람처럼 보이는군. 짐이 보기에는 아무래도 주배공이 나을 것 같아. 섬서와 감숙에서 왕보신을 주무른 사실에 대해 들어보지 못했나? 대단한 인물이잖아!"

명주가 주배공이 또다시 공을 세우는 것을 막기 위해 황급히 한마디 끼어들었다.

"섬서에서 반란을 평정할 때 주장主將은 역시 도해였다고 해야 하옵니다. 병사들도 전부 북경에 연고를 두고 있는 왕공王公들의 가노家奴들이었고요. 도해가 버티고 있었기 때문에 승리가 가능했다는 얘기이옵니다. 솔직히 한낱 평범한 한족 관리에 불과한 주배공이 어떻게 그렇게 큰

일을 떠맡을 수 있었겠사옵니까? 지금 고북구의 병사들은 주배공이 전에 데리고 있던 그런 부류가 아니옵니다. 전부 상삼기上三旗(팔기八旗 중에서 황제가 직접 지휘하는 정황기, 양황기, 정백기를 일컬음) 출신들이옵니다. 웬만한 사람은 눈에 들어오지 않을 것이옵니다. 도해가 건강이 좋지 않아 더 이상 출전이 불가능하다면 주배공 혼자서는 감당하기 벅차다고 봐야 하옵니다."

색액도는 원래 잘 나가는 주배공과 교류를 하고 싶은 생각이 없지 않았다. 자신의 영향권 아래에 두고 싶은 생각이 있었던 것이다. 여러 번 편지를 띄운 것도 그 때문이었다. 그러나 회신은 오지 않았다. 기분이 나빴다. 그가 명주의 말에 공감한다는 뜻을 내비친 것도 그 때문이었다.

"웅사리와 명주의 말이 맞사옵니다. 주배공은 근본이 선비 출신인 데다 병까지 얻은 것으로 알고 있사옵니다. 혼자의 몸으로 만주족의 팔기 정예군을 지휘한다는 것은 아무래도 무리라고 봐야 하옵니다……."

강희는 연신 머리를 저었다. 도대체 대신들이 무슨 생각으로 혈뜯는지는 모르겠으나 주배공이 혼자서 군대를 지휘할 수 없다는 말에는 절대로 공감을 표할 수가 없었던 것이다. 그는 주배공을 난면 골목에서 처음 만났을 때 즉석에서 군사 문제에 대해 진지하게 물은 적이 있었다. 당시 주배공은 여러 가지 사례를 들어가면서 강희를 완전히 찬탄케 하는 풍부한 이론을 전개했다. 그것도 단순히 이론에서 멈춘 것이 아니었다. 이론과 실천을 결부시켜 실제 전투에서도 큰 공을 세웠다. 강희로서는 높은 점수를 줄 수밖에 없었다. 평량 대첩이 대표적인 것으로, 그때 전략가로서의 자질을 확실히 보여줬다. 강희는 그 공훈을 정말 높이 평가했다. 평소에 도해보다 훨씬 우위에 있다고 생각했을 정도였다. 강희가 그런 그를 평량 대첩 이후 봉천 제독으로 보낸 것도 다 나름의 이유가 있었다. 현장의 야전 경험을 더 쌓도록 해서 서부 전선에 다시 투입하려는 계획과 무관하지 않았던 것이다. 그런데 이제 와서 주배공을 포기하라고? 강희는 대신들의 의견을 도저히 받아들일 수가 없었다. 그가 빙그레 웃으면서 그런 자신의 생각을 다시 피력하려고 할 때였다. 이덕전이 발을 거두고 안으로 들어섰다.

"폐하! 광동, 복건, 운남, 절강 네 개 성의 해관총독 위동정이 북경에 도착했사옵니다. 폐하를 알현하고 싶다고 전해왔사옵니다!"

"위동정이 왔어? 지금 어디 있는가? 어서 들어오라고 해!"

강희가 몹시 반가운 듯 자리에서 벌떡 일어서더니 바로 명령을 내렸다. 크게 내색은 하지 않았으나 얼굴에는 기쁜 표정이 역력했다. 그가 다시 흥분을 억누르고 덧붙였다.

"지금 막 도착해서 밥도 못 챙겨먹었을 거야. 어선방에 짐의 명령을 전하도록 하라. 음식을 맛깔스러운 것으로 몇 가지만 준비하라고. 반드시 싱싱한 재료로 주방장이 직접 만들어야 한다는 것을 명심하라고 해라!"

위동정은 강희의 명령이 떨어지자마자 바로 모습을 나타냈다. 서둘러 달려온 듯했다. 그의 등 뒤에는 늘 그렇듯이 문서를 한아름 안은 내무부 옥새 담당관인 하계주가 따라 들어오고 있었다.

위동정은 말할 것도 없이 강희와는 엄연한 군신의 관계였다. 그러나 어려서부터 같이 붙어 다닌 탓에 강희에게는 유독 남다른 정을 느껴왔다. 밖에 나가 있는 3, 4년 동안에도 늘 변함없이 자신의 자리에서 강희를 성원하고 든든한 받침대 역할을 충실하게 해냈다. 위동정은 그런 자신에게 강희 역시 분에 넘치는 은혜를 베풀어준다는 사실을 늘 가슴에 새기고 있었다. 강희를 바라보는 위동정의 눈시울이 붉어졌다. 곧이어 눈물이 그렁그렁 맺혔다. 그가 공손히 머리를 조아리며 아뢰었다.

"소인 위동정, 삼가 폐하의 안녕을 비옵니다! 그런데 웬일인지 자꾸만 눈물이 나옵니다. 수염이 더부룩한 사내가 궁상맞게 굴어서 죄송하옵니다!"

위동정은 언제나 자신의 진실한 감정을 숨기지 않고 거침없이 표현하는 것으로 정평이 나 있었다. 몇 년 만에 만난 입장에서는 더 말할 나위가 없었다. 강희 역시 크게 다르지 않았다. 그저 인간 대 인간으로 만난 자리라면 부둥켜 안은 채 울고 싶을 정도였다. 그러나 황제의 입장에서는 자제해야 했다. 그저 위동정을 뜨거운 마음으로 받아들이는 것으로 만족하지 않으면 안 됐다. 강희가 즐거운 분위기가 이어지는 가운데 한참 동안이나 위동정을 뚫어지게 쳐다보다 감개에 젖은 표정으로 말했다.

"자네도 이제는 눈물이 많은 나이가 된 것 같군. 그래 가족 모두 건강한가? 짐의 손 어멈은 어떠신가? 음식을 드시는 데 어려움은 없고?"

위동정이 황급히 눈물을 닦으면서 대답했다.

"폐하께서 배려해주신 덕분에 소인의 어머니는 그럭저럭 잘 지내십니다. 다만 하루에도 폐하를 몇 번씩 입에 올리면서 뵙고 싶어 하십니다. 이번에도 폐하께서 즐겨 드신다면서 가을에 담가 놓았던 대추술을 열 항아리나 챙겨주어서 가지고 왔사옵니다. 소신의 처 감매도 올해 둘째를 순산했사옵니다. 폐하께 상주를 올린 그대로이옵니다……."

강희가 얼굴 가득 웃음을 머금었다.

"짐이 둘째를 낳으면 이름을 지어준다고 약속을 했지 않은가. 위부魏俯라고 부르자고. 곧 만날 테지만 더 빨리 보고 싶군. 짐이 내년에 남쪽으로 순시를 떠나면 감매에게 거위발바닥 요리를 해달라고 졸라야겠어!"

강희가 기분 좋게 웃었다. 이어 하계주에게 말문을 돌렸다.

"자네는 또 무슨 일인가?"

"폐하께 아뢰옵니다. 상주문을 가지고 왔사옵니다. 우선 소가도蕭家渡를 정비하는 일을 무사히 끝냈다는 근보의 상주문이 있사옵니다. 또 예부의 사관司官이 봉천 순시 때 성가聖駕를 수행할 관원들의 명단을 작성한 상주문도 있사옵니다. 웅사리가 먼저 본 다음에 폐하께서 보시는 것이 어떻겠사옵니까? 여기 또 폐하께서 북순北巡하시는 동안 태자마마에게 조정의 일을 맡기는 것이 바람직하다는 내용의 상주문도 있사옵니다. 이광지가 올린 것이옵니다. 폐하께서 모두 친히 어람하시기 바라옵니다."

강희가 하계주의 말을 다 듣고 난 다음 말했다.

"하계주, 자네 요즘 책을 열심히 읽더니 많이 달라졌어. 전보다 말에 군더더기가 훨씬 많이 없어졌어."

강희가 칭찬을 한 다음 성가를 수행할 관원들의 명단을 들어 힐끔 훑어봤다. 그러더니 하계주의 말대로 웅사리에게 던져주면서 말했다.

"자네가 우선 한번 보게. 짐이 이번에 순시巡視를 떠나는 것은 산과 들로 유람을 떠나기 위해 가는 것이 아니야. 그러니 이광지, 사신행 등의 문인과 묵객들은 따라갈 필요가 없어. 고사기 한 명이면 충분해. 동정은 모처럼 짐에게 왔는데, 같이 가야지. 어때? 짐과 함께 성경盛京 구경 한번 할 생각 없나?"

강희의 제안에 위동정이 황송한 표정을 지으면서 머리를 조아렸다.

"정말 뜻밖의 행운이옵니다. 솔직히 오지 말라고 하셔도 따라가고 싶사옵니다! 가면서 천천히 폐하께 여쭐 말씀도 있사옵니다!"

위동정의 말이 끝나기 무섭게 어선방에서 음식이 준비됐다는 전갈이 날아들었다.

"이리로 가져오라고 하지 말고 위동정 자네가 건너가서 먹지 그래. 여기에서는 아무래도 부담스러워 잘 먹지를 못할 테니, 그쪽에 가서 전에 같이 어울리던 친구들과 회포도 풀면서 마음껏 망가져 보라고. 짐이 모레쯤 떠날 예정이니, 자네도 서둘러 태황태후마마께 인사도 올리고 북경에 있는 친구들도 만나봐. 또 소마라고를 찾아보는 것도 잊지 말고. 나갔다가 모레 새벽에 들어와. 됐어, 그만 가봐!"

위동정은 강희의 꼼꼼한 배려에 또다시 가슴 훈훈한 감동을 느꼈다. 연신 진심을 담아 감사를 드리고서 자리를 떴다.

강희는 위동정이 물러가자 근보의 상주문에 시선을 고정시켰다. 꼼꼼하게 읽어 본 다음에는 끝에 손톱자국을 내면서 말했다.

"황제가 순시를 떠나면 태자가 남아 조정의 업무를 보는 것이야 이상할 게 없는 일이기는 하지. 그러나 태자가 아직 너무 어리지 않은가?"

강희의 말에 색액도가 황급히 대답했다.

"태자마마께서 어리신 것은 사실이옵니다. 그러나 조정의 큰일은 이미 폐하께서 지시하신 대로 따르면 되옵니다. 또 그렇게 하면 태자마마는 북경에 있으면서 상주문을 처리하는 방법을 배울 수 있사옵니다. 대신들을 접견하면서 의견을 구해도 되옵니다. 게다가 웅사리와 탕빈 등이 옆에서 거들 수도 있사옵니다. 별 문제가 없을 것이옵니다. 이광지 역시 이번에 성가 수행에 나서지 않으니 적지 않게 도움을 줄 것으로 생각하옵니다."

색액도의 말이 끝나자 명주가 얼굴에서 예의 아부어린 웃음을 지우지 않은 채 의견을 피력했다.

"색상素相(색액도를 재상으로 높여 부르는 호칭)의 말이 지당하옵니다. 그래도 소인이 외람된 말씀을 한마디 드리고자 하옵니다. 폐하께서는 즉위하실 때 여덟 살밖에 되지 않으셨사옵니다. 키도 지금의 태자마마에 미치지 못했사옵니다! 그리고 정말 중요한 일은 폐하가 계신 곳으로 윤허를 구하면 되옵니다. 또 그게 당연한 일이옵니다. 그 외의 그다지 중요하지 않은 일들은 신하들이 상의하고 처리하면 되옵니다. 황궁 안에 계시는 태황태후마마께도 조언을 구해 처리하면 될 것이라고 생각하옵니다. 그뿐이 아니옵니다. 큰황자와 셋째 황자께서도 태자마마를 극진히 보살피시니 무슨 걱정이 있을 수 있겠사옵니까?"

강희는 색액도와 명주 둘의 말에 미묘한 차이가 있다는 사실을 느끼지 못했다.

"그렇기는 하네. 하지만 태자가 잠깐 동안이라도 섭정攝政을 한다면 갖출 것은 다 갖추도록 해야겠어. 색액도가 지난번에 태자의 복장을 따로 준비하자고 한 적이 있었지. 당시 짐은 태자가 아직 너무 어리다고 허락을 하지 않았어. 그러나 이번에는 조금 상황이 다른 것 같아. 태자가 자신의 이름을 걸고 일을 하려면 다른 황자들과도 차이를 둬야 해. 아무리 혈육이라고 하나 군신의 사이라는 사실을 알도록 해야 한다는 얘기야. 짐의 생각에는 태자의 조관朝冠은 검붉은 색으로 하는 것이 좋겠어. 또 동주東珠(진주의 일종)는 열두 개를 달아주고 말이야. 나머지 황자들에게는 푸른 조관에 동주 열 개를 달아줘서 지위의 고하를 확연하게 구분을 지어야겠어. 웅사리, 자네는 예부에 몸을 담고 있는 사람이니 말해 보게. 이렇게 하는 것이 어떤가?"

웅사리는 강희의 말에 진지하게 귀를 기울이고 있었다. 나름의 생각도 하고 있었다. 원래 청나라 이전의 각 왕조들에서는 태자가 나랏일을 볼 때 다른 황자들은 근처에 얼씬도 하지 못하게 했다. 그런데 이번에는 달랐다. 태자와 황자가 함께 조정의 업무를 보도록 하겠다는 것이 강희의 주장이었다. 역사적으로 볼 때는 타당치 않은 일이라고 해도 좋았다. 그러나 청나라 황실은 북경으로 들어오기 전부터 이런 '가법'을 조상 대대로 고스란히 보존해온 터였다. 때문에 하루아침에 뜯어 고칠 수는 없는 것이 현실이었다. 웅사리는 색액도와 명주의 말뜻이 약간씩 다르다는 사실을 눈치채지 못한 것은 아니었다. 그러나 어느 한쪽에도 미운털이 박히기는 싫었기 때문에 그저 잠자코 있었다. 그가 강희의 질문에 한참을 생각하더니 느릿느릿 입을 열었다.

"사실 복장을 고치거나 고치지 않는 것은 별로 중요하지 않다고 생각하옵니다. 가장 중요한 것은 군신君臣을 분명하게 구분 짓는 것입니다. 또 이에 따른 폐하의 확실한 조칙詔勅과 훈유訓諭 등이 있어야 하겠사옵니다. 하지만 폐하께서 이미 복장과 관모에 대한 구체적인 계획을 가지고 계신다면 괜찮을 것 같사옵니다. 예의범절 한 가지를 더 추가해 예부에 전 왕조의 방법을 참고하도록 하면 될 것이옵니다. 그렇게 하면 이로 인한 혼란은 없지 않을까 생각하옵니다."

여러 대신들의 의견은 각자 조금씩 달랐다. 그러나 강희는 그들의 의견이 일치하지 않는 것에 대해 깊이 생각할 겨를이 없었다. 그저 웅사리의 의견을 참고하겠다는 뜻만 피력했을 뿐이었다.

"웅사리의 말대로 예부에 초안을 작성해 올려 보내라고 하게."

강희는 대신들의 분분한 의견을 한마디 말로 정리했다. 그런 다음 그들을 내보내고 자신도 자리에서 일어났다.

이틀 후 강희의 거가車駕는 예정대로 동직문을 통해 북경을 빠져 나가 북쪽으로 향했다. 그러나 요란하게 의장대를 소집해 황제의 행차를 알리지는 않았다. 강희는 그저 녹색 수레에 앉아 무단이 거느린 20여 명의 정예 시위들의 호위만 받으면서 길을 떠났다. 늘 강희를 그림자처럼 따르던 목자후는 무단에게 강희 경호의 임무를 넘기고 북경에 남아 태자를 보호하는 일을 맡았다. 그럼에도 행렬은 대단했다. 우선 태감 이덕전이 평소에 조련에 열을 올리던 매와 몇 명의 내감內監들을 거느린 채뒤를 따랐다. 또 색액도와 명주는 수레 뒤에서 명령을 대기하면서 바싹 따라갔다. 위동정과 고사기는 행렬의 맨 마지막에 떨어진 채로 따라갔다. 강희의 총애를 받는 심복 중의 심복다웠다. 물론 둘은 완전히 성향이 다르기는 했다. 우선 한 명은 겸손한 데다 배움을 좋아하고 정이 많은 사람이었다. 또 침착하기도 했다. 반면 다른 한 명은 지혜롭고 재주가 많았으며 약삭빨랐다. 그럼에도 둘은 말 위에서 도란도란 얘기를 나누면서 자연스럽게 친한 친구가 될 수 있었다.

강희 일행은 나흘을 달려서야 겨우 고북구를 벗어났다. 곧 눈앞에 끝이 보이지 않는 광활한 몽고 대초원이 펼쳐졌다. 그곳에서 동으로 가다가 승덕부承德府를 지나면 대릉하大凌河와 요하遼河를 차례로 건너야 했다. 또 능원凌源과 조양朝陽, 객라심喀喇沁(카라친) 좌기左旗를 지나고 나면 봉천에 도착할 수 있을 것이었다.

강희는 자금성에서 나고 자랐기 때문에 오밀조밀하고 즐비한 가옥과 웅장하고 멋스러운 궁궐이나 누각들만 많이 보았다. 달리 말하면 눈으로 직접 본 세상은 얼마 되지 않는다는 얘기였다. 물론 그가 과거 북경 일대를 순시할 때 밖으로 나간 적이 있기는 했다. 그런데 당시의 산과 들은 어쩐지 하나같이 좁고 폐쇄적이라는 느낌을 주었다. 그러나 만리장성을 벗어나 산해관山海關 밖으로 나온 이번에는 달랐다. 끝없이 펼쳐진 흑수黑水와 백산白山 사이의 초원이 너무나도 가슴 벅찬 감동을 그에게 안겨주고 있었던 것이다. 그야말로 가슴이 확 트이는 감동을 받았다. 강희는 주변을 다시 한 번 천천히 훑어봤다. 기름기 반드르르한 푸른 주단을 펼쳐 놓은 것 같은 풀밭 위로는 한가롭게 풀을 뜯고 있는 산양 떼들이 마치 점점이 박혀 있는 수채화 같은 모습을 연출하고 있었다. 또 그 사이를 깡충깡충 뛰어다니면서 술래잡기를 하는 야생 토끼들은 자신들의 키가 넘는 풀밭을 마구 누비고 다녔다. 가끔씩 시원한 바람이 불어올 때는 구름과 초원이 한데 뒤엉켜 돌아가는 것처럼 정겨웠다. 나무와 풀들이 움직이는 소리는 머리끝에서부터 발끝까지 어디나 할 것 없이 깨끗하게 여과시켜 주는 듯한 상쾌함을 안겨 주었다. 강희는 더 이상 수레에만 앉아 있을 수가 없었다. 곧바로 수레에서 뛰어내려 어린애처럼 두 팔을 벌린 채 풀밭을 뛰어다니며 빙글빙글 마구 돌았다. 동심의 세계로 돌아간 듯 까르르 웃기도 했다.

"너무 좋구나! 봄바람에 춤추는 풀밭이 너무 아름다워!"

무단도 강희가 즐거워하는 모습에 덩달아 기분이 좋아졌다.

"그러고 보니 소인도 산해관 밖으로 나와 보지 않은 지가 벌써 십오 년이 다 되어 가옵니다. 오래간만에 만난 초원은 여전히 아름답사옵니다! 전에 소인이 밖에서 마……."

무단이 한참 열심히 입을 놀리다가 갑자기 뚝 다물었다. 하마터면 '마적'이라는 말을 할 뻔했던 것이다. 그게 무슨 자랑거리라고, 마적 시절 기억의 끈을 절대로 놓치지 않으려 하는 자신의 머리를 원망하지 않을 수 없었다. 그러나 마음이 한껏 들떠 있는 강희는 무단의 말에 신경을 쓰지 않았다. 주변의 풍광에 완전히 마음을 빼앗기고 있었던 것이다. 급기야 그는 시위의 수중에서 활을 건네받아 자신의 애마에 날렵하게 올라타고는 고삐를 잡아당겼다. 그런 다음 채찍을 가볍게 휘둘렀다. 몽고가 고향일 뿐만 아니라 오랜만에 고향 땅을 밟은 말은 마치 물 만난 고기처럼 좋아서 어쩔 줄을 몰랐다. 바로 그 자리에서 한 바퀴 빙그르르 돌고 앞다리를 쳐들고는 긴 울음소리를 내더니 앞으로 쏜살같이 내달렸다. 위동정 역시 채찍을 날려 강희를 바짝 뒤따랐다. 강희가 크게 기뻐하면서 화살주머니에서 정교한 꽃무늬가 그려져 있는 승냥이 이빨로 만든 화살을 꺼내 들었다. 그러더니 활을 만월 모양으로 잡아당겨 힘껏 날렸다. 빠른 속도를 짐작케 하는 '쐐악' 하는 소리와 함께 저 멀리에서 풀을 뜯던 누런 양 한 마리가 애처로운 울음소리를 내며 풀숲에 쓰러졌다. 양은 바로 숨을 거둔 듯 꿈쩍도 하지 않았다.

"이덕전, 짐의 매를 풀어줘 봐!"

강희가 말 위에서 활을 당기면서 말했다. 이어 위동정에게로 말머리를 돌렸다.

"동정, 자네와 소륜이 북쪽으로 돌아가 이 짐승들을 도망가지 못하게 막아서라고. 무단, 자네는 서쪽을 막아서게. 고사기는 짐을 따라 다니면서 사냥한 것들을 줍기나 하라고. 나머지 사람들은 동쪽으로 가서 이것들을 가운데로 몰게. 하하하! 오늘은 너희들의 제삿날이다!"

"예!"

수행원들도 기분이 좋은지 하나같이 웃음 띤 얼굴을 한 채 우렁차게 대답했다. 그리고는 여기저기 흩어져서 놀라 도망가는 들짐승들을 잡기도 하고 가운데로 몰기도 했다. 이덕전은 팔에 매달았던 매를 풀어줬다. 그러자 날카롭고 용맹하기 이를 데 없는 매는 곧 날개를 무섭게 좍 펴더니 순식간에 8장丈(1장은 약 3미터) 이상이나 되는 높이로 솟아올랐다. 얼마 후 구름에 닿을 듯 높이 치솟아 올라갔던 매가 크게 한 바퀴 하늘을 선회했다. 이어 곤두박질치듯 빠르게 내려오더니 순식간에 누런 양 한 마리를 깔아뭉갰다. 동시에 쇠사슬 같은 발톱을 양의 머릿속에 박아 넣었다. 그리고는 날개를 두어 번 푸드득거리는가 싶더니 양을 발가락에 매단 채 20장丈 이상이나 되는 하늘로 치솟아올랐다. 시위들은 일제히 환호성을 질렀다. 그러자 매는 양을 아래로 던져버리고는 다른 목표물을 향해 날아갔다.

고사기는 지금 눈앞에서 벌어지는 광경을 난생 처음 보았다. 자신도 모르게 입을 쩍쩍 벌릴 수밖에 없었다. 눈은 휘둥그렇게 뜬 채 구경하느라 바빴다. 그렇다고 맡겨진 임무를 게을리 할 수는 없었다. 매 구경하랴, 강희의 뒤를 따라다니면서 잡아 놓은 양을 챙기랴 그야말로 정신을 차리지 못했다. 그럼에도 그는 눈 깜짝할 사이에 누런 양 세 마리를 말 등에 올려놓을 수 있었다. 그때 저쪽에서 무단에게 쫓겨 온 양 네댓 마리가 고사기를 향해 필사적으로 달려오고 있었다. 순간 당황한 그가 손으로 허둥지둥 양을 가리키면서 "빨리! 빨리!"를 연발했다. 눈치가 빠르고 손재주가 좋은 강희는 그 순간을 놓치지 않았다. 침착하게 화살을 날려 그 중 두 마리를 가볍게 쓰러뜨렸다. 한 마리는 다리에 화살을 맞은 채 피를 흘리면서 절뚝거렸다. 고사기는 그 모습을 보고는 한번 잡아볼 요량으로 말 위에서 뛰어내렸다. 그런 다음 젖 먹던 힘까지 다해 쫓아가 드디어 양의 귀를 비틀어 사타구니 안에 눌러 앉혔다. 그리고는 거칠게 숨을 몰아쉬면서 허리띠를 풀어 양을 묶었다. 그의 입에서는 자연스럽게 큰 소리가 터져 나왔다.

"폐하, 폐하! 소인도 한 마리 잡았사옵니다!"

그러나 그의 외침에 대한 메아리는 없었다. 강희는 어느새 저만치 달려가고 있었던 것이다. 그때 저 건너편 쪽에서 한바탕 웃고 떠드는 소리와 함께 무단의 낄낄대는 웃음소리가 들려왔다. 알고 보니 서북쪽을 지키고 서 있던 시위들이 총출동해 양 두 마리를 생포한 것이었다.

이처럼 수확이 적지 않았음에도 강희는 나머지 네댓 마리의 양을 끈질기게 추격했다. 그러나 양들이 깊은 산골짜기로 들어가는 바람에 더 이상은 어쩌지를 못했다. 게다가 날도 저물고 말을 달릴 수 있는 길도 보이지 않았다. 하는 수 없이 그 자리에 멈춰선 채 껄껄 웃었다. 얼마 후 그가 뒤에서 무단과 고사기를 비롯해 시위 몇 명이 다가오는 것을 보고 말했다.

"됐어! 더 이상 쫓을 필요 없어. 한 시간만 있으면 해가 완전히 저물 것 같은데, 그만 돌아가자고!"

강희의 말이 끝나자마자 이상한 일이 벌어졌다. 조금 전 도망갔던 양들이 다시 정신없이 되돌아 달려나오고 있었던 것이다. 사람들이 호시탐탐 노리면서 앞에 서 있는데도 그랬다. 양들이 기겁을 하면서 되돌아

나온 것은 다 이유가 있는 듯했다. 앞에 맹수가 있기 때문이 아닌가 싶었다. 무단 역시 그런 감을 잡았는지 양들을 지켜보다 얼른 강희의 팔목을 잡아 자신의 뒤로 숨도록 했다.

"폐하, 조심하십시오. 맹수가 있사옵니다!"

고사기는 헤헤 웃으면서 성취감에 들떠 있다가 순간적으로 얼음구덩이에 빠진 듯 그 자리에서 얼어붙었다. 반면 강희는 뒤를 돌아보고는 이상한 기미를 전혀 느끼지 못하자 웃으면서 말했다.

"무단, 누구 간 떨어지는 걸 보고 싶어서 이러는 거야?"

그러나 강희는 다음 말을 이을 수가 없었다. 자신이 타고 있는 말이 덜덜 떨고 있는 것이 느껴졌던 것이다.

"폐하, 소인이 누굽니까? 관동關東의 마적 출신이옵니다! 그러니 이런 눈치 하나는 최고가 아니겠사옵니까!"

무단은 당황하기는 했으나 자신 있는 어조였다. 이어 순간적으로 험악하게 일그러진 얼굴을 한 채 옆에 있던 시위에게 명령을 내렸다.

"어서 가서 호신 대인을 불러오도록 해. 나머지 시위들은 대신들을 잘 보호하도록!"

무단의 말이 끝나기 무섭게 바위 뒤의 무성한 풀숲이 크게 흔들렸다. 이어 얼룩무늬 호랑이가 커다란 대가리를 쑥 내밀더니 뒤로 한껏 젖혔다. 동시에 무겁고도 거친 울부짖음을 길게 내뱉었다. 말 몇 마리가 얼마나 놀랐는지 그 자리에 바로 풀썩 주저앉고 말았다. 그로 인해 황급히 피하던 강희도 하마터면 떨어질 뻔했다. 가장 먼저 호랑이를 발견한 주인공인 고사기도 안색이 영 말이 아니었다. 또 새로 들어온 시위 장옥상張玉祥 역시 놀란 나머지 땅바닥에 주저앉아 버렸다. 하지만 그는 이내 짝짝처럼 바로 들려 일어났다. 무단이 불이 번쩍 나도록 귀싸대기를 후려갈긴 탓이었다. 곧이어 무단의 걸쭉한 욕설이 터졌다.

"미친 놈 같으니라고! 뒈지려고 환장을 했어? 폐하께서 계시는 것이 보이지 않는 거야?"

"저 자의 화령花翎을 벗겨버려! 시위 자격이 없어."

강희가 기절초풍 직전까지 갔다가 겨우 안정을 되찾고는 차갑게 한마디를 내뱉었다.

순간 호랑이는 이미 바위 위로 올라타고 있었다. 누런 비단 같은 전신을 드러낸 호랑이의 살찐 몸은 키가 7척尺(1척은 30센티미터)은 충분히 넘을 것 같았다. 호랑이는 거드름을 피우면서 기지개를 쭉 켜더니 앞다리를 내밀었다. 그런 다음 뛰어봤자 벼룩이지 하는 표정으로 강희 일행을 노려봤다. 이어 몸을 땅에 밀착시키고 5척 길이의 꼬리를 빳빳하게 쳐든 채 보기만 해도 소름 끼치는 대못 같은 이빨을 드러냈다. 낮은 천둥 같은 으르렁대는 소리가 순간 호랑이의 입에서 터져 나왔다. 사색이 된 말들은 죽은 듯 땅바닥에 엎드린 채 꼼짝을 않고 있었다.

"폐하를 잘 지켜드려!"

무단이 두루마기 자락을 휙 걷어 바지춤에 집어넣고는 숨을 몰아쉬었다. 그리고는 천천히 호랑이에게 접근해갔다. 그가 두어 걸음 가까이 다가가더니 징그럽게 웃으면서 호랑이와 마주하고 섰다. 손가락으로 자신의 코를 가리키며 그가 말했다.

"빌어먹을 자식아. 이리로 와 봐. 한번 붙어보자고!"

호랑이는 말은 못 알아들었으나 상대가 호의를 품고 있지 않다는 사실은 분명히 아는 듯했다. 곧 엉덩이를 높이 치켜세우면서 머리를 좌우로 두어 번 흔들더니 순식간에 무단에게 달려들었다. 사람과 호랑이가 한 덩어리가 돼 싸운다는, 이른바 인호박투人虎搏鬪가 시작되는 순간이었다. 우선 호랑이의 크고도 육중한 앞발이 무단을 향해 무차별적인 공격을 가했다. 그러나 무단도 만만치 않았다. 날렵하게 발을 이리저리 옮기면서 호랑이에게 치명타를 가할 기회를 노렸다. 그는 관동에 있을 때는 무림武林의 고수로 꽤 알려진 인물이었다. 또 강희의 시위를 맡으면서부터는 사용표로부터 제대로 된 무예도 익힌 바 있었다. 어떻게 보면 체격이 곰 같고 때에 따라서는 악랄하기가 야수 같은 맨손의 무단에게 호랑이는 제대로 맞닥뜨린 호적수였던 것이다. 서로가 상대를 파악하느라 잠시 시간이 흘렀다. 그 사이에 몇 번의 손발이 오갔다. 그러다 드디어 악에 받친 무단이 괴성을 지르면서 호랑이를 먼저 덮쳤다. 곧이어 그가 한 손으로 호랑이의 목덜미를 죽어라 틀어잡고는 다른 한손으로는 턱과 가슴팍을 사정없이 후려치기 시작했다. 그러자 호랑이가 시뻘건 입을 한껏 벌리고 자기를 타고 앉은 사람의 머리를 한 입에 넣고 씹어버리려고 안간힘을 썼다. 그래도 여의치 않자 뒷발로 소가죽 옷을 입은 무단의 등허리를 사정없이 긁었다. 순간 무단의 등허리에서 피가 낭자하게 흐르기 시작했다.

강희와 시위들은 어찌 할 바를 모르고 그저 멍하니 구경만 하고 있었다. 그때 뒤늦게 도착한 위동정이 큰 소리로 외쳤다.

"뭣들 하는 거야? 폐하를 안전한 곳으로 모시지 않고!"

사람과 호랑이가 한데 뒤엉켜 싸우는 아슬아슬하고 위험하기 짝이 없는 광경은 한동안 계속됐다. 위동정은 곧 길게 생각할 필요도 없다는 듯 비수를 뽑아들더니 호랑이에게 다가갔다. 얼굴 표정으로 봐서는 마구 찔러버려도 성에 차지 않을 눈치였다. 그러나 그는 그 순간에도 강희가 호랑이 가죽을 필요로 할지도 모른다는 생각을 했다. 그래서 이리저리 기회를 엿보다 호랑이의 머리를 향해 힘껏 비수를 찔렀다. 그런 다음 다시 피 묻은 비수를 빼내고는 목의 윗부분을 네댓 번 더 찔렀다. 호랑이와 사람의 피가 곧 풀숲에 질펀하게 떨어졌다. 기진맥진한 호랑이가 서서히 맥을 놓는 것 같았다. 그럼에도 무단은 여전히 호랑이의 목을 꽉

옥죄고 있었다. 그 기회를 틈타 수십 명의 시위들이 달려들어 한바탕 진땀을 뺐다. 그제야 호랑이는 서서히 숨이 넘어가기 시작했다.

그 날 저녁 초원에는 모닥불이 여기저기에 피어올랐다. 호랑이와 양고기의 구수한 냄새는 초원의 밤공기와 너무나도 잘 어우러졌다. 색액도를 비롯해 명주와 고사기 등은 낮의 위기일발의 순간은 모두 잊은 채 모닥불을 마주 하고 앉아 고기를 뜯어 먹으면서 얘기꽃을 피우고 있었다. 반면 기력을 잃은 무단은 소륜에 의해 한쪽에 뉘어졌다. 강희는 천막에서 나와 약간은 차가운 밤공기를 한껏 들이마시면서 어둠이 깃든 초원의 밤하늘을 쳐다봤다. 마침 그때 위동정이 하늘을 바라보고 있는 강희를 찾아왔다.

"폐하, 바람 끝이 차갑사옵니다. 들어가시옵소서."

위동정의 말에 강희가 웃으면서 말했다.

"짐은 아까 매가 하늘을 날아다니던 장면이 너무 멋져서 눈에 삼삼하네. 문득 매를 노래하고 싶은 생각이 들었어. 지금 구상 중이니 방해하지 말게."

강희는 말을 마치자마자 시를 읊기 시작했다.

삼백 하고 육십 종류가 넘는 날개 달린 새 중에서 매가 제일 멋지더라.
화끈하고 영롱한 성질이 마음에 드니, 저 하늘의 별들이 무색하구나.
봤는가, 좌우로 날아대는 힘찬 저 솟구침! 날개에 서리를 묻혀 지상에 내리네.
예리하기가 송곳 같고 신속하기가 벼락 같으니, 무겁기는 반석 같구나.
말을 세우고 지켜보니, 그 많던 짐승들은 다 어디로 숨었나.
드센 발톱 없이 용맹을 떨치기 힘드니, 용맹한 지사가 없으면 나라가 어찌 편하랴.

그 용맹을 기리는 축대를 만들려고 하니, 어찌 기록으로 남기만 하겠는가.

위동정은 강희가 매를 생각하면서 읊었다는 시가 그 이상의 뜻을 내포하고 있다고 생각했다. 그게 과연 무엇일까? 그는 한참 동안 그에 대해 생각했으나 답은 떠오르지 않았다. 그저 웃어 보이면서 입을 열었다.

"소인은 영명하신 폐하께서 계신 덕분에 조정에 모사謀士와 모신謀臣들 뿐만 아니라 매와 같이 드센 발톱을 가진 영웅들도 전 왕조에 비해 많으면 많았지 부족하지는 않다고 생각하옵니다. 그러니 폐하께서는 그런 감개에 젖어 고민하시지 않으셔도 될 것으로 생각하옵니다."

"서역西域은 자고로 우리의 땅덩어리였어. 그러나 반역과 순종을 밥 먹듯이 했어. 지금은 그들을 달리 길들일 재주가 없네. 짐이 보기에 서역 정벌은 천고의 위업을 달성하는 과정이라고 해도 과언이 아니야. 때문에 그다지 쉽지만은 않을 거야! 매의 발톱을 가진 용맹한 지사志士들이 우리에게는 아직 너무 부족해!"

강희가 탄식을 쏟아냈다. 거의 개탄이라고 해도 좋았다. 그러나 이내 가볍게 미소를 지어 보이면서 화제를 돌렸다.

"오늘은 기분 좋은 날이야. 이런 무거운 얘기는 나중에 하도록 하지. 동정, 짐이 요 며칠 자네를 지켜봤어. 그 결과 자네에게 무슨 고민거리가 있다는 느낌을 받았어. 이번에 북경에 온 다른 이유가 있지?"

위동정은 한순간도 쉴 틈 없이 수많은 생각들을 하면서도 자신의 표정 변화까지 정확하게 읽어낸 강희에게 내심 탄복하지 않을 수 없었다. 결국 한참 후에야 한숨을 내쉬면서 솔직하게 고백했다.

"폐하께서 제대로 보셨사옵니다. 솔직히 소인이 누구를 잘못 건드렸사옵니다. 그래서 남경에 있기 힘들지 않을까 하는 생각을 했사옵니다. 그 문제로 북경에 와서 폐하를 만나 뵙고 속마음을 털어놓고 싶었사옵니다."

강희가 잠시 어정쩡한 표정을 짓더니 갑자기 너털웃음을 터트렸다. 이어 다 알고 있다는 표정으로 말했다.

"자네가 상주문에 언급했던 그것 때문에 그러는 것인가? 이상아 쪽 사람들 때문에? 진짜 그랬구면. 그리고 또……. 좋아, 됐어. 자네가 말하지 않아도 짐이 다 생각하고 있으니 걱정하지 말게. 또 짐은 언제나 자네 손을 들어줄 거야. 짐에게는 같은 젖을 빨면서 잠든 형이 하나밖에 없어. 그런데 다른 누군가가 자네를 힘들게 한다면 가만히 내버려둘 짐이 아니야."

강희의 어조는 황제의 말이라고 하기에는 지극히 인간적이었다. 내용은 더 말할 것이 없었다. 위동정은 또다시 눈물을 삼켰다.

강희가 찬바람에 추위를 느꼈는지 천막 안으로 들어가려고 발걸음을 옮겼다. 그때 저 멀리서 누군가의 흐느낌 소리가 들려왔다. 그가 의아한 표정으로 머리를 갸웃거리자 위동정이 말했다.

"틀림없이 장옥상이라는 그 시위일 것이옵니다. 오늘 화령을 박탈당한……."

강희는 그제야 장옥상을 떠올렸다. 그러더니 말없이 풀숲을 헤치고 소리 나는 방향을 향해 다가갔다. 이어 머리를 두 다리 사이에 틀어박고 울고 있는 장옥상의 등 뒤에서 느릿느릿 입을 열었다.

"장옥상, 다들 즐겁게 노는데 혼자 이러고 있지 말고 들어가게! 갑작스런 일을 당하면 놀라서 추태를 부리는 것은 인지상정이야. 일단 무단에게 찾아가 잘못했다고 빌어. 그리고 나중에 공을 세우면 화령을 돌려준다고 짐이 말했다고 전해!"

27장
한밤중에 찾아온 손님

강남은 2월만 되면 온갖 꽃들이 만발했다. 그러나 북쪽 지역은 그렇지 않았다. 아직 찬바람이 매서웠다. 고북구를 떠난 지 이틀째 되는 날은 더욱 그랬다. 갑자기 날씨가 변덕을 부리더니 싸늘한 바람이 모래알 같은 싸락눈을 대지에 흩뿌렸다. 바로 추위가 엄습해 왔다. 길을 재촉하느라 잠을 충분히 자지 못한 강희는 그만 심한 감기에 걸리고 말았다. 움직이지 못할 정도로 열도 심하게 났다. 고사기가 옆에서 정성껏 돌봐주기는 했으나 흑산黑山현을 지나면서부터는 문제가 심각해지기 시작했다. 더구나 길에는 가끔씩 작은 가게만 보일 뿐 음식점이나 약국 등은 눈을 씻고 봐도 보이지 않았다. 수행에 나선 대신들은 저마다 불가마 위의 개미들처럼 초조한 모습을 보였다. 그나마 다행인 것은 융화隆化진이 가까워오고 있다는 사실이었다. 일행은 그제야 안도의 숨을 내쉴 수 있었다. 위동정도 비로소 사람들을 위로하기 시작했다.

"나는 여기 융화진에는 두 번이나 와 봤어요. 생약을 파는 곳이 두 곳이나 있습니다! 걱정하지 말아요."

"병이 위급해지면 아무 곳에나 진료를 받으러 간다는 말이 이래서 나온 것 같습니다. 저는 폐하께서 감기 기운이 채 가시지도 않은 채 봉천에 가시는 것이 솔직히 걱정스럽습니다. 조상들의 능을 참배하시랴, 몽고의 왕공들을 접견하시랴 하느라고 바쁘다보면 면역력이 더 떨어질 게 아닙니까. 그러다 보면 또 다른 병에 걸리실 수 있습니다. 그 경우 폐하께서 죄를 묻지 않으시더라도 제 입장이 뭐가 되겠습니까?"

고사기가 적이 안심은 하면서도 떨리는 목소리로 말했다. 그러자 색액도가 바로 좌중을 향해 질책을 했다.

"객라심喀喇沁 좌기左旗의 대영을 지날 때 낭심이 얼마나 만류했습니까? 폐하께서 기운이 없어 하시는 것 같아 걱정스럽다고! 그런데도 말리지는 않고 여러분은 옆에서 죽은 듯 가만히 있기만 했으니!"

그때 위동정이 입을 비죽이 내밀면서 전방을 가리켰다.

"지나간 얘기는 할 필요가 없습니다. 이미 융화진에 도착했는 걸요!"

융화진은 천여 가구가 모여 사는 곳이었다. 인구도 적지 않았다. 그러나 눈이 내리는 데다 날씨가 추워 그런지 길에는 행인들이 거의 없었다. 수레바퀴 자국만 여기저기 나 있고 집집마다 장작을 높이 쌓아두고 있는 것만 보일 뿐이었다. 물론 황혼녘의 대목을 만난 가게들은 다소 달랐다. 일꾼들이 한 명씩 나와서는 등불을 밝힌 채 서서 손님을 자기들 집으로 끄느라 연신 목청을 높이고 있었다. 몸이 아직 완전히 낫지 않은 무단은 힘이 드는지 멀리 갈 것도 없이 아무 곳에서나 하룻밤 묵어가자고 했다. 그러나 과거 강희와 역관에서 자객을 만난 적이 있는 위동정은 무척이나 조심스러워 했다. 이리저리 여러 곳을 다니면서 면밀히 살핀 후에야 비로소 마을 한가운데 인가 밀집 지역의 오래된 역관을 선택했다. '흥릉'興隆이라는 곳이었다. 고사기는 즉시 약을 구해 정성껏 달여서 는 강희에게 복용토록 했다. 강희는 약기운에 취해서인지 따끈한 온돌 방이 편해서인지 바로 잠이 들었다. 그제야 고사기는 살금살금 밖으로 나왔다. 맨 먼저 강희가 머물고 있는 방 앞에 그림자처럼 서 있는 위동 정의 모습이 그의 시야에 들어왔다. 그가 웃으면서 다가갔다.

"잠깐 사이에 무슨 일이야 있겠어요? 너무 지나치게 경계할 필요는 없을 것 같습니다! 하루 종일 걸어 다닌 탓에 신발이 눅눅할 텐데 어서 벗어서 말리세요! 지금 색액도, 명주, 무단 등이 모두 전당前堂에서 밥을 먹고 있어요. 같이 가서 먹지 그래요!"

"폐하 곁에는 칼을 가지고 놀아야 하는 우리들이 항상 지키고 서 있 지 않으면 안 됩니다. 폐하를 모실 때는 언제 어디서나 조심해야 해요. 그렇지 않으면 낭패를 보는 일이 생길 수 있어요! 폐하는 무단과 내가 번갈아 가면서 지키고 있을 테니 고 대인이나 가서 저녁을 먹지 그래요. 폐하는 괜찮으시죠?"

위동정이 자신은 괜찮다면서 고사기에게 먼저 밥을 먹을 것을 권유 했다. 충성심에 관한 한 단연 으뜸인 위동정다웠다. 강희가 유난히 위동 정을 좋아하는 데는 다 이유가 있었다. 고사기 역시 그의 충성심에 진 한 감동을 받았다.

"약을 썼으니 곧 차도가 보일 겁니다. 폐하께서는 워낙 건강하신 편이 라 이 정도 감기로 완전히 드러눕지는 않으실 것 같습니다."

그렇게 말한 고사기는 위동정의 권유대로 바로 전당으로 걸음을 옮 겼다.

그곳에서는 강희를 수행하는 문관 및 무관들과 시위, 태감, 궁인 등 모두 30여 명이 탁자 여섯 개에 나뉘어 앉은 채 저녁을 먹고 있었다. 역 관의 주인은 날씨도 춥고 손님이 없어 걱정하다 강희 일행이 갑자기 들이닥친 것이 얼마나 좋은지 입이 귀에 걸려 있었다. 더구나 명주가 들어오자마자 손님을 더 이상 받지 못하게 하고는 역관의 방 전부를 빌리면서 돈을 후하게 줬으니 더욱 그럴 수밖에 없었다. 고사기가 들어서자 명주가 목소리를 낮춰 물었다.

"폐하께서는 약을 드셨나요?"

"드시고 주무시고 계세요. 오늘 저녁 땀을 푹 흘리고 나면 내일 아침에는 한결 가뿐해지실 겁니다!"

고사기는 대답하자마자 대접에 한가득 담겨 있는 황주黃酒를 꿀꺽꿀꺽 들이마셨다. 빈 속에 마셔서인지 금세 얼굴에 벌겋게 취기가 올랐다. 반찬에 기름기가 너무 많아 젓가락을 든 채 망설이던 고사기가 해파리를 집어 입에 넣고 씹으면서 말했다.

"내일도 폐하께서 차도가 없으면 여러분이 나를 마구 욕을 해도 좋아요!"

색액도는 또다시 고사기의 장난기가 발동했다고 생각한 듯 바로 농담을 받아줬다.

"또 큰소리를 치는 겁니까? 나는 의원이 환자의 집에 가서 진찰을 하다가 갑자기 급병이 들어 죽는 경우도 봤습니다!"

고사기가 색액도의 농담에 다리를 꼬고 앉은 채 발끝을 까닥거리면서 응수했다.

"그 정도는 약과입니다! 산파가 다른 사람의 애를 받으러 갔다가 그 자리에서 자기가 먼저 애를 낳아버린 일도 있는 걸요!"

고사기의 말은 별로 우스울 것도 없었다. 하지만 고사기는 그런 말을 훨씬 더 재미있게 표현할 줄 아는 재주를 타고 난 사람이었다. 아니나 다를까, 좌중의 사람들이 배꼽을 잡고 웃었다. 그때 역관의 문이 밀리는 소리가 나지막하게 들려왔다. 곧이어 일꾼이 황급히 달려 나가 문틈으로 밖에 있는 사람에게 말하는 소리가 안에까지 들렸다.

"미안합니다. 저희 가게에는 손님이 다 찼네요. 저기 서쪽 채씨의 집에는 아직 빈 방이 있을 겁니다."

"개소리 하지 마! 우리가 바로 채씨 집에 머물고 있는 사람이야. 그 집에서는 밥을 안 줘서 여기로 사먹으러 온 거라고. 그런데 이렇게 추운 날 손님이 왔는데, 못 들어가게 하는 게 어디 있냐고!"

역관에게 대뜸 욕설 비슷한 항의를 퍼붓는 사람은 나이 지긋한 어떤 여자였다. 노파라고 해도 무방했다. 그녀는 완전히 막무가내로 안으로 비집고 들어왔다. 그리고는 등 뒤에 서 있던 청년 한 사람을 가게 안으로 잡아끌었다. 곧이어 아무렇지도 않은 듯 발을 구르고 몸을 요란스럽게 놀리면서 몸에 묻은 눈가루를 털었다. 명주 등이 앉아 있는 탁자의 한 모퉁이에도 아주 자연스럽게 걸터앉았다. 사람들은 갑자기 들이닥친 노파 때문에 하던 말을 멈추고 그녀에게 흥미로운 시선을 보냈다. 그러자 노파를 따라 들어온 청년이 쑥스러운지 말없이 머리를 숙였다. 반면 자리에 앉은 노파는 기세가 등등했다. 주머니에서 두 냥짜리 은전을 내놓으면서 크게 소리쳤다.

"여기 황주 한 근 데워서 가져와. 또 닭찜 하나하고 버섯국 하나, 쌀밥 두 그릇 주게. 왜 그래? 돈이 모자라서 그러는가?"

노파가 물러가지 않고 은전을 받아 쥔 채 가만히 서 있는 일꾼을 닦달했다. 일꾼은 어떻게 해서든 노파의 화를 돋워 밖으로 내보내려고 했다. 그가 드디어 입을 열었다.

"미안합니다만 거슬러드릴 잔돈이 없어서 그래요."

"거스름돈은 필요 없어요!"

노파 옆에 있던 청년이 참다못해 불쑥 한마디 내뱉었다. 그리고는 곱지 않은 시선으로 일꾼을 째려봤다. 이어 그가 다시 고사기 쪽으로 머리를 돌렸다. 순간 둘의 시선이 허공에서 서로 부딪쳤다. 청년은 순간 깜짝 놀라고 말았다.

"아니, 혹시 성이 고씨 아니신가요?"

청년이 고사기를 바라보면서 조심스럽게 물었다. 고사기는 흠칫 놀라 청년을 천천히 뜯어보았다. 청년은 털모자를 깊숙하게 눌러쓴 채 무릎 까지 오는 장화를 신고 있었다. 곱상한 얼굴에는 보조개가 깊이 패여 있었다. 고사기는 순간 어디선가 본 듯한 기억이 났다. 그러나 얼른 기 억이 떠오르지 않았다. 그는 기억을 더듬느라 이마를 잔뜩 찌푸렸다. 바 로 그때 노파가 끼어들었다.

"고 상공, 높으신 분들은 사사로운 일은 원래 잘 잊는 법입니까? 어 떻게 이럴 수가 있어요! 황량몽의 늙은이를 벌써 까마득하게 잊은 겁 니까?"

"한류씨, 아니 마님!"

노파의 말에 고사기의 눈이 금세 반짝거렸다. 그렇다면 눈앞의 청년 은 다름 아닌 토사도 칸의 딸이자 진황을 좋아했던 아수가 분명했다. 남장男裝을 한 모습이 확실히 표가 났다. 그래서일까, 어디에선가 젊은 여자 특유의 옅은 향내가 나는 것 같았다. 순간 고사기는 흥분한 나머 지 자리에서 벌떡 일어섰다. 그리고는 어리둥절해 있는 역관의 일꾼에 게 큰 소리로 고함을 질렀다.

"어서 음식을 가져오게! 이분들은 내가 아는 분들이야. 마님, 그런데 여기는 어쩐 일이세요? 아드님인 춘화는 어떻게 됐습니까?"

"뭔가에 홀려서 온 느낌이네요! 춘화는 큰아버지 집이 있는 항주杭 州로 가서 장사를 배우고 있어요. 목숨을 구해준 은인이라고 늘 대인의 이름을 입에 올리면서 보고 싶어 합니다. 대인이 구해준 그 뱃속의 아이 는 벌써 다섯 살이에요. 이름을 한모고韓慕高라고 지었죠!"

한류씨가 으쓱해 하면서 말했다. 좌중의 사람들은 두 사람이 반가워 어쩔 줄 모르자 자신들도 모르게 귀를 쫑긋 세우며 관심을 기울였다. 고사기가 곧바로 그들의 궁금증을 풀어줬다. 자신이 북경에 가는 도중 한춘화의 병을 고쳐준 얘기를 대충 들려준 것이다. 그러나 꽃가마에 타고 새색시를 사실상 강탈해온 사실과 아수의 신분에 대해서는 밝히지 않았다. 두 가지 사실 중 하나는 자신의 명예를 더럽힐 수도 있는 문제, 다른 하나는 국정國政에 관련된 일인 탓이었다. 그제야 의문이 풀린 사람들은 두 사람과 함께 즐겁게 얘기를 나누면서 저녁을 먹었다. 그런 다음 각자 자신들의 방으로 흩어졌다. 고사기는 방을 한류씨 '모자'에게 내주고 자신은 바깥채에 가서 자기로 했다. 자기 전에 걱정스러운 마음에 강희의 방을 잠깐 들여다보니 땀에 흥건히 젖은 채 깊은 잠에 곯아떨어져 있었다. 그제야 마음이 놓인 그는 다시 한류씨와 아수가 있는 방으로 돌아왔다.

"고 대인, 다들 이 늙은이가 약삭빠르네 어쩌네 했는데, 사실은 둘도 없는 멍청이인 것 같아요! 글쎄 천왕묘에 살고 있던 김 화상이 알고 보니 도둑 화상이었다니까요!"

한류씨가 따뜻한 온돌방에 앉아 느릿느릿 말을 이어나갔다. 그러면서 밖에서 들려오는 바람소리에 귀를 기울이기도 했다. 고사기는 한류씨와 아수의 놀라움이 가시지 않은 표정을 지켜보면서 자신이 지금 생각하면 귀신이 출몰할 것 같은 으스스한 낡은 절에 겁도 없이 머물렀던 순간을 떠올렸다. 순간 온몸에 닭살이 돋고 소름이 끼치는 기분을 어쩌지 못했다. 오싹하는 감정 역시 떨쳐버릴 수가 없었다.

"대인들이 떠난 후로 비가 말도 못하게 내렸었죠."

한류씨가 차를 마시면서 깊은 추억 속으로 빠져 들어갔다. 모습이 나름 우아했다. 고사기는 불현듯 그녀가 젊었을 때는 썩 괜찮은 미인이었을 것 같다는 생각을 했다. 그러나 애써 그런 생각을 감춘 채 집게로 숯불을 뒤적이면서 노파의 말에 귀를 기울였다.

"우리 집 뒤뜰에 주인 없는 무덤이 있었잖아요. 나는 산동에서 그쪽으로 이사 간 이후부터 죽 거기에서 살았죠. 원래는 무덤을 없애버리려고도 했었어요. 그러나 왠지 남의 무덤에 손을 대는 것이 죄스러워 차마 건드리지 못했거든요. 그런데 어느 날 비가 하도 내리니까 무덤에 구멍이 뻥 뚫리더라고요. 빗물이 끊임없이 스며들더군요. 순간 조금 안타까운 생각이 드는 거예요. 그래서 날이 개기를 기다렸다가 하인들을 시켜 파보라고 했어요. 정말 죽은 사람 무덤이면 다른 곳으로 잘 옮겨주려고 했죠. 물속에 그대로 내버려둔다는 것은 사람의 도리가 아니라고 생각했어요."

"그래서 파보니까 어떻게 되어 있던가요?"

고사기가 다그쳐 물었다. 아수가 대답 대신 소매 속에서 고욤 만한 물건을 꺼내 보였다. 푸른 보석이었다. 아수의 손바닥 위에 놓인 보석은 흔들리는 촛불의 희미한 불빛을 받아 은은한 빛을 내뿜고 있었다.

"바로 이런 것이 있었어요. 또 홍보석을 비롯해 금붙이 등 그야말로 별의별 금은보화가 가득 들어 있더라고요. 나머지 상자들도 뭐가 들었는지 엄청나게 무거워 꿈쩍도 하지 않았어요. 그러자 더럭 겁이 나더군요. 그래서 다른 것은 열어보지 못했어요. 아무리 생각해도 전부 다 값나가는 물건들인 것 같았어요……."

한류씨가 침을 튕기면서 말을 이었다. 고사기는 그녀의 말만 듣고도 흥분을 주체하지 못했다. 그예 두 눈을 크게 뜨며 다그쳤다.

"그래서 어떻게 됐어요?"

"그래서 가까이에 있는 김 화상을 불렀죠. 나는 별로 배운 것이 없는 사람이에요. 그러나 아무리 무식해도 내 것이 아닌 누군가의 금은보화가 내 집에 한 수레 있다는 것이 언젠가는 화를 가져올 것이라는 이치를 모르지는 않습니다. 그래서 그날로 아수와 아들 내외, 손자를 데리고 집을 나섰죠. 하인들에게는 무당산武當山으로 불공을 드리러 간다고 해놓았어요. 그러나 사실은 저녁에 어두워진 틈을 타 황량몽의 사돈인 주 향신 댁으로 들어갔어요. 한동안 먼발치에서 사태를 지켜보려고 말입니다. 그런데 보름이 지나도록 아무런 소식이 없었어요. 그래서 생각을 해보니 이게 전 왕조인 명나라의 어떤 대신의 집에서 난리통에 경황없이 묻어둔 것이 아닌가 하는 그림이 딱 그려지더군요. 나중에 일가족이 몰살해버려 찾아가지 않은 것이 아닌가 하는 생각이었죠. 그래서 그만 집에 들어가도 되겠다는 생각이 들었어요. 하지만 그날 저녁에 일이 터졌어요. 우리 집안의 집사인 마귀馬貴가 정신없이 달려와서는 우리 사돈어른을 붙잡고 무시무시한 얘기를 하지 뭡니까. 김 화상과 우일사가 백 명은 충분히 될 것 같은 건장한 사내들을 불러다가 손짓발짓 해가면서 물건을 파내간다고 말이에요. 대부분이 산동 말씨를 쓰더래요. 더구나 그 자식들은 우리 하인 세 명도 죽였어요. 우리 사돈어른은 세상이 다 알다시피 성격이 불 같은 분입니다. 그 소리를 듣고는 참지를 못하고 사람들을 불러 모으라고 하는 거예요. 결국 나는 숨어서 듣고 있다가 황급히 달려 나가 말렸어요. 마귀는 내가 멀리 떠난 줄로만 알고 있었으니 놀라 주춤할 수밖에 없었겠죠! 그래서 내가 '마귀, 내가 조그만 상자 하나 가지고 나왔다고 전해!'라고 말했죠! 김 화상과 우일사는 그 때문인지 그 후 허겁지겁 물건을 파내가고 우리 집에다 불을 질렀어요. 그러나 다행히 하늘이 도와주신 덕분에 비가 쏟아져 집은 보존할 수 있었어요.”

한류씨가 단숨에 마치 소설과도 같은 장황한 얘기를 끝마쳤다. 이어 길게 한숨을 내쉬었다.

"그 뒤로는 돌아가 보시지 않았어요?"

고사기가 물었다. 그러자 아수가 한류씨를 대신해 바로 대답했다.

"저는 가서 살고 싶었어요. 그러나 어머니께서는 그곳이 더 이상 안전지대가 아니라고 하시더라고요. 그러시면서 집을 사돈어른에게 넘겨주셨어요."

아수의 말에 이어 한류씨가 보충설명을 했다.

"김 화상 그 사람이 죽지 않는 한 나도 늘 불안할 것 같았어요. 결국 그 집에 들어가 살다 쥐도 새도 모르게 죽어 가느니, 가족을 데리고 항주에 있는 춘화의 둘째 큰아버지를 찾아가는 것이 낫겠다는 생각을 했죠. 장사하는 집안이라 잠시 신세를 질 수 있을 것이라고 생각했거든요. 아, 그런데 춘화의 둘째 큰어머니가 어찌나 변덕이 죽 끓듯 하는지 도무지 견딜 수가 없더라고요. 먹고 살기 힘들어 찾아가 도움을 요청했다면 몰라도 내가 어찌 그런 수모를 견딜 수 있겠어요? 홧김에 둘째 큰아버지의 비단가게를 통째로 사버렸죠. 아들과 며느리가 밥은 먹고 살게 만들어준 거죠. 그리고 나는 아수가 폐하를 만나 뵈어야겠다고 조르는 바람에 무작정 다시 나온 거예요!"

한류씨는 지난 5년여 동안 너무나도 큰일을 겪은 듯했다. 그러나 그녀에게서는 그간의 풍파가 가져다준 무거운 삶의 무게에 찌든 흔적은 별로 보이지 않았다. 그나마 가진 것이 많았던 그녀였기에 그럭저럭 잘 지내온 것 같았다.

고사기가 한류씨의 말을 끝까지 다 들은 후 감탄을 했다.

"다행히 지혜 주머니인 마님한테 이런 일이 일어났기에 망정이지 다른 여자분들 같았으면 어떻게 됐을지 상상이 가지 않네요! 남의 얘기 하듯 하셨으나 상황이 얼마나 긴박하고 위험했는지 알 것 같네요. 그건 그렇고 공주께서 황급히 폐하를 만나 뵈려 하는 이유는 뭔가요? 아직도 복수를 하려는 생각을 버리지 않고 있나요?"

"폐하를 어떻게 하면 만나뵐 수 있을까요?"

강희 얘기가 나오자 아수가 눈빛을 반짝이면서 물었다.

"폐하께서는 멀다면 멀고 가깝다면 가까운 곳에 계시죠!"

고사기가 아리송한 어조로 대답했다. 이어 강희의 방에서 새어나오는 불빛을 바라보고는 목소리를 낮춰 말을 이었다.

"폐하께서는 지금 봉천으로 가려고 하세요. 이번 봉천행은 명목상으로는 선조들의 능을 참배하는 것으로 되어 있으나 사실 더욱 중요한 것은 따로 있어요. 몽고의 왕공들을 만나는 것이 진짜 목적입니다. 이런 일은 여자분들이라 잘 모르셨을 거예요! 공주, 외람되나 이번에 폐하의 부름을 받고 오는 왕공들 중에는 차신 칸과 갈이단의 사신을 포함해 공주의 원수인 사람들이 많아요. 그런데 폐하께서는 되도록 이들을 끌어안으려고 하세요. 이런 마당에 공주가 불쑥 나타나는 것은 득보다 실이 크다고 볼 수 있어요!"

고사기의 말에 아수가 냉소를 머금었다.

"원수도 있고 친척도 있어요! 내 작은아버지인 온도이溫都爾 칸도 오실 거예요. 물론 폐하께서 정말로 우리를 외면하신다면 나도 더 이상 살고 싶지 않아요. 하지만 이래저래 살길이 막막하다면 그냥 조용히 죽고 싶지는 않아요. 지체 높은 사람들이 많이 모인 자리에서 한바탕 소란이나 피우고 죽고 싶어요. 그렇게라도 해야 저승 가는 길이 덜 억울할 것 같네요!"

아수의 말에 고사기는 깜짝 놀랐다.

"온도이 칸이 올 것이라는 사실은 나도 모르고 있었는데, 공주가 어떻게 알았어요? 정말 대단하시군요! 진황 그 친구가 공주하고 인연이 닿지 않은 이유가 다 있었군요. 이제 보니 공주는 신선이시네요!"

고사기는 남의 심각한 얘기를 너무 가볍고 경박하게 받아들이는 듯했다. 아니나 다를까, 아수가 곧장 따끔하게 쏘아붙였다.

"고 선생, 자중하세요. 우리 서로의 신분 차이는 잊지 맙시다."

"예, 지당하신 말씀입니다! 진황과 나는 둘도 없이 친한 사이라 그만 실수를 했군요. 그건 그렇고……. 그 뒤로 두 분은 다시 만나셨나요?"

고사기는 얼굴을 붉힌 채 변명조로 되물었다. 그러나 아수는 머리를 돌리고 대답을 하지 않았다. 그러자 대신 한류씨가 나섰다.

"이건 분명히 전생에 맺은 악연이에요. 사람의 힘으로는 어떻게 할 수가 없네요! 당시 우리는 항주에서 배를 타고 낙마호駱馬湖로 가게 됐어요. 가는 길에는 청강도 지나가게 돼 있었죠. 마침 그때 이 아이 얼굴이 너무 좋지 않아 보였어요. 그래서 내려가 보자고 했어요. 그런데 무슨 영문인지 울기만 하면서 한사코 싫다는 거예요. 낙마호에 도착해 들으니 근보 어른과 진황 선생이 소가도 둑이 무너진 책임을 지고 북경으로 압송됐다는 소문이 파다하지 뭡니까. 그래서 상심에 빠져 밥도 먹지 못하는 이 아이와 황급히 북경으로 가봤어요. 그러나 바로 뜬소문이라는 것이 밝혀졌죠. 아유, 속상해……."

곧 세 사람 사이에 한동안 침묵이 흘렀다. 이윽고 아수의 고운 눈에서 참고 참았던 눈물이 주르륵 흘러내렸다. 고사기는 달리 위로해 줄 방법이 없었다. 그저 우울한 표정을 한 채 자리를 뜨고 말았다. 그날 저녁 그들은 하염없이 흘러내리는 촛불의 눈물을 마주한 채 어느 누구도 쉽사리 잠을 이루지 못했다.

28장
강희와 몽고 공주

강희는 약을 먹고 깊은 잠에 빠졌다가 늦은 아침인 진시辰時 끝 무렵이 돼서야 눈을 떴다. 약은 효과가 있었다. 간밤에 병세에 차도가 많이 있었고 몸이 한결 가뿐해졌다. 고사기는 그럴 것을 확신하면서 일찍부터 옆을 지키고 앉아 있다 황급히 강희에게 다가갔다. 속이 비어 있어 괴로웠던 강희는 바로 먹을 것을 찾았다. 고사기가 재빨리 강희를 부축해 침대에 앉히고는 신선한 우유 한 잔을 마시도록 했다. 그는 색액도와 명주가 인사를 올리고 나가자 어제 저녁 토사도 칸의 딸 아수와 만나 얘기를 나누기까지의 자초지종을 강희에게 자세하게 들려줬다.

"이 일은 어떻게 처리하면 좋을지 폐하께서 지시를 내려주시옵소서."

"그게 사실인가? 그런데 왜 이제야 보고를 하는가?"

강희가 자리에서 일어나 앉으면서 물었다. 고사기가 그렇지 않다는 표정을 한 채 아뢰었다.

"폐하의 용체龍體가 아직은 완전하지 않으시고 또 혼곤히 주무시기에 차마 깨울 수가 없었사옵니다. 게다가 군사 관련 급보가 아니라서……."

"그들을 들라 하게!"

강희가 명령을 내리고는 바로 자리에서 일어나 조관을 쓰고 마고자를 걸쳤다. 잠시 후 문 밖에서 아수의 가늘고 청아한 목소리가 들려왔다.

"노비奴婢 토사도土謝圖 수수秀가 보거다 칸博格達汗(황제)을 뵈러 왔사옵니다!"

곧 방의 발이 걷히는 소리가 들렸다. 동시에 아수와 한류씨가 차례로 들어와 강희에게 대례를 올렸다.

그들이 들어서자 방 안에는 사향 향기 같기도 하고 난초 향기 같기도 한 이상야릇한 향기가 감돌기 시작했다. 강희의 눈빛은 그 냄새와 함께 아수를 보는 순간 반짝반짝 빛났다. 고사기 역시 마찬가지였다. 만주족 복장을 벗어던지고 몽고족 차림을 한 그녀는 아름답기 그지없는 전형적인 몽고 여인이 돼 있었던 것이다. 그녀는 녹색 장포에 검붉은 색 허리띠를 두르고 있었다. 눈부신 보석이 점점이 박혀 있는 허리띠였다. 그녀의 얼굴은 복장 못지않게 눈부셨다. 맑고 고운 눈빛에서는 물기가 함초롬하게 맺혀 있었다. 초원의 여자가 가지기 쉽지 않은 우윳빛 피부는 마치 금방 피어난 연꽃을 연상케 했다. 오늘따라 유달리 예뻐 보이는 아수였다.

'이역異域의 거친 들판에 이런 여자가 있었다니!'

강희는 속으로 조용히 감탄사를 터뜨렸다. 강희가 이색적인 여자를 만났을 때 흔히 하게 되는 남자들만의 생각에 사로잡혀 있을 때였다. 갑자기 아수가 흐느끼기 시작했다. 강희는 아버지가 세상을 떠난 데다 집안이 완전히 망한 불행을 떠올리고는 슬퍼서 그러려니 하고 막 위로를 하려고 했다. 바로 그 순간 아수가 눈물범벅이 된 얼굴을 들고 강희를 바라보았다. 그리고는 몽고어로 한바탕 하소연을 하기 시작했다. 당연히 한류씨는 물론이고 박식함을 자랑하는 고사기도 그녀가 뭐라고 말하는지 알 수가 없었다. 시쳇말로 아무리 귀를 씻고 들어도 단 한 마디도 알아들을 수 없었다. 그러나 강희는 달랐다. 귀를 기울이고 열심히 듣고 나더니 머리를 끄덕였다.

"공주, 일어나서 얘기하지. 노인장께서도 일어나게"

강희는 끊임없이 아래위로 아수를 훑어봤다. 더불어 그의 새까만 두 눈에서는 연신 부드러운 빛이 흘러나왔다. 아수의 미모에 반한 나머지 그녀를 여자로 보기 시작한 것이다.

"감사합니다, 보거다 칸!"

아수가 머리를 계속 조아린 채 몸을 일으켰다. 그럼에도 계속 몽고어로 얘기를 했다.

"저의 부왕인 토사도 칸과 숙부 온도이 칸께서는 제가 어려서부터 몽고인은 초원의 용맹한 매라고 일깨워 주셨사옵니다. 또 보거다 칸은 그 매가 지친 몸을 뉘일 수 있는 높은 산이라고 하셨사옵니다. 그 뿐만이 아니옵니다. 광활한 초원에 있는 수없이 많은 소와 양떼들은 우뚝 솟은 보거다 칸의 준령 옆에 있는 흰구름과 같다고도 하셨사옵니다. 때문에 저희가 자손대대로 중화中華 대칸大汗의 그늘에서 걱정 없이 사는 것은 마치 봄날의 풀이 태양빛을 떠나서 살 수 없는 것과 같다고 하셨사옵니다……."

아수는 맑고 초롱초롱한 눈빛을 한 채 아무런 거리낌도 없이 강희의 눈빛을 받았다. 강희는 그녀가 먼저 시선을 피할 줄 알았으나 아수는 전혀 그렇지 않았다. 심지어 나중에는 오히려 뚫어져라 강희를 쳐다보기도 했다. 그는 여자의 눈빛 공격을 받고 얼굴이 화끈해지는 기분을 태어나서 처음으로 느꼈다.

"아수, 짐은 그대의 한어漢語가 유창하다고 들었어. 그러니 한어로 말해 줘. 짐이 아직은 건강상태가 그다지 좋지 않아서 지나치게 신경을 써서 들을 수가 없어. 우리 대청이 산해관을 넘어 자리를 잡은 뒤 우리 만주족은 몽고족과 제일 친하게 지냈지. 짐의 할머니께서도 몽고족이시니까 우리는 한집안 식구나 다름없어!"

강희의 음성은 부드러웠다. 아수가 강희의 말에 고무된 듯 의자에서 일어나자마자 바로 허리를 깊이 숙이더니 말을 바꿔 또랑또랑한 한어로 물었다.

"그러시다면 좋사옵니다. 노비가 감히 여쭤보고 싶은 것은 보거다 칸께서는 어찌해서 역신逆臣인 갈이단의 공례貢禮를 받으셨느냐 하는 것이옵니다. 생전의 저의 부왕父王과 숙왕叔王께서는 몽고에서 필사적으로 러시아의 침입을 막았사옵니다. 러시아의 기병들이 아극살雅克薩과 흑룡강지역을 침범한 전면적인 공세를 막기 위해 두 분은 그야말로 목숨을 걸고 싸웠사옵니다. 그런데 그때 갈이단은 러시아와 결탁해 저의 집안을 쑥대밭으로 만들어 버렸사옵니다. 보거다 칸께서는 어찌해서 이런 일들을 앉아서 보고만 계셨사옵니까?"

강희가 "한집안 식구나 다름없다"라는 말을 한 것에 대한 아수의 반격은 매서웠다. 고사기가 깜짝 놀랄 정도였다. 그는 황급히 강희의 기색을 살폈다.

강희 역시 아수의 날카로운 질문에 잠깐이지만 화들짝 놀랐다. 그러나 우유잔을 내려놓는 그 짧은 사이에 여유를 되찾았다.

"그대가 질책을 가할 법도 해! 과연 듣던 대로 대단하구먼! 하지만 그대한테 해 주고 싶은 말이 있어. 집안에 세 가지 일이 동시에 발생하면 먼저 처리해야 할 일이 있기 마련이라는 거야. 강희 십칠 년, 바로 그대가 북경으로 도망쳐 왔을 때는 마침 갈이단의 공물을 바치러 온 이천이 백여 명의 사신들이 북경 여기저기에 널려 있었어. 이목이 집중될 수밖에 없었지. 그걸 피하다 보니 예부에서는 감히 그대를 만나줄 수가 없었던 거야. 그건 정말 어쩔 수 없는 일이었어. 그대가 병력 지원을 요청했으나 당시는 오삼계의 잔여 부대와 결전을 벌이고 있던 때였어. 짐이 솔직히 경황도, 여력도 없었어. 본의 아니게 그대의 마음에 상처를 입힌 점은 짐이 늦었지만 지금이라도 사과하겠네."

말을 마친 강희가 바로 몸을 일으켰다. 그러더니 읍을 했다. 그러자 당황한 아수가 황급히 몸을 낮춰 맞절을 올렸다.

"아니옵니다. 노비가 어찌 보거다 칸의 사과를 받겠사옵니까!"

아수는 그러면서도 다음 말을 잇는 것을 잊지 않았다.

"다만 한 가지 궁금한 것은 폐하께서 언제쯤 망해버린 저희 집안을 복원시켜 주실 것인가 하는 것이옵니다. 만약 폐하께서 바쁘신 와중에도 저희의 일을 염두에 두고 계신다면 저 아수는 이 한 목숨 다하는 날까지 그 은혜를 결코 잊지 않고 결초보은할 것이옵니다……"

강희가 여전히 얼굴에 정겨운 미소를 담은 채 직접 차 한 잔을 따라 아수에게 건넸다. 그때였다. 찻잔을 주고받으면서 손끝이 부딪쳤다. 두 사람은 약속이라도 한 듯 서로 머리를 숙인 채 얼굴을 붉혔다. 그러나 강희는 재빨리 평상심을 회복하고는 대수롭지 않다는 듯 입을 열었다.

"결초보은까지는 하지 않아도 괜찮아. 사실 그대가 직접 찾아와 군대 출병을 요청하지 않았더라도 크게 문제는 없을 거야. 서정西征의 날이 멀지 않았으니까 말이야. 그때는 그대를 봐서라도 짐이 직접 삼군三軍을 지휘할 거야. 태산 같은 기세로 악질분자들을 짓이겨 버릴 것이야!"

말을 마친 강희는 그 사이를 참지 못하고 다시 아수에게 눈길을 던졌다. 이어 정감어린 어조로 물었다.

"그런데 그대는 이제부터 어떻게 할 요량인가? 짐을 따라 북경으로 갈 생각은 없는가? 취향에 따라 살 수 있을 거야. 궁전에 들어가 살아도 좋고, 그게 싫으면 짐이 저택을 하나 선물하지. 공주에 합당한 대우를 해주겠어. 어떤가?"

아수는 갑작스런 강희의 말에 돌연 수줍고 부끄러움을 타는 여인으로 변해 버렸다. 당당하게 따지고 질문을 서슴지 않던 조금 전의 그녀는 어느새 사라져 버리고 없었다. 그녀는 한참을 머리를 숙인 채 옷자락만 매만졌다. 그녀는 여자만이 가지고 있는 특유의 예리함으로 강희의 속마음을 꿰뚫고 있었던 것이다. 가까이에서 볼 때 강희의 얼굴에는 보일 듯 말 듯한 몇 개의 작은 주근깨가 있었다. 하지만 척 보기에도 길게 쭉 뻗은 체격과 전체적으로 깔끔한 인상은 무척이나 돋보였다. 한마디로 누가 봐도 둘은 잘 어울리는 한 쌍이었다.

옆에서 지켜보고 있던 고사기와 한류씨도 좌중의 분위기를 모를 까닭이 없었다. 아니 둘은 원숭이 중에서도 가장 약은 부류의 원숭이가 환생했다고 해도 과언이 아닐 만큼 눈치 빠른 사람들이었다. 그런 만큼 이미 강희의 속셈을 훤히 넘겨 짚고 있었다.

아무려나 아수는 강희의 뜨겁고 노골적인 시선을 애써 피하면서 머리를 돌렸다. 어떻게 된 영문인지 이 순간에도 강희의 얼굴 위로 까맣게 타고 비쩍 마른 진황의 얼굴이 겹쳐지고 있었기 때문이었다. 확실히 그건 어쩔 수 없는 모양이었다. 그녀에게 진황은 항상 마음 아프고 그리운 눈물과 같은 존재였다. 그녀는 살짝 돌아서서 슬며시 눈물을 훔쳤다.

"그대는 한족 어머니와 생이별을 하는 것이 아쉬워서 그러는 건가?"

상세한 내막을 알 길이 없는 강희가 초조한 어조로 묻더니 자문자답을 했다.

"조금도 문제 될 것이 없어. 손 어멈의 빈자리가 하도 커서 짐도 수행 어멈을 들일 생각이었어. 북경에 있으면서 매일 얼굴을 보면 되지 않겠는가. 한가할 때는 태황태후마마를 찾아뵙고 재미있는 얘기도 나누고. 그게 좋지 않겠는가?"

"좋다마다요. 성은이 망극하옵니다, 폐하!"

한류씨가 생각해보고 자시고 할 것도 없다는 듯 끼어들면서 바로 대답을 했다. 아무래도 아수를 강희에게 보내는 것이 진황을 따라다니면서 고생하게 하는 것보다는 낫다고 판단한 때문이었다. 그녀는 마음의 결정을 내리자 모든 것이 다 결정됐다는 듯 바로 수다를 떨기 시작했다.

"폐하께서 저 같은 늙은이까지 챙겨주시니 늘그막에 무슨 횡재인지 모르겠사옵니다. 저희 영감은 전에 오배한테 땅을 빼앗기고 화병으로 죽었사옵니다. 그 때문에 살길이 막막해 직예로 피난을 내려왔죠. 아, 그런데 글쎄 그 기세등등하던 자가 폐하의 도마에 올라 하루아침에 무너질 줄이야 어떻게 알았겠사옵니까! 그러나 그 후 저희들은 아비규환의 지옥에서도 더럽다고 쫓겨날, 칼침 맞아 뒈질 놈의 오삼계가 열한 개나 되는 성을 휘젓고 다니는 바람에 매일매일 불안한 나날을 보냈사옵니다. 하지만 결국에는 전례 없이 영명하신 천자를 만난 덕분에 오늘과 같은 좋은 날이 있지 뭡니까!"

한류씨는 흥분한 나머지 손짓 발짓을 해가면서 말보따리를 풀어냈다. 그러나 강희는 굳이 말하지 않아도 다 알겠다는 듯 해맑은 미소를 짓고 있었다.

그러자 이번에는 고사기까지 거들고 나섰다.

"타고난 미모를 자랑하는 공주께서 서역의 물정과 지세에도 밝으시니 폐하를 따라 다니기에는 안성맞춤일 것이옵니다! 게다가 한류 어멈은 유명한 꾀주머니시라 미행微行을 자주 하시는 폐하께 꼭 필요한 존재가 아닌가 하옵니다. 저희들이 미처 생각하지 못한 세심한 부분까지 다 챙겨주실 테니 말이옵니다!"

고사기는 아부 기운이 물씬 나도록 떠드는 와중에도 슬쩍슬쩍 아수를 쳐다보고 있었다. 그녀의 얼굴에서도 별로 싫어하는 기색이 보이지 않았다. 그는 그녀가 십중팔구 강희의 제안을 수락한 것으로 판단하고 말을 이었다.

"폐하께서 별다른 부탁이 없으시다면 소인과 한류 어멈은 그만 자리를 뜨겠사옵니다. 공주께서 동몽고의 여러 왕들과 갈이단이 왕래한 사실에 대해 단독으로 드릴 말씀이 있을 것이옵니다. 아직 완쾌되신 것은 아니니 아무쪼록 너무 과로하지 않도록 해주시기만을 바라옵니다……."

고사기는 말을 마치고는 바로 한류씨와 함께 밖으로 나왔다. 결정적인 순간을 놓치지 않고, 눈치 하나 만큼은 그 누구보다 재빠른 그다웠다.

강희 일행은 융화진에서 사흘 동안 머문 다음 또다시 동행東行을 서둘렀다. 덕분에 이틀 만에 청나라 발원지이자 만주족의 성지인 성경盛京에 도착할 수 있었다.

성경은 원래의 이름이 심양瀋陽이었다. 명나라 때는 요주위遼州衛라고도 불렸던 곳이었다. 이곳은 만주족이 세력을 키운 다음 중원으로 진출하려고 노릴 때 전략적 요충지로 너무나도 유명했다. 신유辛酉년(서기 1621년, 광해군 13년)에는 청 태조 누르하치가 천명天命을 받고 순식간에 이곳을 점령했다. 당연히 도성도 옮겼다. 순치 연간에는 다시 봉천부奉天府로 이름을 고치면서 자연스럽게 18개의 직할 행성行省 가운데 하나로 자리를 잡게 됐다. 성경은 첫눈에 봐도 명나라 홍무제 때부터 군사 요충지로 갈고 닦은 곳 다웠다. 우선 반경 10리에 걸쳐 장벽이 둘러쳐져 있었다. 높이만 무려 3장丈이나 됐다. 또 성의 사면에는 모두 여덟 개의 성문이 있었다. 작은 동문과 서문에는 각각 종루鐘樓(종이 비치돼 있는 누각)와 고루鼓樓(북이 비치돼 있는 누각)가 하나씩 있었다. 천총天聰(청淸 2

대 황제인 태종太宗 황태극皇太極의 연호. 서기 1627~1636년에 해당. 대청大淸 개국 선포 후에는 숭덕崇德이라는 연호를 사용했음) 연간에 지어진 황궁 역시 성경 안에 자리하고 있었다. 구조가 간단해보이기는 해도 명나라 때의 자금성을 모방해 지어졌기 때문에 이른바 용루봉궐龍樓鳳闕의 기상은 그야말로 장관이었다.

일행이 성 밖에 도착할 때까지 하늘에서는 눈꽃이 지칠 줄 모르고 내렸다. 앙상한 나무들로 둘러싸인 봉천의 고성古城은 그래서일까, 쓸쓸한 위엄이 느껴졌다. 높게 둘러쳐져 있는 시커먼 성벽과 거울처럼 보이는 호성하護城河(성을 보호하기 위해 둘러 판 해자垓字)는 그 사실을 무엇보다 잘 말해주고 있었다.

강희는 수레에 앉은 채 설경 속에 묻힌 견고한 성곽을 바라봤다. 그 순간 이 나라의 기반을 다지느라 고난의 세월을 보냈을 조상들의 모습이 떠올랐다. 또 오늘날까지 맥을 면면히 이어온 중원의 뛰어난 문명도 불현듯 뇌리에서 똬리를 틀고 있었다. 뿐만이 아니었다. 그에 더해 자신의 노력이 적은 성과나마 올리고 있다는 사실에까지 생각이 미치자 적지 않은 희열도 느꼈다. 그가 흐뭇함을 감추지 못하고 무단에게 명령을 내렸다.

"말을 준비하게. 짐이 말을 타고 가서 마중 나온 신하들을 만나겠어!"

그러자 고사기가 황급히 나섰다.

"폐하, 아니 되옵니다. 폐하께서는 아직 건강을 완전히 되찾으신 것이 아니옵니다!"

그러나 소용이 없었다. 강희는 이미 수레에서 내려서고 있었다. 그런 다음 누가 등 뒤에서 잡아당기기라도 할세라 황급히 말 위에 올라탔다.

"짐은 관원들에게 조상들이 이룩한 것을 지키기만 하는 점잖은 황제 같은 모습은 보이기 싫네. 그 옛날 태조께서는 바로 이곳에서 '칠대한'七

大恨(누르하치가 명나라를 치기 전에 자신의 거병에 대한 정당성을 일곱 가지 한으로 정리했음)이라는 조서를 발표하고 중원천하를 손에 넣으셨지. 짐은 아직 조상들에 미치는 업적을 이룩하지 못했어. 그러니 그런 기상이라도 보여줘야 할 것이 아닌가! 짐은 이번에 영광을 안고 고향으로 돌아오는 셈이야. 초 패왕楚覇王(항우項羽)이 그랬잖아. 부귀할 때에 고향을 찾지 않는다면 마치 비단 옷을 입고 밤길을 걷는 것과 같다고!"

위동정은 강희의 마음을 이해할 것 같았다. 환하게 웃으면서 시위에게 노란 털 마고자를 가져오도록 지시했다. 이어 그것을 강희에게 입혀 주었다.

"폐하께서 방금 하신 말씀을 오 선생님께서 들으셨다면 아마도 반론을 제기했을 것이옵니다. 말 위에서 천하를 얻을 수는 있어도, 말 위에서 천하를 다스려서는 안 된다고 늘 말씀하시지 않았사옵니까. 그러니 말 위의 황제가 꼭 멋지다고만 할 수는 없을 것이옵니다. 게다가 이번 봉천 행차는 조상들을 기리고 군사 문제를 제대로 조율하기 위한 것이지 촛불을 밝히고 밤놀이를 즐기러 온 것은 아니지 않사옵니까! 소인의 어리석은 생각으로는 아무래도 수레에 높이 앉으시는 것이 좋겠사옵니다. 대신 수행하는 대신들이 수레에서 내린 다음 양 옆에서 시중을 들면서 따라가도록 하겠사옵니다. 공주님의 수레 역시 멀리서 뒤따르는 것이 어떨까 하옵니다."

강희는 위동정의 말이라면 팥을 콩이라고 해도 믿을 정도였다. 그만큼 그에 대한 신뢰는 무조건이었다. 결국 그는 다시 수레에 올라탔다.

"위동정은 똑같은 말을 해도 짐의 비위를 잘 맞춰 줘. 지금도 체면을 살려주니 들어주는 수밖에 없구먼!"

일행은 기분 좋게 웃으면서 길을 재촉했다. 얼마 후 저 멀리에 마중을 나온 현지 관원들이 새카맣게 모습을 드러냈다.

현지에서 영접을 준비하고 있는 사람은 다름 아닌 봉천 장군 파해였다. 날씨가 무척이나 추웠음에도 낭심의 연락을 받고 사흘 전에 이미 강희의 성가聖駕를 맞이할 준비를 완벽하게 끝내 놓고 있었다. 이미 네 시간 전부터 여러 문무 관원들과 미리 도착한 몽고의 왕공들을 데리고 나와 기다리고 있었다. 그러나 역시 추위는 견디기 쉽지 않았다. 사람들이 발을 동동 구르는 소리가 산을 마구 울릴 정도였다. 일부는 연신 입김을 불어 손을 녹이고 있었다. 강희 일행의 수레 행렬이 나타나기만을 고대하던 그들의 시야에 곧 노란색 수레의 뚜껑이 들어왔다. 그와 동시에 파해의 명령이 떨어졌다.

"대포를 쏘고 음악을 울려라. 문무 관원들은 무릎을 꿇고 대기하라!"

삽시간에 요란한 대포 소리가 울렸다. 동시에 300여 명에 이르는 4품 이상 문관과 무장들이 일제히 땅에 엎드렸다. 그런 다음 하늘을 가르는 기세로 크게 외쳤다.

"황제폐하 만세, 만만세!"

파해가 탁! 탁! 옷소매를 쓸어내렸다. 이어 한쪽 무릎을 꿇고 외쳤다.

"소인 파해가 문무백관을 거느리고 폐하를 정중하게 맞이하는 바이옵니다!"

파해의 말이 끝나자 바로 강희가 색액도와 명주의 부축을 받으면서 수레에서 내렸다. 이어 가볍게 발을 쿵쿵 구르더니 영접을 나온 사람들을 둘러보고는 천천히 입을 열었다.

"짐은 무사하다! 여러분도 모두 일어서라. 짐이 고향 땅에 찾아왔으니, 너무 예법에 얽매일 것은 없다. 짐의 명령을 전하라. 성경의 모든 아문에서는 종전과 마찬가지로 일을 보라고. 특별한 일 없이 짐을 찾아오느라 시간을 허비할 필요는 없다. 그런데 주배공은 어찌 보이지 않는가? 오지 않았나?"

"폐하게 아뢰옵니다! 주배공은 작년 십이월부터 이유 없이 열이 나기 시작한 탓에 지금 누워 있사옵니다. 그래서 일부러 폐하게서 봉천으로 성가聖駕하셨다는 얘기를 전하지 않았사옵니다."

파해가 황급히 대답했다. 강희가 말없이 머리를 끄덕였다. 순간 찬바람이 불어닥쳤다. 한기를 느낀 강희가 이내 몸을 움츠렸다.

"추운 날에 고생들 많았네. 짐이 필요한 물건들은 거의 모두 챙겨 왔으니, 여러분은 신경 쓰지 않아도 될 거야."

강희는 서역을 정벌할 서정장군西征將軍으로 찍어 놓고 있었던 주배공이 자신을 마중 나오지 못할 정도로 병이 깊다는 사실에 마음이 아팠다. 그러나 어쩔 수 없는 일이었다. 빨리 낫기만을 바랄 뿐이었다.

그는 봉천으로 들어가자마자 태조가 거처하던 고궁인 근정전勤政殿에 묵기로 결정했다. 그러나 머무는 동안의 안전 문제라든가 현지의 공신들과 황친들, 또 만나야 할 동몽고의 왕공들, 병 때문에 쉬고 있는 과거 문무백관들의 현황이나 만나야 할 시간대에 대해서는 굳이 묻지 않았다. 그런 것들은 명주와 색액도, 고사기 등이 어련히 알아서 잘 처리할 것이라 믿어 의심치 않았던 것이다.

이튿날 그는 소릉昭陵(청 태종의 능)을 참배하고 궁으로 돌아왔다. 시간은 대략 신시申時가 넘어가는 때였다. 눈송이가 점점 굵어지고 있었다. 그는 근정전에서 대충 저녁을 해결하고는 우유와 양고기 등을 아수에게 가져다 주라는 지시를 내렸다. 또 측근 대신들과 시위들에게도 음식을 나눠줬다. 근정전에서는 난로불이 훨훨 타오르고 있었다. 때문에 바깥의 추위와는 전혀 무관하게 따뜻한 정도를 지나 오히려 덥게 느껴질 정도였다. 강희는 커다란 베개에 반쯤 기댄 채 무단 일행이 허겁지겁 음식을 먹는 모습을 흐뭇하게 지켜보고 있었다. 고사기가 만두 두 개와 두부 한 조각만 건져먹고는 젓가락을 내려 놓자 그가 물었다.

"왜 그런가? 음식이 입에 맞지 않는가?"

"소인은 별로 하는 일이 없는 선비이옵니다. 그런데 어찌 많이 움직이는 호신과 무단 같은 무관들처럼 배가 고프겠사옵니까? 또 소인은 다른 것은 몰라도 음식을 섭취하는 데는 대단히 신경을 많이 쓰는 편입니다. 이를테면 숙熟(익혀 먹음), 열熱(뜨겁게 먹음), 연軟(부드럽게 먹음), 소素(야채 등을 소박하게 먹음), 소少(적게 먹음)의 원칙을 지키려고 노력하옵니다. 솔직히 과거 양진兩晉(서진과 동진)의 선비들이 탁상공론으로 나라를 잘못되게 한 것은 사실이지만 그들이 음식을 먹을 때 정한 이 다섯 글자는 건강을 유지하는 확실한 비결이라고 할 수 있사옵니다."

고사기의 말을 듣고 난 강희는 뜻밖에 관심을 보였다.

"그래? 어디 한번 자세하게 말해보게!"

고사기는 강희가 흥미를 가지자 의욕에 불타는 표정으로 말을 이었다.

"음식은 날것을 먹지 말아야 하옵니다. 이런 이치는 고대의 수인씨燧人氏 때부터 알고 있었던 것 같사옵니다. 사실 위胃는 찬 음식이 들어가면 움츠러들기 때문에 소화를 시키지 못하옵니다. 더구나 인체의 온기로 찬 음식을 데워야 하니 건강에 좋을 까닭이 있겠사옵니까? 또 산해진미를 먹으면 입은 즐거울지 모르나 속은 편하지 못할 것이옵니다. 옛날 상고上古 시대 때는 사냥을 많이 했사옵니다. 그래서 식생활이 육식 위주였사옵니다. 그러나 신농씨神農氏는 그렇지 않았사옵니다. 백 가지 풀과 오곡을 빼놓지 않고 곁들여 먹었사옵니다. 왜 그랬겠사옵니까? 곡물을 먹는 사람은 살지만 고기를 먹는 자는 자기 목숨을 아끼지 않는 미련한 사람이라고 했사옵니다. 또 불가佛家의 육조六祖 혜능慧能 선사는 야채를 즐겨 먹음으로써 지키는 건강의 묘미는 기름진 음식에 젖어 있는 부귀한 사람들이 알 리가 없다고 말했사옵니다!"

"나는 통 무슨 말인지 이해가 안 가는군요!"

무단이 고사기의 말을 듣다가 돼지 뒷다리를 뜯어 먹으면서 반문했다. 그런 다음 번드르르한 입을 닦을 생각도 하지 않은 채 볼멘소리를 이어갔다.

"고기도 잘 먹고 술도 대접째 퍼마셔야 힘이 나지, 그따위 풀이나 건져먹고 비실비실 대서야 어찌 폐하를 잘 지켜드리겠습니까!"

무단의 말에 좌중의 사람들은 배꼽을 잡았다. 그러자 위동정이 한마디 거들었다.

"옛사람들이 이르기를, 배불리 먹고 확실한 사람이 되라고 하셨는데, 그대는 어찌 적게 먹으라는 겁니까?"

무단과 위동정의 반론에 고사기가 껄껄 웃음을 터트렸다.

"적게 먹으면 우선 위가 편합니다. 위가 편하면 비장이 별 문제가 없습니다. 비장의 기능이 순조로우면 간이 편하죠. 간이 무사하면 그에 따라 정신이 맑아지고 기분이 상쾌해집니다. 호신은 이런 내용을 설파한 의서들인 《내경소문》內經素問이나 《금궤요략》金匱要略 등에 대해 잘 모르고, 거기에 관심이 적은 것 같으니 더 이상 깊이 있게 설명을 하는 게 쉽지 않군요."

대신들이 곧 밥상을 물렸다. 그러자 강희가 자리에서 일어서면서 웃는 얼굴로 고사기를 향해 말했다.

"고사기는 말 한번 시키기가 무서워. 입만 운동시키지 말고 몸도 움직여줘야 하니, 짐과 함께 밖으로 나가서 조금 걷다 오세. 방금 했던 고담준론은 나중에 시간이 나면 잘 정리해서 올리게. 짐이 반드시 읽어볼 테니까."

배부르고 할 말이 없으니 대충 지껄인 우스갯소리 정도로 여겼던 고사기의 말에 강희가 은근히 관심을 보였다. 더구나 정리해서 올리라고

까지 하지 않는가. 대신들은 적이 놀라는 눈치였다. 고사기 역시 농담 같지만은 않은 강희의 말에 다급하게 자리에서 일어서면서 입을 열었다.

"폐하께서는 혹시…… 소식을 통해 건강을 지키라는 내용의 성지라도 내리시려고 하시는 것이옵니까? 그건 아니 되옵니다!"

"짐을 어떻게 보고 그래! 진晉나라 혜제惠帝 때 민간에서 굶어 죽는 사람이 많았지. 그러자 혜제가 '왜 인육이라도 먹지 않느냐?'라고 물었다고 하잖아. 지금이야 사정이 좋아졌다고는 하나 역시 백성들은 멀건 죽조차 배불리 먹지 못하는 경우가 많아. 그런데 주린 배를 감싸 안고 괴로워하는 백성들에게 적게 먹고 고기를 멀리 하라고 하면 되겠어? 또 풀만 먹으라고 하면 약을 올리는 것과 다를 것이 뭐가 있어? 사실은 짐이 봉천에서 휴양 중인 공신들과 과거에 공을 세운 이들에게 권하고 싶어서 그러네. 대청 제국의 건립에 혁혁한 공로를 세운 그들은 지금 일선에서 물러나 조용히 집에만 있어. 그러니 먹고 마시는 일밖에 더 하겠냐고! 게다가 가진 것은 돈뿐이니, 진탕 먹고 마시면 그게 다 독이 되고 병이 되지 않겠어? 실제로도 요 몇 년 사이에 많이들 늙고 병들어 세상을 떠났지. 남은 사람들이라도 오래 살아남도록 관리해 나중에 나라에서 중대한 일이 있을 때 자문을 구해도 그게 어딘가!"

강희가 그러다 잠깐 멈추고는 뭔가 생각을 해둔 것이 있는 듯 바로 명령을 내렸다.

"밖의 날씨가 춥다. 짐의 담비가죽 옷을 준비하라!"

이덕전이 명령이 떨어지기 무섭게 황급히 달려가 옷을 가져왔다. 강희는 그가 받쳐주는 대로 옷을 입은 다음 가죽장화도 신었다. 또 허리띠를 두른 다음에야 걸음을 내딛었다.

"가보자고!"

"폐하, 날이 어둡고 추워서……. 설사 무슨 중요한 일이 있으시더라도 내일 나가시면 안 되겠사옵니까?"

위동정이 장검을 허리춤에 차고 조심스레 사정하듯 아뢰었다. 강희가 잠시 침묵하더니 말했다.

"내일은 할 일이 너무 많아서 안 돼. 우선 몽고의 왕공들을 만나봐야 해. 또 파해와 군무軍務에 관해 얘기를 나누다 보면 하루 가지고도 빠듯할 거야. 흑룡강, 아극살 일대의 목도木圖(나무로 만든 군용 지도 모형)를 구해 놓으라고 명령해 놓았어. 앞으로도 일이 많아 정신없이 바쁠 거야. 그런데 이 기나긴 밤을 나한테 그냥 지새우라고? 오늘 하지 않으면 안 될 일이기도 해. 급해. 자네도 잘 아는 사람을 만나게 해 줄 테니까 어서 나가자고!"

위동정은 더 이상 입씨름을 해봤자 소용없다는 것을 모르지 않았다. 결국 따라나설 수밖에 없었다.

"소인이 봉천에 무슨 잘 아는 사람이 있다고 그러시옵니까? 아무튼 지금부터 다시 충실한 시종이 돼 드리겠사옵니다."

강희와 위동정은 근정전을 나왔다. 역시 밖은 칠흑같이 어두웠다. 파해가 궁문 밖 조방朝房(조정의 관리들이 조회를 기다리면서 모여 있는 방. 대체로 궁 밖에 있음)에서 당직을 서다 강희의 수레를 발견했다. 당연히 놀라서 물을 수밖에 없었다.

"이렇게 늦은 시각에 폐하께서는 어디로 가려고 하시옵니까? 길도 미끄러운데 기어코 폐하께서 친히 나가셔야 하옵니까?"

파해의 말에 강희가 찬바람을 막기 위해 둘러 놓은 두꺼운 휘장을 걷어 올리고는 웃음을 지어 보였다.

"짐의 걱정은 하지 말게. 그보다는 과이심 왕은 도착했나?"

"폐하께 아뢰옵니다! 과이심 왕은 지금 역관에 있사옵니다. 부를까요?"

파해의 목소리가 마치 웅장한 시계추 소리처럼 우렁찼다. 강희가 잠시 머뭇거리다 대답했다.

"아니! 그럴 필요 없네. 자네가 가서 짐의 명령을 전하게. 짐이 오늘 저녁에 좀 봐야겠으니 근정전에 와서 기다리고 있으라고 말이야. 또 누구 하나를 불러서 주배공의 아문으로 짐을 안내하라고 하게. 자네는 이만 돌아가서 내일 보고 올릴 군무의 내용이나 잘 다듬게!"

강희가 말을 마침과 동시에 휘장을 내렸다. 파해는 즉시 사람을 불러 주배공의 아문으로 강희를 안내하라는 명령을 내렸다. 더불어 성 안에 계엄령을 선포한 다음 일단의 병력으로 하여금 강희의 수레를 호위하게 했다. 그리고는 직접 역관으로 명령을 전하러 달려갔다.

29장
주배공의 충언

주배공의 제독부는 소서문小西門 내에 자리 잡고 있었다. 어둠 속에서 커다랗게 엎드려 있는 그의 집 대문 양 옆에는 커다란 대나무 등燈이 걸려 있었다. 바람에 흔들거리면서도 집앞에 쌓인 눈을 시뻘겋게 비추는, 나름 쓸모 있는 등이었다. 또 대문에서 멀지 않은 곳에는 나무막대 열몇 개가 세워져 있었으나 그 용도는 알 수 없었다. 강희는 수레에서 내리자 바로 주위를 두리번거렸다. 왜 그 흔한 문지기 하나 없느냐고 묻는 듯했다. 그때 갑자기 나지막하고 위엄스런 목소리가 그의 등 뒤에서 들렸다.

"어느 아문의 사람들입니까? 여기는 무슨 일로 왔습니까?"

강희가 느닷없는 소리에 놀라 소리가 나는 쪽을 향해 황급히 고개를 돌렸다. 아, 그 용도가 불분명한 것처럼 보였던 나무막대는 모두 제독부의 하인들이었다. 그들은 온몸에 흰 눈을 뒤집어쓰고 마치 돌부처처럼 꼼짝도 하지 않고 서 있었던 것이다.

강희와는 달리 위동정은 진작 상황을 눈치챘다. 그가 뭐라고 대답하려고 했으나 강희가 먼저 입을 열었다.

"오, 우리는 북경에서 온 어전 시위들이오. 배공과는 둘도 없는 지기들이오. 몸이 좋지 않다고 해서 병문안차 특별히 찾아 왔소."

"대인, 잠깐만 기다려 주십시오. 소인이 잠깐 다녀오겠습니다. 군문께서 건강이 악화돼 바깥손님을 만날 수 있을지 모르겠습니다."

하인 중 한 명이 잠시 머뭇거리는가 싶더니 곧 입을 열었다. 한참 후에는 안에서 중군호령中軍護領(장군 아래 계급의 중급 장교) 한 사람이 나와서 강희를 향해 허리를 깊숙이 숙였다. 이어 손을 들고 안내를 했다.

"시위 어른, 대단히 황송합니다. 주 군문께서는 아무래도 직접 영접을 나올 수가 없으신가 봅니다. 자, 안으로 드십시오……."

열몇 명의 강희 일행은 중군호령의 호위를 받으면서 안으로 들어갔다. 아문 안으로 들어가자 바람소리도 한결 작게 들렸다. 조용하고 아늑한 분위기였다. 강희 일행이 막 화청花廳을 지날 때였다. 바로 옆의 서재에서 가늘고 맑은 현악기 소리가 들려왔다. 비파 소리였다. 비파를 켜는 주인공은 몹시 말라 보였다. 그의 측면 모습이 창호지에 비쳤던 것이다. 그는 겨우 몸을 가누는 듯 무게중심을 잡지 못한 채 앞뒤로 흔들리는 모습을 하고 있었다. 그럼에도 비파는 열심히 켜고 있었다. 강희를 안내하던 중군호령이 그 모습을 보고는 안으로 들어가 손님이 도착했다는 사실을 알리려고 했다. 그러자 강희가 황급히 말렸다.

"배공과 나는 어지간히 친한 사이가 아니오. 괜히 흥을 깨뜨릴 필요는 없소이다!"

강희는 그대로 밖에서 숨을 죽인 채 한참동안 비파 소리에 귀를 기울였다.

비파 소리는 처음에는 가늘고 맑게 들렸다. 그러다 갑자기 마치 바위로 두꺼운 얼음을 깨뜨리는 소리로 돌변했다. 그 소리는 마치 천군만마가 먼지를 뽀얗게 일으키면서 달려가는 것과 비슷했다. 광풍이 흙먼지를 일으키면서 대지를 진동시키는 느낌도 들었다. 강희는 연주자의 강렬한 몸동작과 선율에 온몸의 피가 줄달음치는 흥분을 느꼈다. 그러나 잠시 후 비파 소리는 다시 깊은 계곡을 졸졸졸 흐르는 시냇물처럼 들려오기 시작했다. 한 많은 어떤 여인의 흐느낌처럼 가슴 아리게 조용히 이어졌다. 그 사이로 비파를 켜던 주인공이 확실한 주배공의 목소리가 간간히 섞여 나왔다.

비파 소리 사람 소리 다 같이 허무하기만 하니,
그 악기들도 다 허공에 걸렸어라.
그 옛날의 위엄은 천리 물속의 모래같이 흘러가니,
버들가지 떨어져도 동풍이 불지 않으니 어쩔 거나.
강물 위의 갈대는 푸른 물결 무정해 외로이 우는데,
나룻배 떠난 자리에는 걱정만 가득하구나.
삶은 얼마 남지 않아 지난날 돌이켜 보니 남은 것은 그 무엇인가.
촛불을 마주하고 흐느끼면서 내 영원한 아픔을 위로하노라…….

"이런 슬픈 일이 또 있는가! 어찌 이다지도 우울하게 지낸다는 말인가! 주배공, 그대는 대체 무슨 일로 그렇게 상심이 큰가?"

강희가 자신도 모르게 길게 한숨을 내쉬었다. 주배공이 인기척에 비파 연주를 멈췄다. 이어 가볍게 기침을 하더니 밖을 향해 말했다.

"군자는 누구이기에 내 마음을 그리 잘 아시오? 어서 들어오시오."

강희는 성큼 안으로 들어섰다. 방 안은 겉보기와는 달리 아담하고 정갈하게 꾸며져 있었다. 특히 서재가 그랬다. 강희는 생각과는 다른 내부 모습에 잠깐 놀라는 기색을 보였다. 무엇보다 홍송紅松으로 만든 책꽂이에 책이 빽빽이 꽂혀 있었다. 벽에는 용천보검龍泉寶劍이 걸려 있었다. 또 방구석에는 닭털 먼지떨이와 공작령孔雀翎이 병에 꽂혀 있었다. 주배공은 그 옆 침대에서 검은 손수건을 이마에 두른 채 비파를 껴안고 비스듬히 벽에 기대어 있었다. 기력이 미약한 병골病骨을 억지로 추스르는 모습이 역력했다. 강희는 피골이 상접한 주배공의 병든 모습을 보고 자신의 눈을 의심할 정도로 놀랐다.

몸도 제대로 가누지 못하는 눈앞의 저 허약한 사람이 바로 상악회관湘鄂會館에서 뛰어난 솜씨로 재치있게 시를 읊어 자신의 주의를 끈 주배공이라는 말인가? 또 남원南苑에서 군대를 일으킨 후 파죽지세로 전장에 출전해 찰합이察哈爾를 공략하고 섬서와 감숙의 소굴을 짓밟아버린 그 사람이라는 말인가? 평량平涼에서 설전舌戰을 벌여 세 치 혀로 상대를 죽인 풍류남아風流男兒, 청년유장靑年儒將 주배공이 진짜 저 사람이라는 말인가?

한줄기 회오리바람이 문틈으로 들어왔다. 강희는 오싹한 한기를 느꼈다. 주배공은 강희가 이 밤중에 느닷없이 자신을 찾아올 것이라고는 꿈에도 생각하지 못했다. 때문에 눈앞에 나타난 강희의 모습에 자신이 환각상태에 빠진 줄 알고 두 눈을 비볐다. 머리도 저어봤다. 그래도 강희의 모습은 지워지지 않았다. 그제야 그는 자신이 환각상태에 빠진 것이 아니라 진짜 강희가 눈앞에 나타났다는 사실을 깨달았다. 곧 불에 덴 듯 화들짝 놀라면서 몸을 심하게 떨었다. 희미한 두 눈에 기이할 정도의 밝은 빛을 뿜어내면서 비명에 가까운 탄성을 질렀다.

"아, 폐하! 정녕 폐하이시옵니까!"

주배공이 허둥대면서 침대에서 굴러떨어지다시피 하여 한걸음에 강희 앞으로 달려왔다. 동시에 털썩 무릎을 꿇고 머리를 조아렸다. 그의 목소리는 심하게 떨렸다.

"소인 주배공, 삼가 폐하의 안녕을 비옵니다! 폐하께서 이 누추한 곳을 찾아주시다니…… 너무…… 황송하옵니다……."

"너무 놀라지 말게. 짐이 봉천으로 온 지가 이미 이틀째야. 자네가 건강을 해쳤다는 소리를 듣고는 시간을 내서 찾아온 것이야. 그러나 저러나 어쩌다 이렇게 된 것인가? 날씨가 추운데 어서 이불 속으로 들어가게……."

강희가 몸을 숙여 주배공을 일으켜 세웠다. 주배공이 감사를 표하고 침대로 돌아가 솜옷을 껴입고 바로 앉았다. 침대 옆 벽에는 멋진 필체의 붓글씨가 걸려 있었다.

소나무를 심으면 바람을 불러오기가 어렵지 않고,
꽃을 심으면 달구경이 한층 더 즐거워.
책을 벗하면 걱정을 잊을 수 있고,
술잔을 기울여 이 밤을 지새우면 슬픔을 잊을 수 있어라.

강희가 글을 읽고 나서는 머리를 끄덕여 보였다. 그런 다음 책상 위에 놓여 있는 두툼한 서류뭉치를 뒤적이면서 말했다.

"자네의 필체는 언제 봐도 힘이 솟구쳐. 음, 이건 《고금도서집성》古今圖書集成이군! 아직 탈고한 것 같지 않은데, 자네가 쓴 것인가?"

"폐하께 아뢰옵니다. 어렸을 적에는 언젠가는 책을 써 보고 싶다는 야무진 꿈을 가진 적이 있었사옵니다. 그러나 강희 9년에 성은을 입어 군대를 거느리고 출전하면서부터는 글쓰기를 게을리 했사옵니다. 이제는 이런 두께의 책은 쓸 엄두도 내지 못하게 됐사옵니다. 이것은 진몽뢰의

원고로, 소인이 보기 위해 가져왔사옵니다."

주배공이 몸을 앞으로 숙이면서 대답했다.

"진몽뢰의 학문은 이광지 못지않아. 둘 사이가 하도 시끄러워 진몽뢰를 떼어내서 이쪽으로 보내 버렸더니, 그 사이 자네와 친구가 됐구먼. 보낼 때는 이 년 후에 북경으로 데려오려고 했는데, 짐이 그만 깜빡했네. 책 쓰는 데 전념한다니 잘된 일이로군."

강희의 말에 주배공이 맞장구를 쳤다.

"소인이 지켜본 바로는 진몽뢰는 재주뿐만 아니라 인품도 뛰어났사옵니다. 이광지와 둘 사이에 있었던 일이 아직 해결을 보지 못하고 있으니 마음이 무겁사옵니다. 그러나 어쩔 수 없는 일인 것 같사옵니다."

강희는 더 이상 민감한 화제를 거론하고 싶지 않았다. 그래서 하인이 가져다준 뜨거운 물주머니를 껴안은 채 말머리를 돌렸다.

"짐이 보낸 산삼은 먹었는가? 파해가 상주문에 자네의 병세를 언급했을 때만 해도 이 정도인 줄은 생각지도 못했었네. 고사기, 자네도 들어오게!"

강희는 눈을 감은 채 안락의자에 몸을 맡겼다. 비감한 모습이었다.

강희의 그런 태도에 주배공 역시 감정이 북받쳤다. 붉은 눈물을 흘리는 촛불을 바라보는 그의 두 눈에도 어느덧 눈물이 고이기 시작했다. 갑작스레 자신의 지나간 과거가 떠올랐다. 그가 막연한 꿈을 안고 북경에 처음 왔을 때는 정말이지 무척이나 어려웠다. 돈 한 푼 없이 걸식하다시피 했을 정도였다. 다행히 아쇄의 도움으로 간신히 어려운 나날을 버틸 수가 있었다. 그녀의 깊은 은혜는 얼마 후 그의 마음에서 사랑으로 자리를 잡았다. 그럼에도 그는 용기가 없어 아쇄를 어쩌지 못하고 그저 가슴속에 고이 간직한 채 전쟁터로 향했다. 어렵사리 전투에서 승리하고 공신이 되어 돌아왔을 때는 불행히도 더욱 충격적인 일이 벌어져 있었다. 명주의 모략으로 아쇄가 쉰이 넘은 하계주의 부인이 되기로 예정돼 있었던 것이다.

그 이후 그에게는 수없는 불면의 밤이 찾아왔다. 그 바람에 병이 소리 없이 찾아왔고, 지금은 거의 골수에 사무치게 됐다. 그는 외견상으로 볼 때는 큰 꿈을 안고 상경해 뜻한 바를 이뤘다고 할 수 있었다. 한마디로 공명을 손에 거머쥐었다. 때문에 여자 문제로 허물어졌다는 얘기만큼은 듣기 싫었다. 이를 악물고 가슴속에서 피가 멈출 때까지 아쇄의 이름을 지우고 또 지웠다. 그렇게 혹독한 자신과의 싸움에서 마음의 상처는 다행히 어느 정도 아물어갔다.

그러나 조정의 명령을 받고 봉천으로 온 이후부터는 풍토에 적응하지 못했다. 자연스럽게 면역력이 급속도로 떨어졌다. 게다가 태자당太子黨(태자를 확고한 후계자로 옹립하기 위해 결탁한 세력)의 수령에 해당하는 색액도는 사흘이 멀다 하고 이것저것 간섭을 해댔다. 대표적인 것이 병력을 늘려 변경의 소란을 일소하라는 명령이었다. 물론 군량미를 대대적으로 지원하겠다는 생색을 내는 것은 잊지 않았다. 또 툭하면 "작은 주인小主(황태자皇太子를 의미함)을 위해서라도 건강을 지켜야 한다"는 내용의 편지를 보내왔다. 무언의 압력을 가해 자신의 배에 타게 하려는 속셈이라는 것을 주배공이 모를 까닭이 없었다.

그는 엄청난 고민에 빠졌다. 항상 나랏일에 최선을 다하지만 흙탕물 가까이에는 접근하는 것 자체를 싫어하는 그였다. 그러나 색액도의 유혹을 한마디로 거절해버릴 경우 태자가 진짜 등극하는 날에는 화를 입을 것이 분명했다. 그는 이러지도 못하고 저러지도 못하는 진퇴유곡에 빠져 두려움과 걱정의 나날을 보내야 했다. 그의 과거 회상은 생각지도 못할 만큼 큰 은혜를 베풀어준 강희가 산삼을 입에 올리면서 대답을 기다리는 순간 멈췄다.

"별것도 아닌 소인의 건강을 염려하시고 귀중한 약을 하사하신 은혜는 죽어서 흙이 돼도 갚을 수 없을 것이옵니다. 체질이 허약한 것은 타고난 것이니 어쩔 수가 없사옵니다. 더구나 이번에는 연이은 피로에 감기까지 겹쳐서 이렇게 됐사옵니다. 하루 이틀에 죽을병은 아니오나 완전히 좋아지지는 않을 것 같사옵니다. 때문에 괜히 남의 귀한 집 딸 데려다 고생을 시킬 것 같아 가정조차 꾸리지 않은 것이옵니다."

주배공은 자신의 말에 스스로 감정이 격해졌는지 코끝이 찡해졌다. 그러나 용케도 참아냈다. 그가 다시 말을 이었다.

"소인처럼 초개 같은 인간이 풍운의 세월을 영명한 군주와 함께 했다는 것만으로도 이 자리에서 당장 죽어도 여한이 없사옵니다. 다만 저에게 이루지 못한 소원이 하나 있기에 폐하께 감히 말씀을 올리고자 하옵니다!"

강희는 주배공의 말을 들으면서 자신도 모르게 눈물을 글썽였다. 어찌 됐거나 자신을 위해 열심히 뛰어줬을 뿐만 아니라 이제는 병이 들어 약한 모습을 보이는 신하가 못내 안쓰러워 마음이 아팠던 것이다. 그는 뒤를 돌아보는 척하면서 손등으로 재빨리 눈물을 훔쳤다.

"바보같이! 아직 자포자기해서는 안 돼! 미인박명도 아닌데, 이제 나이 얼마라고 그런 험한 소리를 하는가!"

"자고로 박명한 사람들이 어찌 미인들뿐이겠사옵니까? 춘추시대 주周나라의 안회顔回, 한漢나라의 가의賈誼 등은 모두 서른세 해를 넘기지 못했사옵니다. 소인은 그런 현자賢者들과 비교할 바는 못 되오나 어영부영하다 벌써 서른다섯 해를 살았사옵니다. 지금 죽는다고 해도 불만은 없사옵니다."

강희가 묵묵히 앉아 있다 분위기를 돌리려고 일부러 웃음을 터트렸다.

"그런 얘기는 하지 말게! 조금 있다가 고사기에게 자네 맥을 한번 짚어보라고 할 거야. 완쾌된 후에도 그런 말을 하는 날에는 크게 혼날 줄 알게. 소원이 있다고 했는데, 그게 뭔지 얘기해 보게."

"자세히 모르기는 해도 이 분이 고 선생인 것 같네요."

주배공이 넋이 나간 듯 생각에 잠겨 있는 고사기를 바라보았다. 그러고는 계속 말을 이어갔다.

"다른 사람이 들어서는 안 되는 얘기이기는 하오나 강촌께서는 폐하의 측근이시니 마음 놓고 직언을 올리겠사옵니다!"

고사기는 사실 주배공을 어떻게 치료할 것인가 하고 나름 고민하고 있던 중이었다. 경험으로 볼 때 솔직히 주배공은 가장 골치 아픈 환자가 될 가능성이 높았다. 무엇보다 고집이 세서 말을 잘 듣지 않을 수 있었다. 또 어린아이에게 하듯 구슬려도 먹히지 않을 공산이 컸다. 때문에 그는 걱정에 잠겨 있다 주배공이 자신을 가리키며 하는 말을 듣고는 바로 대답을 했다.

"배공은 화통하군요. 그 점이 마음에 듭니다. 나 강촌은 폐하의 명령이 계시지 않는 한 곧 죽어도 남에게 말을 옮기는 사람이 아닙니다! 그렇더라도 이 자리는 비켜드리겠사옵니다, 폐하!"

그러자 강희가 무표정한 얼굴로 그를 붙잡았다.

"그럴 것까지 없네. 배공, 어서 말해보게."

"준갈이 지역은 분명 나라의 큰 우환거리이옵니다!"

주배공이 혼신의 기력을 다 쏟아부으면서 운을 뗐다. 또 책꽂이에서 지도를 꺼내 조심스럽게 펴 보이더니 손가락으로 가리키면서 설명을 했다.

"몰염치한 러시아 놈들이 갈이단과 결탁한 것은 하루 이틀만의 일이 아니옵니다. 동북에서는 변경을 침입하고, 서북에서는 모반을 책동하고 있사옵니다. 얼핏 보면 두 가지 일 같사오나 사실은 한 덩어리이옵니다. 러시아의 새 군주인 피터는 간사하기 이를 데 없는 자이옵니다. 갈이단에 대해 병 주고 약 주는 식으로 손아귀에 집어넣은 채 마구 휘두르고 있사옵니다. 그러고서도 우리 동북쪽을 호시탐탐 넘보고 있사옵니다. 갈이단은 지금 러시아의 세력을 빌려 자신의 할거 국면을 완성하려는 듯하옵니다. 하지만 러시아는 오히려 그 점을 이용해 두 곳에서 이득을 챙기려 하고 있사옵니다. 이를테면 우리 군이 동쪽을 치면 서쪽에서 그 혼란을 틈타 들고 일어나고자 하고, 서쪽을 치면 동북을 신경 쓸 여력이 없으니 자신들이 마음대로 할 수 있다는 계산을 하고 있사옵니다. 피터가 자기 딴에는 썩 괜찮은 계략을 꾸몄다고 생각하는 것 같사옵니다!"

"그렇겠지! 하지만 짐도 결코 호락호락하지는 않아!"

강희의 말에 주배공이 맞장구를 쳤다.

"당연하옵니다! 소인이 관보를 보니까 시랑을 장군으로 한 우리 군이 곧 대만으로 출병할 것 같더군요. 사실 대만은 천시天時(하늘이 주는 기회)와 지리地利(지리적 이점), 인화人和(사람들 간의 화합)라는 세 요소가 두루 어우러져 정벌에 시일이 얼마 걸리지 않을 것으로 생각하옵니다. 그렇다면 폐하께서는 대만을 수복한 다음에는 어디를 먼저 손보실 계획이신지요? 동북이옵니까, 아니면 서북이옵니까?"

주배공의 질문에 강희가 잠시 생각을 하더니 대답을 했다.

"먼저 갈이단을 먹어버려야 해. 그러면 러시아가 우리 영토 내에서는 비빌 언덕이 없어지는 거야. 따라서 흑룡강 쪽에서도 고분고분해질 수밖에 없어!"

"폐하께서는 역시 영명하시옵니다! 소인은 수 년 동안 고민해서 지금의 생각을 정리했사온데, 폐하께서는 불과 몇 분 사이에 그렇게 정확한 결단을 내리시다니 정말 대단하시옵니다!"

주배공이 감탄을 금치 못했다.

그러나 강희의 생각 역시 몇 년 동안 고민에 고민을 거듭한 결과라고 해야 옳았다. 그는 서북 사태의 위급함과 잘못 처리했을 경우 초래될 엄청난 파장에 대해서는 분명히 알고 있었다. 그러나 그 속에 엉킨 복잡한 사정에 대해서는 잘 몰랐다. 그가 잠시 이런저런 생각에 잠겨 있다가 불쑥 물었다.

"준갈이에 대해 아는 데까지 대충 얘기해보게."

그러자 주배공이 촛불 하나를 더 밝혀 들더니 지도가 펼쳐진 곳으로 가져갔다. 이어 손가락으로 지도를 가리켰다.

"준갈이는 원래 원元나라 때의 부족인 알역자斡亦剌(아룰라트)의 후예들로 이뤄진 서몽고 액로특厄魯特(오이라트) 오부五部 중의 한줄기이옵니다."

주배공의 얼굴에는 어느새 강희가 처음 봤을 때의 창백함 대신 발그레한 홍조가 피어올랐다. 자신의 말에 절로 흥분한 듯했다. 그는 더욱 열변을 토했다.

"준갈이는 북으로 천산天山에 인접해 있사옵니다. 남으로는 이리伊犁, 서쪽으로는 파이객십巴爾喀什(발하슈)과 연결돼 있사옵니다. 초하楚河와 랍사하拉斯河가 경내를 흐르고 있사옵니다. 유명한 《칙륵가》敕勒歌에서 '하늘은 창창蒼蒼하고 들판은 망망茫茫한데, 바람에 풀이 누우니 소와 양떼가 보이는구나'라고 노래한 것에서 보듯 아름다운 곳으로 이름난 풍요의 땅이옵니다. 서주西周의 목왕穆王이 직접 다녀간 역사적인 땅이기도 하옵니다. 전한前漢 때부터 중국의 판도에 속한 우리 땅이옵니다……"

주배공은 지칠 줄 모르고 준갈이의 역사적 형성 과정 및 갈이단과 여러 부족들 간의 칡넝쿨처럼 엉켜 있는 관계를 일목요연하게 강희에게 들려줬다. 고사기는 그의 박식함에 속으로 탄복을 금치 못했다.

'세 치 혀만으로 사람을 죽였다고 해서 믿어지지 않았는데, 정말로 대단한 언변과 예리한 통찰력의 소유자로구나! 웅사리가 그렇게 비양고鼻揚古를 추천했는데도 폐하께서는 꿈쩍도 하지 않으셨어. 바로 이 사람을 점찍어 놓은 거였구나!'

강희는 한 손으로 턱을 괸 채 끊임없이 머리를 끄덕였다. 도중에 "음!" 소리를 연발하기도 했다. 정말 열심히 귀를 기울이고 있었다. 주배공의 말이 끝나자 강희가 입을 열었다.

"갈이단은 간사하고 변덕스러운 데다 유리한 군사 요충지를 차지하고 있어. 강적은 진짜 강적이지!"

그러나 주배공은 머리를 저었다.

"영명하신 폐하께서는 만 리 밖도 통찰하시는 예리함을 가지고 계신 줄 아옵니다. 그러나 갈이단을 정확하게 투시하는 데는 실패하신 것 같사옵니다!"

고사기는 주배공의 거침없는 말에 깜짝 놀랐다. 자신도 모르게 주배공과 강희를 번갈아 쳐다봤다. 자신이 상서방에 들어온 이후 어느 누구도 감히 강희를 앞에 놓고 사람을 잘못 봤다고 하는 경우는 없었으니까. 그러나 강희는 아무렇지도 않은 듯 몸을 뒤로 젖히더니 주배공에게로 다시 시선을 집중했다.

"자세히 얘기해보게! 그는 속임수를 써서 객이객몽고의 세 부족을 먹어버렸어. 그리고는 대청의 신하라는 사실을 강조하면서 굽실거리며 조공朝貢을 바쳤지. 이처럼 겉으로는 화해를 하고 싶다고 했으나 뒤로는 암암리에 러시아와 결탁을 했어. 러시아한테도 마찬가지야. 죽고 못 살 것처럼 하면서도 동상이몽을 꿈꾸고 있잖아. 이게 변덕이 심한 것이 아니고 뭔가?"

"갈이단은 절대 변덕이 심하지 않사옵니다. 그는 지금 전국戰國 시대에 유행했던 전략인 합종合縱의 계책을 쓰고 있는 것이옵니다."

주배공이 강희의 예리한 시선에도 아랑곳하지 않고 단호하게 말했다. 강희가 자신도 모르게 따라 외쳤다.

"합종이라고?"

강희가 놀란 표정을 짓자 주배공이 보충 설명을 했다.

"말하자면 원교근공遠交近攻의 계략을 쓰는 것이옵니다. 먼 나라와는 되도록 잘 지내고, 가까운 나라는 침략을 일삼아 먹어버리는 전략이죠. 이렇게 해서 차츰 세력을 넓혀 나가 천하를 평정하겠다는 야무진 꿈을 가지고 있는 것이옵니다. 준갈이와 이웃한 서몽고로 걸핏하면 쳐들어가 쑥대밭으로 만들어버리는 것을 보시옵소서. 그런데도 막남漠南이나 막북漠北의 여러 왕공들에게는 낙타로 금을 실어 나르고 있지 않사옵니까! 무슨 속셈인지 분명해지지 않사옵니까? 우리 조정에 대해서도 그렇사옵니다. 사신을 보내 공물을 바치고 신하임을 자청하면서 굽실거려 놓고는 뒤에서는 객이객을 먹어버렸사옵니다. 그럼으로써 서부 지역에서의 폐하의 세력을 약화시킨 것이옵니다. 비굴하게 러시아에 달라붙은 것은 화포를 비롯한 무기와 장비들을 얻어내기 위해서라고 봐야 하옵니다. 그는 하나씩 준비를 마친 다음 날개가 단단해지고 이빨이 예리해지면 흉악한 실체를 드러낼 것이 분명하옵니다. 가장 먼저 내몽고를 먹어버릴 것이옵니다. 이어 폐하께 조공 대신 도전장을 내밀 것이옵니다!"

강희는 주배공의 말을 듣고는 바로 갈이단이 준갈이에서 채광採鑛을 해서 과이심 왕에게 5만 냥을 갖다 바쳤다고 한 아수阿秀의 말을 떠올렸다. 저녁에 가서 반드시 자세히 물어보리라 마음을 먹었다. 그가 다시 입을 열려고 할 때 고사기가 먼저 이의를 제기했다.

"전국 시대와 지금은 무려 이천 년이나 차이가 납니다. 그런 만큼 상황도 크게 달라졌다고 해야 합니다. 폐하께서는 천하의 공주共主이시고, 정령政令을 발포할 수 있는 유일한 분이십니다. 우리 영토가 폐하의 통치 하에 잘 획정돼 있는 마당에 이천 년 전 육국六國의 오합지졸들이 써먹 던 방법을 그대로 차용해서 뭘 어떻게 하겠다는 뜻인지 모르겠습니다."

그러자 주배공이 즉각 대답했다.

"갈이단이 치명적인 실수를 한 부분이 바로 거기에 있습니다."

강희는 주배공의 단언에 머리를 끄덕였다.

"삼번의 난을 평정할 때 짐은 직접 출병을 하지 않았어. 그러나 이번 에 갈이단과 교전하게 되면 반드시 삼군을 인솔하고 직접 출병해 한바 탕 붙어볼 거야!"

"소인 생각으로는 이번에 폐하께서 직접 출병을 하시면 가장 중요한 것은 역시 군량미를 충분히 마련하는 것이라고 생각하옵니다."

주배공이 흥분한 듯 지도를 손바닥으로 두드렸다. 그런 다음 계속 사 자후를 토했다.

"천산 남북에는 두 갈래 길이 있사옵니다. 이른바 부팔성富八城, 궁팔 성窮八城이라는 말이 그로 인해 나오게 됐사옵니다. 그곳은 북으로는 오 로목제烏魯木齊(우루무치, 신강新疆위구르지역 최대 도시, 천산북로의 중심) 서쪽 지역, 남으로는 아극소阿克蘇(아커쑤, 신강위구르지역의 도시, 천산남로 의 중심) 서쪽 지역에서부터 땅이 비옥하고 물이 많아서 물산이 풍부하 옵니다. 그래서 옛날부터 부팔성이라는 미명을 가지게 됐사옵니다. 하지 만 오로목제 동쪽의 네 개 지역은 지세가 높고 계곡이 많은 데 비해 평 원이 적사옵니다. 또 합밀哈密(하미, 신강위구르지역 동부의 중심도시) 남쪽 의 네 개 지역도 사막이 많아 농사지을 땅이 별로 없사옵니다. 자연히 찢어지게 가난하게 됐사옵니다. 이 때문에 부팔성과는 완전히 반대인 궁팔성으로 불리게 된 것이죠. 따라서 폐하께서는 군량미만 충분히 마련하실 수 있으시다면 먼저 갈이단이 부팔성으로 향하는 통로를 차단해버려야 하옵니다. 그러면 군량미가 떨어져도 운반해올 길이 없는 갈이단을 굳이 힘을 써서 때려 눕힐 필요가 없사옵니다. 그냥 내버려둬도 굶어죽게 돼 있사옵니다!"

강희가 잠시 생각하다가 물었다.

"배공, 자네 생각에는 누구를 주장主將으로 보내는 것이 좋을 것 같은가? 색액도는 어떤가?"

주배공이 잠시 생각하더니 조심스럽게 대답했다.

"색상은 요직에 계시는 만큼 군사를 지휘해 전방에서 싸우는 것이 과연 괜찮을지 소인으로서는 장담하기가 어렵사옵니다."

"그러면 파해는 어떤가?"

"그건 아니 되옵니다. 파해는 봉천에서 러시아와의 문제를 다룬 지 꽤나 오래 됐사옵니다. 그쪽에는 파해가 없으면 아니 되옵니다."

주배공은 주저하지 않았다. 강희는 이후 대여섯 명의 장군을 더 거명했다. 그러나 주배공은 전부 부정적인 견해를 보였다. 얼마 후 그가 긴 한숨을 내쉬면서 내뱉었다.

"도해가 중풍에만 걸리지 않았어도 중요한 순간에 투입될 최고의 장군감이긴 하옵니다."

주배공은 도해를 언급한 다음에도 계속 고민을 했다. 그러더니 갑자기 두 눈을 반짝였다.

"폐하께서는 어찌해서 비양고를 기용하시지 않으시옵니까? 소인이 전에 북경에서 용병에 대한 얘기를 몇 번 들어본 바로는 대단히 노련하고 계산이 빠른 훌륭한 장군이었사옵니다. 담대하고 침착하면서도 다른 사람의 의견에 귀를 기울일 줄 아는 사람이었사옵니다. 소인의 판단으로는 비양고가 괜찮을 듯하옵니다!"

주배공의 말은 웅사리의 의견과 일치했다. 강희가 길게 한숨을 내쉬었다.

"짐이 듣자 하니 그의 별명이 '잠자는 아저씨'라고 하던데, 그게 사실인가?"

주배공이 가볍게 웃음을 지었다. 황제마저 비양고의 별명을 알고 있다는 사실에 쓸쓸한 생각이 든 모양이었다.

"어떤 사람은 그 영악함이 겉으로 드러나옵니다. 그런가 하면 어떤 이는 겉으로는 어리숙하게 보여도 대단한 지혜를 숨기고 있사옵니다. 이 부분에 있어서는 폐하께서 예리하신 통찰력으로 쉽게 파악하실 줄로 믿사옵니다. 소인이 폐하께 다시 한 번 드리고 싶은 말씀은 누가 뭐래도 군량미를 확실하게 확보하는 것이 가장 중요하다는 것이옵니다. 즉, 우리의 군량미는 최대한 늘이고, 적들의 군량미 운송로는 무슨 수를 써서라도 막아버려야 합니다. 군량미만 충분하다면 설사 전투에서 약간의 수세에 몰리더라도 큰 문제는 없을 것이옵니다."

가만히 듣고 있던 고사기도 자신의 의견을 피력했다.

"배공께서는 계속 식량을 강조하는데, 나는 이해가 안 가는 것이 있습니다. 중원의 식량으로 갈이단을 치는 방안은 무리라는 말입니까?"

강희 역시 고사기와 비슷한 생각을 하고 있던 차였다. 바로 의아한 시선을 주배공에게 보냈다. 주배공은 어떻게 말해주는 게 좋을지 몰라 답답한 눈치였다.

"고상, 우리의 식량은 동남쪽에서 운반해 와야 합니다. 거리가 얼마나 멀겠습니까! 만에 하나 무슨 차질이라도 빚어지는 날에는 전투의 승패는 장담할 수 없게 된다고요. 내가 제일 걱정하고 고민했던 것이 바로 이 부분이에요. 내 생각에는 흠차를 보내 전문적으로 식량 운송을 도맡게 하는 것이 좋을 듯합니다. 동시에 반드시 폐하께서 직접 관여를 하셔

야 하옵니다. 폐하, 여기 지도를 좀 보시옵소서. 이곳 연안延安과 유림榆
林, 이극소伊克昭 등의 지역에 군량미를 담당하는 전문 기관을 설치하는
것이 어떻겠사옵니까? 책임자에게 황명皇命을 내려 황급히 필요한 식량
을 조달하는 역할을 맡기는 것이 좋겠사옵니다."

강희가 주배공이 가리키는 지역들을 일별한 다음 곰곰이 뭔가를 생
각하는 것 같았다. 그러더니 잠시 후에 탁자를 가볍게 내리쳤다.

"좋아! 틀림없는 방법인 것 같군!"

강희의 결정을 이끌어낸 주배공의 표정은 그러나 이내 암울해졌다. 곧
이어 기진맥진한 듯 한숨을 내쉬었다.

"용병用兵에는 정해진 전술이 없사옵니다. 전투에도 상도常道가 없다고
했사옵니다. 소인이 방금 말씀드렸던 것은 소인 혼자만의 짧은 생각이
옵니다. 반드시 정확하다고 할 수는 없사옵니다. 그러나 폐하께서 직접
출병을 결심하신 것은 생각하신 바를 꼭 이루고 말겠다는 굳은 의지를
보여주시는 엄청난 모험이옵니다. 그런 만큼 신중에 신중을 기하셔야 하
옵니다. 예를 들면 군량미를 담당하는 전문 기관을 설치하는 일도 폐하
와 고상 이외에 아는 사람이 있어서는 아니 되옵니다. 반드시 비밀에 붙
여야 하옵니다. 후유! 생각 같아서는 폐하를 따라 서정西征 길에 오르고
싶사오나 그때까지 버틸 수 있을지 모르겠사옵니다!"

주배공은 감회에 젖었다. 두 줄기 눈물이 볼을 타고 흘러내렸다.

강희는 말없이 주배공의 지친 모습을 안쓰럽게 바라보다 책상께로 다
가갔다. 그런 다음 붓을 들어 몇 글자를 부리나케 휘갈기더니 큰 소리
로 외쳤다.

"위동정은 들어오라!"

"소인, 대령하였사옵니다!"

온몸에 하얀 눈을 뒤집어 쓴 위동정이 잽싸게 들어왔다. 이어 한쪽

무릎을 꿇었다.

"무슨 분부 말씀이 계시옵니까, 폐하!"

"여기는 자네가 오래 남아 있을 필요가 없어. 속히 강남으로 돌아가야겠어. 가서 해관의 예산으로 전부 식량을 구입하도록 하게. 북경에 돌아간 후에는 짐이 다른 임무를 맡길 테니까!"

"예, 폐하! 내일 바로 출발하겠사옵니다."

그러자 강희가 방금 적은 종이를 내밀었다.

"그 전에 먼저 북경으로 돌아가서 이걸 태의원에 전하게. 최고로 유명한 의정醫正(일반 의원보다는 급이 높은 의원)으로 하여금 최고로 좋은 약들만 골라 주배공의 병을 치료해주라는 어지御旨를 전하게!"

"예, 폐하! 그런데 그게 어떤 약인지 말씀해주시옵소서!"

"내일 아침 고사기에게 물어보게."

강희가 말을 마친 다음 회중시계를 꺼내 시간을 봤다. 그런 다음 주배공을 격려해주었다.

"짐은 그만 가 봐야겠어. 자네는 치료부터 잘하고 있게. 크게 걱정할 정도까지는 아닌 것 같군. 고사기는 여기에 남아서 얘기를 더 나누도록 하게. 자네는 직접 상주문을 올릴 권한이 있는 대신인 만큼 필요한 게 있으면 즉각 짐에게 얘기해!"

강희는 잠시 후 시위들을 데리고 제독부를 떠났다. 자연스럽게 방 안에는 고사기와 주배공 두 사람만 남게 됐다. 주배공은 조금 전까지 너무 흥분하면서 기력을 소모한 탓인지 기진맥진해 있었다. 얼굴은 마치 하얀 밀랍인형처럼 핏기가 없었다. 그러나 그는 억지로 정신을 추스르면서 고사기에게 앉으라는 손짓을 하고 차를 내오도록 지시했다.

"나는 신경 쓰지 마세요. 이제 우리 둘은 의원과 환자 사이입니다. 그러니 우선 진맥부터 하겠습니다."

고사기가 의자를 끌어당겨 주배공의 침대 가까이 다가가 앉았다. 그러자 주배공이 손을 내저었다.

"그럴 것 없어요, 고상. 아니 고 선생! 나는 고 선생의 대명大名을 오래 전부터 듣고 흠모해왔습니다. 내 병은 내가 잘 압니다. 치료해도 그만, 하지 않아도 그만입니다. 길어야 이 년 정도 버틸 수 있을 겁니다."

"앞으로 살아갈 날이 새털보다 더 많은 분이 어찌해서 그처럼 비관적으로 말을 하십니까? 폐하께서 명령을 내리셨으니 진맥을 하지 않으면 나도 뭐라고 할 말이 없을 것 아닙니까?"

고사기가 말을 마침과 동시에 주배공의 맥을 짚었다. 그런데, 왼손의 맥인 척관촌尺關寸에 손가락을 대는 것이 아니라 가볍게 손등에 있는 태소혈太素穴을 짚었다.

"이제 보니 고 선생은 태소의 맥을 보는 데 능하시군요! 지금은 이걸 가르치는 사람도 없는데, 어떻게……?"

주배공의 말에 고사기는 깜짝 놀랐다.

"이것이 태소의 맥이라는 것을 아는 걸 보니 배공도 실력이 대단하군요. 우리 둘은 모두 배움에 있어서는 잡학다식인 것 같군요. 배공은 무도武道에 주력하고, 나는 문도文道에 힘을 기울였다는 것만 다를 뿐이죠."

원래 뜻이 맞는 사람끼리는 두어 마디 말만 오가도 충분히 교감이 이뤄지는 법이다. 고사기와 주배공도 그랬다. 때문에 고사기는 주배공의 병이 낫기는 어렵다는 판단을 할 수밖에 없었다. 그저 인간적인 위로를 하는 것으로 만족할 수밖에 없다고 생각했다. 그러던 차에 주배공이 고사기의 허리춤에 드리워져 있는 비단두름을 발견했다. 매듭을 수도 없이 촘촘하게 엮은 것이었다. 주배공이 고개를 갸웃하며 물었다.

"이런 불길한 느낌을 주는 물건은 왜 몸에 달고 다니는 겁니까?"

"아……, 이거 말입니까? 이건 내무부에서 일하는 하씨의 부인이 세상을 떠날 때 그에게 남겨준 겁니다. 그런데 그 누구도 푸는 방법을 모르더군요. 그냥 보기에 예쁜 것 같아서 달고 다니는 것뿐입니다. 불길한 물건인 줄 모르고 말입니다."

주배공이 뼈만 남은 앙상한 손을 들었다. 그런 다음 고사기의 손에서 비단두름을 받아 쥐고 등불 밑에서 자세히 뜯어봤다. 마치 수많은 눈물방울이 한데 꿰어 있는 것 같은 느낌을 주는 심장 모양의 물건이었다. 주배공이 다시 고사기에게 그것을 건네주면서 대수롭지 않게 말했다.

"이건 빨리 풀어줘야 합니다. 이걸 풀지 못할 경우 죽은 사람의 영혼은 갈 곳을 찾지 못하고 하염없이 떠돌아다니게 됩니다. 정말로 그런 속설이 있습니다. 내가 보기에는 죽은 사람이 자신을 괴롭히려고 그렇게 했다는 생각도 듭니다. 그런데…… 하씨라뇨? 어느 하씨 말입니까?"

"하계주라고, 멍청하게 생겨 가지고 복은 많은 사람이 있습……."

고사기의 말이 채 끝나기도 전이었다. 주배공이 갑자기 기력을 완전히 잃은 듯 헉헉 하고 거친 숨을 몰아쉬기 시작했다. 그와 동시에 베개를 꽉 움켜 잡았다. 극도의 흥분을 억지로 눌러 참는 것 같았다. 영문을 알리가 없는 고사기가 황급히 물었다.

"왜 그럽니까? 어디가 좋지 않습니까?"

"별것 아닙니다. 갑자기 가슴이 찢어지는 것 같아서요……."

주배공은 한참 후에야 겨우 마음을 가라앉힐 수 있었다. 그가 쓰디쓴 웃음을 지으면서 천천히 입을 열었다.

"이 부인의 한은 내가 풀어줘야 할 것 같습니다."

고사기가 실소를 터뜨렸다.

"성인^{聖人}의 제자라는 분이 무식한 아낙네들처럼 미신을 믿으십니까! 그건 그렇고, 이걸 풀어보려고 내가 얼마나 안간힘을 썼다고요. 결국에는 포기하고 말았지만 말입니다. 그런데 이걸 무슨 수로 푼다고 그러십니까?"

주배공은 비단두름을 받아들었다. 그런 다음 손바닥에 올려놓고는 아무런 말없이 다시 한 번 눈여겨 바라보았다. 그러더니 그대로 화롯불에 내던져 버렸다. 비단두름은 표면에 오동나무 기름을 발랐기 때문에 불 속에 들어가자마자 금세 활활 타올랐다. 곧이어 고통스럽게 몸을 꼬더니 금세 하얗게 변했다. 주배공은 부집게로 하얀 재를 뒤적였다. 그 속에서 해바라기씨 모양의 작은 금덩이를 찾아내 탁자 위에 올려놓고는 넋을 잃고 쳐다봤다.

"드디어 풀었구나! 역시 배공은 대단합니다! 그런데 나는 왜 그렇게 씨름을 했는데도 이 방법을 생각하지 못했을까요?"

고사기가 박수를 치면서 좋아라 했다. 그러나 주배공은 무덤덤한 표정에 알 듯 모를 듯한 야릇한 미소를 지으면서 금 조각을 손바닥에 놓고 꼭 쥐었다. 그때까지도 따뜻한 온기가 남아 있었다. 이어 그는 마치 무엇엔가 홀린 사람처럼 넋을 잃고 중얼거렸다.

"이건 황금으로 만들어졌기 때문에 화롯불로는 녹이기 어렵죠!"

30장
몽고의 왕공들을 만나다

강희가 눈보라를 뚫고 고궁古宮으로 돌아왔을 때는 이미 자정 무렵이었다. 야경꾼의 딱따기 소리가 멀리서 들려왔다. 한밤의 고즈넉함을 더해주는 소리였다. 색액도가 붉은 돌계단에서 기다리고 있다가 강희 일행의 등불이 보이자 황급히 방 안을 향해 소리쳤다.

"명주대인, 폐하께서 도착하셨어요. 대왕을 모시고 성가를 맞이할 준비를 하세요!"

명주는 안에서 과이심 왕인 탁색도卓索圖와 지방의 풍물에 대해 얘기를 나누던 중이었다. 그러나 색액도의 말을 듣자마자 아부에 관한 한 둘째가라면 서러울 그답게 즉시 행동을 개시했다. 순식간에 탁색도를 데리고 밖으로 나온 것이다. 세 사람은 일제히 무릎을 꿇고 대기했다.

강희는 눈앞의 세 명을 힐끔 쳐다보고는 아무 말 없이 발을 굴러 눈을 털었다. 그러자 이덕전이 쏜살같이 달려와 외투를 벗겨줬다. 등불이 환한 근정전으로 들어온 강희는 한가운데에 있는 의자에 앉았다. 이어 천천히 우유 한 잔을 다 마신 다음에야 비로소 입을 열었다.

"자네들도 그만 들어오게!"

강희의 말에 세 명이 차례로 들어왔다. 색액도와 명주가 인사를 하고는 황급히 옆으로 물러섰다. 그러자 탁색도가 앞으로 다가와 삼궤구고三跪九叩의 대례를 올린 다음 엎드린 채 몽고어로 뭐라고 냅다 중얼거렸다. 그러다 다시 한어로 크게 말했다.

"소인 탁색도 성스럽고 현명한 천자를 삼가 뵙사옵니다!"

하지만 탁색도는 인사말만 한어로 하고는 또다시 몽고어로 말했다. 강희는 그야말로 얼떨떨한 기분으로 그의 말을 들었다. 그러더니 크게 웃으면서 그를 부축해 세웠다.

"보기와는 다르게 아부도 꽤나 잘하는군! 한어 실력도 만만치 않고!"

얼마 후 탁색도가 자리에서 일어섰다. 강희 옆에 있던 위동정은 호기심 가득한 눈빛으로 눈앞의 몽고 왕을 끊임없이 훑어봤다. 작고 다부진 체격에 목이 짧고 굵은 것이 특징이었다. 짙은 눈썹은 한참이나 위로 올라가 있었다. 복장도 만만치 않았다. 삼층이나 되는 금룡金龍 무늬의 조관에 박혀 있는 여덟 개의 동주東珠와 보석은 눈이 부실 정도였다. 첫눈에 봐도 용감무쌍한 기질이 엿보였다. 그래서일까, 다리가 안으로 휘어 있었다. 위동정은 그 모습을 보고 분명히 말 타는 재주가 뛰어날 것이라는 생각을 했다. 그때 강희의 목소리가 들려왔다.

"짐이 자네를 부른 이유를 알겠는가?"

"잘 모르겠사옵니다, 폐하!"

탁색도가 허리를 굽히면서 대답했다. 긴장했는지 좌불안석이었다. 조금 전 조방朝房에서 한참 고민을 하다 색액도와 명주에게 황제가 자신을 부른 이유에 대해 넌지시 물었는데도 대답을 듣지 못했으니 그럴 만도 했다. 더구나 두 대신은 알면서도 가르쳐주지 않는 것이 아니라 진짜 모르는 듯했다. 그로서는 초조하지 않을 수가 없었다.

강희가 탁색도의 표정을 면밀히 살피다 한참 후에 입을 열었다.

"짐이 대만臺灣을 혼내 주려고 해. 그런데 군량미가 모자라네. 듣자 하니 그대가 요 몇 년 사이에 채광도 하고 해서 은근히 알부자가 됐다고 하더군. 그래서 돈 좀 빌려 쓰려고 하는데, 어떤가?"

강희의 말에 좌중의 사람들은 저마다 얼굴을 번갈아 쳐다보면서 놀라는 표정을 지었다. 한밤중에 탁색도를 부른 이유가 단지 그것 때문이라는 것이 다소 이해가 가지 않았던 것이다. 놀라기는 탁색도 역시 마찬가지였다. 그가 재빨리 강희의 표정을 살피더니 대답했다.

"폐하의 크나큰 은혜에 힘입어 과이심 초원은 최근 몇 년 동안 강우량이 풍부했사옵니다. 풀도 기름져 말들이 살찌게 됐사옵니다. 소와 양의 수도 엄청나게 늘었사옵니다. 하지만 소인이 채광을 했다는 것은 한낱 뜬소문에 지나지 않사옵니다. 폐하께서 군량미에 대해 말씀을 하셨는데, 그것은 금광이 있고 없고를 떠나 소인이 마땅히 해야 할 일이라고 생각하옵니다. 얼마나 필요하신지 말씀만 하시면 소인이 힘이 닿는 데까지 은혜에 보답을 하겠사옵니다!"

탁색도의 대답에도 강희는 즉각 반응을 보이지 않았다. 그저 말없이 자리에서 일어나 실내를 서성였다. 그러더니 갑자기 휙 몸을 돌려 탁색도에게 다가가더니 날카로운 시선으로 쳐다보았다.

"과이심 초원에 황금이 나지 않는다는 사실을 짐이 모를 턱이 있겠는가. 하지만 갈이단이 있지 않은가. 갈이단의 것이 자네 것이고, 자네 것이 갈이단의 것이 아닌가? 짐은 갈이단이 자네에게 몇 번에 걸쳐 얼마나 줬는지 궁금해. 자네는 그런 사실이 있었음에도 왜 조정에 보고를 올리지 않는가? 왜?"

강희의 목소리는 무겁고 힘있게 울렸다. 듣는 사람이 거대한 압박감을 느끼지 않을 수 없을 정도였다. 실제로 과이심 왕은 두 다리를 심하게 떨더니 풀썩 무릎을 꿇었다.

"폐하께 아뢰옵니다. 갈이단은 강희 십오 년부터 이 년마다 한 번씩 황금을 네 번에 걸쳐 보내왔었사옵니다. 매번 사만 오천 냥씩이었사옵니다."

"오만 냥씩이었을 텐데?"

강희가 차갑게 그에 대해 반박했다. 그러자 탁색도가 마른침을 꿀꺽 삼키고는 다급하게 변명을 했다.

"맨 처음에는 오만 냥이었사옵니다……. 그때는 소인의 어머니께서 생신이시라 조금 많이 보냈던 것 같사옵니다. 소인이 우매하고 무식해 사적인 왕래라 여기고 제때에 보고를 올리지 못했사옵니다. 그 점 폐하께서 죄를 물어주시옵소서. 지금까지 받은 황금은 전부 국고에 바쳐 군량미에 보태도록 하겠사옵니다!"

"그래? 짐은 사해四海를 모두 소유한 천자야. 그런 짐이 그까짓 황금 몇만 냥에 혹할 것 같은가? 자네 마음을 떠본 것일 뿐이야. 자네들 초원에 이런 말이 있지. 내력이 불분명한 돈은 어미 없는 새끼 양과 같다고 말이야. 자네도 알고 있나?"

강희는 너털웃음을 터트렸다. 탁색도가 강희를 쳐다보다 한참 후에야 입을 열었다.

"갈이단은 법을 모르는 사람이옵니다. 조정의 정령에도 따르지 않았을 뿐 아니라 객이객에 사사롭게 쳐들어가 사람을 죽이고 칸이라고 자처했사옵니다. 그 사실에 대해서는 소인도 마땅치 않게 생각하옵니다. 그러나 폐하께 찾아가 신하임을 인정하고 공물을 바치는 사신을 보냈다는 사실과, 그가 동몽고의 여러 왕들에게는 성의를 보여 왔기 때문에 소인은 대놓고 싫은 기색을 보일 수가 없었사옵니다. 그 때문에 금을 받……받았사옵니다."

"자네는 헛똑똑이야!"

강희가 가볍게 한숨을 내쉬었다. 이어 등 뒤에서 금빛 상자를 가져다 열어 젖히더니 안에서 몇 부의 상주문을 꺼내 탁색도에게 건넸다.

"이것은 석촌곽륵맹錫村郭勒盟(내몽고의 지명. 부족 이름이라고도 할 수 있음)에서 보낸 것이야. 또 이것은 소오달맹昭烏達盟에서 보낸 것이고. 철리목맹哲里木盟에서 보낸 것은 여기 있군. 여기 온도이 칸이 올린 것도 있구면……. 모두 동몽고의 왕들이 비밀리에 보낸 상주문이야. 갈이단이 어찌 자네 한 사람에게만 황금을 보냈겠는가? 이 사람들한테도 다 보냈어. 그러나 유독 준갈이와 가장 가까운 몽고의 왕들에게는 단 한 냥도 보내지 않았어! 왜 그랬는지 알겠나?"

색액도와 명주는 강희의 말을 들은 다음에야 비로소 그가 탁색도를 부른 까닭을 알 것 같았다. 강희에게 오체투지五體投地(온 몸을 던져 땅에 엎드림)를 하고 싶을 정도로 탄복했다. 색액도는 결국 그런 감정을 이기지 못하고 탁색도를 향해 입을 열었다.

"갈이단이 지금 동몽고의 여러 왕들과 친하게 지내려고 안간힘을 쓰는 이유는 다른 것이 아닙니다. 나중에 막남, 이극소, 오란찰포烏蘭察布, 고륜庫倫 등의 왕들과 크게 한판 붙을 때 지원병을 보내달라고 하겠다는 뜻이죠!"

이번에는 명주도 나섰다.

"당연히 그쪽을 다 청소해 버리고 나서는 바로 대왕을 칠 것이 분명하지 않을까요? 작은 이익에 혹해서 공짜로 준다고 넙죽넙죽 받아먹으면 어떻게 합니까? 군신의 의리를 저버리고 급기야 나중에는 이용만 당하고 비참한 최후를 맞으면 얼마나 억울하겠습니까?"

노골적인 명주의 말에 탁색도는 겁에 질렸다.

"그게 정말입니까……?"

"손톱만큼도 틀림이 없네!"

강희가 결론을 내리듯 단언을 했다. 그런 다음 자리로 돌아가 다리를 꼬고 앉았다. 그때 마침 고사기가 발을 거두면서 안으로 들어서자 강희가 미소를 지었다.

"주배공은 하여튼 귀신 같은 사람이라니까!"

그리고는 다시 탁색도를 향해 말을 이었다.

"탁색도! 갈이단이 자네한테 잘 보이려고 하는 것은 분명한 이유가 있네. 자네가 지리적으로 갈이단과 제일 멀리 떨어져 있기 때문이네. 채찍질을 하려고 해도 너무 멀어 닿지가 않는다는 말이야. 그러니 먼저 자네를 구워 삶아놓고 자기가 서쪽에서 일삼는 행패를 눈감아 달라고 하는 것이지. 그러고는 서쪽에서부터 하나씩 차례로 먹어버리면 최종적으로는 자네 과이심의 차례가 다가오는 거지. 그때 가서는 후회해도 소용없어!"

심각한 표정을 짓고 강희의 말을 듣던 탁색도가 갑자기 황소 같은 거친 숨을 몰아쉬었다. 그런 다음 장화를 신은 발로 땅바닥을 무섭게 긁었다. 대춧빛이 된 얼굴로 크게 소리쳤다.

"이런 악독하기 이를 데 없는 승냥이 같으니라고! 꿈 한번 야무지군!"

"짐도 그가 초원을 쑥대밭으로 만들면서 독주하도록 내버려두지는 않을 거야! 전에 니포이 왕자도 반란을 일으켰다가 짐이 우리 군대의 위력을 잠깐 보여줬더니, 열이틀 만에 두 손 두 발 다 들고 기어들어왔잖아. 자네도 모른다고 하지는 않겠지! 더구나 지금은 천하가 통일을 실현한 상황이야. 수백만 명의 팔기 정예 병력이 중원에 칼을 베고 누워 있는데, 뭐가 걱정인가? 탁색도, 돈 몇 푼에 넘어가지 말고 잘 판단하라고!"

강희가 차갑게 내뱉었다. 탁색도는 그가 비록 딱 집어 얘기하지는 않았으나 그 말 속에 담긴 뜻을 충분히 짐작할 수 있었다. 더 이상 가만히 있어서는 안 되겠다고 생각했는지 바로 머리를 조아렸다.

"호의가 담긴 선물인 줄 알고 받아 챙긴 소인이 우매했사옵니다. 폐하께서 가르침을 주신 덕분에 이제부터는 정신을 바짝 차릴 것이옵니다."

그제야 강희가 얼굴 가득 웃음을 머금었다.

"짐이 필요한 것은 자네의 진심이야. 알았다니 됐네. 갈이단이 선물을 보내오면 종전과 마찬가지로 받아 챙기게. 알겠는가?"

강희가 갑자기 엉뚱한 말을 했다. 이유는 있었다. 머릿속에 새로운 생각이 떠올랐던 것이다.

'갈이단이 원교근공遠交近攻을 시도한다는 것이 사실이라면 그 수법을 오히려 역이용하면 되지 않는가. 그를 동쪽으로 유인하는 미끼를 던질 수도 있어. 그렇게 해서 가까운 곳에서 전멸시킬 수 있다면 그게 최선이 아닌가.'

강희의 계산은 바로 그랬다. 그런 강희의 생각을 고사기는 이미 어느 정도 간파한 듯했다. 두 눈을 반짝이면서 말했다.

"소인이 조금 전에 주배공이 지도까지 가리키면서 한참 동안 얘기하는 것을 들었사옵니다. 역시 폐하와 같은 생각이었사옵니다. 폐하보다는 깊고 멀게 내다보지는 못했지만 말이옵니다."

강희는 '지도'라는 말에 힘을 줘서 말하는 고사기의 모습을 보자 다시 뇌리를 스치는 그 무엇이 있었다. 이어 잠시 생각을 정리하는가 싶더니 천천히 입을 열었다.

"짐은 자네가 백방으로 자신의 허물을 덮어 감추려고 할 것이라는 걱정을 했었지. 그런데 의외로 솔직하고 흔쾌히 인정하는군. 그걸 보니 갈이단과 진짜 손을 잡은 것 같지는 않군. 이건 나라의 복이야. 자네 자신의 탁월한 선택이라고도 할 수 있겠네. 탁색도, 선대 황제들의 수많은 황후와 비빈, 또 지금의 태황태후마마 등이 모두 자네 과이심 초원에서 나온 분들이네. 짐은 자네를 친형제처럼 믿을 거야. 그러니 자네도 짐을 위해 힘을 써줘야겠어!"

탁색도는 당초 갈이단의 선물을 아무렇지도 않은 듯 종전처럼 받으라는 강희의 말뜻을 잘 알아듣지 못했다. 그러나 강희의 진심어린 말을 듣고서는 비로소 상황 판단을 조금이나마 하는 듯했다. 그가 허리를 쭉 펴고는 감동한 표정으로 대답했다.

"소인에게는 무서운 매 같은 삼만 명의 용사들이 있사옵니다. 모두 폐하의 가장 충실한 신하들이옵니다! 오늘부터 소인은 갈이단으로부터 땡전 한 푼 받지 않을 것이옵니다!"

"이전처럼 받으라고 했잖아. 반드시 그대로 해야 해! 그냥 주는 것을 왜 받지 않는가? 그저 경각심만 높이면 돼."

강희가 껄껄 웃었다. 이어 다시 한 번 의미심장하게 덧붙였다.

"모든 수단을 다 동원해서 갈이단으로 하여금 자네가 이미 자신의 농간에 넘어갔다는 사실을 믿도록 해야 해!"

"예, 폐하!"

"짐이 조서를 내려 자네가 외번外藩의 뇌물을 받아 챙기고 짐에게 거짓 보고를 했다는 내용의 질책을 할 거야. 또 어쩔 수 없이 자네의 왕관에 박힌 동주를 박탈한다는 벌을 내릴 테니, 그리 알게!"

동주를 박탈한다는 것은 결코 가벼운 처벌이 아니었다. 비웃음을 살 일이었다. 탁색도는 여러 왕공들이 모두 참석할 내일 모임에서 과이심의 왕인 자신이 그렇게 되면 얼마나 체면이 구겨질까 하는 생각을 하자 뭐라고 형언할 수 없는 기분이 들었다. 아무리 내색하지 않으려고 했으나 어쩔 수 없이 얼굴이 붉어졌다. 강희가 그의 표정 변화를 주시하더니 크게 웃음을 터뜨렸다.

"아쉬워서 그러는가? 이렇게 하지 않으면 완벽하게 우리의 목적을 달성할 수 없어서 그래! 이게 바로 고육지책이라는 것이네. 대신 짐이 자네한테 줄 것이 있어. 그러니 너무 억울하게 생각하지 말게."

강희가 말을 마치고는 바로 책상으로 다가갔다. 이어 붓을 들어 휘갈겼다.

탁색도 왕은 나라를 위해 삼번을 막았고 충성심이 돋보인다. 천자의 마음을 헤아리고 백성을 위하는 마음도 갸륵하다. 이 나라에 공로가 대단히 큰 사람이다. 앞으로 대역죄 이외에는 두 번까지 그 죄를 용서한다. 또 그 아들과 손자의 대代에 가서도 한 번씩은 용서해준다. 자손대대로 과이심의 왕이 될 수 있는 권한을 부여할 뿐만 아니라 나라와 함께 성장하도록 도와준다!

강희는 단숨에 써내려간 자신의 글을 죽 한 번 읽어봤다. 이어 옥새를 찍어 탁색도에게 들고 갔다.

"짐은 지금까지 누구에게도 이런 파격적인 대우를 해준 적이 없네. 하지만 과이심은 우리 대청이 산해관 안으로 들어간 이후 가장 먼저 복속을 선언한 몽고 왕이야. 짐이 삼번을 평정할 때는 가장 어려운 시기였지. 그런데 그때도 과이심은 선뜻 사천 명의 철기鐵騎 병력을 지원해서 역적을 소탕하는 데 큰 도움을 줬지. 엄동설한의 추위에 숯불을 가져다 준 그런 은혜를 짐은 결코 잊을 수가 없네. 때문에 오늘 자네에게 내린 대우는 어찌 보면 당연하다고 생각하네. 돌아가서 이 내용 그대로 철권鐵券(철판에 기록한 글)을 만들도록 하게. 그리고 자손대대로 대청을 위해 북방을 지키는데 힘을 실어주게!"

탁색도는 느닷없이 내려진 처벌에 경황이 없다가 갑작스런 은혜에는 더욱 정신을 차리지 못했다. 그가 길게 엎드려 죽어라 머리를 조아리면서 울먹였다.

"이 몸이 부서져 가루가 되더라도 폐하의 크나큰 은혜에는 보답할 수 없을 것이옵니다……."

"그리고 객라심의 좌·우·중 삼기三旗의 땅에 대한 관할권도 자네에게 주겠네. 뿐만 아니라 이 지역에 있는 만주족, 몽고족, 한족 연합군의 영기營旗, 또 현지를 지키는 피갑披甲(청나라 조정에 항복한 다양한 민족들의 연합체)과 녹영綠營의 장군들과 고급 군관들 모두 자네 과이심 왕의 직속 명령을 받도록 하겠네. 어떤가? 이 정도면 동주 몇 개나 황금 몇십만 냥보다 낫지 않은가?"

강희는 눈을 크게 떴다. 정말로 크게 한턱을 낸다는 자세였다. 사실 그렇다고 할 수 있었다. 객라심 삼기의 땅이라면 동서로 500리, 남북으로 450리의 광활한 면적이었다. 주둔하는 병력만 해도 7만 명이 넘었다. 그 모든 것을 한꺼번에 탁색도에게 준다는 얘기였다. 탁색도는 당연히 꿈인지 생시인지 분간이 잘 안 가는 표정이었다. 온몸의 피가 전부 얼굴에 몰린 것 같은 붉은 얼굴이었다. 하기야 몽고족에게 초원을 비롯해 목장, 나아가 군마보다 더 소중한 것이 또 어디 있겠는가! 탁색도는 너무나 흥분해 마치 술을 마신 듯 몸을 주체할 수 없어 비틀거렸다. 그 모습을 바라보는 강희의 입가와 맑은 눈동자에서는 허위와 사기라는 그림자는 찾아볼 수 없는 진실함이 흘렀다. 탁색도는 달리 자신의 마음을 표현할 길이 없자 갑자기 비수를 꺼내 들더니 순식간에 왼손의 집게손가락을 쑥 그었다. 곧 시뻘건 피가 거침없이 흘러나왔다.

"폐하! 천하 만물의 지존이신 폐하! 소인은 탁색도 가문의 조상님 이름을 걸고 피를 보면서 맹세하옵니다. 태양과 달이 더 이상 초원의 하늘에 떠오르지 않더라도, 광풍이 몰아쳐 시야를 가리더라도 과이심 하늘의 매들은 길을 잃지 않을 것이옵니다. 저희는 영원한 대청황제大淸皇帝의 충실한 노복奴僕으로 남을 것이옵니다⋯⋯."

탁색도의 목소리가 가늘게 떨렸다.

탁색도는 자시子時 말 무렵이 돼서야 비로소 물러갔다. 고사기는 몇 부의 조서를 작성해 강희에게 올렸다. 맨 위는 이른바 식탁의 이로운 음식에 관한 것이었다. 강희가 씩 웃음을 흘리면서 바로 넘겨버렸다. 과이심 왕의 동주를 박탈하고 대신 철권과 객라심의 삼기를 하사한다는 밀지도 있었다. 강희는 그것들을 한 글자도 빼놓지 않고 자세히 읽어보고는 한참 후에야 좌중을 향해 질문을 던졌다.

"자네들 생각에는 과이심에 대한 처리가 어떤 것 같은가?"

명주는 강희가 세 살 먹은 어린아이 대하듯 탁색도를 달래고 혼내준 다음 순순히 따라오게 만드는 모습을 처음부터 끝까지 지켜보면서 사람 다루는 재주에 탄복하지 않을 수 없었다. 그러나 그가 자신의 그런 생각을 말하려는 순간 색액도가 먼저 입을 열었다.

"처음에는 어리둥절해서 뭐가 뭔지 잘 몰랐사오나 이제 보니 폐하께서는 적을 유인해 집 앞으로 오게 만드는 술책을 쓰신 것이었사옵니다! 대단한 계략이 아닐 수 없사옵니다. 다만 대만 문제가 아직 해결되지 않은 상황에서 너무 조급하게 서두르는 것은 아닌가 하는 생각이 들기도 하옵니다."

명주도 질세라 황급히 나섰다.

"은혜와 위엄을 병용하셔서 과이심을 복종하게 했으니, 이제는 갈이단의 동진도 두렵지 않게 됐사옵니다. 뿐만 아니라 흑룡강 쪽도 큰 근심을 덜었다고 생각하옵니다. 실로 일석이조가 아닐 수 없사옵니다! 소인이 보기에는 올해 안으로 대만을 수복할 수 있을 것 같사옵니다. 그동안 충분한 준비를 해야 하니 결코 지금이 너무 이른 것은 아니옵니다!"

고사기도 가만히 있지는 않았다.

"폐하께서 아주 현명하신 처리를 하셨다고 생각하옵니다."

그러나 그 순간 고사기의 머리에서는 갑자기 뭔가 이상한 생각이 뇌리를 스쳤다. 바로 자신이 '지도' 얘기를 꺼냈을 때 강희가 객라심에 대한 관할권을 준다는 결정을 즉석에서 했을 것이라는 생각이 든 것이다. 더불어 모나면 정 맞는다고, 너무 뛰어나게 머리를 써도 강희의 눈 밖에 날 수 있다는 생각도 들었다. 그는 자신도 모르게 오싹해지는 기분을 떨치지 못했다. 나중에라도 강희가 객라심의 관할권을 하사한 것에 대한 후회를 할 경우 불똥이 자신에게 튀지 말라는 법이 없을 테니까 말이다. 그가 은근히 걱정스러운 듯 황급히 말을 이었다.

"소인의 생각에는 철권을 하사하신 것으로 충분했다고 보옵니다. 나머지는 너무 과분한 것이 아니었나 싶사옵니다. 매는 너무 배불리 먹여놓으면 용맹하게 날아다닐 생각을 않는다는 옛 교훈이 있사옵니다. 이는 그저 소인의 어리석은 생각일 뿐이옵니다."

강희가 연신 미소를 머금은 채 좌중의 의견을 다 들은 다음 마지막으로 위동정을 바라보면서 물었다.

"호신, 자네 생각은 어떤가?"

"소인은 원래 생각을 잘 하지 않고 사는 사람이옵니다. 그러나 굳이 꼽으라면 고사기의 발언이 일리가 있는 것 같사옵니다. 과이심의 땅은 원래 대부분 비옥하기가 기름 같은 땅이옵니다. 땅이 사방 수천 리나 되고 군마도 수만이나 되옵니다. 게다가 객라심 삼기에는 기병만 하더라도 십만이 넘는 것으로 알고 있사옵니다. 너무 큰 것을 줘서 나중에 혹무슨 흑심을 가지지 않을까 걱정이 되옵니다. 꼬리가 너무 커져서 잘라버리기가 힘들어지지 않을까 하는 우려를 잠시 해보았사옵니다. 북경과도 지리적으로 너무 가깝고……."

위동정이 머리를 긁적이면서 대답했다. 강희는 미소만 지을 뿐 입은 열지 않았다. 대신 자리에서 일어나면서 길게 하품을 했다.

"오늘은 이만 하고 들어가 쉬게. 자네는 내일 길을 떠나야 하니까! 그리고 객라심 좌기를 지날 때는 낭심에게 들러 명령을 전하게. 이제부터 그에게도 자네 위동정과 마찬가지로 밀주를 짐에게 직접 전할 수 있는 권한을 부여한다고 말일세!"

강희는 심양潘陽에서 나흘 동안 머무른 다음 바로 북경으로 움직였다. 그의 이번 봉천 행차는 나름 성공적이었다. 무엇보다 뜻한 바를 이룰 수 있었다. 또 의외의 소득도 있었다. 우선 미모의 재주꾼이자 서역 정벌에 필요한 살아있는 지도地圖인 아수를 만난 것을 꼽을 수 있었다. 더구나 별로 어렵지 않게 북경으로 데려오게 됐다. 그는 아수를 해어화解語花나 망우초忘憂草라고 부르고 싶었다. 그만큼 그녀는 첫눈에 반할 정도의 미모인 데다 느낌도 남달랐다. 막남漢南과 막북漢北의 몽고 왕들을 불러 흠안전欽安殿에서 피를 나눠 마시면서 조정에 대한 충성을 이끌어낸 것 역시 상당한 의미가 있었다. 또 서로 힘을 합쳐 갈이단에게 대응하자는 피의 맹세를 한 것 역시 빼놓을 수 없었다. 그뿐만이 아니었다. 강희와 몽고의 왕들은 열하熱河와 승덕承德을 오고 갈 때 묵을 저마다의 행궁行宮을 짓는 것에도 합의했다. 그 합의는 앞으로 자주 북경에 드나들면서 교감을 서로 나누겠다는 의지라고 할 수 있었다. 이처럼 만약 예정대로 과이심이라는 미끼를 내세워 대어인 갈이단을 동쪽으로 유인하는데 성공한다면 강희는 직접 만주족, 몽고족, 한족의 삼군 병사들을 이끌고 기습 작전을 펼칠 수 있을 터였다. 그 경우 갈이단이 토행손土行孫(소설《봉신연의》封神演義에 나오는 초능력자 주인공)이 아닌 이상 땅속으로 비집고 도망갈 수도 없을 것이었다. 꼼짝없이 당할 게 틀림없다고 해도 좋았다. 강희는 생각을 하면 할수록 기분이 좋아졌다.

강희 일행이 산해관山海關 안쪽이라고 할 수 있는 희봉구喜峰口를 지날 때는 바야흐로 막 3월에 접어드는 시기였다. 계절은 봄이라고 할 수 있었다. 만리장성 하나를 사이에 둔 것에 불과했으나 산해관 안쪽의 기후는 확실히 그 밖과는 확연하게 달랐다. 길 양 옆에는 이미 버드나무 잎이 움트고 있었다. 또 연초록의 풀들이 빼꼼히 머리를 내밀고 있었다. 황량한 흑수黑水(아무르 강)와 백산白山(천산)에서 막 돌아온 강희로서는 완전히 새로운 느낌에 사로잡힐 수밖에 없었다. 기분이 무척이나 상쾌해진 강희는 급기야 아수를 태운 수레를 먼발치에서 따라오게 하고는 자신은 수레에서 내려 장사꾼 차림을 한 채 말을 타고 가기로 했다. 이렇게 해서 강희와 시위들은 가끔씩 매를 풀어 사냥도 즐기고, 또 길가에 앉아 간단히 술을 한 잔씩 나눠 마시기도 했다. 민생을 직접 확인하는 것도 빼놓지 않았다.

강희는 점심때가 다 된 터라 시장기를 느꼈다. 마침 시냇물이 졸졸졸 흐르는 버드나무 옆에 천막이 쳐져 있는 것이 보였다. 음식을 먹을 수 있을 것이라는 생각에 그는 바로 말에서 내렸다. 아니나 다를까, 천막 옆의 나무에는 손님을 끌 만한 그럴싸한 글귀가 적힌 팻말이 걸려 있었다.

이태백도 향기에 취해 가다가 말에서 내려 되돌아온 곳,
이곳에 와서는 행화촌杏花村을 묻지 마세요.

글을 읽어본 강희가 빙그레 웃으면서 물었다.
"색액도, 우리가 지금 어느 경내에 들어와 있는가?"
"대인들, 여기는 삼하三河진이라는 곳이에요!"

색액도가 대답을 하기도 전에 천막 안에서 웬 중년의 부인이 나오더니 얼굴 가득 웃음꽃을 피웠다. 그녀가 반가운 어조로 말을 이었다.

"힘드실 텐데, 잠깐 들러 유명한 삼하진의 술을 한번 드셔보고 가세요. 태래泰來야, 뭐하냐? 귀하신 어르신들을 어서 안으로 모시지 않고. 먹이를 맛깔스럽게 비벼서 말한테도 먹이도록 하고!"

여주인은 수수한 옷차림이었으나 깔끔한 인상을 풍겼다. 그녀는 강희 일행이 장사꾼 차림이기는 하지만 뭔가 평범한 사람들과는 다르다는 낌새를 채고는 유난히 친절을 베풀었다. 또 강희가 가장 귀빈일 것이라는 판단을 재빨리 내렸다. 그녀가 강희를 상석으로 안내하고는 세숫물을 떠왔다. 그런 다음 앉을 자리를 깨끗하게 걸레질하면서 말했다.

"콧구멍만 하고 별 볼 일 없어 보이지만 여기가 하루 매상은 만만치 않은 곳이에요! 물 좋고 경관 좋은 곳만 찾아다니면서 이런 식으로 가게를 스무 곳 넘게 차려 놓았다니까요! 이래봬도 조상 대대로 이어온 백년 넘은 유명한 가게라고요. 저 최 아무개가 헛소리를 하는 것이 아닙니다. 제가 시집을 올 때는 시조부님이 살아 계셨어요. 그런데 그분이 명나라의 황제도 우리 가게를 찾았었다고 말씀하시지 뭐예요. 저기 저 팻말에 남아 있는 글씨도 당시의 정덕正德(무종武宗황제를 일컬음. 재위 1505~1521)황제가 남긴 글이라고 하네요! 황제도 사람이니 좋으니까 좋다고 했겠죠!"

여인의 수다에 강희가 미소 띤 얼굴로 물었다.

"그래, 아주머니 시조부님께서는 정덕이 어떤 모습을 하고 있었다고 하던가요?"

"황제니까 대단했겠죠, 뭐! 시조부님이 그러시더군요. 황제가 왼손에는 금 방망이, 오른손에는 은 방망이를 들고 왔다고요. 또 타고 온 노새의 엉덩이에 달린 주머니에는 인삼이 가득 들어 있었다고 하더군요. 배가 고프면 인삼을 먹었나 봐요……. 변소 갈 때는 노란 최고급 비단을 준비하라고 했다고도 하더군요……."

여주인은 강희의 일거수일투족이 만만치 않다는 사실을 확신하고는 황급히 안주를 올린 다음 술까지 직접 따라주었다. 그녀의 말이 시작되면서부터 계속 웃음을 참고 있던 강희 일행은 결국 크게 웃음을 터뜨리고 말았다. 명주가 그런 대로 강희가 기분이 좋아보이자 일부러 아는 것이 아무것도 없는 척하면서 넌지시 여주인에게 물었다.

"비단은 어디에 쓰려고 그랬대요?"

"뒤를 닦으려고 그랬겠죠!"

여주인이 별걸 다 묻는다는 표정으로 대답했다. 강희는 봉천에서 큰일을 처리하느라 앞뒤 전후해 무려 몇 주 동안이나 은근히 신경을 많이 써 왔던 터였다. 때문에 분위기가 무르익자 모처럼 아무 생각 없이 크게 웃고 떠들면서 신하들 사이에서 마음껏 흐트러질 수 있었다. 어떻게 보면 여주인이 손님의 비위를 맞춰주는 것이 아니라 오히려 강희 일행이 그녀를 슬슬 구슬려 가면서 빤한 거짓말을 하게 만들고 있었다. 어쨌거나 그들은 그녀의 재치 넘치는 얘기를 흥미진진하게 듣고는 흐드러지게 웃으면서 즐거운 시간을 보냈다.

바로 그때였다. 천막에서 가까운 관도官道에 고급스런 수레 하나가 모습을 드러냈다. 이어 그 뒤를 따라 네 개의 가마 행렬이 나타났다. 집안의 일꾼들로 보이는 50명에서 60명 내외의 남녀노소 역시 그야말로 별의별 옷차림을 한 채 따르고 있었다. 또 그 뒤로는 수십 마리의 노새가 등짐을 가득 실은 채 줄을 이었다. 척 봐도 웬만한 가족의 나들이 모습이 아니었다. 강희 일행이 어느 성省의 거물이 움직이는구나 하는 생각을 하고 있을 때였다. 여주인이 손님을 안으로 안내하는 소리가 들렸다.

"어서 오세요. 한동안 뜸하셨네요! 바쁘셨던가 봐요……."

손님은 중년 남자였다. 그가 노새에서 내리더니 하인에게 고삐를 넘겨 주고는 여주인에게 말했다.

"오늘은 갈 길이 급하니, 앉아서 한가하게 먹을 시간이 없소. 마른두 부 한 접시하고 술이나 한 대접 데워 주시오."

중년 남자가 말을 마치자마자 가마 행렬을 눈여겨보더니 맨 끝에서 지친 모습으로 간신히 따라가는 하인에게 물었다.

"어이, 형씨! 어느 어르신이 행차하시는 건가?"

강희는 중년 남자가 어딘지 모르게 눈에 익었다. 그러나 바로 기억이 떠오르지는 않았다. 그때 중년 남자의 질문을 받은 하인이 목청을 한 껏 높여 대답했다.

"우리 어르신 말입니까? 누구냐고요? 신임 삼하 현령인 모종당毛宗堂 어르신입니다!"

중년 남자는 하인의 말에 바로 어리둥절한 표정을 지었다. 그러더니 한참 후에야 수염을 쓸어내리면서 말했다.

"오 그렇구나. 그래서 그렇게 유세를 떠는 거였군!"

순간 강희는 깜짝 놀랐다. 고작 팔품八品의 관리밖에 안 되는 현령이 부임하는데, 이렇게 큰 행렬이 따라 움직이다니! 그는 바로 발끈했으나 애써 감정을 눌렀다. 그러면서 명주를 힐끗 쳐다봤다. 명주는 갑자기 어 두워진 강희의 표정을 훔쳐보더니 일단 큰 소리로 말했다.

"크든 작든 간에 한 개 현을 이끄는, 명색이 백리후百里侯라고 할 수 있 는 현령 아닙니까. 이 정도 유세조차 떨지 않으려 하겠습니까?"

"백리후?"

중년 남자가 술을 대접째 꿀꺽꿀꺽 단숨에 마시더니 입을 쓱 닦으면 서 코웃음을 쳤다.

"백리후가 아니라 백리호百里虎겠지! 백성들의 피를 빨아먹을 수 있다면 백리 길도 마다하지 않고 달려가는 탐관오리 말이오!"

　중년 남자는 독백처럼 혼잣말을 내뱉은 다음 뒤도 돌아보지 않고 노새에 올라탔다. 동시에 아무 미련도 없다는 듯 바로 떠나갔다. 무단은 중년 남자를 본 순간부터 이마를 찌푸린 채 기억을 떠올리느라 안간힘을 다하던 차였다. 그러다 멀어져 가는 사내의 뒷모습을 바라보고는 그제야 비로소 뭔가 떠오른 듯 황급히 강희에게 다가가 귀엣말을 했다.

31장
호가호위하는 태감

"오! 곽수郭琇라고?"

무단의 말에 강희가 눈을 크게 떴다. 그러더니 이해가 안 된다는 듯 물었다.

"자네는 어떻게 알았나? 아, 알겠다!"

강희가 갑자기 무릎을 쳤다. 그제야 지난 일이 떠올랐던 것이다. 그 일은 과거에 곽수가 도대道臺로 있을 때였다. 당시 그는 공금을 횡령하고 뇌물을 수수했다는 탄핵을 당했다. 이로 인해 단양절端陽節 때 오문 밖에서 순무였던 우성룡과 함께 햇볕에 몇 시간을 꿇어앉은 채 벌을 섰던 적이 있었다. 강희는 그때 무단을 시켜 사실을 확인하고 오게 했다. 이렇게 해서 그의 기억은 완전히 되살아났다. 또 그는 이부에서 얼핏 곽수를 보기도 했다. 하지만 지금의 모습에서는 당시의 '탐관오리'의 흔적은 전혀 찾아볼 수가 없었다. 강희가 이상한 생각이 들었는지 얼굴을 돌려 명주에게 물었다.

"곽수가 완전히 매장된 것은 아니었나 보군. 이부에서 무슨 관직을 준 거지?"

명주는 기억이 잘 나지 않았다. 고개를 갸웃거리면서 기억을 더듬어보았지만 허사였다. 그러자 색액도가 대신 아뢰었다.

"소인이 이부를 책임지고 있을 때의 일입니다. 곽수의 직급을 세 등급이나 낮췄사옵니다. 지금은 순천부의 동지同知를 맡고 있사옵니다."

강희가 묵묵히 생각에 잠겼다. 그러다 한참 후에 여주인을 불러 물었다.

"삼하현의 인구는 얼마나 되나요?"

"약 십만 명 정도일 겁니다!"

여주인이 전혀 예상하지 못한 질문을 들었는지 약간 어리둥절한 표정을 지었다. 그러나 곧 웃으면서 덧붙였다.

"삼하현은 큰 부두가 있는 곳이죠. 오천여 가구가 칠십이 개의 거리와 삼십육 개의 골목에 옹기종기 모여살고 있습니다. 굉장히 법석대고 살맛이 나는 곳이죠! 어르신께서도 시간 내서 한번 둘러보시게요?"

강희가 여주인의 수다 따위에는 관심을 보이지 않고 다시 물었다.

"이곳은 세금을 낼 때 화모火耗(부가세의 개념)를 얼마나 부과하오?"

여주인이 갈수록 이상한 질문에 잠시 머뭇거리더니 대답했다.

"어떤 현령이 있느냐에 따라 다 다르다고 해야죠. 제가 여기에서 십팔 년 동안을 살았는데, 그동안 다섯 명의 현령이 있었거든요. 어떤 이는 2전이나 3전, 어떤 이는 4전, 5전을 받았죠. 다 같지는 않았어요. 전에 있던 왕 대인이 아마 제일 적게 받았죠. 1전 8푼이었던가 그래요. 그런데 집안에 일이 있어 고향으로 갔죠. 신임 현령은 아직 본격적으로 일을 하지 않고 있으니, 얼마나 받을런지 모르지요. 아무튼 여기는 우려먹을 것이 많은 곳이니 배 터지게 먹고 등짐 한가득 싸들고 가겠죠, 뭐!"

말을 마친 여주인이 싱겁게 웃었다. 강희가 그녀의 말에 알겠다는 듯머리를 끄덕이면서 자리에서 일어났다. 이어 늘어지게 기지개를 켰다.

"좋은 곳임에는 틀림없는 것 같네요! 술맛도 기가 막히고 음식 솜씨역시 일품이니 말이에요. 오고 가면서 또 들르겠습니다. 자, 강촌! 계산하고 그만 가지!"

강희는 밖으로 나왔다. 저쪽에서 이덕전과 네댓 명의 태감들이 웃고떠들면서 술을 마시는 모습이 보였다. 그가 즉각 손짓으로 이덕전을 부르더니 나지막이 명령했다.

"자네가 두어 명 데리고 삼하현 안에 가서 방금 그 현령이 사무인계를 받는 과정을 지켜보고 와. 괜히 사고치지 말고 조용히 알아보고 빨리 와야 해."

강희는 이어 고사기와 무단에게 말했다.

"아수 일행이 역관에 도착했을 텐데, 우린 그쪽으로 움직이자고."

삼하현은 구수溝水와 여수洳水, 포구하鮑邱河 세 하천이 경내를 흐른다고 해서 붙여진 이름이었다. 하천이 많은 것에서 보듯 우선 사통팔달四通八達의 지리적 이점이 있었다. 또 육로와 수로로 통하는 부두가 두 군데나 있었다. 한마디로 천혜의 자연조건을 두루 갖춘 곳이었다. 자연스럽게 교역이 활발했고 사람이 많이 모여들었다.

이덕전은 소모자가 죽은 이후 양심전에서 가장 잘 나가는 태감이었다. 게다가 강희의 명령도 받았으니 이 번화한 곳에서 그가 그야말로 새장에서 풀려난 새처럼 되는 것은 어찌 보면 당연했다. 황궁에만 갇혀있다 모처럼 강희의 눈을 벗어날 수 있는 기회가 주어지자 진짜 세상천지가 온통 자기 것 같았다. 모처럼 찾아온 자유를 만끽하려는지 두 명의 태감을 데리고 달리는 말에 신나게 채찍질을 가했다. 완전히 질주한다는 표현이 과하지 않았다. 하기야 강희가 시킨 일을 하러 가고 있으니, 반은 흠차나 다름없다고 해도 좋았다. 얼굴에 으스대는 기색과 자부심이 역력했다.

가는 날이 장날이라고, 이날 서문 쪽에서는 시장이 열리고 있었다. 좁다란 길 양 옆에는 노점상들이 빽빽하게 자리를 잡고 있었다. 또 통로는 온통 인파로 붐벼 발 디딜 틈조차 보이지 않았다. 그 와중에도 한 장사꾼이 성문 누각 안쪽에서 원숭이를 데리고 나와서는 사람들을 모으고 있었다. 구경거리가 생기자 사람들은 바로 그 원숭이를 물샐틈없이 에워쌌다. 그리고서는 저마다 목을 길게 빼 들고 구경하느라 여념이 없었다. 이덕전을 비롯한 세 명의 말을 탄 태감은 바로 그때 갑자기 이 좁다란 통로로 마치 눈 먼 장님마냥 무자비하게 쳐들어왔다. 눈이 제대로 박힌 사람이라면 이럴 수는 없는 일이었다. 사람들은 미처 생각지도 못한 횡액에 비명을 지르면서 우왕좌왕했다. 완전히 불난 집의 쥐들처럼 어찌 할 바를 몰라 했다. 특히 노인들과 어린이는 한데 엉켜 먼지 속에서 나뒹굴었다. 세 명의 태감은 그 광경을 즐기기라도 하듯 말 위에서 낄낄대면서 떡하니 사람들을 내려다봤다. 그들의 눈길은 길 한가운데에서 무릎을 꿇은 채 이 빠진 그릇을 들고 동냥을 하던 웬 노파에게 쏠렸다. 그녀는 쇠 말굽을 씌운 말의 발길질에 채여 저만치 날아가 쓰러져 있었다. 신음 소리 한 번 내지 못하고 기절해버린 것 같았다.

그러자 저 멀리 구석진 자리에서 노인 몇 명과 얘기를 주고받던 한 중년남자가 황급히 달려 나왔다. 그가 노파를 일으켜 세워 부축했다. 그는 그 정도에서 그치지 않았다. 노파의 코밑 인중을 누르기도 하고 등을 두드리기도 하면서 응급처치를 했다. 주변에 다급히 도움도 요청했다.

아니나 다를까, 순식간에 사람들이 그와 태감들 주위로 몰려들었다. 그리고는 욱하는 표정으로 태감들을 노려봤다. 하지만 거기까지였다. 번

쩍거리는 관복을 차려입은 그들을 더 이상 어떻게 할 수가 없었던 것이다. 그저 노려보는 것만으로 만족해야 했다. 감히 건드릴 수 없는 상대라는 사실을 누구보다도 그들이 더 잘 알았다. 그때 태감 하주아何柱兒가 이덕전에게 귀엣말을 했다.

"저 사람 아까 그 가게에서 술을 마시던 그 사람인 것 같네요."

이덕전은 순간 당황했다. 사고를 치지 말라던 강희의 명령이 떠올랐던 것이다. 말에서 내려 사과를 해야 한다는 생각이 들었다. 그러나 그는 그런 용기까지는 나지 않았다. 그저 주머니에서 한 냥 반은 될 것 같은 은덩이를 꺼내 중년 사내에게 던져주면서 외쳤을 뿐이었다.

"이봐! 이걸 가져다 당신 어머니 치료나 해. 가만 있자, 그건 그렇고 여기 현의 아문은 어떻게 가야 하지?"

"아이고……!"

이덕전이 딴전을 피우고 있을 때 노파가 조금씩 정신을 차리는 것 같았다. 그러나 그녀는 전혀 방향을 잡지 못했다. 놀랍게도 앞을 못 보는 맹인이었던 것이다. 그녀가 신음소리를 내면서 띄엄띄엄 말을 이었다.

"이게…… 어떻게 된 일인가? 이제…… 죽을 때가…… 됐나 보네. 아미타불……."

노파를 부축하고 있던 중년남자는 다른 사람이 아니었다. 바로 곽수였다. 그는 이덕전 일행의 행패에 분노한 듯 완전히 악에 받친 얼굴을 하고 있었다. 그는 얼굴을 길게 늘어뜨리고는 이를 악문 채 이덕전을 무섭게 노려보았다. 그러더니 갑자기 호통을 쳤다.

"내려! 내리지 못해? 사람을 다 죽게 만들어 놓고, 그까짓 구린내 나는 돈 몇 푼 던져주면 다야?"

좌중의 사람들 역시 곽수가 세게 나가자 덩달아 힘을 얻은 듯했다. 여전히 오만하기 이를 데 없는 자세를 보이는 이덕전 일행을 둘러싸면서 저마다 분통을 터뜨렸다.

"내려, 내리라는 말 안 들려? 당신 같은 천하의 무뢰한이 요즘 세상에 어디 있어?"

"끌어내리고 말을 빼앗아버려!"

"천하의 개망나니 같으니라고. 치료해주지 않으려면 갈 생각을 하지 말라고!"

이덕전은 곽수를 비롯한 사람들이 물러설 기미를 보이지 않자 이마를 무섭게 찌푸렸다.

"허, 이것들이 세게 나오는데?"

이어 냉소하듯 덧붙였다.

"불쌍해서 내 주머니를 털어 돈을 줬더니, 내가 잘못해서 그런 줄 아는 모양이군! 길 한복판에서 구걸하는 것이 말이 돼? 말은 짐승이야. 짐승이 뭘 안다고 그래! 어디 한번 시시비비를 가려볼까?"

이덕전이 큰소리를 뻥뻥 치면서 말에서 뛰어내렸다. 그런 다음 시뻘겋게 달아오른 대춧빛 얼굴을 곽수에게 마구 들이댔다.

"그래서 어떻게 하겠다는 거야?"

곽수는 노파가 차츰 기력을 회복해가자 주변 사람들에게 저 멀리 찻집으로 데리고 가라고 당부했다. 그런 다음 손에 묻은 흙먼지를 툭툭 털면서 말했다.

"말투를 들어 보니 북경 사람이군. 천자의 발밑에서 산다는 사람들이 이렇게 무지막지하게 나와도 되는 건가! 당신, 뭐 하는 사람이야?"

그러자 이덕전이 비웃듯 받아쳤다.

"자식! 그래도 사람 보는 눈은 있어 가지고! 북경에서 온 나, 이 대인께서는 일이 있어 삼하현의 현령을 만나러 가는 중이다, 왜!"

이덕전의 말이 같잖다는 듯이 곽수가 냉소를 머금었다.

"삼하현에는 현령이 아직 없소. 새로 온 현령은 벌써 잘렸소. 현령이 아니라 누구를 만나러 왔든 간에 이 일부터 마무리 짓고 가시오!"

"건방진 자식!"

이덕전이 갑자기 퉤! 침을 뱉었다. 동시에 욕설을 마구 퍼부었다.

"직예 총독도 내 앞에서는 설설 알아서 기는데, 생쥐 같은 자식이 까불기는! 내가 바보인 줄 알아? 모 아무개가 오늘 점심나절에 현령으로 부임해 왔어. 그런데 한 시간도 지나지 않아 잘렸다는 말이야? 말이 되는 소리를 하라고!"

이덕전이 속사포처럼 빠른 말로 곽수를 힐난했다. 이어 채찍을 들더니 곽수의 어깨를 후려쳤다.

곽수는 비명을 질러도 시원치 않을 정도의 엄청난 통증에 고통스러웠으나 이를 악물고 참았다. 그리고는 전혀 주눅들지 않은 채 이덕전의 말에 반박했다.

"좋소, 믿지 못하겠다면 데리고 가서 확인시켜 주겠소!"

이덕전은 자신의 채찍에 얻어맞았으니, 기가 한풀 꺾인 것으로 착각했다. 입을 길게 째면서 웃음을 흘린 것도 그 때문이었다.

'벌레 같은 인간들은 역시 매가 최고야!'

이덕전이 속으로 고소를 머금으면서 다시 곽수를 몰아쳤다.

"진작 그렇게 나올 것이지! 꼭 얻어맞을 때까지 미련한 곰처럼 버텨?"

현의 아문은 멀지 않았다. 곽수가 이덕전을 비롯한 세 명을 데리고 시장의 서쪽으로 방향을 튼 이후 고작 담배 한 대 태울 정도의 시간이 지났을 때쯤 도착할 수 있었다. 아문은 분홍색 담장이 무척이나 인상적이었다. 정문에는 밀 타작을 할 수 있을 만한 큰 공터도 있었다. 또 그 양 옆에는 돌사자가 이빨을 무섭게 드러내 보이면서 위풍당당하게 엎드리고 있었다. 아직 현령이 없는 빈 아문인 때문인지 문 옆에는 네 면에 각각 숙肅, 정靜, 회廻, 피避라고 쓴 네 개의 팻말만 걸려 있을 뿐이었다. 관직을 나타내는 호두패虎頭牌는 보이지 않았다. 아문 안에는 당고堂鼓와 관화官靴를 넣어두는 함이 벽에 높이 걸려 있었다. 길게 뻗은 통로는 의문儀門을 지나 월대月臺까지 죽 이어져 있었다. 깔끔하고 간소해 보였으나 위엄은 있었다.

곽수가 아문 앞에 도착하자 이덕전에게 말했다.

"여기요. 잠시 기다리면 내가 들어가서 당직에게 말해 당신들을 맞으러 나오게 하겠소."

곽수가 말을 마치자마자 바로 안으로 들어갔다. 그제야 말에서 내린 이덕전이 하주아와 또 다른 태감인 형년刑年에게 말했다.

"저 자식, 아문을 드나드는 자세가 예사롭지가 않아. 아부까나 하면서 문지방이 닳도록 여기를 드나들었던 모양이야……."

태감 하주아가 입을 찢은 채 한바탕 크게 웃었다. 그러자 형년이 이덕전에게 아부하듯 말했다.

"이 대인께서 신분을 밝히면 저 자식은 아마 기절할 걸요?"

이때 갑자기 안에서 북소리가 크게 세 번 울렸다. 이덕전은 그러면 그렇지 하는 얼굴을 한 채 안에서 성대한 의식과 함께 자신을 맞으러 나오기를 잔뜩 기대하고 있었다. 그러나 눈앞에 벌어진 상황은 그의 기대를 완전히 무너뜨려 버렸다. 아역들 열몇 명이 저마다 검정과 붉은 색의 몽둥이를 들고 달려 나왔던 것이다. 그는 순간 어리벙벙해지고 말았다. 뭘 물어볼 새도 없이 매에게 낚아 채인 닭처럼 꼼짝 못하고 안으로 끌려 들어갔다. 정당正堂의 책상 뒤편 의자에는 여덟 마리 맹수의 무늬가 그려진 관복에 해오라기 보자補子를 단 관리가 비스듬히 앉아 있었다. 머리에는 흰 유리 정자를 드리운 모자도 쓰고 있었다. 그 관리는 이덕전을 비롯한 세 명의 태감이 짐짝처럼 끌려와서 내동댕이쳐지자 나무망치로 책상을 무섭게 내리쳤다. 이어 그들이 정신을 차리기도 전에 준엄하게 물었다.

"너희들은 어디에서 굴러온 건달들인가? 무슨 배짱으로 함부로 삼하현에서 양민들을 괴롭히는 거야?"

큰 소리로 이덕전 일행에게 호통을 친 관리는 다름 아닌 곽수였다. 이덕전이 곽수를 알아보지 못할 리가 없었다. 너무나 놀란 나머지 뒤로 자빠질 뻔한 충격을 받았다. 그러나 그는 억지로 정신을 추스르면서 숨을 골랐다. 곧 여유를 되찾았는지 자신의 신분을 밑천 삼아 담대해지려고 노력했다. 두 손으로 땅을 짚고 벌떡 일어서는 동시에 다른 한편으로는 곽수에게 손가락질을 하면서 욕설을 퍼부었다.

"내가 누군 줄이나 알고 까부는 거야, 이 자식아! 너, 이름이 뭐야? 난 현 황제 폐하의 어전 시봉侍奉이야. 알겠어? 발가락 하나만 까닥거려도 너보다 높은 사람이라는 말이야. 뭘 믿고 까부는 거야!"

"미친놈이군!"

곽수가 발끈 화를 내면서 다시 한 번 책상을 무섭게 내리쳤다. 이어 더욱 준엄하게 꾸짖었다.

"조정에서는 전부터 명발明發(황제의 지시에 따라 왕이나 대신이 문건을 작성해 아래 사람에게 넘기는 것. 정기廷寄와 비슷하다고 볼 수 있음) 조유詔諭가 있었어. 그에 따르면 태감은 사사롭게 북경을 떠날 수 없다고 돼 있어! 흥, 별 거지 같은 놈이 황제 폐하의 사신으로 위장하고 다니면서 우리 폐하의 위상을 더럽히려고 들어? 여봐라!"

"예!"

"큰 곤장을 준비하라!"

"예!"

이덕전을 비롯한 세 명은 곽수의 말이 떨어지자마자 짐짝처럼 끌려

나갔다. 순식간에 곤장 세례도 받았다. 엉덩이에서 먼지가 풀풀 나도록 죽도록 얻어맞았다.

대감들은 어릴 때부터 황궁에서 살았기 때문에 육체적인 고통이 뭔지 거의 모르고 살아왔다. 당연히 살점이 떨어져 나가는 고통을 당해내지를 못했다. 이덕전 역시 처음에는 입은 살아서 곤장을 맞으면서도 악을 쓰고 욕설을 퍼부었다. 그러나 급기야는 돼지 멱따는 소리를 내지르기 시작했다. 하지만 잘못을 인정하지는 않았다.

"……두고 보자! 아이고, 사람 죽네. 내가 가만 놔두는가 봐라. 아이고……, 아버지! ……빌어먹을!"

곽수가 눈물과 콧물이 범벅이 된 채 흉한 몰골을 하고서도 입만은 살아 있는 이덕전을 지그시 내려다봤다. 그러더니 냉소를 흘리면서 물었다.

"아직도 황제 폐하의 명령을 받고 나온 태감이라고 주장할 텐가?"

"우리는 곧 죽어도 폐하의 명령을 받고 나온 태감이라고! 폐하께서 우리를 보내 너희 현령을 찾아보라고 하셨다고!"

이덕전이 등허리가 뭉개지는 듯한 고통에 오만상을 찌푸리면서 말했다. 여전히 기세가 등등했다.

곽수는 사실 옷차림이나 목소리, 또 외형을 통해 이덕전 일행이 태감이라는 것을 처음부터 알고 있었다. 그러나 황제를 섬기는 태감이 황궁 밖에 나와 못된 짓을 일삼고 다닌다는 것은 보통 일이 아니었다. 황제의 얼굴에 먹칠을 하는 것과 진배없다고 해야 옳았다. 모르면 모를까, 알고 있는 상황에서 가만 놔둔다는 것은 미관말직이나마 조정의 녹을 먹는 사나이대장부가 할 일은 분명 아니었다. 그러나 그는 수많은 아역들이 보는 앞에서 이덕전이 강희를 모시는 태감이라는 사실이 드러나게 하고 싶지는 않았다. 이덕전이 여전히 잘못을 인정하지 않자 그가 끝장을 보겠다는 의지를 다진 것도 그 때문이었다.

"곤장도 두렵지 않다면 더 큰 형벌을 안겨야겠군!"

삼하현의 아역들은 순천부 동지인 곽수가 모습을 나타내자마자 새로 부임한 지 한 시간이 채 될까 말까 한 모종당을 파면해 쫓아내는 모습을 목도한 터였다. 너무나도 그 위엄을 실감하고 있었다. 아니나 다를까, 아역들이 황급히 대답을 하고는 더 큰 형벌을 가할 준비를 하기 시작했다. 우선 재질이 단단해서 큰 형벌에 잘 사용되는 상수리나무 틀이 세 개 준비됐다. 두 개의 나무 사이에 다리를 집어넣게 하고 나무에 매단 끈을 여러 사람이 양 옆으로 잡아당기는 형벌 도구였다. 세 사람은 형벌이 가해지자 길게 비명을 지를 새도 없었다. 이내 그 자리에서 기절하고 말았다. 미리 대기 중이었던 아역들은 익숙한 동작으로 대야에 담아 두었던 찬물을 끼얹었다. 그러자 이덕전 등은 곧 다시 정신을 차렸다.

"아직도 황제 폐하의 명령을 받고 나온 태감이라는 주장을 굽히지 않겠는가?"

곽수의 이마에는 시퍼런 핏줄이 무섭게 뛰고 있었다. 그가 그런 얼굴을 한 채 이덕전에게 다가왔다. 동시에 형을 집행하는 아역들을 향해 손을 들었다. 이덕전의 입에서 황제 폐하 운운하는 말이 다시 나올 경우 바로 형벌을 가하라는 뜻이었다. 그러자 형년이 여전히 강경한 자세를 굽히지 않고 더욱 의지를 다지는 이덕전을 힐끔 쳐다봤다. 더 이상 못 참겠다는 태도였다. 그는 급기야 엉엉 울음을 터뜨리고 말았다. 이덕전 역시 무턱대고 사실을 왜곡시키고자 작심한, 무지막지한 곽수를 자포자기한 듯한 표정으로 쳐다볼 수밖에 없었다. 이어 침을 꿀꺽 삼키더니 못내 내키지 않은 어조로 내뱉었다.

"아니라고…… 치지…….'

"아니라고 했으니, 됐어!"

곽수 역시 일을 더 크게 만들고 싶지는 않았다. 속으로는 다행이라는 생각도 들었다. 그가 안도의 숨을 크게 내쉬더니 차갑게 명령했다.

"오늘은 이쯤 하지. 이자들을 옥에 가둬. 쉽게 풀어주지는 말라고!"

곽수는 자리에 앉아 한참 생각을 정리했다. 그러다 강희가 틀림없이 삼하현 경내에 머무르고 있을 것이라는 판단을 내리기에 이르렀다. 그는 황급히 아문의 뒤쪽에 있는 금치당琴治堂으로 달려가 표表(신하가 황제에게 간언을 올리는 것)를 작성했다. 황제가 파견한 태감들이 백성들을 괴롭혀서는 안 된다는 당연한 사실을 진언하는 내용이었다.

강희는 역관에서 네 시간 동안 잠을 자고 난 후 기지개를 켜면서 자리에서 일어났다. 곧 신발을 끌고 건넌방으로 다가가서 안을 들여다보았다. 아수와 한류씨가 종이를 네모나게 접어 점괘를 보면서 도란도란 얘기를 나누고 있었다. 그는 둘을 방해라도 할까 싶어 바로 까치발을 한 채 밖으로 나왔다. 무단과 태감 두 명이 깨끗하게 손질한 닭을 매에게 먹이려고 안간힘을 쓰고 있었다. 그러나 매는 눈을 지그시 감은 채 입을 이리저리 피하면서 좀처럼 먹으려 들지 않았다. 강희가 그 모습을 지켜보다 웃음을 터트렸다.

"매를 조련하는 것이 그리 쉬운 줄 아는가? 조상 대대로 물려받은 기술 없이는 곤란하다고! 괜히 짐의 매를 짜증나게 하지 말고, 먹지 않겠다면 잠시 내버려 둬. 그런데 이상하군. 시간이 얼마나 지났는데, 이덕전이 여태 오지 않는 거야? 무단 자네가 말을 타고 한번 나가서 알아보게."

고사기와 명주, 색액도는 동쪽 별채에서 잠을 자는 척하고 있었다. 그러다 강희가 일어나 밖으로 나오는 인기척을 듣자 부랴부랴 뒤따라 나왔다. 색액도가 강희의 말에 당연하다는 듯 입을 열었다.

"모처럼 나갔는데, 때 맞춰 들어오기야 하겠사옵니까? 태감들이 얼마나 놀기를 좋아하옵니까?"

호랑이도 제 말 하면 온다고, 색액도의 말이 채 끝나기도 전에 저쪽에서 이덕전 일행이 휘청대면서 모습을 드러냈다. 저마다 발에 40근은 더 될 듯한 족쇄를 찬 채 덜컹거리면서 들어왔다. 이어 허물어지듯 땅에 엎드렸다. 엉덩이를 비롯해 등허리에는 핏자국이 낭자했다. 상처 때문에 제대로 머리조차 조아리지 못하고 있었다. 시위를 비롯해 태감, 역관의 일꾼들은 모두 깜짝 놀라지 않을 수 없었다. 강희 역시 경악을 금치 못했다. 이덕전이 그 모습을 올려다보더니 곧 입술을 파르르 떨면서 "으앙!" 하고 울음을 터뜨렸다. 얼마 후 침을 질질 흘리면서 울던 그가 무릎걸음으로 강희를 향해 두어 걸음 다가갔다.

"폐하……, 저희들 죽을 뻔하다…… 겨우 돌아왔사옵니다……."

마침 그때 먹이를 먹지 않고 속을 썩이던 매가 주인을 알아보고는 무단의 손에서 빠져나오려고 푸드득거렸다. 무단이 풀어주자마자 매는 날개를 퍼덕이면서 이덕전의 어깨에 내려앉았다. 그리고는 날카로운 부리로 이덕전의 배낭에서 쇠고기 육포를 끄집어내 정신없이 뜯어먹었다.

무슨 일이 있었던 것이 분명했다. 강희는 화가 나면서 우습기도 했으나 일단 먼저 준엄하게 꾸짖었다.

"어디 가서 무슨 짓을 했기에 이 꼴을 하고 나타났어? 역겨워 죽겠군!"

이덕전이 곧바로 울면서 하소연을 했다. 눈물과 콧물 범벅이 돼 삼하현에서 있었던 일을 강희에게 들려주었다. 그러나 사건의 발단이 된 자신들의 죄상에 대해서는 조금도 언급하지 않았다. 그저 곽수의 아문에 끌려가 무지막지하게 얻어맞은 얘기만 한껏 부풀렸다. 속이 부글부글 끓어오른 강희가 고함을 질렀다.

"썩 꺼져! 머저리 같은 자식들, 하고 다니는 꼬락서니하고는! 삼하현에서는 누가 나왔는가?"

강희의 말이 떨어지기 무섭게 밖에서 누군가의 목소리가 들렸다.

"순천부 동지 곽수가 폐하를 뵈옵기를 청하옵니다!"

강희가 머리채를 획 뒤로 가져가더니 중당中堂의 계단 위로 올라가 뒷짐을 진 채 준엄하게 명령했다.

"들라!"

"예, 폐하!"

곽수가 우렁찬 대답과 함께 허리를 굽히고 들어섰다. 동시에 소매를 쓸어내리더니 화가 잔뜩 나 있는 강희를 향해 삼궤구고의 대례를 올리고는 만세를 크게 외쳤다.

'기품이 놀랍군!'

고사기가 속으로 찬탄을 토했다. 명주와 색액도도 곽수가 혹시 잘못되지 않을까 싶어 손에 땀을 쥐었다. 강희가 한참 무거운 침묵을 지키다 드디어 입을 열었다.

"여보게, 곽수! 개도 주인을 보고 때린다고 했네! 자네, 아주 눈에 보이는 게 없나 보군. 뭘 믿고 그런 것인가?"

"폐하께 아뢰옵니다! 소인이 조정의 법리대로 일을 처리하다 보니 간이 크게 부었나 보옵니다. 소인은 부모님께서 주신 몸에 공맹孔孟으로부터 받은 기氣를 빼면 시체나 다름없는 자이옵니다. 성현의 글을 읽고 행실을 올바르게 해온 것이 전부이옵니다. 죄를 지은 일이 없고 당당한데 두려울 것이 뭐가 있겠사옵니까!"

곽수가 짙은 산동 사투리로 아뢰었다. 그러자 강희가 하얗게 질린 얼굴로 소리를 질렀다.

"무단! 채찍은 뒀다 뭐 해!"

무단이 강희의 명령이 떨어지자마자 황급히 달려와 이를 앙다물고 곽수에게 채찍질을 가했다. 곽수는 반사적으로 몸을 움츠렸으나 소용이 없었다. 순식간에 옷이 찢겨 나간 등에서는 피가 낭자했다. 그래도 채찍 세례가 이어졌다. 하지만 곽수는 이를 악문 채 피할 생각을 하지 않았다.

"아직도 할 말이 있는가?"

한참 후에 강희가 무단에게 그만 하라는 손짓을 보내고는 물었다. 곽수가 대답했다.

"소인은 잘못한 것이 없사옵니다! 폐하께서 자초지종을 묻지 않으시고 무조건 채찍을 먼저 안기시는데, 소인은 결코 비굴하게 복종할 수는 없사옵니다!"

강희의 목소리는 여전히 차가웠다.

"자네 같은 사람이 책을 읽었다니, 우습군! 사사롭게 곤장으로 태감을 욕보이고 군주는 안중에도 없으니, 이건 어느 책에 나오는 것인가? 자네는 원래부터 추잡스런 소인배 기질이 있었지. 초범인 점을 감안해 직무해제하는 것으로 끝내줬더니, 은혜도 모르고 기어오르려고 하다니! 돼 먹지 못하게!"

"소인은 법대로 했을 뿐이옵니다. 소인은 강희 십칠 년에 죄를 지어 곤욕을 치른 후 소신껏 정직하게 일을 해 왔사옵니다. 그것은 하늘이 알고 땅이 아옵니다. 또 폐하와 조정을 위해 깨끗한 마음가짐으로 최선을 다해 노력해 왔사옵니다. 아무리 사소한 일일지라도 폐하의 치국안민治國安民에 도움이 되는지의 여부부터 생각하면서 미력이나마 보태려 했사옵니다. 그런데 폐하께서는 어제의 잘못으로 오늘의 정당함을 외면하오시니 섭섭하옵니다. 이것은 개과천선을 인정하시지 않는 것과 다름이 없사옵니다!"

곽수는 여전히 자신의 입장을 고수하면서 항변했다. 이어 이덕전 일행이 저잣거리에서 말을 달려 백성들을 짓밟은 일, 자신을 채찍으로 후려친 일, 현의 아문에서 큰 소리로 협박한 일에 대한 경위를 하나도 빠뜨리지 않고 강희에게 세세하게 아뢰었다. 그리고는 다시 보충설명을 이어갔다.

"……폐하께서는 가노家奴를 잘못 단속하시어서 죄 없는 백성들을 유린하는 결과를 초래하셨사옵니다. 그러나 힘 없는 백성들은 분통을 터트릴 뿐 아무 말도 하지 못하고 있사옵니다. 하지만 명색이 이 나라의 녹봉을 먹는 관리로서 그럴 수는 없지 않사옵니까? 불의를 보고 도망을 가면 되겠사옵니까? 그런데 조정의 법에 따라 일처리를 한 것도 죄가 되옵니까? 폐하께서 신하를 불러놓고 사실 여부도 확인하지 않으시고 채찍 세례부터 안기시는 것은 과연 어느 책에 나오는 것이옵니까?"

곽수는 강희의 면전에서도 표정 하나 흐트러뜨리지 않았다. 당당한 자세로 황제에게 도리어 옳고 그름을 따져 물었다. 좌중의 사람들은 깜짝 놀라 저마다 찬바람을 들이마셨다. 뒤따라올 엄청난 결과를 예상하고 몸을 떨기도 했다. 강희는 곽수의 말을 듣고 문제를 일으킨 장본인이 태감들이라는 사실을 알 수가 있었다. 하지만 곽수가 너무나도 강경하게 나오는 바람에 물러설 명분이 마땅치 않았다. 천자의 체면을 고수하는 것이나 사건을 마무리하는 것 어느 하나 중요하지 않은 것이 없었던 것이다. 그는 순간 어쩔 줄 몰라 당황했다. 얼굴에 웃음을 띄워보려고 했으나 안면 근육이 말을 듣지 않았다. 그가 궁여지책 끝에 얼굴을 일그러뜨리면서 입을 열었다.

"짐이 그동안 웬만하면 신하를 괴롭히지 않고 오냐오냐 해줬어. 그런데 이제는 정말 기어오르려고 하는구먼. 자네……, 지금 짐 앞에서 이게 무슨 짓인가!"

색액도는 강희를 오래 따라 다닌 대신이었다. 성격을 모른다면 오히려 그게 이상했다. 만약 곽수가 자신의 행동을 조금이라도 반성하는 기미가 보이면 이번 일은 없었던 것으로 할 가능성이 높았다. 색액도는 그런 생각이 들자 황급히 곽수에게 눈짓을 보냈다. 하지만 곽수는 간절한 색액도의 마음을 아는지 모르는지 머리를 조아리더니 더욱 큰 소리로 강희에게 맞섰다.

"폐하께서는 폭군인 걸桀과 주紂 같은 군주이시옵니다!"

강희는 전혀 예상하지 못한 곽수의 비난에 불에 덴 듯 화들짝 놀랐다. 얼굴의 오관五官(시각, 청각, 후각, 미각, 촉각 등 다섯 개의 감각기관을 이르는 말)이 제자리에 붙어 있지 않을 뿐만 아니라 두 눈에서는 불꽃이 튀어 나올 정도로 엄청난 충격을 받았다. 그는 이를 악물고 소름이 끼치는 웃음을 터트렸다.

"곽수, 자네 참 대단한 인물이로군! 짐이 이룩한 모든 업적은 세상이 다 아는 것이야. 그런데 짐이 어찌해서 걸이나 주와 같은 군주인지 고견을 들어보고 싶군!"

"폐하! 소인은 원래대로라면 강희 십칠 년에 죽어야 했사옵니다. 그러나 살았사옵니다. 소인은 그래서 지금껏 살아온 것은 덤이라고 생각하옵니다. 때문에 오늘은 생의 마지막 날이라 생각하고 전부 말씀 올리겠사옵니다. 폐하의 영명英明과 예지叡智는 만천하에 모르는 사람이 없사옵니다. 하지만 폐하께서는 즉위하신 이후 천하의 공주共主답지 않게 만주족 관리들만 감싸고 돌았사옵니다. 반면 한족 관리들은 배척하셨사옵니다. 또 환관들의 등만 두드려 주시고 조정의 신하들은 우습게 여기셨사옵니다. 이로 인해 조정의 안팎에서는 공공연히 관직을 사고파는 웃지 못할 일들이 벌어지고 있사옵니다. 소인배가 그 사이를 줄넘기 하듯 넘나들면서 질서를 문란케 하고 있사옵니다."

곽수가 고통으로 일그러진 얼굴을 한 채 이마가 깨질 정도로 머리를 조아리면서 아뢰었다. 그러자 강희가 더욱 큰 소리로 윽박질렀다.

"허튼소리 하지 마! 관리를 선발할 때 논을 받은 것은 치수에 필요한 예산을 충당하기 위해서였어. 뭘 알기나 하고 지껄이라고! 또 짐이 사해四海를 한 가족으로 생각하는데, 어찌 만주족과 한족에 대한 편견이 있을 수 있겠어? 말해 봐. 어떻게 그럴 수 있겠냐고!"

곽수는 죽음을 각오한 터였다. 추호의 거리낌도 없었다. 머리를 조아리면서 즉각 대답했다.

"폐하, 먼저 화부터 내시지 마시고 소인이 끝까지 아뢰게 해주시옵소서. 비록 예산을 충당하기 위해서라고는 하나 문제는 한 번으로 끝나는 것이 아니옵니다. 문제는 그게 나쁜 관습으로 자리잡는다는 것이옵니다. 한 번이 있으면 두 번째도 당연히 있는 법이옵니다. 이대로 나간다면 후환이 정말 두렵사옵니다! 당나라가 '정관의 치'貞觀之治라는 태평성대를 이뤘을 때 당 태종이 위징魏徵에게 물었사옵니다. '산동山東과 관중關中(섬서陝西의 다른 이름)의 인재는 같은 점과 다른 점이 각각 무엇이냐?'고 말이옵니다. 그러자 위징이 '황제는 무조건 천하를 똑같이 여기셔야 합니다. 같음과 다름을 물으시는 것조차 해서는 안 됩니다'라고 말했사옵니다. 현재 조정의 삼공구경三公九卿들은 모두가 만주족이고, 한족은 열 명 중 두세 명에 불과한 실정이옵니다. 이처럼 폐하께서 만주족들만 중용하시니, 한족 관리들이 어찌 조정에 목숨을 걸고 충성을 다할 수 있겠사옵니까? 아직도 관리들이나 일반 백성들 중에 전 왕조인 명나라를 잊지 못하는 사람들이 있는 것은 폐하께서 은연중에라도 자신이 만주족이라고 생각하시기 때문이 아닐까 싶사옵니다……"

곽수의 말은 분명 입에서 나오고 있었다. 그러나 마치 심장에서 마구 분출되는 듯했다.

강희는 이덕전의 행패가 사건의 발단이 됐다는 사실을 알았을 때만 해도 곽수를 그냥 내버려 두려고 했다. 하지만 자신의 체면을 마구 짓밟고 있다는 것에 생각이 미치자 분노할 수밖에 없었다. 그는 지나친 흥분으로 어지럼증을 느끼고는 손으로 이마를 짚으면서 잠시 진정을 취했다. 그러더니 시위 소륜의 허리춤에서 장검을 빼내 무단에게 던져주면서 차갑게 내뱉었다.

"좋아, 다 좋아! 아무렇게나 말해도 좋아. 짐 같은 멍청한 군주가 어떻게 자네 같은 현명한 신하를 키울 수 있겠나! 그러니 자네의 이런 배짱을 받아줄 수 있는 곳으로 보내주겠네. 끌어내!"

32장
고집 센 신하와 충언

　무단은 얼떨결에 검을 받아들고는 잠시 어찌할 바를 몰랐다. 강희를 따라 다닌 세월이 한두 해가 아닌 탓에 많이 신중해진 편이기는 했어도 사람 죽이는 것이 유일한 취미인 것처럼 거칠게 굴던 그답지 않았다. 게다가 조금 전 강희와 곽수 사이에 오갔던 얘기들은 누구의 잘잘못을 가리기에는 너무 무거운 주제였다. 그러나 일단 태감 이덕전이 잘못해 일이 발생한 것만은 사실이었다. 때문에 강희가 화를 주체하지 못해 곽수를 죽이라고는 했으나 냉정을 회복한 후에 무슨 변화가 생길지는 장담할 수 없었다. 그런 생각이 들자 그는 득의양양한 표정을 하고 있는 이덕전을 힐끔 쳐다보고는 곽수의 팔짱을 꼈다. 그러자 곽수가 자신의 팔을 빼내더니 강희를 향해 머리를 조아리며 낮고 무거운 목소리로 말했다.
　"은혜에 감사드리옵니다!"
　마지막 인사를 올린 곽수는 길게 한숨을 내쉬면서 무단에 앞서 밖으로 나갔다. 죽으러 가는 사람답지 않게 의연했다.

곽수가 나간 자리에서는 무거운 침묵이 흘렀다. 수십 쌍의 눈이 성난 사자 같은 모습을 하고 있는 강희에게 쏠렸다. 간이 콩알만 해지기는 누구나 다 마찬가지였다. 고사기가 한참 고민 끝에 마침내 결단을 내린 듯 하늘을 향해 길게 한숨을 지었다. 이어 혼잣말로 중얼거리듯 말했다.

"어찌 하겠는가, 어찌 하겠는가……. 저 태양이 내 진심을 못 비추는 걸!"

"그게 무슨 말인가?"

강희가 어리둥절한 표정을 지은 채 고사기에게 물었다. 고사기가 눈을 가늘게 뜨고 천천히 입을 열었다.

"단칼에 죽여 버리면 곽수가 너무 호강을 하는 것 같다는 게 소인의 생각이옵니다. 눈 깜짝할 사이에 그 옛날의 탐관오리가 역사에 길이 남을 직언을 하는 신하가 될 것이니 드리는 말씀이옵니다……. 죽어도 아쉬울 것은 없을 것이옵니다!"

고사기의 말에 난감해진 강희가 잠시 생각을 하더니 쿵 하고 발을 굴렀다. 그리고는 바로 방으로 들어가 버렸다. 세 명의 상서방 대신들은 서로 황급히 시선을 교환했다. 색액도가 한 발 앞서 소륜을 불러 나지막이 일렀다.

"나가서 무단에게 잠시만 지켜보자고 이르게."

강희가 한껏 굳어진 얼굴을 한 채 방 안에 들어섰다. 아수와 한류씨 역시 하얗게 질린 얼굴을 하고 앉아 있었다. 방금 있었던 일을 처음부터 죽 지켜보고는 너무 놀란 모양이었다. 강희가 말없이 쓰러지듯 의자에 몸을 맡겼다. 그러자 한류씨가 황급히 차를 따라 올렸다.

"너무 뜨거우니 조금 식혀서 드시옵소서, 폐하."

"음."

강희가 거친 숨을 내쉬면서 썩 내키지 않는다는 반응을 보였다. 하지만 시간이 흐를수록 차츰 표정이 밝아졌다. 이어 무슨 생각에서인지 이마를 툭 두드리면서 한숨을 내쉬었다.

"그렇지, 너무 뜨거우면 입 안이 데겠지. 한족 신하들, 이 골칫덩어리들은 툭하면 배째라고 나오니 정말 대책이 없어!"

강희가 다소 너그러운 태도를 보이자 아수가 바로 틈새를 비집고 들었다.

"용의 비늘을 건드리니 폐하께서는 당연히 아프실 것이옵니다. 그러나 저희가 들어보니 이 사람은 휘어질 바엔 아예 툭 부러져 버리는 성격인 것 같사옵니다. 지나치다는 생각도 드옵니다. 하지만 폐하께서 처음부터 다짜고짜 채찍으로 때린 것도 조금 성급하시지 않았나 하는 생각이옵니다……."

강희는 차 한 모금을 마시고는 망연자실한 눈길로 창밖을 바라보고 있었다. 갑자기 모든 것이 허무하고 아무 할 일이 없는 것 같은 공허함이 몰려왔다. 맥 놓고 창밖의 풍경에서 시선을 뗄 줄 모르는 시간이 길게 이어졌다. 그러다 강희가 몸을 돌리면서 불쑥 물었다.

"한류 어멈, 자네 같은 평범한 사람들도 고민이 있나?"

강희의 질문에 한류씨가 바로 대답했다.

"크고 작은 차이는 있겠으나 사람 사는 세상은 다 같지 않나 생각하옵니다. 세상에 고민이 없는 사람이 어디 있겠사옵니까. 가난한 사람들은 허연 죽 한 사발로 대충 한 끼를 때우고 나면 다음 끼니가 걱정일 것이옵니다. 또 가진 사람들은 삼처사첩三妻四妾들의 시기와 질투로 인한 싸움 때문에 집구석이 조용할 날이 없을 것이옵니다. 다 그만그만하게 사는 것이 아니겠사옵니까? 가진 것이 돈밖에 없는 사람의 경우를 예로 들어보겠사옵니다. 그러면 자식들이 서로 질투하면서 겉으로는 경쟁적으로 효도를 할 것이옵니다. 현실적으로 재산 상속 문제가 걸려 있으니 말이옵니다. 하지만 결과적으로는 자기들끼리 물고 뜯고 하는 집안 싸움으로 바람 잘 날이 없을 것이옵니다. 그래도 그중에서 하나 정도는 항상 먼발치에서 지켜보면서 돈에 대해 거의 무신경한 아들이 있기 마련이옵니다. 그러면 부모는 재산의 대부분을 그런 아이에게 넘겨줍니다. 왜냐고요? 그런 사람은 대개 고집이 세고 별종이니까요. 속담에 '고집이 센 아들은 집안을 망가뜨리지 않는다'라는 말도 있지 않사옵니까!"

강희가 "고집이 센 아들은 집안을 망가뜨리지 않는다"는 한류씨의 말을 음미하다 갑자기 탁자를 탁 내리쳤다. 즉위 초기의 '선생님'이던 소마라고가 했던 말이 떠올랐던 것이다. 그녀로부터 들었던 "집안에 고집이 센 아들이 있으면 집안 망할 걱정이 없고, 나라에 오기 있는 대신이 있으면 나라 망할 우려가 없다"는 말을 몇 번씩이나 곱씹었다. 그러다 망국을 운운하자 갑자기 이름 모를 불안이 엄습해 오는 것을 어쩌지 못했다. 그는 황급히 밖으로 뛰쳐나와서는 굳은 듯 그 자리에 서 있는 대신들을 향해 입술을 떨면서 힘없이 물었다.

"무단은 어디 있는가? 그 사람은…… 죽였는가?"

색액도가 강희의 속내를 알아차린 듯 황급히 한 걸음 앞으로 나서면서 아뢰었다.

"아직 밖에서 명령을 대기 중이옵니다. 소인이 폐하께 경을 칠 각오를 하고 감히 무단에게 집행을 유예하라는 지시를 내렸사옵니다……."

"잘했어! 빨리 곽수를 다시 들이도록 하라!"

무단이 강희의 말소리를 듣고는 웃음 띤 얼굴로 곽수에게 말했다.

"폐하께서 화가 풀리셨나 보군요. 바로 부르시네요! 나중에 높은 자리에 앉으면 술 한잔 사셔야 합니다!"

이윽고 산발을 한 곽수가 천근만근 무거운 걸음으로 안으로 들어섰다. 그의 이마에는 여전히 시퍼렇게 부어 오른 혈관이 푸들거리고 있었다. 눈에서는 지나친 흥분 때문인지 눈물이 잔뜩 고여 있었다. 그는 강희를 쳐다보지도 않고 앞으로 다가가더니 쓰러지듯 무겁게 무릎을 꿇었다. 그리고는 나지막이 여쭈었다.

"무슨 분부가 계시옵니까, 폐하?"

곽수는 끝까지 아쉬운 소리를 하지 않았다. 그야말로 당당하고 뻣뻣했다. 그런 5품 당관을 바라보는 강희의 마음이 편할 까닭이 없었다. 순간적으로 뭐라고 해야 할지 몰라 말문이 막힌 강희가 천천히 입을 열었다.

"자네가 말해보게. 오늘 이 일은…… 어떻게 매듭짓는 것이 좋겠는가?"

곽수가 머리를 조아리면서 울음기 다분한 어조로 아뢰었다.

"소인이 대단한 불경을 저질렀사오니 폐하께서 법에 의해 죄를 물어주시기 바라옵니다. 《대청률》에 의하면 세 태감 역시 군주를 기만한 죄를 지었사옵니다. 기시棄市의 형벌을 가해야 하옵니다. 그럼으로써 천하에 경종을 울릴 수 있사옵니다. 저와 태감들 모두에게 마땅한 죄를 물어주시기 바라옵니다."

좌중의 어느 누구도 곽수의 입에서 그런 말이 나올 줄은 몰랐다. 이덕전을 절대로 용서하지 못하겠다는 결연한 의지였다. 이덕전은 득의양양해 있다 곽수의 말을 듣는 순간 갑자기 몸이 한껏 오그라들고 말았다. 얼굴도 잿빛으로 변해버렸다. 그가 본능적으로 위기를 느꼈는지 황급히 무릎을 꿇었다. 살려달라고 사정을 하려는 것이 분명했다. 그러나 강희는 혐오스러운 눈길을 보내면서 고함을 질렀다.

"짐이 너한테 묻지 않았어. 뒤로 물러나!"

강희가 잠시 생각에 잠겼다. 얼마 후 한결 부드러운 표정으로 곽수를 향해 손짓을 했다.

"곽수, 짐을 따라 들어오게. 안에서 얘기를 나누지."

강희가 말을 마치고는 바로 정청正廳으로 들어갔다. 정원에 남겨진 사람들은 저마다 서로를 번갈아 보면서 할 말을 잊었다. 그 와중에 매는 조롱에 갇힌 채 주인에게 배고프다는 신호라도 보내듯 마구 울어댔다.

황혼의 저녁노을이 대지를 온통 붉게 물들이고 있었다. 석양이 창문을 통해 비쳐 들어왔다. 강희와 곽수 두 군신은 마주 보면서 한동안 말이 없었다. 침묵의 시간이 얼마나 흘렀을까. 드디어 강희가 무겁게 입을 열었다.

"좀 더 가까이 다가오게."

곽수가 황급히 무릎걸음으로 다가가 강희 앞에 머리를 숙이고 엎드렸다. 강희의 말이 이어졌다.

"자네의 말이 틀린 것은 아니야. 다만 도가 지나쳐서 짐이 화가 났던 거야. 짐이 정말 걸이나 주와 같은 군주라는 말인가? 설사 그렇다 하더라도 그렇지! 많은 사람 앞에서 전혀 여과 없이 그렇게 말해버리면 짐더러 어떻게 하라는 말인가?"

"폐하께 아뢰옵니다!"

곽수는 강희의 진심어린 말에 얼어붙었던 마음이 녹아내렸다. 뜨거운 눈물이 울컥 용솟음쳤다. 기어이 울먹이면서 아뢰었다.

"옛날부터 내려온 훌륭한 교훈 중에 '나에게 따끔한 비난을 해주는 사람은 은인이다. 반면 사탕발림 같은 아첨을 하는 사람은 원수다'라는 말이 있사옵니다. 폐하께서는 소인의 진심을 잘 헤아려 주시기 바라옵니다. 만주족을 우대하고 한족을 소홀히 하는 것은 정말 좋지 않은 정책이 분명하옵니다. 또 조정에 있는 신하들을 중시하고 밖에 있는 신하들은 하찮게 여기는 것도 마찬가지 아닐까 싶사옵니다. 설사 제 명치 끝에 칼이 들어온다고 해도 저는 진실을 얘기하지 않을 수 없사옵니다."

강희가 말을 받았다.

"만주족들은 짐이 한족들한테 꼼짝 못한다고 불평불만을 늘어 놓는데, 자네는 또 반대로 만주족들만 감싸고 돈다고 하니 군주가 공평하게 하기란 정말 힘이 드는구먼! 물이 너무 맑으면 고기가 살지 못한다는 말이 있네. 그 일에 대한 시시비비는 이제 그만 논하자고. 짐이 묻고 싶은 것은 자네가 말했듯 한족 명사들이 아직 조정에 복종하지 않고 있다는 말이 과연 사실인가 하는 것일세. 강희 십팔년 이후부터는 많이 좋아진 것 같은데?"

곽수가 강희의 불평에 머리를 조아리면서 대답했다.

"강희 십팔년에 치러진 박학홍유과는 그야말로 역사에 길이 남을 성대한 잔치였사옵니다. 그러나 소문난 잔치에 먹을 것이 없다고, 냄새는 요란하게 풍겨놓고 고작 일백팔십여 명밖에 뽑지 않았사옵니다. 그러니 어찌 천하 유민遺民들의 마음을 전부 사로잡았다고 할 수 있겠사옵니까! 소인은 폐하께서 이뤄놓으신 거룩한 업적 때문에 감히 들고 일어나지 못하는 불복종 세력이 훨씬 더 많다고 생각하옵니다."

강희가 머리를 끄덕였다. 이어 뭔가를 생각하더니 몸을 곽수에게로 숙이면서 물었다.

"그에 관해 무슨 소문이라도 들은 것이 있는가? 솔직히 말해도 괜찮네."

곽수가 대답했다.

"소인은 그런 것들을 쉽게 들을 수 있는 위치에 있사옵니다. 같이 일하는 한족 문무 관리들 중에도 몇몇은 툭하면 조정의 약점을 들춰 증폭시키고는 하옵니다. 심지어 명나라와 같은 선상에 놓고 비교하면서 노골적으로 현재를 비난하는 경우도 비일비재하옵니다. 또 어떤 유로遺

老는 명나라를 그리워하고, 그때의 사회상을 찬양하는 내용의 저서를 발표하기도 했사옵니다. 게다가 화이華夷와 만한滿漢을 엉뚱하게 구분해서 인심을 혼란에 빠뜨리는 경우도 없지 않사옵니다. 숭정황제를 대놓고 숭배하는 사람이 많은 것은 더 말할 나위도 없사옵니다. 어찌 이런 현실을 등한시 할 수 있겠사옵니까? 예를 들어 보겠사옵니다. 오매촌吳梅村(본명은 오위업吳偉業)이 세상을 떠나기 전에 지은 시가 대표적이옵니다. 폐하께서는 들어보셨사옵니까?"

강희는 곽수의 거침없는 말에 적잖이 놀랐다. 더구나 숭정 연간 때의 문인인 오매촌은 청나라 조정에도 협조를 한 바 있는 사람이 아니던가. 그럼에도 한족 명사들로부터는 상당한 추앙을 받고 있었다.

"무슨 시를 썼는가? 지금 외울 수 있는가?"

"전부 외우지는 못하옵니다. 중요한 것은 그것이 아니옵니다. 박학홍유과에 응시한 여유량呂留良과 고염무顧炎武, 황극석黃克石 등도 모두 그랬다는 사실이 중요하옵니다. 각각 《전묘송가》錢墓松歌, 《조진》弔秦, 《과남양》過南陽 등의 시사詩詞를 써서 오매촌과 비슷한 입장을 보였사옵니다……."

"아!"

강희가 탄식을 내뱉었다. 그는 즉위한 이후 화이 및 만한의 갈등을 해소시키고 각 민족의 대화합을 이루기 위해 적지 않은 심혈을 쏟아 부었다. 박학홍유과 시험을 실시한 것도 그 때문이었다. 진정한 의미에서 은둔을 고집하는 대학자들을 끌어 모은다면 하나의 민족을 완성할 것이라고 기대했던 것이다. 그러나 곽수의 말을 들어보면 현실은 그렇지 않은 듯했다. 정말 충격이 아닐 수 없었다. 턱을 괸 채 깊은 생각에 잠긴 것은 그 때문이었다. 곽수가 그런 강희를 힐끗 쳐다보고는 덧붙였다.

"물론 강희 십팔 년 이전보다는 많이 좋아지기는 했사옵니다. 그러니 폐하께서 너무 상심하실 것까지는 없사옵니다. 소인 생각에는 이런 현상을 타파하기 위해 우리 대청이 천하를 얻기까지의 정확한 역사를 세상에 알릴 필요가 있다고 보옵니다. 우리 대군이 산해관 안으로 들어왔을 때는 이미 이자성에 의해 명나라가 뿌리째 뽑혔을 때였사옵니다. 우리가 이자성의 손에서 이 땅을 빼앗았을 뿐이지 결코 명나라를 멸망시킨 주역은 아니라는 사실을 분명히 만천하에 밝힐 필요가 있사옵니다……."

강희가 무심결에 자리에서 일어섰다. 곽수가 무슨 영문인지 몰라 흠칫 놀랐다. 황급히 말문도 닫았다. 강희가 그러자 황급히 손짓을 했다.

"괜찮아! 계속 말해 봐. 짐은 앉아서 깊은 생각을 못하는 습관이 있어서 그래."

"……예, 폐하!"

곽수가 다시 말을 이었다.

"그러나 천하의 백성들은 이런 부분의 진실을 잘 모르옵니다. 아직도 우리 대청이 주朱씨의 손에서 이 천하강산을 빼앗은 줄로 아옵니다! 소인의 어리석은 생각으로는 빨리 이 선입견을 타파해야 하옵니다. 그러기 위해서는 우선 명나라를 본받아 공맹을 예우하고 존숭해야 하옵니다. 또 십철十哲(공자의 10대 제자)의 사당을 세워 문명을 드높여야 하옵니다. 명나라 황실인 주씨 가문의 진짜 자손들을 찾아내 조상을 위한 제사를 황릉에서 지낼 수 있도록 하는 것은 더 말할 필요가 없사옵니다. 여기에 명나라의 정사正史를 편찬해 망국은 한 번으로 족하다는 사실을 일깨워줘야 한다고 생각하옵니다……."

곽수가 장황하게 말을 이었다. 강희는 들을수록 흥분이 되는 것을 어쩌지 못했다. 자신도 모르게 흐뭇한 시선으로 곽수를 바라보면서 속으로 생각했다.

'이렇게 출중한 인재를 명주는 도대체 무슨 속셈으로 전혀 모른 척했단 말인가!'

곽수는 내친김에 자신의 생각을 더욱 적극적으로 피력했다.

"주삼태자朱三太子 같은 자들은 당연히 정통을 계승한 인물들이 아니옵니다. 대리시와 형부의 힘을 총동원해 확실하게 체포해야 하옵니다. 그러면 국가의 권위가 바로 서게 되옵니다. 어찌 민심이 흔들리고 천하가 어지러울 것을 걱정하겠사옵니까."

강희는 미소를 지으면서 곽수의 말에 끝까지 귀를 기울인 다음 자신의 자리로 돌아가 앉았다. 그리고는 밖을 향해 소리쳤다.

"색액도, 자네들 들어오게. 이덕전을 비롯한 태감 세 명도 들라 하라!"

상서방의 대신들은 달리 강희의 명령이 없자 밖에서 무료하게 기다리고 있던 중이었다. 그러다 그의 부름을 듣자 바로 황급히 움직였다. 이덕전 역시 강희의 어조에서 뭔가 심상찮은 기미를 눈치챘다. 안으로 들어가기 전 일부러 매의 뒷다리를 힘껏 비튼 것도 다 그런 불안감과 무관하지 않았다. 매는 당연히 괴성을 지르면서 푸드득거렸다. 아니나 다를까, 강희가 깜짝 놀라 눈을 크게 뜨고 바라봤다.

"고사기, 자네가 조서를 작성하게! 곽수가 지나치게 불경스런 말투로 일관했다. 그러나 나라를 위하는 충성심이 밝은 보름달 같아서 짐은 그 죄를 묻지 않는다. 아울러 곽수에게…… 도찰원都察院 우도어사右都御使의 자리를 겸하게 한다!"

강희가 담담한 표정으로 조서의 내용을 불러줬다. 좌중의 사람들은 전혀 예상하지 못한 내용이 강희의 입에서 흘러나오자 깜짝 놀랐다. 도찰원 우도어사는 육과급사중六科給事中(조정의 육부를 감찰하는 각각 독립된 사정기관)과 십오도十五道(성省을 비롯한 전국 15개 지역을 감찰하는 각각 독립된 사정기관)를 통합한 감찰기관인 도찰원都察院의 감찰어사監察御

使에 해당하는 부장관副長官급이었던 것이다. 권한도 막강했다. 독자적인 탄핵권이 있을 뿐만 아니라 탄핵이 잘못됐더라도 문책을 당하지 않을 권리를 가지고 있었다. 직급 역시 높았다. 종일품이었다. 종오품으로 강등당한 곽수의 입장에서는 일거에 과거의 불운을 만회할 수 있는 초특급 승진이었다. 실제로도 그에게 내려진 특혜는 건국 이래로 없던 것이기도 했다. 색액도와 명주는 도대체 곽수가 안에서 강희와 단 둘이 있을 때 무슨 말을 했기에 단박에 그렇게 높은 점수를 땄을까 하는 생각을 먼저 했다. 고사기 역시 궁금하고 놀라기는 마찬가지였다. 그는 강희의 입만 멍하니 바라보고 있다가 부랴부랴 적어 내려갔다.

"⋯⋯뿐만 아니라 단안화령單眼花翎을 하사한다. 육부의 대신들과도 같이 일할 수 있도록 한다."

강희는 생각나는 대로 말하는 듯했다. 곧이어 이덕전에 대한 처벌도 명했다.

"태감 이덕전 등 세 명은 법을 무시했다. 그 횡포가 하늘을 찔렀다. 게다가 당관을 구타하고 공당에서 함부로 으름장을 놨다. 거짓말로 군주를 기만한 죄도 묻지 않을 수 없다. 이에 처형을 명한다."

이덕전 등 세 명의 얼굴은 강희의 말이 끝나기도 전에 이미 사색이 돼 버렸다. 숨이 넘어갈 듯이 땅바닥에 머리를 조아리면서 용서를 빌었다.

"자네들은 국법을 어겼으니 짐에게 하소연해도 소용이 없네. 곽 어사가 자네들을 탄핵했으니, 짐도 법에 따를 수밖에는 없네. 옛말에 '남의 도움을 바라기 전에 자기 자신에게 바라는 것이 낫다'라는 말이 있지 않은가. 곽 어사가 탄핵안을 거둬들인다면 또 몰라!"

이덕전 등은 강희의 말을 듣고는 눈물 그렁그렁한 두 눈을 들어 애걸하듯 곽수를 바라봤다. 드러내놓고 표현하지는 않았지만 죽어라 용서를 비는 모습이었다. 그러자 누구보다 강희의 속내를 잘 아는 색액도가 중재를 하고 나섰다.

"곽 대인, 그만 화를 푸시고 망나니 같은 세 자식을 용서해 주오! 폐하의 매도 이덕전이 없으면 먹지도 않고 속을 썩인다오!"

곽수는 무슨 영문인지 몰라 잠시 갈피를 잡지 못했다. 그러다 색액도가 솔직하게 간청하자 그제야 알겠다는 듯 띄엄띄엄 말했다.

"성은이 망극하옵니다…… 소인이 어찌 감히……."

곽수는 정말이지 너무나 큰 은혜 앞에서 어쩔 줄 몰라 했다. 그러나 이내 생각을 정리한 다음 말을 이어 나갔다.

"소인이 복에 겨워 거드름을 피우는 것이 아니옵니다. 실은 아무런 공로도 없는 죄인이 말 한마디로 폐하의 크나큰 은혜를 받는 것이 여러 대신들 보기에 부담스러워서 그랬사옵니다. 폐하께서 고쳐 생각해 주시기를 바라옵니다! 또 이덕전을 비롯한 세 사람에 대해서는 소인이 현의 아문에서 벌써 곤장을 안겼사옵니다. 우리는 누구나 주군을 섬겨야 하는 몸이옵니다. 색 대인의 말씀도 계셨고 하니 소인은 군주를 기만한 이 세 사람의 죄에 대한 탄핵을 거둬들이려고 하옵니다."

명주도 가만히 있을 사람이 아니었다. 색액도에게 질세라 앞으로 나섰다.

"폐하, 곽수의 말이 일리가 있사옵니다. 곽수가 공로를 세우기를 기다렸다가 톡톡히 보상을 해주는 것이 나을 듯하옵니다. 지금은 아무래도 안팎에서 쑥덕거리기 마련이옵니다."

웬일로 색액도 역시 명주를 거들었다.

"한꺼번에 너무 높이 직급을 올려 버리면 복종하지 않을 세력들이 있을 수 있사옵니다. 그러면 공연히 곽수 자신도 힘들어질 것이옵니다. 우도어사는 나라의 중요한 직급인데, 가볍게 보일 우려도 있사옵니다."

"그래? 그러면 우선 감찰어사 자리만 맡도록 하지! 사실 몇 계급 뛰어 넘는다고 해서 큰일이 날 것은 없잖아? 명주, 그러는 자네도 처음에는 별 볼 일 없는 시위에 다름 아니었다가 한꺼번에 일곱 계급이나 승진하는 바람에 부도어사副都御使가 됐잖은가. 고사기, 그렇지 않은가?"

고사기가 대답했다.

"맞는 말씀이옵니다. 자신의 목숨을 내걸고 진실을 말하는 사람은 흔치가 않사옵니다. 실로 어사로서의 자질을 두루 겸비한 인재이옵니다. 소인은 깊이 감복했사옵니다!"

"하기야 감복하지 않을 수도 없겠지. 자네의 학문적 식견에 결코 뒤지지 않는 안목이 있을 뿐만 아니라 배짱은 자네보다 훨씬 크니까!"

강희가 기분이 좋아진 듯 농담을 입에 올렸다. 그리고는 덧붙였다.

"짐은 피곤해서 이만 들어가야겠어. 자네는 곽수와 상의해서 아까 짐한테 얘기했던 부분들을 잘 정리하게. 북경에 돌아가 웅사리에게 보여주고 상서방의 토론을 거쳐 옥새를 찍어 발표하도록 하게! 음……, 또 시랑에게 빠른 시일 내에 출정 준비와 관련한 상황을 보고하라고 하게. 준비가 끝났다면 망설일 것 없이 전투 상태에 돌입해야겠어. 짐이 급히 남순南巡에 나설 것이야!"

강희 22년 여름에는 유난히 북방에 비가 많이 내렸다. 반면 남방에는 바람이 잦았다. 남태평양 쪽에서 불어온 동풍이 웬만한 집채는 날려버릴 정도의 거대한 파도를 일으키며 시시때때로 불어닥쳤다. 뇌탑은 약속대로 10문의 홍의대포와 10만 개의 화살을 만들어냈다. 그리고는 성지聖旨를 받은 다음 가족을 데리고 북경으로 돌아왔다. 복주에는 총독인 요계성과 수군 제독인 시랑만 남게 됐다. 전쟁 분위기는 날로 고조되었고, 준비도 철저하게 이루어지고 있었다. 우선 3월에 강희의 독촉 조유詔諭를 받은 시랑이 3백 척의 연안 경비용 군함을 모두 해안 입구

로 옮겨 놓았다. 위동정도 강희의 당부대로 나름 기여를 했다. 소흥주紹
興酒 5000단지, 돼지 2000마리, 양 500마리와 30만 섬의 쌀을 보내 병
사들을 위로한 것이다. 군량미 걱정에 밤잠을 설치던 시랑은 그제야 안
도할 수 있었다.

요계성의 행보 역시 빨라지고 있었다. 남경의 해관 총독부에서 보낸
50만 섬의 군량미를 받자마자 바로 황급히 말을 달려 시랑의 중군으로
향했다. 작전을 논의하는 것이 목적이었다. 얼마 후 저 멀리 군영이 보
였다. 배불리 먹고 기운이 나서 힘을 쓰지 않으면 안 된다는 듯 병사들
이 삼삼오오 모여 힘겨루기를 하고 있었다. 또 일부는 활을 쏘는 연습
을 하고 있었다. 돌멩이 멀리 던지기 시합을 하는 병사들 역시 없지 않
았다. 척 봐도 사기충천한 모습이었다. 요계성은 기분이 좋았다. 관청 안
에서는 시랑이 해역도를 보면서 생각에 잠겨 있었다.

"시 군문, 병사들의 사기가 하늘을 찌르고 있습니다. 군문은 수군 명
장으로 불리기에 정말 손색이 없습니다!"

"천심이 할거割據를 싫어하고 있습니다. 또 군심軍心은 천심에서 비롯되
지 않습니까! 이 모든 것은 역시 형님의 가르침이 있었기 때문에 가능
한 일이었습니다. 병사들은 이제 '전쟁으로 평화를 구하고, 전쟁으로 통
일을 실현한다'라는 도리를 깨우치고 있는 것 같습니다."

시랑이 요계성에게 상석을 내주었다. 이어 두 눈을 가늘게 떠 보이더
니 다시 말을 이었다.

"하지만…… 아직도 바다에서 싸우는 것을 두려워하는 사람이 많은
게 걱정입니다. 외견만 보면 백전백승을 장담할 수 있겠으나 정확한 속
사정은 잘 몰라서 하는 소리입니다. 지금 적지 않은 병사들이 기왓장에
자신의 이름을 새기기도 하고 고향이나 인적 사항을 적어 땅 속에 파
묻고 난리들입니다."

"목을 베어버리세요!"

요계성이 묵묵히 시랑의 설명을 듣더니 갑자기 흥분하며 내뱉었다. 그러나 시랑은 병사들을 혹독하게 다루는 것이 바람직하지 않다는 생각이었다.

"목을 베는 것이 최선은 아닙니다. 내가 막 복건에 왔을 때 도망가는 병사들을 붙잡아 열몇 명인가 목을 벤 적이 있습니다. 그랬는데도 여전히 자신의 팔다리를 꺾어 자해를 하는 병사가 있었죠. 심지어 자살을 하는 병사들도 있었습니다! 육지에서 죽임을 당할지언정 바다에 나가 싸우는 것은 끔찍하다는 생각이 아닌가 싶어요. 며칠 전에도 순찰을 나갔다가 기왓장에 뭔가를 새겨 땅에 파묻는 병사를 발견했어요. 그러나 나는 혼내주는 대신 칭찬을 해줬습니다!"

시랑의 말에 요계성이 실소를 터트렸다.

"겁쟁이가 어디가 예쁘다고 칭찬을 해줬습니까?"

"죽을 각오로 싸우겠다는 뜻으로 받아들였거든요……."

요계성이 다시 한 번 웃음을 터뜨렸다. 병사들을 대하는 그의 자세가 마음에 안 든다는 뜻이었다. 그러나 시랑은 진지했다.

"하나도 우스울 게 없습니다. 어느 누구도 당해보지 않고는 남의 사정을 이해할 수가 없는 법입니다. 나는 우리 병사들을 전부 겁쟁이라고 보지는 않습니다. 몇 년 동안 군대의 밥을 먹었다고는 하나 작은 호수에서 훈련만 했지, 바다에 나가 실전을 겪어보지는 않았거든요. 겁이 날 법도 할 겁니다."

두 사람이 자신들의 생각을 주고받는 사이 남리가 장검에 손을 얹고 성큼성큼 들어와 보고를 올렸다.

"문화전 학사인 이광지 대인이 폐하의 지시를 받들어 두 군문을 만나 뵙고자 합니다!"

시랑과 요계성은 이광지가 온다는 소식을 전날 관보를 통해 알고 있었다. 하지만 너무 빨랐다. 도착하려면 3일에서 5일 정도가 걸릴 줄 알았는데, 너무 앞당겨 도착했던 것이다. 시랑은 의아한 표정으로 요계성을 바라봤다. 요계성이 웃으면서 말했다.

"이광지는 이제 도박으로 치면 시 군문한테 돈을 건 셈입니다. 그러니 다급할 수밖에요. 젊은 친구의 속셈이야 빤하겠죠, 뭐! 이번 전투만 잘 치르면 상서방의 보신輔臣(재상 반열의 신하)은 따 놓은 당상이 아니겠어요!"

시랑 역시 웃음으로 화답했다.

"아무튼 책을 많이 읽은 사람끼리는 뭐가 통하나 봅니다. 남의 속에 들어갔다 온 것도 아닌데, 어떻게 그리 잘 아십니까?"

시랑이 말을 마치자마자 바로 명령을 내렸다.

"예포를 울리고 중문을 열어 황제의 사신을 영접하라!"

시랑이 요계성과 함께 밖으로 나오자 이광지가 두 사람의 안부를 문더라는 강희의 말을 전했다. 이어 칙지勅旨를 받쳐들고 당당하게 다가왔다. 무려 아홉 마리의 맹수 무늬를 수놓은 관복을 입은 황제의 사신다웠다. 그뿐만이 아니었다. 그의 관복에는 금계金鷄 보자도 달려 있었다. 또 산호 정자 밑으로 나온 머리채는 허리춤까지 내려와 그야말로 치렁치렁했다. 그는 쿵쿵 장화소리를 크게 내면서 보무당당하게 바로 중청으로 향했다. 그런 다음 남쪽을 향해 똑바로 섰다. 이어 시랑에게 말했다.

"시랑은 성지聖旨를 받들라!"

"소인 시랑은 성유聖諭를 공령恭聆(공손히 듣다)하겠사옵니다!"

이광지가 머리를 끄덕이더니 어조御詔를 높이 들고 읽어 내려갔다.

짐은 바다를 건너 대만을 공격해 역적을 제거하는 문제에 대해 여러 차례 조유詔諭를 내렸다. 이 일은 워낙 중대한 사안이라 오래 끌면 득보다 실이 많을 것 같아 짐의 마음이 급하다. 오늘 이광지를 보내 짐의 뜻을 전하니 병사들을 이끌고 동하東下하는 때를 앞당겼으면 한다. 밤이 길면 꿈이 많아지는 법이다. 이 조유와 함께 시랑에게 우도독右都督 직급을 추가로 봉한다는 사실도 알린다.

"성은이 망극하옵니다!"

이광지가 조유 낭독을 끝내자 시랑이 길게 엎드린 채 머리를 조아렸다. 이후 잠시 간단한 인사말이 오갔다. 그런 다음 이광지, 시랑, 요계성은 각자 손님에 대한 예우 및 직급에 따라 자리를 잡고 앉았다. 손님인 이광지는 며칠 동안 쉼없이 밤낮을 달려온 상태였다. 그러나 피곤한 기색은 전혀 보이지 않았다. 그가 차 한 모금을 마시고 난 후 입을 열었다.

"성유에서도 밝혔듯 이번에 제가 달려온 것은 시 대인께서 연거푸 올린 상주문을 통해 출병을 미루신다고 한 것과 관련이 있습니다. 지금까지 아무 소식이 없어 장군께서 어떤 생각을 가지고 계신지 폐하께서 많이 궁금해 하시니까요. 장군께서는 앞으로 어떻게 할 계획이십니까?"

"대인!"

시랑이 나지막이 이광지에게 말했다. 그러나 더 이상 덧붙이지는 않았다. 사실 그는 성지를 받고 기분이 조금 좋지 않았다. 갑자기 나타나 눈앞에 앉아 있는, 잘 나가는 상서가 강희 앞에서 무슨 쓸데없는 말을 하지 않았을까 하는 염려 탓이었다. 그가 한참 침묵을 지키다 드디어 마른웃음을 흘리면서 입을 열었다.

"만약 폐하께서 하관下官이 아직 출병하지 않고 있기 때문에 독촉을 하는 의미에서 우도독 자리를 추가로 주셨다면 절대로 받을 수가 없습니다. 군사를 움직이는 것은 흉흉하고 위험하기 이를 데 없는 일입니다. 이른바 백전백승을 자신할 수 있을 때라야 출병이 가능합니다. 더구나 전쟁이 장난도 아닌데, 어떻게 마음대로 들락날락할 수 있겠습니까? 하관은 폐하의 명을 받은 이래로 밤잠을 설치면서 한 가지만을 생각하고 있습니다. 절대 사적인 원한을 염두에 두지 않는다는 것 말입니다. 만약 그렇지 않으면 충동적으로 일을 저질러 대만의 창생蒼生들에게 품고 있는 폐하의 어진 마음이 물거품으로 돌아갈 수 있습니다. 절대로 그렇게 할 수는 없죠. 다시 말하건대 일부러 출병을 하지 않는다고 할 수 없습니다. 또 적들을 살찌우거나 대비하도록 하는 것도 아닙니다. 이 사실만은 분명히 알아줬으면 합니다."

심장을 찌르는 듯한 시랑의 너무나도 따끔한 한마디에 이광지의 얼굴은 금세 붉어졌다. 시랑의 추측대로 강희의 조서는 이광지의 의도가 많이 포함된 것이었으니까. 또 이광지 자신이 직접 작성한 것이기도 했다. 그는 시랑의 말을 듣자 자신이 소인배의 잣대로 군자의 마음을 재려고 하지 않았나 하는 생각을 했다. 도학의 명유名儒로서 자존심에 일침을 당하는 아픔 역시 더불어 느꼈다.

"시 장군, 무슨 오해를 하는 것 같습니다! 장군께서 지금 거느리고 있는 병력은 모두 북방에서 데리고 온 병사들입니다. 폐하께서는 이곳 복건 현지의 수군들까지 통합해 지휘하기에 불편하실 것 같아 우도독 자리를 더 주신 것입니다. 여기 폐하가 써 넣으신 주비朱批(신하가 올려보낸 상주문에 붉은 먹으로 적은 비답)가 있으니 보시면 금방 아실 겁니다."

이광지의 변명을 듣고 요계성이 수염을 쓸어내리면서 입을 열었다.

"폐하께서 깊은 배려를 하신 것은 틀림없습니다. 우도독 자리를 추가로 하사하시면 전체 병력을 통합 지휘하는데 훨씬 편하죠. 하지만 걱정하지 마십시오, 시 군문. 우리 복건의 병마는 나를 포함해 모두 시 군문의 명령에 순종할 것을 맹세합니다!"

이광지는 빨리 본론에 들어가야 한다고 판단했다. 바로 이마를 찌푸리면서 따지듯 물었다.

"병사들을 훈련시키는 것은 전투를 하기 위해서가 아닙니까? 그런데 너무 오랜 시간을 끌고 있습니다. 이래서는 안 됩니다. 폐하께서는 작년 겨울에 이미 올여름에는 출병하라는 명령을 내린 것으로 알고 있습니다. 그럼에도 지금까지 움직이지 않은 이유는 뭡니까?"

"기다리는 거죠! 시기가 성숙되기를 말입니다. 어찌 등 떠민다고 무턱대고 나아가겠습니까?"

시랑의 대답에 이광지가 몸을 뒤로 젖히더니 웃는 듯 마는 듯한 어색한 표정을 지은 채 물었다.

"도대체 뭘 기다린다는 말입니까?"

시랑은 아무것도 모르는 것 같은 이광지의 태도에 마음이 착 가라앉고 말았다. 그래도 그는 실망감을 억누른 채 느릿느릿 대답했다.

"바람을 기다립니다! 배가 움직이기 위해서는 바람이 필요하다는 사실을 이 대인은 알아야 합니다!"

"바람이라고요? 내가 바로 여기 복건 태생입니다. 여기는 겨울에는 삭풍朔風, 여름에는 훈풍薰風, 가을엔 금풍金風, 봄에는 화풍和風이 붑니다. 일년 사철 네 가지 바람이 모두 있는 곳입니다. 내가 오는 도중에도 매일이다시피 바람 세례를 받았다고요. 그런데 장군께서는 왜 출병을 하지 않으셨습니까?"

요계성은 이광지가 계속 수준 이하의 말을 하면서 닦달을 하자 시랑을 힐끔 쳐다봤다. 그는 늘 남풍南風을 이용하기를 주장해오지 않았던가. 그런 생각이 들자 요계성은 은근히 화가 치밀었다. 그예 차갑게 힐책을 하고 말았다.

"술잔이나 기울이면서 시를 읊으려면 아무 바람이라도 상관이 없습니다. 그러나 수만 명의 목숨이 달린 싸움터에서는 결코 아무 바람이나 잡아다 쓸 수 없다는 것을 알았으면 합니다!"

이광지는 흠차의 신분으로 출병을 독촉하러 왔음에도 두 사람이 호락호락 말을 듣지 않자 기분이 무척 좋지 않았다. 둘을 매섭게 몰아붙여도 크게 잘못될 것은 없었지만 그는 애써 참았다.

"저 같은 백면서생이 어찌 감히 군사 방면의 대가 앞에서 아는 척을 할 수 있겠습니까. 완전히 어린아이라고 해도 좋습니다. 그래서 딱 한 수만 배우고 싶습니다. 도대체 어떤 바람이 불어야 출병하기에 가장 적합합니까?"

"남풍! 나는 남풍을 기다립니다. 남풍이 오지 않으면 결코 바다로 나아갈 수 없습니다!"

그러자 이광지가 시랑을 비웃었다.

"그렇다면 나도 여기에서 남풍이 올 때까지 기다리겠습니다! 출병할 때는 남풍이었는데, 가다 보니 동풍으로 바뀌었다? 만약 그렇다면 다시 돌아온다는 얘기입니까?"

시랑은 즉각 대답하지 않았다. 그저 아래위로 이광지를 훑어보기만 했다. 그러다 한참 후에야 입을 열었다.

"장군이 돼 가지고 천문天文을 모르고, 지리地理에 어둡거나 풍후風候를 모른다면 그야말로 한심한 장군이 아니고 뭐겠습니까! 이 대인, 대인은 대만 수복을 찬성하면서 수 년 동안이나 나를 위해 군량미를 마련해줬어요. 그것은 정말 대단한 공입니다. 또 고맙게 생각합니다. 폐하께서 대인을 보내 출병을 독촉하시는 것 또한 결코 잘못된 것이 아닙니다. 그러나 대인이 이런 식으로 독촉을 계속한다면 나 시랑은 저 멀리 도망을 가버릴 겁니다. 그런 다음 대인이 군대를 이끌고 직접 바다에 뛰어들어 보는 것은 어떠신지요?"

이광지는 시랑이 배포 좋게 끝까지 굴복하지 않자 그제야 냉정을 되찾았다. 솔직히 강희가 그를 내려 보낼 때는 흠차의 신분으로 상황이 어떻게 돌아가고 있는지를 순시하라고만 지시했을 뿐이었다. 출병을 독촉하라는 지시는 전혀 없었다. 만약 이 사실이 강희의 귀에라도 들어가는 날에는 치도곤을 당하지 말라는 법도 없었다. 그야말로 상상하기 어려운 절체절명의 상황에 봉착할 수도 있었다. 이광지는 자신에게 불리한 상황을 뇌리에 떠올리고는 바로 웃는 얼굴을 했다.

"시 군문, 내가 너무 말이 지나친 점 양해하시기 바랍니다. 지금까지 한 말은 듣지 않은 것으로 해주시오. 나는 병사들이 출정을 떠날 때 강기슭에서 북을 울리면서 사기를 북돋아 주러 왔지 잘난 척하려고 온 것은 아니니까요."

요계성은 처음과는 확연히 달라진 이광지의 태도에서 진실이 담겨 있다는 느낌을 받았다. 그는 원래 진몽뢰와 절친한 친구 사이였다. 때문에 진몽뢰와 사이가 좋지 않은 이광지를 사람 취급조차 하지 않았다. 은근히 시랑이 나서서 혼내주기를 바랐다. 하지만 서로 부딪치는 상황 또한 원하는 바가 아니었다. 급기야 그가 둘을 화해시키기 위해 서둘러 나섰다.

"어찌 됐든 모두들 폐하를 위해 하나 된 마음으로 이번 전투에 임하는 만큼 서로의 입장을 이해하고 넘어가면 좋겠습니다. 얼굴은 그만 붉히고 우선 오늘은 편하게 술이나 한잔씩 나눕시다!"

33장
대만 출병

　강희 22년, 서기 1683년 6월 3일 이른 아침이었다. 시랑은 습관대로 말을 타고 성밖으로 나왔다. 그리고서는 바닷가 높은 바위에 올라 저 멀리 바다를 바라봤다. 망망한 수평선 위로 새빨간 아침 태양이 떠오르고 있었다. 남쪽 하늘의 구름을 온통 자줏빛으로 물들이는 태양이었다. 바다 위에서는 파도가 불안하게 울부짖고 있었다. 그러더니 집채처럼 솟아올라 이내 새하얀 포말을 만들면서 해조海藻(바닷말)를 휘감았다. 바위에도 힘껏 부딪쳤다.

　"남풍이다!"

　시랑은 바위 위에 앉아 풍향을 감지했다. 흥분이 밀려왔다. 그러나 그는 잠시 머리를 식히면서 침착하게 뭔가를 생각했다. 이어 바로 허벅지를 두드리면서 일어나 말을 타고 성 안으로 돌아왔다. 장기를 두고 있던 요계성과 이광지는 갑자기 정신없이 달려 들어와서 다급히 조복朝服으로 갈아입고 허리에 보검을 차는 시랑의 모습에 깜짝 놀랐다. 먼저 이광지가 장기판을 옆으로 밀치고 일어나면서 물었다.

"무슨 일입니까?"

준비를 마친 시랑이 담담한 표정으로 대답했다.

"이 대인! 요 군문! 나는 지금껏 오매불망 남풍을 기다려 왔습니다. 그런데 오늘에야 하늘이 남풍을 보내주셨습니다. 즉각 바다를 건너 작전에 돌입해야겠습니다!"

요계성과 이광지는 너무나 갑작스런 상황에 얼떨떨한 표정이었다. 특히 요계성은 더 그랬다. 타는 듯한 눈빛으로 시랑을 바라보았다. 순간 그의 얼굴은 온몸의 피가 몰리는 듯 빨갛게 달아올랐다. 하지만 그는 입술만 실룩거렸을 뿐 말을 하지 못했다. 이광지 역시 얼굴이 하얗게 질린 채 황급히 한 걸음 다가서면서 물었다.

"그게…… 사실입니까?"

"사실입니다! 오늘은 반드시 남풍이 크게 볼 겁니다. 팽호도膨湖島(대만 본토 서쪽에 위치한 섬)를 공격할 절호의 기회입니다!"

살아오면서 산전수전을 다 겪은 시랑의 얼굴이 목석처럼 굳어졌다. 표정조차 없었다. 북경에서 올 때만 해도 재촉이 성화 같았던 이광지는 출병이 코앞에 다가오자 오히려 불안한 모양이었다. 뒷짐을 진 채 잠시 서성거리다 물었다.

"제가 폐하께 상주문을 올렸습니다. 조만간 답장이 올 겁니다. 좀 기다려 보는 것이 어떻겠습니까?"

그러자 시랑이 이를 악물면서 말했다.

"장군은 밖의 전쟁터에서는 군주의 명령을 따르지 않을 수도 있다고 했습니다. 지금은 설사 폐하께서 생각을 달리 하셔서 대만 출병을 못하게 하셔도 안 됩니다. 이미 시위를 떠난 화살과도 같습니다. 주저할 것이 뭐 있겠습니까?"

요계성이 시랑의 말을 애써 외면한 채 준엄한 표정으로 창밖을 뚫어 져라 쳐다봤다. 그러더니 갑자기 책상을 꽝 내리치면서 흥분했다.

"좋습니다. 시대가 영웅을 낳는다고 했습니다. 천고千古의 승패가 이 순간에 달려 있습니다! 명령을 내리세요!"

요계성의 말이 끝나자마자 바로 중군의 병영 앞에서 대포소리가 세 번 울렸다. 긴급 소집이라는 외침이 입에서 입으로 신속하게 각 병영과 초소로 전해졌다. 병사들은 황급히 갑옷을 차려 입고 활과 칼을 준비 한 다음 연병장에 집결했다. 파도 소리가 기세 사납게 들려오는 연병장 에서 저마다 살기등등한 표정으로 명령을 기다렸다.

시랑과 요계성, 이광지 등은 곧 연병장 지휘대 위에 나란히 섰다. 시랑 이 가운데, 두 사람은 양 옆에 자리했다. 긴장한 나머지 모두 속옷까지 땀에 푹 젖어 있었다. 그러나 누구 하나 미동조차 없었다. 완전히 못에 박힌 듯 그 자리에 돌사자처럼 서 있었다. 아홉 마리의 맹수 무늬가 수 놓인 새 관복을 입고 노란 마고자까지 껴입은 시랑이 평소와 다름없이 서슬 시퍼런 눈빛을 보냈다. 그러더니 큰 소리로 명령을 내렸다.

"천자검天子劍을 모셔라!"

또다시 하늘을 가르는 듯한 대포소리가 세 번 울렸다. 그러자 여덟 명 의 교위들이 천자검이 꽂혀 있는 받침대를 들고 왔다. 이어 지휘대 한가 운데에 놓았다. 곧 향초에 불을 붙였다. 세 사람은 차례로 대례를 올리 고 옆으로 물러섰다.

"병사 여러분!"

시랑의 목소리가 연병장에 쩌렁쩌렁 울려 퍼졌다.

"예!"

시랑이 연병장에 도열해 있는 군관과 병사들을 죽 훑어봤다. 그리고는 더욱 목청을 높였다.

"본 도독은 폐하의 명령을 받들게 됐다. 천자를 대신해 역적을 물리치러 갈 것이다. 오늘 이 자리에서 해신海神에게 제사를 지내고 곧 바다로 나갈 것이다!"

말을 마친 시랑이 책상 위에 놓여 있던 상자에서 노란 보자기를 조심스레 꺼냈다. 이어 한쪽 무릎을 꿇은 채 인사를 올렸다. 이어 보자기를 풀었다. 사람들의 눈길이 일제히 시랑의 손에 집중됐다. 그의 손에는 동전이 한 움큼 쥐어져 있었다. 이광지는 시랑이 도대체 뭘 하려는지 무척이나 궁금했다.

"이것은 본 도독이 어젯밤 해신의 묘廟를 참배했을 때 받은 신물神物이다. 오늘 점을 보려고 모셔왔다!"

시랑이 엄숙하기 이를 데 없는 표정을 지은 채 동전을 든 손을 높이 쳐들었다.

"백 개의 강희동전康熙銅錢을 대만 해역도에 던지겠다. 만약 우리 부대의 출병이 순조롭다면 그 중 아흔다섯개 이상의 동전이 글자가 있는 부분이 위로 향할 것이다!"

시랑이 말을 마치자마자 눈짓을 했다. 이내 두 명의 병사가 대만 해역도를 들고 와서는 책상 위에 펼쳤다.

연병장에 도열해 있던 군관과 병사들은 시랑의 말이 떨어지기 무섭게 저마다 안색이 크게 변했다. '백 개의 동전을 아무렇게나 던져 95개 이상의 동전이 글자가 위로 향한다는 것은 확률이 너무 낮지 않은가?' 하는 생각을 하는 듯했다. 얼굴이 하얗게 질린 이광지가 역시 마찬가지 상태인 요계성을 쳐다보고는 앞으로 성큼 나섰다.

"모든 것은 다 운명에 정해진 대로 가야 합니다. 굳이 시 군문께서 이렇게까지 할 필요는 없을 것 같습니다!"

그러나 시랑은 아랑곳하지 않았다. 바로 하늘을 향해 두 손 가득 들고 있던 동전을 뿌렸다. 대부분의 동전들은 데굴데굴 구르다 한참 후에야 제자리에 멈췄다. 일부 동전은 저만치 튕겨 나가기도 했다.

연병장에 집결해 있던 군관과 병사들은 긴장한 표정으로 결과를 주목했다. 하나, 둘, 셋, 넷, 다섯…… '강희'康熙라는 글자가 보이는 동전은 모두 99개였다.

삽시간에 장내는 들끓었다. 이광지는 손수건을 꺼내 식은땀이 흥건한 이마를 닦으면서 흥분을 감추지 못했다. 요계성 역시 끊임없이 손을 비비면서 감탄사를 연발했다.

"하늘은 정씨를 혐오하는구나! 하늘의 마음은 정씨를 싫어하는 것이 확실해!"

남명藍明과 남리藍理 등의 무장 역시 치솟는 호기를 억누르지 못했다. 바로 장검을 빼든 채 당장 적들을 향해 돌진하겠다는 자세였다.

"이걸 그대로 들고 가서 삼군三軍에 보여줘!"

교위 몇 명이 해역도를 조심스럽게 받쳐든 채 병사들에게로 향했다. 잠시 후 각 병영에서 산을 쩌렁쩌렁하게 울리는 우렁찬 "만세!" 소리가 진동했다. 이광지는 그 사이에 잠깐 엉뚱한 의심을 하기도 했다. 그 동전들이 특별히 양면 모두에 글자가 새겨진 것들이 아닐까 하는 생각이었다. 너무나도 신기했던 것이다. 그러나 그것도 잠시였다. 그는 곧 말도 안 된다는 듯 웃으면서 병사들을 따라 "만만세!"를 외쳤다.

그러나 절대 그럴 리가 없다고 생각한 이광지의 의심은 엉뚱한 것이 아니었다. 시랑은 북경에서 떠나올 때 상서방의 여러 대신들을 모두 내보낸 상태에서 강희를 단독으로 알현했다. 놀랍게도 강희는 그 자리에서 특별 제작해 미리 준비해 놓았던 백 개의 동전을 건넸다. 양면에 모두 글자가 새겨진 동전이었다. 강희는 당시 어찌어찌하라는 귀띔까지 해주었다. 시랑 역시 나름 머리를 굴렸다. 복건으로 내려와서는 그 중 다섯 개를 일반 동전으로 바꾼 것이다. 일부 눈치 빠른 사람들이 간파하지 않을까 하는 걱정을 한 탓이었다. 이렇게 해서 그는 모든 사람들이 믿어 의심치 않도록 상황을 교묘하게 위장할 수 있었다. 시랑 역시 강희의 계략으로 병사들의 사기가 그야말로 백배 이상이나 오르자 더욱 용기가 용솟음쳤다. 미리 준비해둔 술 한 사발을 지휘대의 한가운데에 확 뿌렸다. 그런 다음 그가 외쳤다.

"군령이다!"

"예!"

"오로지 전진만 있을 뿐이다. 절대로 후퇴는 없다!"

"예!"

"적이 두려워서 움츠리는 자, 늑장 대응해 군의 기동력을 해치는 자, 명령에 따르지 않는 자, 전우의 위험을 보고도 못 본 척하는 자 등은 모두 처형한다!"

"예!"

이어 시랑은 요계성에게 한마디 하라는 눈짓을 했다. 요계성은 굳이 빼지 않았다. 즉시 한 발 앞으로 나서더니 격앙된 목소리로 외쳤다.

"이번 대만과의 전투는 폐하를 비롯한 모든 백성의 숙원이 깃든 전투이다. 지금 우리 병사들은 정말 정예의 병력이라고 해도 과언이 아니다. 군량미도 충분하다. 함대와 대포 역시 견고하기 이를 데 없다. 하늘마저 우리의 개선을 예언하고 있다! 사내로 태어나 전쟁에 참가해 큰 공을 세우는 것보다 더 호쾌한 일이 어디 있겠는가! 여러분들과 손잡고 굳게 뭉쳐 승리하는 그날을 기약하고 싶다!"

요계성은 말을 마치자마자 바로 큰 원을 그리면서 획 돌아섰다. 그런 다음 시랑 앞으로 가서는 한쪽 무릎을 꿇고 큰 소리로 말했다.

"요계성은 원래 군량미를 마련하는 임무를 받들었습니다. 그러나 지금은 이광지 대인께서 흠차 신분으로 왔습니다. 후방을 든든히 받쳐주실 것을 믿어 의심치 않습니다. 그래서 저는 병사들을 따라 출전하려고 합니다. 시랑 대인의 명령에 복종할 것도 맹세합니다. 실수를 저지르게 되면 군령에 따라 처벌을 달게 받겠습니다!"

총독의 신분으로 전장에 뛰어들겠다는 요계성의 말에 병사들의 사기는 더욱더 높아졌다. 그러나 시랑은 주저했다. 요계성의 나이가 너무 부담됐던 것이다. 바로 그때 이광지가 나서더니 쉰 목소리로 말했다.

"요 군문의 진심을 받아 주십시오. 나중에라도 조정에서 뭐라고 하면 내가 적극적으로 막겠습니다. 성급해 하거나 움츠리지 말고 침착하게 잘 싸워주십시오. 두 분이 개선하면 내가 복주福州에서 백화百花를 꺾어 단장하고 멋진 잔치를 베풀겠습니다!"

시랑은 하늘을 쳐다봤다. 벌써 진시辰時가 가까워지고 있었다. 그는 결국 머리를 끄덕이고는 손을 번쩍 들고 명령을 내렸다.

"사령관의 명령을 전하라. 즉각 깃발을 올리고 군함에 오르라!"

중군의 큰 깃발이 웅장한 군악 속에서 서서히 게양됐다. 바다 저쪽에서 거세게 불어오는 남풍에 남색 비단 깃발을 표표히 나부꼈다. 그렇게 신나게 몸을 흔들면서 나부끼는 깃발 위에는 웅장하고 커다란 노란색 글자가 씌어 있었다. 바로 '흠차대신, 태자태보, 통령수사우도독시'欽差大臣太子太保統領水師右都督施라는 글자였다. 곧이어 깃발을 실은 군함이 모습을 드러냈다. 뒤를 이어 수병들을 가득 태운 전선戰船이 차례로 항구를 빠져나갔다. 집채 같은 파도가 소리치는 바다 위에는 대포와 불화살, 조총을 실은 배들이 즐비하게 늘어섰다.

남명과 남리 형제는 용맹하기로는 둘째가라면 서러운 무장이었다. 그들은 명성에 부끄럽지 않게 사전에 누가 더 적을 많이 무찌르는가 하는 시합을 벌이기로 했다. 남리는 그래서 특별히 중군의 군함 옆에 포격선한 척을 더 달게 해달라고 요청했다. 그의 군함에 탄 병사들 역시 저마다 웃통을 드러낸 채 전의를 불태우고 있었다. 그렇게 두 척의 배가 맨앞에서 나란히 달리고 있었다. 울퉁불퉁한 근육이 예사롭지 않은 팔뚝을 휘두르면서 그야말로 파죽지세의 기세등등한 모습으로 달려가는 그들의 모습은 멀리서도 한눈에 띄었다. 중군뿐만이 아니었다. 진망陳蟒과 위명魏明 두 총병이 이끄는 다른 두 갈래의 병력은 각각 70척의 군함으로 계롱서鷄籠嶼와 우심만牛心灣으로 향하고 있었다. 또 80척의 또 다른 군함이 만일의 사태에 대비해 중군의 뒤를 따르고 있었다. 붉은색과 남색의 영기令旗(명령을 내리는 깃발)는 저 멀리 시랑의 기선旗船에서 보내는 신호에 따라 부단히 모양을 변형시키면서 진대鎭臺 위에서 호응하고 있었다. 바다 위에서는 끊이지 않는 호각소리와 신호를 보내는 대포 소리에 갈매기들이 놀란 나머지 허둥대고 있었다.

대만 출병에 나선 지 나흘째 되는 날이었다. 신시申時 무렵이 되자 남풍은 더욱 맹렬하게 불어댔다. 그 바람에 육중한 군함들은 힘을 받아 더욱 쏜살같이 미끄러지듯 나아갔다. 그 모습은 마치 거대한 몸집의 돌고래가 바다 위에서 날렵하게 파도를 가르는 것 같았다. 뽀얗게 물보라를 일으키면서 질주하던 전선들은 얼마 후 드디어 팽호도 근처로 접근했다. 저 멀리에서 육안으로도 확연히 보이는 석초石礁가 괴물처럼 파도 속에서 나타났다 숨었다 하기를 반복하고 있었다. 하지만 섬에서는 아무런 움직임도 보이지는 않았다. 해전에 뛰어들기는 처음인 문인 출신의 요계성은 진짜 적지에 들어서자 자신도 모르게 가슴이 세차게 뛰는 것을 느꼈다. 배의 난간을 잡은 손에서는 땀이 배어나오고 있었다. 그는 몰래 숨을 크게 들이마시면서 고개를 돌려 시랑을 바라보았다.

"여기는 유국헌劉國軒이 지키고 있는 곳이 아닙니까? 몇십 년 동안 이

바닥에서 잔뼈가 굵어 왔다는 사람도 알고 보니 별것 아니군요. 원래는 이때쯤이면 우리에게 포격을 가해 와야 하는데 말입니다!"

시랑은 망원경을 손에서 놓지 않은 채 적들의 움직임을 면밀히 살피고 있었다. 뱃전을 때리는 파도에 흠뻑 젖었음에도 꼼짝하지 않고 대답했다.

"섬에서 움직임이 보이기 시작했습니다······."

시랑의 말이 떨어지기 무섭게 대포 소리가 작렬했다. 시랑은 화력을 중군의 기선旗船으로 집중시키라는 명령을 내렸다. 그 순간 주위에서는 삽시간에 물기둥이 높이 치솟았다 떨어지면서 그대로 배를 향해 덮쳤다. 그와 동시에 백 척 가량 되는 적군의 함대가 항구를 떠나 하얀 포말을 날리면서 빠른 속도로 달려오고 있었다. 시랑이 손에 들고 있던 붉은 기를 흔들었다. 그것을 신호로 앞에서 달리던 군함에서 28문의 대포와 3백 자루의 조총이 일제히 광분하듯 불을 뿜었다. 뢰탑이 만든 10문을 제외한 나머지는 모두 병부에서 제조한 것이어서 그런지 사격거리가 멀고 화약을 갈아 넣기가 쉬웠다.

대포와 조총의 세례를 받은 섬에서는 삽시간에 짙은 연기가 뭉게뭉게 피어올랐다. 수면 위로 폭탄을 맞아 망가진 배의 잔해와 깃발들이 줄 끊어진 연처럼 떠내려 오고 있었다. 병사들의 아우성소리가 모두의 귓전을 어지럽게 했으나 맞붙어 싸우는 소리는 들리지 않았다. 얼마 후 섬은 다시 조용해졌다. 시랑은 유국헌이 대만 병사들의 군기를 바로잡기 위해 일부 병사들을 죽이고 있는 중이 아닌가 하고 추측했다. 그러나 그것도 잠시였다. 맞은편 섬에서 다시 여러 줄기의 포화가 빗발치듯 날아왔다. 몇십 문의 대포가 일제히 포격을 해오는 바람에 사방은 튀어오르는 물보라에 휩싸였다. 나중에는 시야가 가려져 한 치 앞도 내다볼 수 없을 정도가 됐다. 시랑이 급히 명령을 내렸다.

"기어旗語(깃발로 명령을 내리는 것)를 보내라. 좌우의 두 날개는 나를 걱정하지 말고 계롱서와 우심만을 빠르게 공격해 해안의 거점을 확보하라고 하라!"

시랑은 연신 몇 번이나 똑같은 말을 반복해 명령을 내렸다. 하지만 옆에 있는 기수旗手는 꼼짝도 하지 않았다. 그는 대로했다. 즉시 장검을 뽑아들었다. 단칼에 기수를 베어버리겠다는 자세였다. 그러나 그가 다가갔을 때 중군의 기수는 포탄에 맞아 이미 숨져 있었다. 영기를 꽉 틀어쥔 채.

시랑은 마음이 아팠다. 그러나 그것도 순간이었다. 그는 죽은 수병의 손에서 영기를 뽑아내려고 했다. 하지만 순순히 빠져 나오지 않았다. 그는 젖 먹던 힘까지 다 쓴 끝에 겨우 영기를 빼낸 다음 크게 외쳤다.

"요 군문, 기선을 지휘하세요!"

시랑은 말을 마치고 한쪽으로 기운 기대旗臺에 성큼 올라가 직접 진망과 위명에게 깃발을 흔들어 명령을 내렸다. 그러자 좌우 두 날개 쪽에서 대포가 일제히 포격을 했다. 계롱서와 우심만에서도 동시에 포격이 시작됐다.

그 시간 선봉 부대는 이미 적군과 접전에 들어가 있었다. 너무 가까운 거리였던 탓에 대포도 필요 없었다. 빗발치는 불화살과 콩 볶듯 하는 총소리가 사방에서 진동하고 있었다. 쌍방 모두 불화살을 맹렬하게 쏘아대는 통에 서로의 군함 몇 척에 곧 불이 붙었다. 곳곳에서 활활 타오르는 불길에 의해 선체가 무너지는 소리도 뿌지직거리면서 들려왔다. 동시에 북소리, 고함 소리, 비명 소리, 총칼이 접전을 벌이면서 금속이 부딪치는 소리가 포효하는 파도 소리와 어우러져 한바탕 아수라장이 펼쳐졌다. 그 와중에도 시랑의 좌우 날개 군함은 재빨리 해안의 거점을 확보했다. 그러자 당황한 적들은 비실대면서 뒷걸음치기 시작했다. 시랑은 함대를 가로로 한 줄로 세워 전면전을 전개했다. 또 각각 20척의 군함을 더 보내 지치기 시작한 좌우 날개도 지원했다. 그러자 힘이 빠지기 시작한 유국헌의 부대는 불화살을 미친 듯 발사하면서 퇴로를 찾아 황급히 도망을 쳤다.

그러나 시랑은 적들의 퇴로를 미리 차단하고 있었다. 하늘을 올려다보며 황당한 웃음을 터트리면서 기수들에게 적들의 거점에 대한 전면 공격을 의미하는 기어를 보내도록 했다. 이어 직접 북을 울리면서 중군을 지휘했다. 도망가는 적들을 바짝 추격하기 시작한 것이다. 바로 그때였다. 어디에선가 화살이 쌩! 하는 바람 소리를 내면서 날아와 그대로 시랑의 왼쪽 눈을 관통했다. 금세 피가 그의 얼굴 가득 흘러내렸다. 그러자 시랑을 경호하고 있던 두 명의 친병이 당황해 어쩔 줄을 몰랐다. 그러나 시랑은 달랐다. 눈을 움켜쥔 채 악에 받쳐 고함을 내질렀다.

"뭣들 하는 거야? 하늘이 변덕을 부리기 전에 어서 남씨 형제에게 강공을 하라는 긴급 명령을 내려!"

명령을 내린 시랑은 징그럽게 웃으면서 힘껏 눈에 박힌 화살을 잡아뺐다. 눈알이 그대로 딸려 나왔다. 그는 그 화살을 꽉 움켜잡았다.

"시 군문!"

요계성의 눈에서는 눈물이 흘러내렸다. 극도의 고통을 참느라 배의 난간을 잡고 선 시랑의 이마에서는 어느새 푸른 핏줄이 세차게 꿈틀거렸다. 잠시 후 그가 말했다.

"요 군문, 담대하기로 유명한 사람이 못나게 울고불고 하다니요! 부모님께서 주신 몸인데, 일부일지라도 그냥 버릴 수는 없죠. 옛날에 눈알을 먹고 대승을 거둔 장군이 있었다고 하지 않습니까. 나라고 그렇게 못할 이유가 있겠어요?"

시랑은 말을 마치자마자 바로 떨리는 손으로 눈알을 입에 넣었다. 그러더니 망설이지도 않고 목을 뒤로 젖혀 그대로 삼켜버렸다. 또한 자신의 눈에 박혔던 화살을 두 토막 내 바다에 던져버렸다. 그리고는 옆에 있던 총병 오영吳英에게 이를 악물고 명령을 내렸다.

"공격해, 박살을 내라고! 알겠어? 공격하란 말이야!"

시랑은 공격 명령을 내리는 것과 동시에 전고戰鼓도 요란하게 울렸다. 그때 선발대를 따라가던 남리의 부대는 적들과 한덩어리가 돼 백병전을 펼치고 있었다. 무려 10발의 총상을 입은 남리도 마찬가지였다. 독이 잔뜩 오른 두 눈을 부릅뜬 채 피투성이가 된 몸을 간신히 이끌면서 마지막 혈전을 벌이고 있었다. 그러나 동생인 남명은 머리를 잘 굴린 덕에 전투가 시작된 이후 단 한 명의 사상자도 내지 않고 있었다. 그는 적들과 접전이 붙자 병사들에게 명령을 내려 선창에 엎드려 쇠고기 육포나 찢어먹고 있게 했다. 그리고는 수병 한 사람만 내세워 배를 적들의 함대 사이로 몰아가도록 했다. 마치 한 마리의 장어처럼 미끄러지면서 여기저기를 들쑤시고 다닌 것이다. 적들은 사람이 거의 죽어 나간 배인 줄 알고 하나둘씩 달려들었다. 그는 그 순간을 놓치지 않았다. 눈 깜짝할 사이에 갑판으로 뛰쳐나와 적들을 베어버리고 귀만 도려내고 몸통은 바다에 던져버렸다. 쥐도 새도 모르게 이처럼 베어 낸 귀의 숫자가 무려 수백 개에 달할 정도였다. 이 때문에 다른 배들은 불이 붙고 화염에 휩싸였으나 유독 마치 텅 비어 있는 빈 배처럼 위장한 남명이 지휘하는 배는 기진맥진한 적들을 찾아다니면서 물속에 처넣는 전과를 올릴 수 있었다.

"둘째 어른! 큰어른의 배가……."

수병 한 명이 서둘러 남명에게 달려와 보고를 올렸다. 남명은 침착하게 일어나 선실에 나 있는 구멍으로 밖을 내다봤다. 유국헌의 선발부대 장군인 증수曾遂가 세 척의 배를 몰고 와서는 남리를 꼼짝 못하게 포위하고 있었다. 배에는 불이 타오르고 있었다. 남명이 명령했다.

"당황하지 마! 어서 우리 배를 몰래 그쪽으로 가까이 대!"

남리가 직면한 상황은 절망적이었다. 불에 탄 채로 점점 가라앉고 있었다. 그러나 남리는 배에서 죽음을 기다릴 수만은 없다고 판단했다. 겨우 살아남은 몇 명의 친병들을 데리고 증수의 배로 뛰어들었다. 하지만 기진맥진한 남리의 병사들은 금세 모두 증수의 배에 타고 있던 40여 명의 적들에 의해 베임을 당해 죽고 말았다. 증수는 병째 나발을 불면서 술을 마시고 있다가 선실 한편에서 가쁜 숨을 몰아쉬면서 쓰러져 있는 남리를 발견했다. 곧 장검을 꼬나들고 징그럽게 웃으면서 다가가서 물었다.

"너는 남리라고 하는 저잣거리의 거지 출신이지?"

"그러는 너는 해적질이나 하면서 겨우 먹고 산 놈이잖아? 사방을 둘러봐. 너희들이 살아서 돌아갈 희망이 있는 것 같아?"

"그런 면에서는 우리의 처지가 같다고나 할까! 내가 죽으면 너는 살아남을 것 같냐?"

증수는 가소롭다는 표정으로 껄껄껄 한바탕 비웃었다. 그러더니 갑자기 장검으로 남리의 배를 푹 찔렀다. 순간, 피비린내가 진동했다. 남리는 짧은 비명소리와 함께 뱃전에 쓰러지고 말았다. 그러자 증수가 친병들에게 지시했다.

"너희들, 다 같이 목청껏 외쳐라. 남리가 죽었다고!"

증수의 친병들은 손나팔을 한 채 죽어라 하고 외쳐댔다.

"남리는 이미 죽었다! 남리가 죽었다!"

"남리는 아직 죽지 않았다. 증수가 죽었지!"

바로 그때였다. 죽은 듯 널브러져 있던 남리가 괴성을 지르면서 벌떡 일어섰다. 이어 칼을 휘둘러 증수의 팔을 툭 내리쳤다. 아무리 무예에 뛰어난 증수이기는 했으나 '죽었던 사람'의 난데없는 기습을 당해내는 것은 불가능했다. 그대로 한쪽 팔이 떨어져나가 너덜너덜해지는 수모를 감수해야 했다. 거의 동시에 웃통을 벗어 던진 사내들 수십 명이 순식간에 증수에게 달려들었다. 증수의 친병들은 눈 깜짝할 사이에 반 이상이나 바다에 내던져지는 횡액을 당하고 말았다. 증수의 얼굴이 하얗게 질리는가 싶더니 갑자기 벽을 짚고 서서 큰 소리로 외쳤다.

"나에게 손대지 마. 할, 할 말이 있다!"

그때 유국헌의 기선은 이미 우심만 쪽으로 도망을 치고 있었다. 자연스럽게 시랑 부대의 공세는 멈췄다. 그 틈을 이용해 증수는 어두운 구름이 짙게 드리운 하늘 아래에서 눈물어린 두 눈을 들어 동쪽을 하염없이 바라봤다. 그러더니 가벼운 한숨 소리와 함께 내뱉었다.

"나는 정성공에게 할 만큼 했다!"

할 말이 있다면서 시간을 끈 증수가 남긴 말은 고작 그 짧은 한마디였다. 이어 갑자기 가슴 속에서 작은 깃발 하나를 꺼냈다. 그러면서 유국헌의 함대를 향해 재빨리 '나를 목표로 공격하라'는 의미가 담긴 암호의 기어를 보냈다. 남리 형제는 그게 무엇을 뜻하는지 몰라 잠깐 머뭇거렸다. 그 사이 도망가던 유국헌의 병사들이 대포 공격을 가했다. 첫 번째 희생자는 남명이었다. 불과 몇 초 동안 주춤거리는 사이에 그만 몸통이 산산이 흩어지는 비운을 겪고 말았던 것이다. 증수 역시 자신이 더 이상 살아남을 수 없다고 생각한 듯 장검을 들어 스스로 목을 찔렀다.

"명아……, 너는 어머님이 가장 사랑하는 아들이었어. 이제 나는 돌아가서 어머니를 어떻게 뵙는단 말이냐?"

남리의 처절한 울부짖음이 어두워져 가는 바다 위에 메아리쳤다. 그 순간 갑자기 비가 쏟아지기 시작했다.

34장
함락되는 팽호도, 그리고 대만

　팽호도를 함락시키고 상륙한 시랑은 상처의 아픔을 참고 요계성과 오영 등을 데리고 비를 맞으면서 새로 만든 병영을 둘러봤다. 한참 후 임시지휘부의 천막으로 돌아왔을 때는 이미 날이 갠 뒤였다. 바람도 잠들고 비 역시 멎어 있었다. 그 때문인지 해면 위에 잔월殘月이 걸린 모습이 보였다. 더불어 큰 전투 뒤에 항상 있게 마련인 비감함은 더욱 심해지고 있었다.

　시랑이 정신이 많이 맑아진 듯 따뜻한 차를 마시면서 요계성에게 말했다.

　"유국헌이 이번에 손실이 적지 않습니다. 녹이문鹿耳門으로 도망갈 수밖에 없을 겁니다. 우리 부대의 피해 상황도 적지 않습니다. 배 열 척이 침몰했습니다. 하지만 적들의 함선은 무려 마흔다섯 척이나 박살을 냈습니다. 완전히 파손된 전선도 적지 않고. 유국헌은 이제 더 이상 해전을 벌일 힘이 없을 거예요. 물론 녹이문 부근에 암초가 많고 상륙하기가 힘들기 때문에 한차례 악전고투는 더 치러야겠지만 말입니다!"

그러자 오영이 나섰다.

"걱정 마십시오 군문. 제가 앞장서서 녹이문을 돌파하겠습니다!"

"지금 당장은 안 돼! 자고로 적군 만 명을 죽이려면 우리도 최소한 삼천의 희생은 각오해야 해. 우리 군의 사기가 높은 것이 사실이기는 하지만 많이 지쳤어. 여기서부터 녹이문까지는 바닷길로 하루면 충분하기는 해. 문제는 날씨가 변덕이 심하다는 거야. 또 식량과 식수도 보충해야 돼."

요계성이 바닷물이 들어가 빨갛게 충혈된 눈을 힘겹게 뜬 채 말했다. 그러자 오영이 걱정 없다는 듯 다시 입을 열었다.

"유국헌이 지고 도망갈 때 이 대인께서 이미 식량을 배에 실어 보내셨습니다. 내일쯤이면 도착할 겁니다."

"이광지 대인이 이번에 고생이 많습니다! 오자마자 내가 너무 했던 것이 조금 후회가 되기도 하네요."

시랑이 한숨을 내쉬며 미안해 하자 요계성이 껄껄 웃으면서 위로의 말을 건넸다.

"그것 때문에 무슨 불이익을 당하지는 않을까 하는 걱정은 하지 마십시오. 그 사람의 공명은 시 군문 한 사람한테 달려 있습니다. 그런데 어찌 쉽게 군문을 요리해서 먹어 버리려고 하겠습니까? 솔직히 이번에 따라 나섰던 것은 내가 그 사람과 같이 있었다가는 뭔가 욕심이 있다는 의심을 사지 않을까 하는 생각에서 그런 것입니다. 혹시나 입을 화를 피해 나왔다는 표현이 더 어울릴 것 같군요!"

시랑은 요계성의 솔직한 말을 듣고서야 비로소 그가 굳이 자신을 따라 전선에 나올 수밖에 없었던 속사정을 알 것 같았다. 바로 큰 공훈을 혼자 독차지하고 싶어 하는 공명심 강한 이광지를 피하고자 했던 것이다. 이를테면 요계성은 이광지로 하여금 자신은 분에 넘치는 욕심이 없는 사람이라는 사실을 출정을 통해 직접 보여준 것이었다. 시랑은 순간 "화를 피해 나왔다"고 한 요계성의 표현이 더 없이 적절하다고 생각했다. 웃으면서 그의 판단에 수긍했다.

"역시 문인들은 생각하는 것부터가 복잡하고 미묘하네요. 그렇다면 이광지가 나를 괴롭히지 않을까 하는 우려는 안 해도 되겠군요. 아무튼 부상병들은 전부 복주로 보내야겠습니다. 남리 등을 먼저 보내면 좋겠습니다!"

"군문!"

시랑의 말이 채 끝나기도 전이었다. 남리가 언제 뛰어 들어왔는지 혈색이라곤 없는 얼굴을 한 채 시랑을 소리쳐 불렀다. 천으로 동여맨 복부가 잔뜩 부어올라 있었다. 그러나 동생을 잃은 원한이 사무쳐서인지 의욕은 오히려 넘치고 있었다. 그가 간절한 표정을 지은 채 사정하듯 말했다.

"저는 이번 전투에서 아무런 공도 세우지 못했습니다. 이대로 저를 돌려보내지는 말아 주십시오."

시랑을 비롯한 세 사람은 남리의 간청에 약속이나 한 듯 놀랐다. 시랑이 황급히 남리를 눌러 앉히고 어깨를 감싸안아 주었다.

"아니, 자네가 여기는 어떻게 왔는가? 꼼짝 말고 누워 있으라고 하지 않았나? 그리고 자네가 아무런 공이 없다니? 자네가 앞에서 목숨 걸고 막아주지 않았더라면 나도 어찌 됐을지 모르네! 자네가 그렇게 많은 적들을 무찌르고 적의 선발 함대를 탈취했다는 것이 얼마나 대단한 공로인지 모르나! 자네가 입은 부상은 심각한 상태야. 설사 철인이라고 해도 이쯤 되면 땜질을 해야 한다고!"

시랑의 말에 오영이 거들고 나섰다.

"남리, 너무 몸을 혹사하지는 마. 나중에 공로는 서로 나눠 가지면 돼. 일이 잘 되면 나 같은 사람도 붉은 정자 하나쯤은 차례가 오지 않을까 기대하고 있다고!"

"저 같은 비천한 놈을 폐하께서는 태화전을 수리하는 일에 참여시켜 주셨습니다. 그것은 제가 별다른 재주가 있어서도 아니고, 남보다 똑똑해서도 아니었습니다. 오로지 힘깨나 쓰게 생긴 것 때문이었을 겁니다. 그런데 제가 아무런 공도 세우지 못하고 이대로 돌아가면 어떻게 얼굴을 쳐들고 다닐 수가 있겠습니까!"

시랑은 울먹이는 남리를 뒤로 한 채 창가로 다가갔다. 그러더니 깊은 한숨을 내쉬었다.

"자네에 대해서는 폐하께서 언젠가 한번 말씀하신 적이 있었지. 자네가 성은을 많이 입은 것은 알아. 하지만 자네는 상처가 너무 심해서 힘을 쓸 수 없는 상황이라는 것도 알아야 해!"

"상처를 입기는 대인도 마찬가지십니다."

남리가 시랑이 입은 부상을 입에 올렸다. 그러다 다시 흐느끼면서 말을 이었다.

"군문께서 제가 성은을 많이 입은 줄 알고 계신다면 더욱 저를 돌려보내시면 안 됩니다. 나중에 폐하를 알현했을 때 할 말이 있게 해주십시오!"

이틀 후, 250척의 군함이 식량과 식수 및 땔감을 충분히 싣고 녹이문으로 돌진했다. 녹이문은 팽호제도膨湖諸島 남쪽에 있는 큰 섬으로, 대만의 북문 항구로 통하는 최고의 요충지였다. 유국헌이 대만 본토를 보호하기 위해 두 번째 방어선을 구축한 곳이기도 했다. 녹이문은 군사 요충지로서 손색이 없었다. 무엇보다 지세가 험준했다. 또 주위에 암초가 많아 위험하기 그지없었다. 시랑의 함대는 녹이문 항구에서 반 리半里 정도 떨어진 곳에 주둔했다. 그들은 모든 수단을 동원해 유국헌을 바다로 유인해야 했다. 하지만 유국헌은 자신의 진지에서 불화살과 대포만 미친 듯 쏘아댈 뿐 백 척 정도 남은 군함은 단 하나도 바다로 내보내지 않았다. 시랑으로서도 당분간 어쩔 수가 없었다.

사흘째 되는 날, 예상대로 큰 바람이 불었다. 거대한 파도도 덮쳐와 수채水寨를 여지없이 공격했다. 해전 경험이 많은 병사들마저 구토를 할 정도였다. 심지어 어떤 배는 대만 병사들의 맹렬한 포격으로 밑바닥에 구멍이 뚫리기도 했다. 상황이 무척 위험했다.

"이대로는 안 되겠어! 바람이 하루 이틀 사이에 멈추지는 않을 거야. 반드시 이틀 내에 적들을 섬멸해야 해!"

요계성이 심한 구토 증세로 하얗게 질린 얼굴로 말했다.

"녹이문은 만조滿潮 때가 아니고는 배가 들어갈 수 없습니다. 그들을 밖으로 유인해내는 수밖에 없어요……. 그 방법 뿐이에요!"

그때 진망이 성큼 한 발 앞으로 나서면서 자원했다.

"군문, 제가 적을 유인하러 나가겠습니다!"

시랑이 이를 악물었다. 이어 굳은 표정으로 심각하게 생각하더니 한참 후에야 입을 열었다.

"지금 이 순간부터 내가 돌아오기 전까지는 요 군문이 전군의 지휘를 맡는다!"

좌중의 사람들은 시랑의 결정에 깜짝 놀라지 않을 수 없었다. 요계성 역시 마찬가지였다.

"시 군문은 사령관이니, 여기를 지켜야 합니다. 내가 가겠어요!"

"그럴 수는 없습니다. 저쪽에 나를 보고 싶어 하는 자들도 많을 테고,

나 역시 이 악물고 오늘을 기다렸습니다. 내가 기선을 데리고 쳐들어가는 척하면 저것들이 밖으로 나오지 않을 리 없습니다!"

시랑이 히죽 웃음을 지어 보였다. 그러자 요계성이 날카롭게 질문을 던졌다.

"그러다 배가 좌초되면 어떻게 합니까?"

시랑이 바로 대답했다.

"좌초를 피해 상륙해서 거점을 확보한다면 유국헌도 감히 수수방관할 수는 없을 겁니다. 만약 좌초당한다면 우리가 허우적대는 틈에 유국헌이 전선을 파견해 우리 배를 포위할 겁니다. 그때는 더 좋습니다. 여러분들이 근방에 숨어 있다가 유국헌의 퇴로를 차단해 버리면 투항을 이끌어내는 것은 일도 아닙니다!"

"꼭 군문이 가야 합니까?"

요계성의 목소리가 가늘게 떨렸다. 시랑은 머리만 끄덕일 뿐 입을 열지 않았다.

"장군!"

오영과 진망이 동시에 한쪽 무릎을 꿇었다. 가지 말라는 얘기였다. 그러자 시랑이 준엄하게 두 사람을 꾸짖었다.

"여기는 강심장만 살아남을 수 있는 곳이야! 자네들은 어서 저쪽 배에 타! 내 배가 가라앉았거나 좌초당하면 자네들이 즉각 깃발을 올려 지휘해야 할 것 아닌가!"

시랑은 세 사람이 눈물을 머금고 떠나가자 장검을 빼들었다. 그리고는 눈에서 불꽃을 튕기면서 고함을 질렀다.

"기선과 중군 호위함선은 즉각 녹이문으로 들어가 거점을 확보하라!"

때를 같이 해 뒤에서 대포 소리가 울려 퍼졌다. 시랑의 함대는 힘차게 출발했다. 그러나 얼마 후 우려했던 일이 현실이 됐다. 해안가 상륙 지점을 고작 30장丈 앞두고 시랑의 지휘함대가 좌초하고 말았다. 그러자 포대 위에서 해안을 지키고 있던 10문의 대포가 무차별 공격을 가했다. 그러나 바로 오영이 반격을 가해 공세를 꺾었다. 잠시 후 해안 저편에서 우박 소리를 방불케 하는 북소리가 들려왔다. 무려 90여 척의 전투함이 항만에서 빠져나와 거침없이 시랑을 향해 달려들고 있었다. 해면 위에서 계속 터지는 포화는 마치 죽이 끓는 모습을 방불케 했다. 요계성은 적들을 유인해내는 작전에 성공했다고 생각하고 재빨리 붉은 기를 높이 흔들었다. 시랑의 깃발 역시 때를 같이 해 내려졌다. 오영의 함대에서는 새 용기龍旗가 서서히 창공을 향해 올라갔다. 그러자 사생결단의 결의를 다진 듯한 남리가 장검을 든 채 전선의 뱃머리에 선 채 20여 척의 군함을 거느리고 다가갔다. 나머지 전투함 150척은 방향을 틀어 항구 쪽으로 돌진했다. 시랑과 함께 양면 작전을 전개하려는 듯했다. 삽시간에 바다는 어디라 할 것 없이 포화에 휩싸였다.

전례 없는 해전이었다. 쌍방이 투입한 전투 인력은 무려 4만여 명에 이르렀다. 동원된 전투함도 5백여 척이 넘었다. 전투는 각양각색으로 전개됐다. 각자 자기들의 전략에 의해 돌진하는가 하면 뱃머리를 맞대고 서로 적선에 뛰어올라 백병전을 벌이는 곳도 있었다. 적 함대의 공격을 막느라 결사적으로 폭격을 가하는 곳도 있었고, 아예 물속에 뛰어들어 치열한 검술 대결을 벌이는 현장도 있었다. 이렇게 해서 쌍방 합해 70여 척의 배가 불에 탔다. 선체가 뿌지직대면서 타들어가는 소리에 귀가 먹먹할 정도였다. 청나라 군은 황혼의 저녁노을이 피로 물든 해면을 더욱 붉게 비출 무렵에야 비로소 적잖은 희생자를 내고 녹이문 항구를 점령할 수 있었다. 더불어 포대도 탈취했다. 그러나 해안의 진지는 여전히 대만 수군의 수중에 있었다.

유국헌이 유인 전술에 빠졌다는 사실을 깨달았을 때는 이미 퇴로가 차단된 뒤였다. 그러나 그는 최후의 발악이라도 하듯 나머지 30여 척의 배를 집결시켜 자신이 이 일대에 익숙하다는 이점만 믿고 남리의 전선 주변을 선회하는 한편 시랑의 함대도 위협했다. 남리는 시랑을 구하려는 일념 하나로 유국헌의 함대를 쫓아갔다. 그 결과 배가 다니기 불가능할 만큼 낮은 해역으로 유인당하고 말았다. 대가는 혹독했다. 20여 척 가운데 15척이 눈 깜짝할 사이에 좌초당하는 엄청난 피해를 입었다. 나머지 다섯 척도 황급히 도망치던 중 유국헌의 공격을 받고 뒤집어져 버렸다. 유국헌이 얼굴에 거만한 웃음을 머금은 채 하늘을 쳐다보면서 외쳤다.

"패전을 할지라도 시랑 하나만 생포하면 공로를 세운 거야!"

유국헌이 휘하의 부하들에게 자신을 합리화하는 말을 한 다음 바로 남리를 가리켰다. 동시에 소리를 내질렀다.

"야, 임마! 주먹깨나 쓴다는 자식이 고작 이런 곳에서 고래 밥이 되냐? 녹이문은 몇십 년에 한 번씩만 만조가 있다고. 꿈 깨라, 꿈 깨! 아무리 안간힘을 써봤자 너의 사령관을 구할 수는 없을 거야!"

유국헌은 말을 마치자마자 곧바로 명령을 내렸다.

"오늘 해전은 여기까지야. 내일 시랑을 생포한 다음 대만 본토에 들어가서 다시 한 번 일합을 겨루도록 하지!"

유국헌이 이처럼 대만으로 철수를 서두를 때 뭍으로 오른 요계성은 서둘러 오영을 데리고 포대로 올라갔다. 아래의 해안은 아직 여전히 대만 병사들의 수중에 있었다. 조금 멀리 떨어진 해면에는 좌초당한 시랑과 남리의 함대가 보였다. 요계성은 포대 위에 있는 대포를 둘러보았다. 모두 해면 위에 있는 배만 사격할 수 있도록 고정돼 있었다. 때문에 해안에서 올라오는 화력은 제어할 방법이 없을 것 같았다. 오영은 그런 어려운 상황에서도 머리를 쥐어 짜냈다. 병사들에게 명령해 대포의 뒷부분을 높이 받쳐 사정거리를 가까운 해안으로까지 단축시킨 것이다. 요계성은 그새 속이 많이 좋아진 듯했다. 망원경을 들고 해면을 한동안 지켜보는 여유도 보였다. 그러다 오영에게 다가와 입술을 실룩이더니 나지막이 말했다.

"오 총병."

"예, 군문! 무슨 명령이라도 있습니까?"

"명령까지는 아니야. 이 지역은 만조를 기다리기가 하늘의 별 따기라고 하더군. 그게 사실인가?"

오영이 잠시 생각하고 나서 대답했다.

"녹이문은 이십 년째 만조가 없었다고 합니다. 시랑 장군께서 그러시는데, 만조만 나타나주면 직접 해안까지 쳐들어갈 수 있기에 어려운 전투는 아니라고 했습니다. 그런데 만조가 없으니 이렇게 힘이 드는 것 같습니다!"

요계성이 오영의 말에 귀를 기울였다. 그러더니 성큼 앞으로 나서서 이마를 찌푸린 채 한동안 해면을 주시했다. 그러다 갑자기 돌아서며 지시했다.

"오 총병, 방금 대포의 뒷부분을 높이기로 했던 것 있잖아. 사정거리를 단축시키기 위한 것이겠지. 그러나 반만 높이고 나머지는 그대로 두게. 원래의 사정거리에서 변화를 주지 말라고……."

"왜 그러십니까?"

오영이 놀란 얼굴로 물었다. 그러나 그는 곧 요계성의 말뜻을 알아차렸다. 대포의 뒷부분을 높이지 않을 경우 시랑의 함대가 사정거리 안에 들어왔던 것이다. 그가 몸을 움찔하면서 한 걸음 뒤로 물러서더니 눈을 크게 뜬 채 물었다.

"설마 그렇게 하시려고요……?"

요계성이 묵묵히 머리를 끄덕였다.

"나머지 다섯 문의 대포는……, 시 군문이…… 순국할 때 사용하는 용도로 남겨 두게."

오영의 얼굴이 하얗게 질렸다. 그러다 이내 다시 검붉게 달아올랐다. 그는 순간 장검에 손을 얹은 채 뒤로 한 걸음 물러섰다. 이어 두 눈을 무섭게 부릅뜨면서 소리를 질렀다.

"어떻게 감…… 감히 그런 생각을!"

요계성이 오영의 말에는 반응을 보이지 않은 채 주위를 둘러봤다. 아무도 없었다. 그가 쓸쓸한 웃음을 지었다.

"나라고 그러고 싶겠는가? 내가 공로를 독식하기 위해 그런다고 오해하지는 말게. 알아두라고, 시랑이 잘못되면…… 나도 죽어버릴지도 몰라! 이 정도면 나와 시랑의 교분이 어느 정도인지 알겠지?"

"그렇다면 도대체 왜 이러십니까?"

오영은 질책과 비난이 어린 말과 함께 매서운 눈빛으로 노려보았다. 요계성은 뒤로 한 걸음 물러섰다. 그러다 순간적으로 발을 구르더니 머리를 감싸 쥔 채 웅크리고 앉아 울음을 터뜨렸다.

"아니야, 절대 그럴 수는 없어! 나는 그렇게 할 수 없다는 말이야……."

요계성의 얼굴은 마치 백지장 같았다. 누가 보면 오싹한 무서움을 느낄 얼굴이었다. 그가 잠시 후 오영에게 한 발 다가가며 무언가를 보여 주었다.

"이건 폐하의 밀유密論이네!"

"예?"

오영이 머리를 번쩍 쳐들었다. 동시에 요계성을 노려봤다.

"시랑한테서 이상한 기미가 보이면 그렇게 하라고……. 솔직히 나라와 민족의 운명 앞에 시랑 한 사람의 목숨은…… 가벼운 존재라고 해도 좋아!"

요계성이 더듬거리면서 말했다. 그 자신 역시 불안에 떨고 있었다. 그러나 그는 어둑어둑해져가는 해면을 바라보면서 다시 말을 이어나갔다.

"물론 특별한 경우가 아니고서는 절대 그런 일은 없을 거야. 하지만 걱정스러운 것은 시랑이 누가 뭐래도 저쪽에서 넘어온 사람이라는 것이지. 만일의 경우 투항을 하거나 생포당한다면 대만에서는 협상을 걸어올 자본이 생기는 격이 되네. 그렇게 되면 수 년 동안 대만 출정에 온갖 노력을 다 기울여 온 조정으로서는 얻는 것이 뭐가 있겠는가……."

오영은 그제야 요계성의 말뜻을 제대로 알아차렸다. 그럼에도 괴로운 심사는 지울 수가 없었다. 계속 눈물을 흘리면서 해면을 바라보다 느릿느릿 대포가 있는 방향으로 걸어갔다.

"돌아와!"

요계성이 오영을 불러 세웠다. 이어 천천히 힘주어 말했다.

"다른 사람들에게는 시 군문을 보호하고 유국헌의 병사들에게 포격을 가하기 위해서라고 일러 둬! 군기를 발설했을 경우 자네 일족이 어떻게 될지는 잘 알겠지?"

날씨가 다시 어두워졌다. 해면 위는 고요했다. 녹이문의 파도 소리만 인간사의 흥망성쇠에는 전혀 무관심한 듯 밤새도록 철썩대고 있었다.

시랑의 배에는 이제 세 명의 수병만이 살아 있었다. 전사한 수병들은 이루 헤아릴 수가 없었다. 선실 한편에 엄청나게 쌓여 있었다. 또 시커먼 해면 위에도 여기저기 떠다니는 시체들이 널려 있었다.

"이제는 모든 것이 끝났어."

시랑이 눈물보다 더 슬픈 웃음을 지어 보였다. 멀지 않은 저쪽에 유국헌의 함대가 눈에 들어왔다. 날만 밝으면 모든 것이 결판날 것이라는 사실을 말해주는 풍경이었다. 유국헌은 정성공의 심복이었다. 또 시랑에게 는 아버지를 죽인 철천지원수이기도 했다. 그런 유국헌이 독을 품고 사생결단을 내려고 하는 자신을 그냥 내버려 둘 리가 없었다. 시랑은 생각 같아서는 그냥 눈 딱 감고 바다에 뛰어들어 물속으로 가라앉고 싶었다. 고래의 밥이 되든 새우 떼의 간식거리가 되든 아무튼 영영 사라지고만 싶었다. 그러나 그래서는 안 될 일이었다. 그는 간신히 입을 열어 살아남은 세 명의 수병을 불렀다.

"애석하게도 여기가 우리의 목숨을 바칠 장소가 될 것 같구나. 미안하다. 평소에 너희들을 잘 챙겨주지 못해서……."

세 명의 수병들은 나이가 상당히 어렸다. 어둠속인 탓에 얼굴은 똑바로 보이지 않았다. 그러나 눈물이 반짝이는 그들의 눈동자는 너무나도 또렷했다. 그 중 한 명이 시랑의 말을 듣더니 복건 사투리가 다분한 말투로 말했다.

"장군께서도 죽음 앞에서 초연하신데, 저희들이 겁날 것이 뭐 있겠습니까? 저도 지금까지 여섯 명이나 죽였습니다. 빌어먹을! 본전은 톡톡히 찾았으니까 아쉬울 것은 없습니다!"

시랑이 대견스러운 듯 수병의 머리를 쓰다듬어 주고는 무릎을 감싸고 앉았다. 그런 다음 별들이 총총한 밤하늘을 올려다 보았다.

"우리는 끝까지 충성을 다하면 돼! 내가 평소에 계산해 보니까 올해 녹이문에 만조가 오는 것으로 나오더라고. 그게 언제가 될지는 모르지만 하늘을 한번 믿어보는 거야. 운 좋게 만조를 만나 죽음을 면한다면 내가 너희들을 모르는 체하지는 않을 거야. 그러나 과연 그런 기적이 나타날까?"

네 사람은 모두 침묵에 잠겼다. 녹이문은 강희 원년에 만조가 한 번 있은 후로 20년이 되도록 단 한 번도 없었다. 그러니 시랑이 계산을 해봤다고는 하나 기적이 일어날 것이라고 믿기는 힘들었다.

그러나 세상에는 믿기 어려울 정도의 기적이 분명히 존재하는 법이다. 해신이 도왔는지 그 기적은 이튿날 이른 새벽에 찾아왔다. 지척을 분간하기 어려운 뿌연 안개 속에서 어른의 키 두 배 높이는 될 것 같은 조수가 천군만마의 기세로 울부짖으면서 저 멀리서부터 덮쳐오기 시작한 것이다. 첫 번째로 밀려온 조수만으로도 모래 속에 처박혀 있던 꿈쩍하지 않고 있던 시랑의 배는 선미를 들썩이면서 격렬하게 요동쳤다.

"이런 세상에! 만조다, 만조!"

시랑은 너무 기뻐서 기절할 것 같았다. 두껍게 낀 안개만으로도 다행이라고 생각했던 차에 느닷없이 달려온 잇따른 조수는 그야말로 하늘의 조화라고 해도 과언이 아니었다. 그가 얼떨떨한 기분에 잠겨 있을 무렵 또다시 조수가 하늘과 땅을 진동시킬 기세로 몰려왔다. 그새 배들은 그 자리에서 자유자재로 회전이 가능할 정도로 자리를 잡았다. 마음만 먹으면 현장을 떠날 수도 있게 됐다. 시랑은 너무나도 엄청난 현실 앞에서 혹시나 꿈인가 싶어 뱃전을 한 바퀴 돌아보았다. 그런 다음 갑자기 귀청을 찢는 듯한 괴성을 지르면서 웃음을 터트렸다.

"조수다! 진짜야! 하하하하……!"

그의 웃음이 끝나기도 전이었다. 저 멀리서 진망의 함대가 호응해 오는 모습이 보였다. 또 그보다 더 가까운 곳에서는 오장육부가 튀어나올 것만 같은 남리의 커다란 웃음소리도 들려왔다.

그러나 유국헌은 완전히 반대의 상황에 처하고 있었다. 자연의 조화 앞에 맥을 탁 놓을 수밖에 없었던 것이다. 원래 그와 시랑의 싸움은 전력의 차이가 상당했다. 그럼에도 그는 만조가 없는 이곳에서는 자신이 유리할 줄 알았다. 그래서 마음 놓고 전투를 벌일 생각을 할 수 있었다. 그러나 상황은 딱 하루 만에 뒤바뀌고 말았다. 그는 모든 것을 체념한 표정으로 밀려오는 조수를 멍하니 바라봤다. 그러다 급기야 웃는지 우는지 분간이 가지 않는 소리를 지르면서 갑판에서 털썩 무릎을 꿇었다.

"선왕이 창업을 하고 대만을 점령하러 왔을 때 만조가 왔었지. 그런데 시랑이 온 지금 다시 만조가 왔어⋯⋯. 이것은 분명 하늘의 뜻이야⋯⋯. 인간이 어찌할 수 없는 하늘의 뜻이라는 말이야!"

유국헌은 한참을 울부짖고 난 다음 중군호령에게 명령을 내렸다.

"자네, 군함을 거느리고 대만으로 돌아가서 내 말을 전하게. 시랑이 사적인 원수를 갚지 않고 지나간 과거도 묻지 않는다면, 또 종묘宗廟를 파괴하지 않을 뿐만 아니라 대신들을 죽이지 않고 백성들을 괴롭히지만 않는다면⋯⋯."

유국헌은 목이 메었다. 말을 잇느라고 무지하게 고생을 하고 있었다. 그러나 그는 마지막에 젖 먹던 힘까지 다 짜내 겨우 말을 이었다.

"그렇게만 해준다면⋯⋯ 그럴 수만 있다면⋯⋯ 전부 투항하라고 말이야!"

유국헌은 간신히 그 말을 남기고는 순식간에 장검을 목으로 가져갔다. 이어 추호의 주저함도 없이 쓱 그어버렸다. 거대한 체구의 사나이는 미친 듯 달려오는 조수에 휘말려 눈 깜짝할 새에 바다 속으로 자취를 감추고 말았다.

35장
황제가 심어놓은 첩자

강희 22년 6월 22일은 역사에 기록된 날이었다. 이날 청나라 군이 드디어 팽호도를 수복한 것이다. 대만의 문호가 활짝 열리는 순간이라고 할 수 있었다. 그럼에도 시랑은 기쁨을 드러내지 않고 전열을 재정비했다. 군량미도 보충했다. 부상한 병사들을 위로했을 뿐만 아니라 바다에서 전사한 병사들도 건져냈다. 그야말로 눈코 뜰 새 없이 바빴다. 전투함의 수리를 마친 다음에는 바로 혈전과 관련한 자세한 상황을 적은 보고문을 작성해 복주로 보냈다. 이광지는 팽호 대첩의 소식을 눈으로 확인하고는 그제야 긴 안도의 숨을 내쉬었다. 그리고는 이어지는 내용에 놀란 나머지 그 자리에 거의 쓰러질 뻔했다. 시랑이 보고문에 병사들의 공로를 치하할 비용 은자 9천 냥이 부족하다고 한 탓이었다. 그는 고민에 고민을 거듭했다. 그러다 복건의 번사藩司아문에서 자금을 조달해 팽호도로 보내줬다. 이튿날에는 대만의 정극상이 사람을 보내 투항 의사를 밝혀왔다는 내용의 편지도 시랑이 전해왔다. 모든 전선에서 완승을 거뒀다고 할 수 있었다. 이광지는 흥분에 떨면서 지체 없이 북경으로 향했다. 투항을 받아들일 준비를 해야 했던 것이다.

대만을 수복했다는 소식은 삽시간에 북경을 뒤흔들었다. 때마침 유럽의 이탈리아, 프랑스, 네덜란드 등에서 온 칙사들도 그 소식을 접했다. 당연히 경쟁적으로 저마다 축하의 글을 강희에게 올려 '대황제'大皇帝라고 칭하면서 축하를 아끼지 않았다. 강희는 너무나 흥분해 가만히 있지를 못했다. 직접 태화전으로 이광지를 만나러 가는 파격적인 행보를 보였다. 태화전에서는 무려 네 시간 남짓 이광지와 독대를 했다. 색액도와 명주도 바빴다. 돌아가지 않는 머리를 빡빡 긁어서는 황제의 신성한 문무文武를 칭송하는 말을 아끼지 않았다. 고사기 역시 즉석에서 시를 지어 읊으면서 강희의 만수무강을 기원했다. 웅사리라고 빠질 수는 없는 일이었다. 황자들에게 잠시 동안의 휴식을 주고는 예부로 달려왔다. 이어 사관司官들을 진두지휘해 밤새 투항을 받아들이는 문서를 작성했다. 이어 강희의 결재를 받고 긴급 서한을 복주로 발송했다.

이튿날 하계주가 이광지의 자택으로 찾아가 은조恩詔를 발표했다. 그에게 태자태보太子太保, 문연각대학사文淵閣大學士, 예부상서禮部尚書 직위를 추가로 봉한다는 내용이었다. 하계주는 조서를 발표하고는 4품으로 승진한 관리다운 여유로움으로 하얀 수염을 쓰다듬으면서 웃어 보였다. 이어 발그레한 빛이 감도는 혈색 좋은 얼굴로 말했다.

"저는 평생 오씨 가문으로부터 복을 받고 사는 것 같습니다. 처음에는 우리 둘째 도련님이 폐하의 스승으로 계시는 덕에 궁으로 들어오게됐어요. 둘째 도련님이 불가에 출가를 하시니까 이번에는 도련님의 아버님인 우리 어르신의 제자 이 대인께서 들어오셨어요. 이 얼마나 묘한인연입니까. 앞으로 잘 부탁드립니다!"

이광지는 강희가 작위를 추가로 하사하자 정말 날아갈 듯이 기뻤다. 지나친 흥분으로 가슴이 세차게 방망이질치고 있었다. 그러나 겉으로는 일부러 내색을 하지 않았다. 애써 진정시키면서 조용히 입을 열었다.

"나는 지금껏 복이나 운명이라는 것을 믿지 않았어요. 그런데 그대를 보니 복을 타고 났다는 말이 절로 나오는군요. 태감들 중에 하주아라는 친구가 하나 있더라고요. 그대를 부러워한 나머지 본명과 무관하게 하주아라고 이름을 고쳐 부른다는 얘기가 있더군요."

이광지가 말을 마치고는 그예 막무가내로 밀려 나오는 웃음을 참지 못하고 기분 좋게 웃었다. 하계주 역시 이광지의 말이 별로 기분 나쁘지 않았다. 확증을 거치지 않은 말인 데다 대충 자신의 비위를 맞춰주는 거짓말이라 해도 듣기에는 좋았던 것이다. 그가 이광지에게 좀더 가까이 다가갔다.

"들리는 소문에는 대인이 곧 상서방으로 들어갈 거라고 하던데요? 승승장구하시는 것을 보면 이 대인이야말로 복을 타고 나신 것이 틀림없습니다. 처음 대만 정벌 여부를 결정할 때는 색 중당 어른마저 우물쭈물하면서 용단을 내리지 못했다고 했습니다. 하지만 이 대인께서는 대신들 중 유일하게 꼭 대만에 출정해야 한다는 주장을 끝까지 밀고 나가셨다고 하더군요. 이게 바로 다른 사람들보다 능력이 뛰어나다는 증거가 아니겠습니까! 옹 대인께서도 이 대인이 뛰어난 신하가 될 기품을 가지고 있다고 칭찬하셨습니다!"

하계주는 완전히 사탕발림 소리를 하면서 연신 찬탄을 금치 못했다. 이광지는 그의 말이 듣기 좋은 듯 눈빛을 반짝였다. 그러더니 한참 후에는 후유! 하고 길게 숨을 내쉬더니 담담한 표정을 지었다.

"군자라면 자신의 분수를 잘 파악해야 하오. 잘 나갈 때는 천하를 걱정해야 하겠으나 어려워지면 근신하는 것이 바람직해요. 뛰어난 신하가 되느냐, 되지 못하느냐에 대해서는 솔직히 나는 별로 관심이 없어요. 억지로 명예를 좇다 보면 비굴하고 저속해지거든요. 폐하께서 이미 베풀어주신 것만으로도 나는 충분히 만족하오. 어찌 달리 분에 넘치는 생각을 할 수 있겠소!"

하계주는 자신이 청렴결백하다는 사실을 극구 주장하는 이광지의 말에 속으로 웃음을 참지 못했다. 황제의 옆에서 수 년 동안 시중을 들면서 어깨 너머로 훔쳐보고 귀동냥해 들은 것만 해도 아는 것이 겁날 만큼 많은 그의 입장에서는 그럴 만도 했다. 그는 그러면서도 아닌 척, 가지고 싶어하면서도 무관심한 척하는 문인들의 습성에 대해서 너무나 잘 알고 있었다. 때문에 이광지에게 더 이상의 아첨은 하지 않기로 하고 바로 일어났다.

"그렇죠. 다른 사람의 입에서 그런 말을 들었다면 뺀질뺀질하게 시치미를 뚝 뗀다고 비웃었겠으나 이 대인만은 둘째가라면 서러워할 이학理學의 대유大儒이신데, 제가 믿지 않을 수가 있겠습니까! 시간이 많이 흘렀으니 저도 이제 그만 가봐야겠습니다. 괜찮으시다면 색 중당 어른 댁으로 가 보십시오. 세간의 소식에 정통하신 분이라 폐하께서 다른 은혜를 베푸신다는 얘기가 계실지 모르니까 말입니다!"

말을 마친 하계주는 서둘러 자리를 떴다. 어린 친구한테 할 만큼 했다는 표정이 얼굴에 묻어났다.

그날 오후 이광지는 네 명이 드는 관교官轎(관리가 타는 가마)에 앉아 옥황묘가에 있는 색액도의 저택으로 향했다. 문지기가 이광지를 알아보고는 깍듯이 인사를 올렸다. 이어 황급히 달려가더니 색액도의 식객인 진철가와 진석가 두 사람을 데리고 나왔다. 둘은 반갑게 이광지를 맞았다. 그리고는 바로 서화청으로 안내했다.

색액도는 왕명도와 바둑을 두고 있었다. 그러나 이광지가 들어오자 바둑판을 한편으로 밀쳤다. 이어 자리에서 일어서면서 반색을 했다.

"새로운 귀인이 왕림하셨는데, 마중을 나가지 못해 미안하군요. 이런 것 가지고 달다 쓰다 할 진경晉卿(이광지의 자字)이 아니시겠죠?"

"어르신, 별 말씀을요!"

이광지가 두루마기 자락을 여미며 자리에 앉았다. 그런 다음 미소를 지으며 덧붙였다.

"북경에 오자마자 찾아뵈었어야 하는데, 너무 바쁘다 보니 인사가 늦었습니다. 오히려 제가 더 죄송합니다!"

"술상을 봐 와라!"

색액도가 하인에게 큰 소리로 지시를 내렸다. 그러더니 무덤덤한 표정으로 왕명도에게 말했다.

"왕 선생, 그대도 가지 말고 같이 있자고. 술 한잔 하면서 얘기나 나누게. 진경, 그래 성지聖旨는 받았소?"

"오늘 오후에 하계주가 다녀갔습니다. 높고도 깊으신 폐하의 은혜에 황송할 따름입니다!"

이광지가 무릎을 쓸어내리면서 너무 과분하다는 표정을 지어 보였다. 왕명도가 다소 지나치게 겸양을 떠는 이광지를 냉철하게 바라보다가 한참 후에야 입을 열었다.

"성은도 물론 성은이려니와 여기에는 태자 전하의 뜻도 포함돼 있습니다. 중당 대인께서 오전에도 말씀하셨듯 태자 전하께서는 몇 번씩이나 폐하께 이 대인을 상서방으로 보내주십사 하는 요청을 하셨다 합니다!"

그때 집사인 채대가 술상을 들고 나타났다. 그러자 색액도가 가볍게 힐책을 했다.

"채대, 뭘 하는가? 폐하께서 하사하신 모태주茅台酒를 가져오지 않고!"

채대가 색액도의 지시에 그러겠노라 대답하고는 물러났다. 세 사람은 그제야 비로소 자리에 앉았다.

색액도가 젓가락으로 접시를 뒤적여 게 한 마리를 집었다. 그는 먹음 직스럽게 살이 오른 게의 다리를 비틀면서 말했다.

"이것 봐요, 용촌樟村(이광지의 호), 요즘은 강희 십이 년 이전 같지가 않아요. 한자리 차지하기가 정말 힘들다고요! 지금이 태평성세이다 보니까 모두들 너도 나도 올라가는 데까지 올라가 보려고 안간힘을 쓰고 있어요. 그런 마당에 내가 용촌 그대의 마음을 몰라서 그러는 것이 아닙니다. 솔직히 용촌의 인품이나 마음 씀씀이, 재주 등으로 볼 때 상서방에 들어가는 것은 당연지사가 아닙니까? 그러나 문제가 있어요. 중간에서 방해를 하는 인간이 있다고요. 그래서 골치가 아프다는 거죠!"

색액도는 의도적으로 궁금증을 잔뜩 유발시켜 놓고는 잠시 말문을 닫았다. 그리고는 부지런히 음식을 집어 먹다가 한참 후에야 덧붙였다.

"용촌이 자리를 비운 몇 개월 동안 소문이 얼마나 무성했는지 모를 거예요. 그사이 진몽뢰도 다시 돌아왔지 뭡니까. 이번에는 솔직히 용촌의 공로가 하도 큰 탓에 끽소리 못하고들 가만히 있었어요. 만약 그렇지 않았다면 소인배들의 성화에 제대로 얻어먹지도 못할 뻔했습니다. 그걸 알아야 해요!"

"소문이라니요?"

이광지는 가슴이 철렁 내려앉았다. 자신도 모르게 질문이 튀어나왔다. 그러나 그는 평소에 속내를 잘 드러내지 않는 사람들 중의 한 명으로 유명했다. 재빨리 표정을 관리하면서 천천히 여유 있게 말을 이었다.

"폐하께서 알아주시면 그것으로 끝이죠. 다른 사람이야 저를 욕하든지 말든지 상관할 것이 뭐 있다고요! 저로서는 위험을 무릅쓰고 출정 부대 지원을 하느라 밤잠을 설치면서 일했는데, 뒤에서 초를 치고 기름 뿌리고 소문을 만들어내는 인간들이 있다는 것이 그저 황당할 뿐이죠."

이광지의 자기 방어적 성격이 농후한 말이 끝났을 때였다. 채대가 들어오더니 술을 따라줬다. 왕명도가 그가 나가기를 기다렸다 냉소를 흘리면서 말했다.

"많이 배웠다는 사람답지 않게 왜 그러십니까. 자고로 공을 세우고도 조정에 돌아와 목이 날아가는 사람이 얼마나 많았습니까?"

색액도가 왕명도의 말을 받아 보충설명을 했다.

"용촌, 그대를 고발하는 탄핵안이 무려 네다섯 건이나 들어왔어요. 여국주, 서건학, 곽수 다 한마디씩 했더군요. 소문 중에는 그대가 부친상을 당해 복건에 갔을 때의 얘기가 우선 있어요. 그때 경정충과 밀거래가 있었다고 하더군요. 친구를 팔아먹었다는 설도 있어요. 그대가 도학道學의 '도'자 하나에도 어울리지 않는 사이비라는 평가도 공공연히 나돌고 있어요. 또 누구는 아버지의 장례를 치르는 중인데도 술집 작부들과 어울려 진탕 퍼마시고 다니는 것을 마치 자신이 본 것처럼 얘기를 하던데요?"

색액도의 말을 듣고 있던 이광지의 눈에서는 불꽃이 튀었다. 자리를 비우는 동안 자신을 헐뜯는 세력들이 이다지도 창궐했다는 사실에 분노하지 않을 수 없었다. 가까스로 화를 꾹꾹 눌러 삼킨 그가 한참 후에야 한숨을 내뱉었다.

"제 마음은 하늘이 알지 않겠습니까?"

"폐하께서도 아실 겁니다. 그렇기 때문에 모든 탄핵안을 전부 서랍 속에 넣고 깔아뭉개 버리셨어요. 그러니 크게 걱정할 필요는 없을 것 같아요."

색액도가 담담하게 말했다. 그러나 왕명도는 생각이 달랐다.

"그래도 시간이 많이 흐르면 누구도 장담할 수 없습니다. 백 번 찍어 넘어가지 않는 나무가 어디 있습니까. 처음에는 극구 부정하던 사람도 똑같은 얘기를 여러 사람이 몇 날 며칠을 두고 반복해 들려주면 그쪽으로 넘어가게 돼 있다는 말입니다. 성현聖賢으로 일컬어지는 증삼曾參(증자曾子. 춘추시대 노魯나라의 유학자로,《효경》의 저자)의 사례를 들어볼 수도 있어요. 아시다시피 증삼의 어머니는 현명한 어머니였습니다. 모자 사이의 정도 아주 깊었죠. 어머니가 아들을 모른다고 할 수 있었겠어요? 그러나 주위에서 그 어머니에게 아들이 살인을 했다고 세 번 말하니까 어땠나요? 의심을 하지 않을 수 없었죠."

이광지는 왕명도의 말에 일리가 있다고 생각했다. 순간 자연스럽게 가슴이 덜컹 내려 앉는 불길한 느낌을 받았다. 다른 것은 모두 제쳐놓고라도 조정에서 진몽뢰를 다시 북경으로 불러들였다는 사실이 특히 마음에 걸렸다. 그는 솔직히 가능하다면 과거의 친구 진몽뢰의 이름을 다시는 듣고 싶지 않았다. 하지만 궁금증을 주체할 수가 없었다. 결국엔 직설적으로 질문을 던졌다.

"진몽뢰 그 사람은 언제 왔습니까? 지금 어느 부서에서 일하고 있습니까?"

"그저 어느 부서에서 일하고만 있다면 얘깃거리도 되지 않죠! 가볍게 황자의 스승이 됐어요. 지금 셋째 황자하고 같이 있어요."

색액도가 냉소를 흘렸다. 확실히 우호적인 태도는 아니었다.

셋째 황자인 윤지胤祉는 아직 나이가 어렸다. 이광지에게 크게 위협적이라고 하기는 어려웠다. 하지만 새롭게 패륵貝勒(청나라 때 황실종친에게 내려진 작위는 친왕親王·군왕郡王·패륵貝勒·패자貝子의 순서이다)으로 봉해졌다는 사실이 중요했다. 큰황자인 윤제胤禔와 대등한 위치였다. 더욱 중요한 사실은 둘 모두 황태자의 바로 아래에 있다는 사실이었다. 게다가 학문적으로 크게 이룬 것이 없다고 해도 과언이 아닌 진몽뢰를 일개 평범한 선비에서 일거에 눈에 확 띄는 자리에 올려놓은 것도 정상적으로 보기에는 어려웠다. 이광지로서는 아무리 생각해도 강희의 속내를 알 수가 없었다. 그러나 그는 이 모든 결정이 다른 사람도 아닌 강희의 뜻이었으니 뭐라 말도 못하고 끙끙대기만 했다. 그는 냉소를 흘리면서 모태주를 입안에 탁 털어 넣었다.

"솔직히 상서방은 아무래도 명주의 말이 먹히는 곳이라고 해야 해. 응사리 그 자는 능구렁이처럼 눈치만 힐끔힐끔 보면서 어느 한쪽에서도 밟히지 않으려고 요리조리 피하고 있는 상황이고. 고사기는 혼자서는 크게 되기 힘들다는 사실을 잘 아니까 아무래도 명주 편에 붙겠지. 사실 나도 안에서 황태자가 돌봐주지 않았다면 열두 번도 더 쫓겨났을 거야. 흥! 명주 이 자식, 다들 머리가 비상하다고 호들갑을 떨지만 나는 속에 뭐가 들었는지 다 보인다고!"

그렇게 말하고 난 색액도는 왕명도의 눈치를 힐끔 보더니 이광지에게 술을 따라주었다.

"뭐가 들었나요?"

이광지가 못내 궁금한 표정으로 물었다. 그러자 왕명도가 몸을 의자에 뉘이면서 대신 대답했다.

"큰황자 윤제와 주판알을 튕기겠다는 거죠!"

"윤제는 황자들 중에서 가장 먼저 패륵으로 봉해졌으면 된 것 아닌가. 뭘 더 바랄까?"

이광지가 별생각 없이 말을 툭 뱉었다. 그러나 표정은 사뭇 진지했다. 색액도가 그런 이광지의 얼굴을 훑어보다가 갑자기 씹고 있던 음식을 내뿜으면서 웃음을 토했다.

"진짜 숙맥인 거요, 아니면 누구를 떠보려는 거요? 권력에 목을 맨 사람치고 스스로 내려오는 사람이 어디 있어요! '더 올라가다 줄이 끊어지면 엉덩이가 박살나는 수가 있다'고 말하면서도 자기 스스로 내려

오는 사람 봤어요? 오배를 다시 한 번 상기해 보자고요. 별 볼 일 없는 말단의 자리에 있다가도 어느 순간 권력을 잡으니까 언제 굽실거리면서 아부를 떨었나 싶게 나왔잖아요. 겁도 없이 최고 높은 의자까지 노렸잖습니까. 더구나 윤제는 폐하께서 금지옥엽처럼 여기시는 납란씨의 총애를 받으면서 패륵이라는 지존의 지위에 있어요. 게다가 자금성의 숙위宿衛(궁전을 호위하는 관리들과 태감들)들을 손 안에 움켜쥔 막강한 권력자인 명주가 헌신적인 충성을 맹세하고 있어요. 막판에 모든 것을 뒤집어 버릴 수 있는 잠재력이 있다는 얘기가 아니겠습니까!"

이광지는 갈수록 몸이 오그라들었다. 살 떨리는 공포라고 해도 좋았다. 사실 그는 적자嫡子가 어느 순간 서자庶子에게 자리를 빼앗길 수도 있다는 생각은 한 번도 해본 적이 없었다. 그러나 정말 탈적奪嫡(적자 자리를 빼앗다)의 재앙이 몰아치는 날에는 상황이 예사롭지 않을 터였다. 가장 먼저 머리가 날아갈 사람은 말할 것도 없이 색액도가 될 것이었다. 그 다음은 말할 필요도 없었다. 이광지 그 자신이 된다는 것은 두 말 하면 잔소리라고 해야 했다. 하지만 그는 두렵기는 했으나 별로 현실성이 없다고 생각했는지 그냥 웃고 말았다.

"설마 그렇기야 하겠습니까! 얼어 죽어가는 거지를 오차우와 하계주가 살려줬지 않았습니까? 그 두 사람이 아니었더라면 명주는 아마 이 세상에 없었을 겁니다. 그토록 미천한 자식을 폐하께서 오늘날의 상서방 대신의 자리에까지 올려주셨는데, 설마 인간이라면 그런 배은망덕한 짓을 하겠습니까?"

"아니에요. 이미 시작했어요. 강희 십삼 년 이후로 그는 다섯 번이나 보정保定으로 내려가서 몇 번에 걸쳐 자신의 사람들을 궁중의 태감으로 불러들였어요. 나중에는 전부 바꿔버렸죠. 태감들 중에 자기 사람이 아닌 사람은 아무도 없다고 볼 수 있어요. 그뿐이 아니에요. 영시위

내대신領侍衛內大臣이 되고부터는 자금성의 영관營官(병영兵營의 지휘관) 이상의 친병들을 직접 선발하기도 했어요. 시위들 중에도 새롭게 자기 사람을 엄청 쑤셔 박았고요! 이 정도면 됐지 더 무슨 증거가 필요하단 말이오?"

색액도는 이미 상당히 취한 것 같았다. 그럼에도 계속 말을 이어갔다.

"용촌, 그대는 명주가 얼어 죽어가는 거지였네 뭐네 하지만 그 자식은 뭐라고 그러는지 압니까? 자신이 어렸을 때 당한 횡액을 '대난불사大難不死, 필유후복必有後福'이라고 풀이하고 있어요. 무슨 뜻인지 알아요? 큰 재앙에도 죽지 않았으니, 반드시 나중에 복을 받는다는 얘기가 아니고 뭐겠어요! 지금 이미 폐하를 빼고는 조정에서 제일가는 인물이기도 해요. 그 자식이 말하는 '후복'이라는 것이 뭘 뜻하는지 이제 알겠죠? 그래도 무섭지 않소?"

색액도의 말은 완전히 노골적이고 원색적이었다. 위험 수위를 넘나들었다. 그러자 역시 왕명도가 수습하려는 듯 얼른 끼어들었다.

"다행히 폐하께서도 다 알고 계시니까 어전시위들은 직접 뽑으시지 않았습니까. 뻔히 알면서도 모르는 척하시는 거죠."

왕명도가 한숨을 내쉬자 이어 색액도가 다시 입을 열었다.

"맞아요! 위동정이 떠난 다음 명주가 목자후를 강녕江寧 포정사로 보내버리고 싶어서 몇 번이나 폐하께 말씀을 드렸던 적이 있어요. 그러나 여의치 않았어요. 그러자 나중에는 원래 도해의 자리였던 무원대장군으로 발령을 내려고 했죠. 그래도 폐하께서는 끝까지 함구무언이셨죠. 자기가 아무리 날고 긴다고 해도 어쩔 수가 없었겠지! 아무튼 산전수전 다 겪어 오신 폐하께서 소인배의 간계에 넘어가시는 일은 없겠으나 그래도 태자의 자리를 노리지 않는다고는 누구도 장담 못합니다. 용촌, 그대는 현명한 판단을 해야 합니다. 멀리 내다보라고요. 태자는 친

어머니가 없다고요!"

"제가 당장 탄핵안을 올려 명주를 고발하겠습니다!"

이광지가 즉각 반응을 보였다. 그는 사실 그동안 사사건건 자신의 팔소매를 붙잡는 명주를 괘씸하게 생각해온 터였다. 그런데 명주가 감히 큰황자를 옆에 끼고 태자의 자리까지 넘보겠다는 야심을 품고 있는 것이 아닌가. 그는 도저히 참을 수가 없었다. 탁자를 힘껏 내리치면서 분노를 터뜨렸다.

"명주 이 자식을 때려눕히는 것은 윤제를 둘러싸고 있는 빙산을 녹여버리는 격이 될 겁니다. 그렇게 되면 태자는 아무런 걱정이 없을 테고요!"

색액도와 왕명도는 반나절이나 돌고 돌아서야 겨우 이광지로부터 원하는 대답을 끌어내는데 성공했다. 둘이 이광지를 그처럼 자신들의 편으로 끌어들이려 한 것은 다 이유가 있었다. 이광지는 원래 강희 9년 본격적으로 관리의 길에 들어서기 전부터 강희와는 나름 왕래가 있었다. 한림원에서 일했을 뿐만 아니라 복건으로 돌아가 경정충이 반란을 일으킨 날 번고에서 30만 냥의 군량미를 훔쳐내는 공로도 세운 바가 있었다. 또 중요한 군사 기밀을 손에 넣어 승리에 기여했다. 그뿐만이 아니었다. 조정 대신들의 많은 반대의견을 물리치고 끝까지 대만 출정을 고집해 기필코 수복하는 데 결정적인 공도 세웠다. 때문에 그의 신분으로 탄핵안을 올릴 경우 강희가 들어주지 않을 까닭이 없었다. 명주를 감옥에까지는 처넣지 않더라도 상서방에서 쫓아낼 것은 분명했다. 색액도가 왕명도와 시선을 교환하고 나서 조용히 말했다.

"그대가 불의를 보면 참지 못하는 진정한 대장부이자 나라의 동량이라는 판단이 들었기 때문에 이런 얘기도 할 수 있었던 거예요. 그렇지 않았으면 곧 죽어도 이런 말은 못하죠. 어떻게 아무하고나 이런 말을 하겠소! 앞뒤 재고 망설일 것 없이 탄핵안을 올리세요. 모든 책임은 내가 질 테니까! 남경의 남위 시험사건과 관련해 명주와 서건학이 저지른 부정도 꼬챙이로 뒤져내 까밝혀 버리세요. 여국주도 마찬가지고! 나라에 이런 도적들이 있으니, 바람 잘 날이 있겠소?"

그날 저녁 세 사람은 오래도록 비밀얘기를 나눴다. 이광지는 날이 한참이나 어두워져서야 집으로 가기 위해 일어났다.

색액도는 이광지를 의문儀門까지 바래다주고 돌아온 후 왕명도와도 헤어졌다. 그러자 집사인 채대가 하인들을 데리고 술상을 치우기 시작했다. 그가 그 모습을 보고 말했다.

"그건 아랫사람들이 하게 내버려두고 자네는 나를 따라와 보게. 할 말이 있네!"

채대가 황급히 색액도의 뒤를 따랐다. 색액도는 웬일로 방으로 들어가지 않고 곧바로 화원에 있는 정자로 향했다. 채대는 갑자기 의구심이 들었으나 굳이 물어볼 생각은 하지 않고 그대로 뒤를 따라갔다.

갑자기 어디에선가 서늘한 바람이 불어왔다. 계절이 7월 중순이기는 했으나 아침저녁으로는 선선했다. 색액도는 그 바람이 싫지 않았다. 오히려 상쾌했다. 메뚜기가 풀숲을 뛰어다니는 소리와 청개구리의 울음소리가 곳곳에서 들려왔다.

"채대!"

색액도가 채대의 이름을 불렀다. 그러나 어둠 속이라 서로의 얼굴은 잘 보이지 않았다. 그는 그에 개의치 않고 말을 이었다.

"자네, 정확히 강희 십 년에 우리 집에 왔는가?"

"예! 소인은 산동성에서 북경으로 피난 왔다가 옹 대인 댁에서 채소밭을 가꾸는 일을 했습니다. 그러다 저를 가엾게 여기신 옹 대인 덕분에 중당 어르신 댁에까지……"

채대가 고개를 갸웃거리면서 대답했다. 옛날 일이라 확실히 기억나지 않는 듯한 표정이었다. 그러나 색액도는 채대에게 정확한 기억을 요구하는 것이 아니었다. 그의 말을 다 듣지도 않고 다시 입을 열었다.

"자기의 이력을 아주 달달 외우고 다니는구먼! 모르기는 해도 채소밭을 가꿀 때 이미 십삼아문十三衙門에서 일하고 있었던 것이 아닌가?"

색액도의 갑작스런 질문에 채대가 깜짝 놀랐다. 자신이 목숨을 걸고 숨기고 있던 부분을 딱 집어내는 색액도의 말이 머리를 강타한 것이다. 그러나 그는 정신을 바짝 추스른 다음 시치미를 뚝 뗐다.

"소인은 대인께서 무슨 말씀을 하시는지 잘 모르겠습니다. 십삼아문이라는 말도 처음 들어봅니다."

청나라는 건국 초기에 명나라의 일부 좋은 제도는 그대로 모방하는, 어떻게 보면 상당히 개방적인 왕조라고 할 수 있었다. 명나라의 동창東廠(황제 직속의 정보기관)과 금의위錦衣衛(황제 직속의 특무기관) 제도가 청나라가 모방한 대표적인 제도로서, 대신들의 행동을 쥐도 새도 모르게 사찰하는 정보기관인 십삼아문이 바로 그 후신이었다. 색액도의 말은 따라서 채대가 바로 강희가 그의 주변에 심어놓은 정보원이라는 얘기였다. 채대는 갑자기 엄청난 질문을 받자 자신도 모르게 부들부들 떨었다. 그러자 색액도가 다시 입을 열었다.

"내가 자네의 확실한 이력을 대신 말해주지. 자네는 순치 십육 년에 북경으로 피난을 왔지. 웅사리의 집에서 채소밭을 가꾼 것은 맞아. 웅사리는 자네를 가까이에서 지켜보다 꽤 약삭빠르고 쓸 만하다고 생각한 것 같아. 자네를 십삼아문으로 보냈으니까. 그러나 나중에 십삼아문은 없어졌지. 자네는 내무부의 위동정 밑에서 일하게 돼. 나중에는 그의 집에서 오십 살이나 먹은 노인으로 수 년 동안 위장하고 그를 감시했지. 그러다 오배가 생포된 다음에야 비로소 자네의 임무를 완수하게 됐어. 음…… 강희 구 년에서 십 년 사이에 자네는 또 일 년 동안 채소 밭을 가꾸었지. 웅사리가 우리 집으로 보내주기 전까지 말이야. 어때, 내 말이 다 맞지 않은가?"

색액도가 껄껄 웃으면서 채대의 반응을 지켜봤다.

채대는 색액도의 기대와는 달리 한참 동안이나 입을 열지 못했다. 하기야 숨겨온 신분이 탄로났으니 할 말이 있을 리가 만무했다. 사실 그가 놀란 것도 무리는 아니었다. 그와 관계된 중대한 기밀은 무슨 일이 있더라도 다른 사람이 절대 알아서는 안 되는 것이었다. 알 수도 없다고 해야 했다. 실제로 누군가가 특명을 받고 내무부의 비밀문서를 들춰보지 않는 한 영원한 비밀로 남을 수밖에 없었다. 그러나 색액도는 그런 비밀을 마치 다 알고 있는 것처럼 말하는 것이 아닌가. 때문에 채대는 목이 달아나도 할 말이 없었다. 색액도 같은 중신이 그랬다는 사실 하나만으로도 당연히 그래야 했다. 채대는 한동안 멍하니 서 있다 드디어 중얼거리듯 입을 열었다.

"중당 어른께서 창호지를 뚫고 다 보셨으니 더 이상 숨길 수가 없을 것 같습니다. 하지만 웅사리 대인이 저를 보냈다는 말은 잘못된 것입니다. 솔직히 저도 누가 이곳에 저를 보냈는지 모릅니다. 일이 이렇게 된 이상 방법이 없습니다. 내일이라도 당장 저를 쫓아내십시오. 중당 어른에게 입은 은혜는 제가 두고두고 갚겠습니다. 또 중당 어른은 워낙 정직하신 분이라 제가 나가서 흉 볼 거리조차 없습니다. 그러니 안심하셔도 좋습니다."

"그거야 당연하지. 내가 양심의 가책을 받을 일을 한 적이 없는데, 자네 같은 사람이 찌른다고 겁을 내겠어? 그러나 자네가 여기에서 말썽을 부리지도 않고 일을 잘해 왔는데, 내가 소리 소문 없이 내보내버리면 어떻게 되겠나? 오히려 의심을 받을 것이 아닌가! 그러니 자네는 다른 데로 갈 수가 없어. 이렇게 하지. 내무부 일을 보는 것은 그대로 하면서 나를 조금 도와줘. 그러면 내가 지금 녹봉의 세 배를 주겠네. 어떤가?"

"그건 절대로 안 됩니다!"

채대는 색액도의 흉흉한 표정에 지레 겁을 집어먹었다. 이제 그의 입장은 난처하기 짝이 없었다. 그는 얼마 전에 색액도의 집에서 그의 식객들이 황태자가 폐위될 가능성에 대비해야 한다는 얘기를 하는 것을 들은 적이 있었다. 엄청난 정보라고 할 수 있었다. 하지만 그는 그 내용을 내무부에 그대로 전달할 수는 없다고 판단했다. 그렇다고 지금 색액도의 요구대로 내무부의 정보를 빼내 줄 수도 없는 일이었다. 급기야 그가 털썩 무릎을 꿇었다.

"이런 일은 추호의 실수도 용납하지 않는 것입니다. 잘못하면 중당 어른마저도……."

채대가 마치 모이를 쪼아 먹는 닭처럼 연신 머리를 조아렸다. 이중첩자가 될 수는 없다는 단호한 태도였다.

그러자 색액도가 자리에서 벌떡 일어났다. 이어 이를 악물고 입술 사이로 미리 준비한 말을 내뱉었다.

"못하겠다는 얘기인가? 좋아! 자네도 알겠지만 나는 정일품 재상이야! 또 폐하께서는 강희 삼 년에 이미 대신을 감시하는 십삼아문을 철폐하도록 조칙을 내리셨어. 명나라가 망한 원인 중의 하나가 그것이었으니까! 그런데 어느 놈이 감히 황명을 어기고 자기 사람을 우리 집에 장장 십이 년 동안이나 신분을 위장시킨 채 심어놓았어! 직무상 나도 이 사실을 알고는 그냥 넘어갈 수가 없어. 상주문을 올려 밑바닥까지 들춰내야겠어!"

색액도가 말을 마치기 무섭게 휭하니 앞으로 걸음을 옮겼다. 그러자 채대가 황급히 무릎걸음으로 쫓아와 색액도의 다리를 죽어라 끌어안았다. 그리고는 울면서 애걸했다.

"중당 어른! 제발 부탁입니다⋯⋯. 중당 어른, 살려 주십시오! 어르신
의 명령에 따르겠습니다⋯⋯."

색액도가 뒤도 돌아보지 않고 앞으로 나아가다 걸음을 멈췄다. 그러
더니 길게 한숨을 내쉬었다.

"일어나게. 나도 상주문 올리는 일에는 별 재미를 느끼지 못하는 사
람이야. 나는 폐하를 모시고 태자를 보호해야 하는 대청의 충신이야.
자네에게 모반을 하라는 것도 아닌데, 뭘 그리 지레 겁을 집어먹고 그러
는가? 뒤에서 날 해코지하려고 하는 소인배들이나 찾아봐 달라는데 뭘
그래! 자네, 넷째 귀비의 시녀 명당明璫을 점찍었지? 알았어. 내가 상으
로 그 아이가 자네에게 갈 수 있도록 도와줄게!"

이광지가 집에 돌아오자 청지기 이록李祿이 등불을 밝힌 채 기다리고
있었다. 할 말이 있는 듯했다. 아니나 다를까, 그가 입을 열었다.

"대인, 이복李福이 복건에서 돌아왔습니다. 어르신 집안의 편지를 가
져왔습니다. 첩취헌疊翠軒에서 기다리라고 했습니다. 먼저 진지를 드시고
나서 만나시겠습니까?"

돌아오는 길 내내 명주를 탄핵할 상주문을 작성할 생각에 잠겨있던
이광지는 당장 이록의 말에 뭐라고 대답을 할 상황이 아니었다. 그러나
이내 정신을 차린 다음 조용히 말했다.

"밥은 해결했네. 서재로 오라고 해!"

이광지가 서재로 들어가서 앉자마자 이복이 들어와 인사를 올렸다.
그리고는 그의 집에서 보내온 편지를 두 손으로 바쳤다. 이광지가 지친
듯 눈을 감으면서 대수롭지 않은 어조로 물었다.

"셋째 형이 보낸 건가? 어머니는 건강하신가?"

"마님께서…… 돌아가셨습니다!"

이복이 참았던 눈물을 터뜨렸다. 이어 풀썩 무릎을 꿇었다.

"셋째 도련님은 어르신께서 놀라실까 우려하고 계십니다. 상복을 입으러 오지도 말라고 하셨습니다. 장례식은 셋째 도련님께서 최대한 성대하게 치르겠다고 하셨습니다……."

이광지는 이복의 말이 끝나기 전에 이미 허물어지고 말았다. 바닥에 엎드려 비통하기 이를 데 없는 울음을 터뜨렸다.

"어머니, 어머니! 이렇게 가시면…… 이 아들…… 억울해서…… 어떻게 합니까? 어머니…… 저 같은 불효한 자식도…… 드물 겁니다. 어머니…… 고생만 하시다가…… 제가 잘 되는 것을 보시고…… 웃으면서 저 세상 가실 거라고 하시지 않으셨습니까. 이번에 복건에 내려갔다가도…… 어머니께서…… 그렇게 붙잡으시는데도…… 흑흑! 반나절밖에 집에 머무르지를 못했습니다. 아, 저는…… 정말 죽일 놈입니다……."

이광지는 주먹을 쥐어 자신의 머리를 힘껏 내리쳤다. 그러면서 계속 오열을 터뜨렸다.

이광지는 원래 명문 선비 집안 출신은 아니었다. 대대로 장사하는 부유한 집안의 4형제 중 막내로 태어났다. 그러나 그는 장사하는 집안의 아이답지 않게 어려서부터 유난히 총명했다. 공부하기를 좋아했지만 그의 아버지는 책 읽는 것을 대수롭게 생각하지 않았다. 때문에 아버지의 눈총을 많이 받았다. 그러나 그의 어머니는 아버지와는 완전히 달랐다. 공부하는 아들을 유난히 아꼈다. 아들에게 헌신적으로 도움을 주었다. 이렇게 해서 그는 학업을 계속할 수 있었다. 그가 한참 공부에 재미를 붙이고 있을 무렵이었다. 명나라의 유로遺老인 오치손伍稚孫(오차우의 아버지)은 복건성 일대를 유람하고 있었다. 일이 되려고 그랬는지 오치손은 그때 여비를 충당할 목적으로 가끔 이광지의 집에 들러 그에게 공부를 가르쳤다. 당연히 사례는 이광지의 어머니가 했다. 그렇듯 이광지의 오늘은 완고한 아버지의 구박을 받으면서도 몰래 아들을 성원해준 어머니의 헌신적인 사랑이 있었기 때문에 가능했다. 그런 어머니가 효도 한 번 받아보지 못하고 마을 어귀에서 흰머리 바람에 휘날리면서 아들만 기다리다가 돌아가셨다니! 이광지는 생각을 하면 할수록 가슴이 갈기 갈기 찢어졌다. 눈물이 하염없이 흘러 그칠 줄을 몰랐다.

"넷째 도련님, 그만 고정하십시오……."

이복 또한 눈물을 흘리면서 이광지를 위로했다.

"셋째 도련님께서 말씀하셨습니다. 넷째 도련님은 이제 조정의 일품 관이라 폐하께서 보내주시지 않을지도 모른다고요. 그러면서 충과 효 는 둘 다 얻을 수 없는 만큼 어느 쪽이 더 중요한 것인가 잘 생각해보라 고 하셨습니다. 마님께서도 임종하시면서 유언을 남겼다고 합니다. '넷 째는 백성들의 삶을 위로하는 폐하의 큰 뜻에 따라 움직여라. 굳이 무 리하게 장례식에 올 필요는 없다. 이 어미는 네가 조정의 인정을 받으면 마지막 가는 길에 보지 않아도 저 세상에 있는 나날이 마냥 즐거울 것 이다……'라고요."

이광지는 눈물이 그렁그렁한 채 멍하니 서 있다가 이복의 입에서 어 머니의 유언이 흘러나오자 길게 엎드려 머리를 조아렸다. 그러나 다 듣 기도 전에 또다시 땅을 치면서 통곡했다.

"이광지…… 이 불효자, 망나니 자식아……. 폐하께서 나 같은 인간을 필요로 하실 리가 없어……."

이광지가 이처럼 마치 어린아이처럼 울부짖고 있을 때 밖에서 하인 한 명이 들어왔다. 그는 이광지가 무릎을 꿇고 있는 모습을 보자 황급 히 아뢰었다.

"대인, 밖에 고사기 어른께서 오셨습니다……."

36장

공명과 의리

이광지는 고사기가 찾아왔다는 말에 천천히 몸을 일으켰다. 순간 그의 머릿속은 마치 얽히고설킨 실타래처럼 변하고 있었다. 고향으로 내려갈 것인지의 여부에 대한 결정을 내리기가 쉽지 않았다. 한참 후 그는 다시 한 번 주판알을 튕기기 시작했다.

'만약 어머니가 돌아가셨다는 사실을 고사기가 알게 되면 당장 모친상 휴가를 주청하지 않으면 안 돼. 부모가 돌아가시면 자식 된 도리로서 삼 년 동안은 묘를 지키고 음식을 올리면서 불효를 빌어야 하니까. 또 그렇게 하는 것이 부모님의 마지막 가는 길을 위로해 주는 최소한의 예의이자 자식의 본분이라고 할 수 있어. 그러나 삼 년 휴가를 가게 될 경우 간신을 탄핵해 쫓아내고 태자를 보위하고자 했던 계획은 물거품이 될 수밖에 없어. 나라의 기강을 바로잡는 데 일조하겠다던 생각 역시 허무하게 사라지지 말라는 법이 없지. 그러나 상을 당했다는 사실을 감추거나 장례식에 가지 않는 불효를 저지른 행보가 들통이 난다면 자신의 사리사욕을 위해 인륜을 저버렸다는 비난을 받지 않으면 안 돼. 죄책감을 평생 등에 지거나 머리에 이고 다닐 것이 뻔하고!'

이광지는 더운 물수건을 가져다 얼굴을 문질렀다. 긴장이 되었다. 그는 한참 이런저런 생각을 굴리다 어머니의 유언을 떠올렸다. 그러자 차츰 마음이 정리되었다. 그때 고사기가 껄껄 웃으면서 정원으로 들어왔다.

"정말 연꽃 향기가 기가 막히는구먼! 취해서 쓰러질 것 같아. 연꽃을 좋아하는 것을 보니 군자가 틀림없군요!"

이광지가 더 이상 주저할 수는 없었기에 황급히 주렴을 젖히고 나가면서 그를 맞았다.

"감기가 걸려 약을 먹었더니 취해서 잠깐 잠이 들었나 봅니다. 고상, 모처럼 오셨는데, 얼른 마중 나가지 못한 점 양해해 주시기 바랍니다."

"그러고 보니 정말 감기가 가볍게 든 것은 아닌 듯합니다. 괜찮다면 내가 맥을 좀 봐 드리죠. 무슨 약을 먹었습니까?"

고사기가 이광지의 얼굴을 힐끗 쳐다봤다 그러더니 두루마기 자락을 펴고 다리를 꼬고 앉았다. 다급해진 이광지가 황급히 말했다.

"큰 병도 아닌데 맥은 무슨! 조금 전에 열 내리는 약을 먹었으니 바로 괜찮아질 겁니다."

이광지가 말을 마치고는 바로 차를 가져오라고 지시했다. 그런 다음 잽싸게 머리를 굴리며 고사기가 찾아온 이유를 분석하기 시작했다. 답은 쉽게 나오지 않았다. 고사기가 차 한 모금을 마시더니 웃으면서 입을 열었다.

"이제 추석도 한 달밖에는 남지 않았어요. 이번 추석은 대만을 수복하고 나서 맞는 첫 명절이라 폐하께서 특별히 지시하셨어요. 뭔가 특색 있게 잘 쇠어야 한다고 말입니다. 당연히 일등 공신인 용촌이 없으면 안 되는 자리가 되겠죠!"

이광지는 추석에 관련한 얘기는 이미 며칠 전에 들어서 알고 있었다. 때문에 더 이상 고사기의 수다를 듣고 싶지 않았다. 그는 건성으로 머리를 끄덕여 보였다. 고사기가 빨리 가기를 고대하는 듯한 모습이었다. 이어 얼굴에 억지로 웃음을 지으면서 물었다.

"그런데 귀하신 분이 여기는 어쩐 일입니까?"

"강소성의 학대學臺(오늘날의 교육감에 해당하는 지방관) 장백년張伯年 때문에 왔습니다."

고사기가 솔직하게 방문 목적을 밝혔다. 또 그는 눈치 빠르기로 유명한 사람답게 이광지가 일부러 병을 핑계삼아 자신의 방문을 그다지 달가워하지 않는다는 사실을 간파했다. 그러나 그는 그런 홀대에 기죽을 사람이 아니었다. 오히려 오랫동안 죽치고 있을 요량으로 몸을 뒤로 젖히면서 천천히 입을 열었다.

"이 년 동안이나 끌어온 사건인데, 오늘 어비御批(황제가 직접 열람하고 처리한 문서)가 내려왔어요. 척 보자마자 죄명이 너무 무거운 것 같다는 사실을 느꼈죠! 교형絞刑에 처한다고 했더군요. 시험 때문에 갈례葛禮와 삿대질까지 하면서 대판 싸웠다는데, 그것만으로도 이미 대신으로서의 체통을 잃은 행위라고 할 수 있죠. 갈례에게는 '폐하를 등에 업고 백성을 괴롭힌다'느니, '폐하께서도 만약 갈례를 비호하면 우둔한 군주에 불과하다'느니 하면서 정말 별소리를 다 했더군요. 너무 심각하다고 생각하지 않습니까? 다행히 형부의 누군가가 아주 현명했더라고요. 일 년 동안이나 사건을 덮어두고 있다가 열기가 거의 식어버린 지금 터뜨렸으니까 이 정도로 그친 것이지, 만약 당장 올려 보냈더라면 아마 그 사람은 토막이 나서 길거리에 버려졌을 거라고요. 내가 찾아온 것은, 우리 둘이 같이 가서 장씨의 사건기록부를 다시 한 번 살펴보고 그를 살려낼 방법이 없겠는가 상의해보자는 생각 때문이에요. 내가 이미 왕 상서에게는 간다고 얘기를 해 놓았습니다."

이광지는 그렇지 않아도 명주를 탄핵할 생각에 골몰해 있던 참이었다. 지난번 남경에서 있었던 이른바 남위 시험 부정에 대한 자료를 열심히 수집하고 있었던 것도 다 그 때문이었다. 그랬으니, 고사기의 요구를 거절한다는 것은 정말 쉽지 않은 일이었다. 또 그러고 싶지도 않았다. 그러나 한 가지 이상한 것이 있었다. 그는 골똘히 머리를 굴리기 시작했다.

'자기 관리에 철저하고 신분 상승을 위해서라면 아첨과 비굴한 행동을 밥 먹듯 하는 자가 이 사건에 손을 대고 싶어 하는 이유가 뭘까? 그것도 명주와 죽고 못 살 것처럼 하면서 그에게 전혀 도움이 되지 않을 이 사건을 말이야. 또 장백년에게 이토록 호의를 가지고 있는 이유는 뭘까.'

고사기는 마치 이광지의 그런 속마음을 한 눈에 간파한 듯 슬쩍 넘겨 짚었다.

"무슨 생각을 그렇게 합니까? 나 고사기가 무슨 꿍꿍이를 꾸민다고 생각하기라도 하는 겁니까?"

이어 한숨을 내쉬면서 다시 말을 이었다.

"이제 보니 궁금할 법도 하겠네요. 솔직히 말해 장백년이 어찌 되든 나하고는 전혀 상관이 없어요. 다만 이 사람이 우성룡처럼 깨끗하기 이를 데 없다는 사실이 마음에 걸려요. 속이 훤히 들여다 보이는 사람이라고 하더군요. 달리 말하면, 이런 아까운 사람이 어쩌다가 이렇게 됐는지 한번 들춰보기라도 해 보고 싶소. 간신이 따로 있나요? 이상한 것을 뻔히 알면서도 모르는 척하고 눈을 감아버리는 게 간신이지. 나도 명색이 상서방의 재보宰輔 아닙니까. 용촌 역시 이제는 폐하 앞에서 나름 영향력이 있고 말입니다. 다른 곳을 가지 않고 여기부터 찾아온 것은 다 이유가 있죠. 내 생각에는 색 대인도 용촌에게 팔 걷어붙이고 나서라고 밀어줄 것으로 봐요."

이광지는 고사기의 말을 한참이나 듣고서야 비로소 수수께끼가 풀렸다. 고사기가 무슨 냄새를 맡은 것이 분명했다. 한마디로 명주가 언제 산사태가 일어날지 모르는 위험천만한 산이라는 사실을 느끼고는 부랴부랴 색액도에게 달라붙은 것이라고 할 수 있었다. 이광지는 그렇게 단정을 지었다.

"그렇지 않아도 내일 형부에 갔다 오려고 했는데, 잘 됐네요. 고상까지 합세하면 이 일은 완전히 가망이 없는 것은 아니네요!"

얼마 후 두 사람은 승장繩匠 골목에 있는 형부아문에 모습을 나타냈다. 사관司官들은 보이지 않고 형부상서인 왕사정 혼자서 마치 기다리기라도 한 듯 둘을 맞았다. 왕사정은 또 황급히 두툼한 자료를 가지고 왔다. 고사기는 왕사정과 이런저런 잡담을 하면서 자료를 뒤적거렸다. 그러던 중 사건과 관련된 문서 하나를 찾아내고는 서리書吏에게 넘겨주면서 지시했다.

"이걸 한 부 베껴주게."

이광지는 처음부터 아무 말 없이 앉아 자백을 받아 적은 자료를 훑어보고 있었다. 사건은 고사기가 말한 것보다 훨씬 심각한 것 같았다. 장백년이 시험에 응시한 선비들이 공원貢院에 쳐들어가도록 충동질한 죄목은 그저 기본에 속할 정도였다. 공금 횡령과 뇌물수수죄도 포함돼 있었다. 게다가 본인은 곧 죽어도 인정을 하지 않았으나 증거자료들도 충분했다. 무엇보다 용강관龍江關의 세금 1만 냥을 착복한 것이 그랬다. 소금장수들의 돈도 삼천 냥씩이나 가로챈 증거도 있었다. 심지어는 총독부의 아역을 무리하게 때려 숨지게 한 혐의도 있었다. 더욱 큰일은 장백년이 남경에 있는 남시루南市樓라는 이름의 옛 술집을 뜯어고쳐 '향약

강당'鄕約講堂이라는 것을 차렸다는 사실이었다. 그런 다음 쉬는 날마다 그곳에 사람들을 집합시켜 강희의 '성훈16조'聖訓十六條를 공부하도록 했다는 것이다. 게다가 벽에는 공공연하게 '천어정녕'天語丁寧(천자의 말씀은 틀림이 없다)이라는 편액도 걸었다. 다른 것은 제쳐두고라도 그 한 가지만으로도 장백년은 죽음을 면할 수가 없을 듯했다.

"백년 그 사람은 나하고 친구이기도 합니다."

왕사정이 이마에 송골송골 돋은 땀을 훔치면서 조심스레 말했다. 그리고는 열심히 자신의 처지도 설명했다.

"그러나 마음뿐이지 어떻게 도와줄 수가 없어요! 천여 명의 수재들이 아문 앞에 죽치고 앉아 백년을 보석시켜 달라는 요구를 하는가 하면 강녕의 상인들도 장사를 때려치우고 그들의 주장에 호응했어요. 그렇게 도와준다는 것이 오히려 일을 더 크게 만든 것 같네요!"

왕사정이 한숨을 푹푹 쉬면서 표지를 노란 비단으로 두른 딱딱한 서류를 내밀었다.

"여기 어비가 있어요. 이 대인, 이걸 좀 보세요."

붉은색이 눈을 찌르듯 번쩍이는 어비였다.

장백년은 소위 봉강대리로서 하는 짓이 졸렬하고 지저분하기 짝이 없다. 감히 짐을 욕되게 하고 만주족과 한족의 군신 사이를 이간질했는가 하면 남순南巡을 위한 행궁行宮을 짓는 것을 방해했다. 더욱 용서할 수 없는 것은 깨끗하지 못한 곳에 학당을 차려 성유聖論를 가르쳤다는 사실이다. 실로 군주도 안중에 없는 행동이 아닐 수 없다. 발칙하기 이를 데 없는, 죽어 마땅한 자이다!

필체는 많이 흐트러져 있었다. 강희가 화가 머리끝까지 치밀어 오른 다음에 쓴 것이 틀림없었다. 이광지가 물었다.

"어양漁洋(왕사정의 호) 대인, 남순에 필요한 행궁을 짓는 것을 방해했다는데, 이 부분에 대해서는 자백을 받아놓은 것이 없네요?"

"소금장수들의 돈 삼천 냥과 세금 일만 냥을 합친 일만 삼천 냥이 바로 그것입니다. 그 돈은 갈례가 행궁을 짓는데 사용하려고 했던 돈이었어요. 그러나 장백년이 가로채 버렸죠. 그리고 돈 내놓으라고 독촉 나온 총독부 아역을 죽여버렸어요. 자세히 읽지 않은 모양이군요."

왕사정이 쓸쓸한 웃음을 지으면서 말했다. 그러자 고사기가 손가락을 꺾어 딱딱 소리를 내고는 물었다.

"형부에서는 어떤 형벌을 내렸습니까?"

왕사정이 즉각 대답했다.

"두말할 것도 없죠. 다들 머리를 베어 대문에 매달아야 한다고 주장하는 것을 제가 교형에 처한다는 것으로 바꿔 놓았을 뿐입니다. 마지막으로 제가 할 수 있는 것은 이것밖에는 없어요."

고사기가 잠시 생각한 다음에 의견을 말했다.

"왕 대인, 잘 했습니다. 더 심하게 할 필요까지는 없겠습니다. 또 나 고사기가 이 문제에 관심을 보인다고 아랫사람들에게 귀띔을 좀 해주십시오. 팔십이 넘은 아버지가 있을 뿐만 아니라 환갑을 바라보는 사람이 감옥에 있다는 것은 참으로 안타까운 일입니다. 사람이 있을 곳이 못 되는 곳에서 빨리 빼내와야지, 잘못하면 제풀에 죽고 맙니다."

고사기는 말을 마치고 이광지의 손을 잡아끌었다.

"여기 더 있을 필요는 없습니다. 그러니 오늘은 이만 가시죠!"

그날 저녁 두 사람은 고사기의 집에서 밤늦도록 머리를 맞대고 대책을 논의했다. 그 결과 고사기가 장백년의 억울함을 호소하는 탄원서를 썼다. 그것을 이광지가 훑어봤을 때는 이미 새벽 두 시 무렵이었다. 이광지가 자리를 털고 일어나자 고사기가 말했다.

"용촌, 이걸 올려 보내면 벌집을 쑤시는 것과 다름이 없을 겁니다. 잘 생각해 보세요. 어찌 됐든 갈례는 엄연한 황실의 친척입니다. 또 색 대인과도 밀접한 관계가 있는 사람입니다. 그대에게 불리하다고 생각하면 지금이라도 이 일에 개입하지 않아도 된다는 얘기입니다. 그러나 괜찮다면 내일 탄원서를 올리겠어요."

"나를 뭘로 보고 그런 소리를 합니까? 제 걱정은 하지 말고 고상이나 잘 하세요!"

이광지는 큰소리를 치고 바로 자리를 떴다.

이튿날은 비가 부슬부슬 내렸다. 수레 안에 앉은 고사기는 약간 불안했다. 이번 남위 부정 사건은 사실상 두 명의 상서방 대신과 직결된 문제라고 할 수 있었다. 매듭을 잘 지을 경우 청렴하고 강직한 관리라는 명성을 얻게 됨과 동시에 자신이 '명주의 일당'이라는 악명을 떨쳐버릴 수 있었다. 하지만 만에 하나 작은 실수라도 하게 되는 날에는 양쪽으로부터의 공격을 피할 수가 없을 터였다. 궁금한 것도 한 가지 있었다. 그것은 색액도와 관련된 일에 이광지가 어떻게 그토록 화끈하게 호응하는 이유가 뭐냐는 것이었다.

'혹시 상서방에 들어가기 위해 나처럼 색액도와 거리를 두겠다는 뜻인가?'

고사기는 그런 생각까지 했다. 그러나 너무 심하게 비약을 한다고 생각하고는 곧 저도 모르게 히죽 웃고 말았다. 얼마 후 수레는 서화문 앞에서 멈췄다. 그는 강희를 만나기 위해 곧장 상서방으로 향했다.

그러나 강희는 상서방에 모습을 보이지 않았다. 강희는 그 시각 소마라고를 불러 양심전에서 수학문제를 풀고 있었다. 옆에서는 새로 입궁시킨 귀비 아수가 시중을 들고 있었다. 소마라고는 강희가 어려운 문제를 제법 잘 풀어나가자 흐뭇한 표정을 지었다. 그리고는 한편에 멍하니 앉아 있는 아수를 보고 물었다.

"귀비, 안색이 좋아 보이지 않습니다. 혹시 옥체가 어디 불편하십니까?"

"아니…… 그런 것 없어요."

아수가 약간 쑥스러워하면서 대답했다. 그러나 뭔가 말 못할 사정이 있는 듯했다.

"아, 그러고 보니 짐이 깜빡했네! 자네, 이렇게 서 있으면 안 돼. 혜진 대사는 남이 아니니까 말해도 괜찮잖아? 벌써 두 달 동안 소식이 오지 않아서 어제 진맥을 해보니 임신이라더군!"

강희가 그제야 생각이 난 듯 붓을 내려 놓았다. 그런 다음 바로 의자를 가져오라고 명령했다. 소마라고가 손가락을 꼽아보더니 환하게 웃으며 반겼다.

"귀비께서 황자를 출산하시면 열세 번째가 되네요!"

소마라고가 다시 말을 이으려고 할 때였다. 태감 하주아가 들어와서 나지막이 아뢰었다.

"폐하, 고사기가 만나 뵙기를 청했습니다!"

"그렇지 않아도 짐이 부르려던 참이었어. 근보가 중하中河(황하의 중류)를 수리하는데 필요하다는 예산을 내려 보냈는지 궁금해서 말이야. 양심전으로 들어오라고 해!"

아수는 원래 피곤이 몰려와 들어가 쉴 생각이었다. 그러나 치수 관련 얘기가 나왔기 때문에 생각을 바꾸었다. 진황의 소식을 들을 수 있을 것이라고 기대한 것이다. 그녀는 그 자리에 계속 앉아 고사기를 기다렸다.

고사기는 비를 맞고 후줄근해진 모습에도 불구하고 의기양양하게 들어섰다. 그러다 잠시 어리둥절한 표정을 지었다. 궁원宮苑의 깊숙한 곳에 신비롭게 자리 잡은 양심전의 금빛 찬란한 모습에 놀랐던 것이다. 진짜 그랬다. 양심전은 상서방과는 비교조차 되지 않을 정도로 화려하기 이를 데 없었다. 그러나 그는 바로 정신을 차리고 붉은 돌계단 밑에 무릎을 꿇었다. 이어 자신의 이름을 아뢰었다.

"고강촌인가? 격식은 필요 없네. 어서 들어오게! 비가 오는데, 우산도 없었는가? 여봐라. 마른 옷을 가져다 바꿔 입혀라!"

강희가 허허 웃으면서 반겨주었다. 그러나 장백년의 생사와 관련된 무거운 짐을 지고 온 고사기는 웃을 수가 없었다. 은근히 걱정도 되었다. 하지만 강희가 너무나도 친절하게 나오자 불안이 조금은 해소되었다. 그가 마른 옷으로 갈아입은 다음 대례는 올리지 않고 한쪽 무릎을 꿇은 채 아뢰었다.

"폐하께서는 수학문제를 풀고 계셨사옵니까? 다들 폐하의 실력이 이제는 수학의 일인자인 진후요陳厚耀를 능가한다고 혀를 차옵니다!"

고사기는 이어 소마라고와 아수에게 공손히 인사를 올렸다. 아부가 듬뿍 담긴 모습이었다.

"수학을 모르면 안 돼! 지금은 진秦이나 한漢나라 때와는 달라. 황제가 인재를 등용하는 능력만 갖추는 것만으로는 부족해. 일이 잘 되어가는지 살피는 눈도 필요하지. 아무튼 잘 왔네. 안 그래도 궁금한 것이 있어서 부르려던 참이었어. 근보靳輔가 중하를 수리하는데 필요하다던 돈은 보내줬는가?"

강희가 다소 오만한 얼굴을 한 채 물었다. 고사기는 강희의 단도직입적인 질문에 황급히 대답했다.

"소인이 호부에 다녀왔사옵니다. 청강으로 돈을 보내기로 했는데, 우성룡이 의견을 묻는 글을 보내왔사옵니다. 그 사람은 근보의 하독부에 있는 돈으로 중하를 수리하는 것이 어렵지 않다고 했사옵니다. 또 근보와 진황이 이 돈이 필요했던 것은 아마도 하하下河(황하의 하류)의 둑을 견고히 쌓기 위해서가 아닐까라고 했사옵니다. 호부에서는 그 말을 듣고 자체 결정을 내릴 수가 없었사옵니다. 그래서 상주문을 올리려고 준비하고 있다고 하옵니다!"

"하하는 황하가 바다로 들어가는 입구야. 그러니 그쪽의 둑을 쌓는 것은 대단히 중요한 공정임에 틀림없어. 근보의 보고서를 보니 강폭을 좁혀 둑을 쌓음으로써 무려 오만 경頃의 좋은 땅을 새롭게 얻을 수가 있겠더라고. 아무튼 대단한 발상이 아닐 수 없어! 그런데 우성룡은 도대체 뭐가 못마땅한 거야?"

고사기가 잠시 생각을 정리하고는 대답했다.

"소인은 치수에 대해서는 잘 모르옵니다. 그러나 우성룡도 나쁜 의도에서 그러는 것은 아닌 듯하옵니다. 그것이 자칫 조운漕運에 악영향을 미쳐 폐하의 대사를 그르치지 않을까 걱정했던 것 같사옵니다. 소인의 어리석은 생각으로는 이 일은 근보의 말을 믿고 맡기는 것이 좋을 듯하옵니다."

"우성룡이 훌륭한 사람이라는 것은 짐도 알아. 그러나 너무 고집스럽다 보니 어떤 일은 융통성이 부족하지 않나 싶어. 백성과 수재秀才 사이에 소송이 생기면 그는 백성의 편을 들고는 했어. 또 수재와 향신鄕紳 사이에서는 또 수재를 편든다고 하더군. 그래서는 안 돼. 모든 일은 사사로운 감정에 얽매이지 말고 법과 원칙에 따라야 해."

강희가 지극히 당연한 얘기를 진지하게 말했다. 고사기가 생각하기에도 우성룡은 진짜 그런 것 같았다. 그는 새삼 강희의 안목에 감탄을 금하지 못했다. 강희가 다시 물었다.

"진황이라는 사람은 근보와는 어떤 관계인가? 치수에 대한 얘기가 오갈 때마다 어김없이 거론되는 인물인 것 같던데? 근보가 별다른 얘기가 없기에 궁금해서 그래!"

"진황이라면 치수에 관한 한 영재英才이옵니다!"

고사기가 한껏 친구인 진황을 칭찬하자 아수의 안색이 조금 밝아졌다. 그는 그녀의 표정을 힐끗 쳐다보면서 모르는 척하고 말을 이었다.

"그 사람은 팔자에 물이 부족하다고 했사옵니다. 그래서 어려서부터 물과 친해지려고 많은 노력을 했다고 하옵니다. 수리에 대해 많이 공부했을 뿐만 아니라 천하의 모든 물길은 어디든 마다하지 않고 오르내렸다고 하옵니다. 그러다 보니 나름대로의 치수의 방법을 개발하게 됐사옵니다. 한마디로 부지런하고 유능한 치수의 영재이옵니다. 물을 너무 좋아하다 보니 혼기도 놓치고 청년기를 거의 물속에서 보내다시피 했사옵니다. 근보가 아끼는 참모이기도 하옵니다. 근보가 진황에 대해 폐하께 말씀을 올리지 않은 것은 그 공로를 시기해서가 아니옵니다. 진황이 개발한 치수의 방법에 대해 사람들이 워낙 말이 많아서 그랬을 것이옵니다. 아마 나중에 조용할 때 말씀을 올리지 않을까 생각하고 있사옵니다."

강희가 길게 한숨을 내쉬었다.

"사람은 만물의 영장이라더니, 어느 누구 하나 자기 편한 대로 생각하지 않는 사람이 없어. 그러니 짐이 어찌 힘들지 않겠나! 그런데 자네는 진황에 대해 많이 알고 있었네?"

고사기가 황급히 대답했다.

"우성룡과 근보 모두 소인과는 친구 사이라고 할 수 있사옵니다. 편지 왕래도 가끔 하옵니다. 진황은 전당 사람이고, 어릴 때부터 함께 놀던 죽마고우입니다."

고사기가 말을 마치고는 익살스런 표정을 지었다. 소마라고가 고사기를 보고 따라 웃으면서 한마디 했다.

"근보와 우성룡은 서로 상극이 아닌가요? 그런데 하필이면 둘 다 그대의 친구라니, 참으로 묘한 인연이군요!"

강희는 소마라고와 고사기의 우스갯소리에는 별로 관심이 없는 듯했다. 신경도 쓰지 않은 채 잠시 자신의 생각을 정리했다. 그러더니 천천히 입을 열었다.

"그렇다면 청강으로 보내기로 한 십만 냥은 좀 있다가 내려 보내는 것이 좋겠군. 한 푼이라도 아낄 수 있다면 좋고. 그건 그렇고……. 자네, 내일 비양고에게 편지를 보내도록 해. 한 달 동안 휴가를 줄 테니 북경으로 오라고 하게. 짐의 생각이라는 얘기는 하지 말고. 한번 봐야겠어, 도대체 어떤 사람인지. 하여간 현재로서는 돈을 제일 많이 쓰는 사람이 비양고야. 일 년에 수백만 냥을 흔적도 없이 허공으로 날려버리니까! 당최 돈을 싫어하는 자들은 하나도 없으니 원!"

"《전신론》錢神論에는 돈의 위력이 어떨 때는 천자의 권한보다 더 세다고 적고 있사옵니다! 죽어가는 사람을 살리는 것은 말할 것도 없고, 굴욕도 영광으로 바꿀 수 있는 것이라고 했사옵니다. 게다가 귀신도 손을 내미는 요물이라고 했사옵니다!"

고사기가 예의 익살스런 말로 아뢰고는 바로 화제를 장백년 쪽으로 돌렸다. 교묘하기 이를 데 없는 말솜씨였다.

"하지만 세상에는 돈을 싫어하는 사람도 많사옵니다. 명나라 때 사천성에 어떤 나이 많은 거인이 있었사옵니다. 그 사람은 찢어지게 가난해 서당을 차려 겨우 먹고 살았다고 하옵니다. 그러다 천하대란이 일어난 숭정崇禎(명나라 마지막 황제) 때에 이르러서는 자신의 집도 불에 타는 수난을 겪었사옵니다. 그런데 나중에 집을 수리하다 보니 땅속에 무려 열두 단지의 황금이 묻혀 있었다는군요!"

고사기가 말을 하다 말고 잠시 좌중을 둘러보았다. 아수와 소마라고가 눈을 반짝이며 그의 이야기에 관심을 보였다.

"그건 진짜 주인 없는 돈이었사옵니다. 단지 위에 그저 '장헌충'張獻忠라는 글이 쓰인 채 봉해져 있었다고 하옵니다. 하지만 거인은 아무리 임자가 없다고 해도 처음부터 자신의 것이 아닌 것은 영원히 아니라고 하면서 도로 땅속에 묻었다고 하더군요."

고사기가 더욱 흥미진진하게 말을 이었다. 그러자 소마라고가 궁금해서 못 참겠다는 듯 한마디 끼어들었다.

"하도 뒤숭숭하니까 덜컥 겁이 났나 보죠, 뭐!"

"다들 그렇게 생각했다고 하옵니다. 가족들마저도요. 하지만 우리 대청이 태평성대를 이룩한 후에도 여전히 한 푼도 손대지 않고 그대로 놔뒀다고 하옵니다. 집안에는 막대기를 휘둘러도 걸리는 게 거미줄밖에는 없었는데도 말이옵니다."

고사기는 잠시 숨을 고르고는 다시 덧붙였다.

"그러다 순치順治 십삼 년에 오배가 백성들의 땅을 빼앗고 내쫓는 일이 생겼사옵니다. 그 바람에 산동 일대의 난민들이 사천으로 피난을 가게 됐사옵니다. 그런데 사천 역시 그 해에 극심한 가뭄이 들었사옵니다. 급기야 그로 인한 흉작으로 천 명도 넘게 굶어죽었다고 하옵니다. 조정에서는 부랴부랴 구제에 나섰사옵니다만 밑 빠진 독에 물 붓기였다고 하옵니다. 그러자 그 늙은 거인은 황금을 전부 꺼내 그걸 모두 식량으로 바꿔 나눠줬다고 하옵니다. 그 덕에 얼마나 많은 사람들이 저승길에서 다시 돌아왔는지 모르옵니다! 폐하, 실로 돈에 초연한 진정한 군자이자 열부烈夫가 아니옵니까!"

고사기가 말을 마치고는 강희를 힐끔 쳐다보았다.

강희는 고사기의 의도대로 완전히 감동의 물결에 사로잡혔다. 비슷한 얘기를 즉위 초에 태감들에게 들은 적이 있었으나 여전히 가슴을 때리는 얘기였던 것이다. 그는 원래 그 일이 산동 일대의 누군가가 지어낸 얘기인 줄로만 알고 있었다. 그러나 고사기까지 알고 있는 것을 보면 사실일 가능성이 상당히 높았다. 그는 의자에 앉은 채 두 눈을 지그시 감고는 깊은 생각에 잠겼다. 얼마 후 그가 한숨을 내쉬었다.

"세상천지에 그런 사람이 다 있었다니! 애석하게도 짐은 그 대단한 인물을 만나볼 기회가 없었구먼!"

"바로 장조음張朝音이라는 사람이옵니다!"

고사기는 바로 그 짧은 기회를 놓치지 않았다. 이어 은근슬쩍 본론으로 들어갔다.

"그는 지금 아들인 장백년과 함께 옥신묘에 갇혀 있사옵니다! 그 아들 역시 아버지를 닮아 청렴하기 이를 데 없는 포청천 같은 인물이옵니다. 그러나 이번에 여러 가지 문제로 인해 형장에 올라가지 않으면 안 되게 됐사옵니다. 또 불쌍한 늙은 아버지는 고령인데도 이렇게 큰 사건에 연루돼 유배를 떠나게 됐사옵니다. 평생 동안 청렴하고 백성을 위해 좋은 일만 했다는 사실이 더욱 가슴을 아프게 하옵니다!"

고사기가 감정이 북받치는 듯한 연기를 했다. 울먹이는 것에 그치지 않고 눈물까지 흘렸다.

강희와 소마라고, 아수 등은 모두 경악을 금치 못했다. 고사기의 얘기를 그저 감동적인 옛날 얘기 정도로 생각하고 가볍게 들었다. 그런데 알고 보니 그게 아니었던 것이다. 양심전에는 한동안 무거운 침묵이 흘렀다. 한참 후 강희가 껄껄 웃으면서 물었다.

"보아하니 자네는 지금 막 형부에서 오는 길이로구먼?"

"솔직히 소인은 어제 저녁 이광지와 함께 형부를 다녀왔사옵니다."

"이광지도? 자네들 공동 명의로 상주문을 올렸나? 짐이 좀 보게 이리 줘봐!"

고사기가 그제야 소매 속에서 조심스럽게 상주문을 꺼내 강희에게 바쳤다. 강희가 재빨리 훑어본 다음 물었다.

"부의部議에서 장백년을 어떻게 처리하기로 했는지 알고 있나?"

고사기는 강희의 표정 변화를 알아챘다. 그가 서둘러 무릎을 꿇으면서 아뢰었다.

"폐하께 아뢰옵니다. 교형에 처한다고 했사옵니다!"

"그렇게 하라!"

그런데, 기대와는 달리 강희는 버럭 화를 냈다.

"고사기, 자네 정말 대단하구먼! 어디서 야사 한 단락을 끄집어내 빙빙 돌려 말해서 짐을 어지럽게 만드는가! 그리고, 혼자서는 힘이 부족한가? 이광지까지 끌어들여 별짓을 다하는구먼!"

강희는 말을 마치자마자 매서운 눈빛으로 고사기를 노려봤다. 곧이어 소매를 휙 저으면서 벌떡 자리에서 일어났다.

37장
충성스러운 신하들

아수가 대촛빛으로 달아오른 강희의 얼굴을 안쓰럽게 쳐다보다 안 되겠다고 생각했는지 황급히 다가왔다. 그리고서는 강희의 팔을 잡고 말리려고 했다. 그러자 강희가 신경질적으로 아수를 밀쳐냈다.

"나라의 대사를 논할 때는 끼어들지 말라고 했잖아!"

아수가 얼굴을 붉히면서 뒤로 물러섰다. 그러자 소마라고가 아수의 어깨를 감싸 안고 곧장 밖으로 나갔다. 강희는 궁전 입구까지 성큼성큼 다가가더니 큰 소리로 명령을 내렸다.

"형부에 전하라! 장백년의 아버지가 즉각 유배에 오르도록 준비를 하라. 또 장백년을 불러와!"

고래고래 고함을 지르다시피 한 강희가 다시 돌아섰다. 이어 고사기에게 말했다.

"짐이 자네에게 얼마나 잘해주었는데, 이게 뭔가? 실망이네!"

고사기는 놀라서 등골에 식은땀이 흥건하게 흘렀다. 황급히 무릎을 꿇고 머리를 조아렸다.

"폐하께서 소인의 부족함을 혼내주시는 것은 달게 받겠사옵니다. 그러나 소인은 구구절절 사실을 아뢰었을 따름이옵니다. 장백년은 청렴한 관리가 분명하옵니다. 소인이 어찌 감히 거짓으로 폐하를 기만할 수가 있겠사옵니까?"

"입 닥쳐!"

강희가 고함을 질렀다. 이어 바로 돌아서서 책상으로 다가가더니 떨리는 손으로 서류더미를 마구 뒤졌다. 장백년과 관련된 서류를 찾아내 당장 고사기의 코를 납작하게 만들고 싶은 모양이었다. 그러나 그는 곧 어비와 함께 서류를 형부에 보냈다는 사실을 깨달았다. 그럼에도 그의 화는 좀체 누그러들지 않았다. 급기야 다시 무섭게 소리를 내질렀다.

"그렇게 감싸주는 걸 보니 한몫 크게 챙겼나 보군! 그래, 얼마나 받았는가?"

고사기는 전혀 생각지 못한 방향으로 사태가 돌아간다는 사실을 깨달았다. 어떻게든 그쪽 방향으로 가는 것은 막아야 했다. 그는 작심한 듯 고개를 번쩍 쳐들었다.

"소인은 절대 남의 돈을 받지 않사옵니다. 더구나 장백년과는 평생 일면식도 없사옵니다. 뇌물을 받으려고 해도 한 푼도 받을 수 없는 상황이옵니다! 소인이 폐하를 뵙고자 한 것은 이것 말고도 다른 올릴 말씀이 있기 때문이옵니다. 폐하께서 결정하신 남순南巡은 깊은 의미가 있사옵니다. 남순 후에 펼쳐질 청사진도 있을 것으로 생각하옵니다. 그러나 소인을 포함한 일반 신하들은 솔직히 잘 모르옵니다. 그래서 이상한 소리가 들리더라도 그저 웃고 무시해버릴 뿐이옵니다. 하지만 지방관들은 다르옵니다. 폐하의 남순을 평계로 서로 잘 보이기 위해 엄청난 예산을 낭비해 가면서 행궁을 짓는다고 하옵니다. 이것만은 폐하께서 현명한 성유를 내리셔서 막아야 하지 않겠사옵니까?"

"그렇다면 자네는 짐의 남순에 대해 이의가 있다는 얘기인가?"

"그렇지는 않사옵니다!"

"천하의 성군인 순舜 임금도 남순을 한 적이 있네!"

"하오나 순 임금이 남순을 할 때 창오蒼梧(호남성 영원寧遠현. 순 임금이 남순을 하다 타계한 곳)에 행궁을 짓는 전쟁이 일어났다는 얘기는 듣지 못했사옵니다!"

고사기는 지지 않았다. 아예 작정을 하고 반격을 가하기까지 했다.

"좋아, 박박 대들어 보라고!"

강희는 머리끝까지 화가 치밀었다. 그 바람에 잠시 할 말을 찾지 못했다. 급기야는 맷돌이 돌듯 실내를 부산하게 돌아다니면서 화를 삭였다. 그때 목자후가 들어섰다. 강희는 불편한 심기를 감추지 않고 바로 퉁명스럽게 물었다.

"무슨 일인가?"

목자후가 허리를 굽히면서 대답했다.

"폐하, 장백년을 끌고 왔사옵니다. 밖에서 대기 중이옵니다."

강희는 그 말에 마치 혐오스러운 동물을 대하는 것처럼 경멸어린 표정을 지었다. 바로 귀찮다는 듯 손을 내저었다.

"빗속에 그냥 꿇어앉아 있으라고 해!"

그러나 강희가 퉁명스런 말을 마치기도 전에 밖에서 통곡소리가 들려왔다. 그는 이게 도대체 무슨 소리인가 하고 말문을 닫은 채 귀를 기울였다. 곧 문 앞에 시립하고 서 있던 시위 무단이 들어와서 아뢰었다.

"장백년이 폐하께 한 말씀만 올리고 죽겠다고 하옵니다……"

강희가 흠칫 놀라면서 차갑게 내뱉었다.

"들어오라고 해!"

장백년의 모습은 참혹했다. 만만치 않은 혹형에 시달려서인지 걸음도 제대로 옮기지 못했다. 그러나 강희를 만나겠다는 의지는 강해 보였다. 두 팔로 땅을 짚으면서 최선을 다해 무릎걸음으로 들어오고 있었다. 눈을 가릴 정도로 앞으로 내려온 허연 머리카락에서는 빗물인지 눈물인지가 줄줄 흐르고 있었다. 옷차림 역시 크게 다르지 않았다. 무엇보다 장포가 차가운 빗물에 흠뻑 젖어 몸에 착 달라붙어 있었다. 강희가 냉소를 흘리면서 물었다.

"장백년, 그래 죽음과 바꾸겠다는 그 한마디가 뭔가?"

"죄신은 폐하께서 어떤 벌을 내리실지 알고 싶사옵니다."

장백년의 커다란 목소리에는 추호의 두려움도 없었다.

"교형이야. 그것도 즉시 집행이다! 국전國典에 대해서는 잘 알고 있을 테니, 당연히 그것이 무엇을 의미하는지는 알겠지."

강희가 담담하게 내뱉었다. 그러자 장백년이 머리를 조아리면서 천천히 아뢰었다.

"그것은 극형이 아니옵니다. 죄신은 폐하께서 능지처참의 형벌을 내려주시기를 바라옵니다!"

"뭐라고?"

"……대신 한 가지 폐하께 간청하고 싶은 것이 있사옵니다. 죄신의 아버지께서는 여든도 훨씬 넘은 고령이옵니다. 폐하께서 유배의 고통만은 면하도록 해주셨으면 하옵니다. 그렇게만 해주신다면 소인은 죽어도, 아무렇게나 죽어도 여한이 없겠사옵니다……"

장백년의 목소리는 곧 피를 토할 것처럼 절절했다. 그러나 강희는 전혀 흔들리지 않았다. 이내 콧방귀를 뀌었다.

"잘난 아들 덕분에 백성들의 피를 빨아먹으면서 피둥피둥 살이 쪘을 텐데, 길을 걸어가면서 살 좀 빼는 것도 나쁠 것은 없겠지!"

그러자 장백년이 길게 엎드리며 울먹였다.

"폐하, 제발 명철하게 살펴주시옵소서. 소인의 부친은 지금까지 남의 물건이라면 장작 하나라도 거저 주워온 적이 없사옵니다……."

장백년의 항변에 강희가 얼굴을 잔뜩 일그러뜨렸다.

"그래서 태보台輔(대신 또는 재상과 같은 고위관리)와 흠차에서부터 일반 백성에 이르기까지 모두에게 없는 죄를 덮어 씌웠다는 말인가?"

"중형을 가하면 원하는 무슨 증거인들 못 얻어내겠사옵니까? 천둥, 번 개에서 보슬비, 이슬비 모두 폐하의 은혜로 알고 살아왔사옵니다. 무조 건 폐하가 주시는 처벌을 따르겠사옵니다. 그러나 소신의 집을 수색했 을 때 모두 해서 은 다섯 냥의 재산뿐이었다는 사실만은 아셔야 할 것 같사옵니다……. 그 점 잘 헤아리셔서 소인의 부친만은 잘 부탁드리옵 니다. 부디 유배만은 면하게 해주시옵소서……."

장백년은 끝내 처량하게 흐느끼고 말았다.

"뭐라고? 은 다섯 냥이라고?"

강희가 너무 놀란 나머지 황야에서 천둥소리에 놀라듯 안색이 파랗 게 변했다. 입술을 파르르 떨면서 멍하니 고사기를 쳐다봤다. 이어 버 벅거리면서 물었다.

"어…… 어찌 된 것인가? 그게…… 사실이야? 고사기! 그게……… 사 실이냐고!"

고사기는 기쁨인지 슬픔인지 또는 부끄러움인지 형언할 수 없는 감정 이 목구멍으로 거세게 치미는 것을 느꼈다. 머리를 무겁게 조아릴 뿐 대 답을 하지 못했다. 그러다 전날 자료를 수집하면서 찾아냈던 종이 한 장 을 안주머니 속에서 꺼내 부들부들 떨면서 강희에게 두 손으로 바쳤다. 장백년의 재산 명세서였다.

방 두 칸을 빌리고 강희 25년에 임대료를 줬다. 지금은 원래 주인에게 돌려주고 1냥 5전은 돌려받았다. 이 빠진 사발 몇 개 등의 살림살이는 은 3전에 해당한다. 낡은 솜이불 몇 채는 2전, 대나무 침대 하나는 1냥 5전, 기타 현금이 2관串 50문文이다. 전 재산은 다섯 냥 정도에 지나지 않는다.

명세서는 원래 두터운 서류뭉치 속에 끼워져 있었다. 때문에 강희는 미처 발견하지 못했었다. 순간 눈물이 그의 시야를 희미하게 가렸다. 그는 황급히 달려가 눈앞의 장백년을 부축해 일으키고 싶었다. 그러나 온몸에 기운이 쑥 빠져 걸음을 옮길 수가 없었다. 그저 목자후에게 손짓을 할 수밖에 없었다.

"부축하라고. 잘 부축해서 가까이 데려와……."

장백년은 건강이 좋지 않았다. 게다가 열까지 나는 것 같았다. 몸을 심하게 떨고 있었다. 몸에서 흘러내린 물로 금세 바닥이 흥건해졌다. 강희가 자리로 돌아가더니 한참 후에야 천천히 입을 열어 물었다.

"자네가 소금장수와 용강관龍江關의 돈을 받아 챙긴 부분은 명세서에 왜 나와 있지 않은가?"

장백년이 황급히 머리를 조아리며 아뢰었다.

"소금장수들이 국법을 어기고 소금을 밀매했사옵니다. 그럼에도 강녕康寧 염도鹽道인 하기통夏器通은 소금장수들한테서 뇌물을 받아 챙기고는 조사를 하지 않았사옵니다. 그래서 할 수 없이 소인이 월권행위를 하기는 했사옵니다. 그렇게 해서 삼천 냥을 빼앗았사옵니다. 또 용강관의 주용중周用中도 하기통과 결탁해 뇌물을 만 냥이나 받았기 때문에 소인이 역시 압류했사옵니다. 나중에 사주泗州, 직예直隸 등지가 수해를 입었을 때 총독인 아산阿山이 보증을 서고 그 돈을 차용해 갔사옵니다만 아직 갚지 않고 있사옵니다. 차용증서는 소인이 잘 보관하고 있었는데, 무슨 영문인지 소인의 집이 수색을 당하는 그날 없어졌사옵니다. 증거가 없으니 입이 백 개라도……."

"그렇다면 왜 그 당시 하기통과 주용중을 고발하지 않았는가?"

"폐하께 아뢰옵니다. 소인은 당시 삼품의 순무서리에 지나지 않았사옵니다. 상주문은 규정상 총독부에서 대신 올려 보내게 돼 있사옵니다. 하오니 폐하께서 직접 보셨는지 소인은 알아볼 길이 없었사옵니다."

"갈례 이 자식!"

강희는 그 순간 갈례가 중간에서 수작을 부린 것이 틀림없다는 판단을 내렸다. 그에게는 충격 그 자체라고 해도 과언이 아니었다. 어떻게 이렇게 큰 사건을 색액도와 명주는 모르고 있었다는 말인가? 강희의 궁금증은 늘어만 갔다. 그는 차를 마시려다 말고 신경질적으로 찻물을 확 쏟아버리고 말았다. 찻물이 이미 식어버렸다는 사실이 더욱 기분을 상하게 했다.

"그럼 남시루 사건은 어떻게 된 것인가?"

장백년이 즉각 대답했다.

"그 일에 대해서는 소인이 면밀히 검토하지 못한 죄가 있사옵니다. 소인이 볼 때 최근 들어 강남의 민심이 크게 동요하는 것 같았사옵니다. 그래서 시시각각 성훈聖訓으로 선비들을 무장시킬 필요성이 있다는 것을 개인적으로 느꼈사옵니다. 하지만 남시루를 손을 봐서 사용한 것이 아니었사옵니다. 남시루의 터를 사서 새롭게 성유관聖諭館을 지었던 것이옵니다. 그 당시는 소인이 부임한 지 얼마 되지 않았던 터라 비용만 줄이면 된다는 생각뿐이었사옵니다. 그러다 보니 전에 뭘 하던 곳이었는지 미처 신경을 쓰지 못했사옵니다……."

강희의 얼굴이 벌겋게 달아올랐다.

"짐이 흠차를 파견했을 때 자네가 억울한 사연을 호소했더라면 짐한테 전해졌을 것이 아닌가? 왜 그러지 않았는가?"

"소인은 흠차 대인을 만나 뵙지 못했사옵니다. 심문도 총독부의 사관司官이 대신했사옵니다. 저의 부친은 소인에게 이 악물고 혹형을 견뎌내고 북경으로 가서 폐하를 친견한 다음 진실을 아뢰라고 하셨사옵니다."

장백년의 말에 강희는 다시 한 번 경악을 금치 못했다. 자신이 이상아伊桑阿에게 심문을 할 때 절대로 손을 대서는 안 된다고 신신당부했기 때문이다. 그가 치밀어 오르는 화를 간신히 삭이면서 다시 물었다.

"혹형을 견디다니! 심하게 맞았는가?"

장백년은 자신이 무슨 이유로 이상아와 갈례에게 미운털이 박혔는지 전혀 몰랐다. 한바탕 죽지 않을 정도로 얻어맞은 것에 대해서도 이유를 알지 못했다. 그는 비인간적인 몰매를 맞던 당시의 상황을 떠올리자 다시 억울한 생각이 들었다. 그예 눈물을 흘리면서 아뢰었다.

"폐하…… 이걸 좀…… 보시옵소서……."

장백년이 팔을 걷어 올렸다. 피가 시커멓게 뭉쳐 있었다. 목 부위 역시 그랬다. 또 목형木刑을 당한 듯 다리에도 심하게 맞은 흔적이 고스란히 남아 있었다. 강희는 장백년이 들어온 이후 연이은 충격에 극도로 치솟는 분노를 억누를 길이 없었다. 어쩔 줄을 몰라 잠시 어정쩡한 모습을 보인 것도 그 때문이었다. 그는 이를 악물었다.

"정말 잘 했군! 흠차, 총독 노릇 한번 화끈하게 했구먼!"

강희가 비아냥거리는 어조로 이상아와 갈례를 비난했다. 그러더니 갑자기 자리에서 벌떡 일어나 바로 돌아서더니 벽에 걸린 보검을 내렸다. 이어 큰 소리로 외쳤다.

"무단, 어디 있는가?"

무단이 바로 뛰어 들어왔다.

"부르셨사옵니까, 폐하!"

"자네, 이걸 가지고 강남으로 가도록 해. 가서 즉각 흠차 이상아와 총독 갈례 두 인간을 붙잡아 북경으로 끌고와. 말을 듣지 않으면 그자리에서 처치해버려!"

"예!"

강희가 싸늘한 표정으로 명령을 내렸다. 무단은 대답한 다음 바로 돌아서 나가려고 했다. 그때 장백년이 황급히 무릎걸음으로 다가가 강희의 다리를 껴안으면서 사정을 했다.

"고정하시옵소서, 폐하! 폐하께서는 심성이 올바르지 않은 자들의 말을 그대로 믿으시고 소인을 없애려고 하셨사옵니다. 그런데 또 소인의 말 한마디 때문에 대옥大獄을 일으키려고 하시옵니까? 너무 위험한 결정이 아닐 수 없사옵니다!"

"음, 그렇군!"

강희의 표정이 금세 밝아졌다. 어조에서는 흐뭇한 느낌이 묻어났다.

"자네는 과연 대단한 아량의 소유자군! 자네의 속마음을 한번 시험해본 것 뿐이네. 무단, 말을 타고 즉시 형부로 달려가서 명령을 전하게. 백년의 아버님을 잘 모시라고 하게. 짐이 한번 만나보고 싶네!"

극적인 반전은 너무나 갑작스럽게 찾아왔다. 장백년은 얼굴을 감싸 쥔 채 결국 울음을 터뜨리고 말았다. 고사기 역시 가슴 찡한 사연에 감동하면서도 한편으로는 마음이 아팠다. 강희 역시 안쓰러운 마음에 목이 메었다. 한참 후에 그가 겨우 마음을 진정시키고 다시 물었다.

"백년, 그런데 자네는 어찌하여 용담龍潭에 행궁을 짓는 것에 대해 반대하는가? 풍수가 좋지 않은 것인가?"

장백년이 대답했다.

"그에 대해서는 꼭 폐하께 말씀을 올리고 싶었사옵니다. 용담은 막수

호莫愁湖와 가까워 경치는 이를 데 없이 좋사옵니다. 그러나 안전을 보장할 수가 없사옵니다. 게다가 몇몇 행궁들이 가까이 붙어 있는 데 비해 그곳에 주둔하고 있는 기영旗營은 수십 리 밖에 있사옵니다. 만일의 경우 폐하의 신변을 장담할 수 없사옵니다. 소인은 지방관이라 그런 것에 신경을 쓰지 않을 수가 없사옵니다."

"음!"

강희가 낮은 신음을 토했다. 장백년이 다시 말을 이었다.

"풍문에 주삼태자가 강남에 잠입했다고 하옵니다. 전에 있던 지부들은 그에 대해 나름대로 수사를 했사옵니다. 그런데 조금 성과가 있는 듯하면 이유 없이 다른 곳으로 발령이 나고는 하였사옵니다. 그 바람에 원흉을 아직 잡지 못하고 있사옵니다. 심히 우려스러운 일이 아닐 수 없사옵니다!"

장백년은 침착했다. 사실 그는 자신이 이번에 이토록 큰 수난을 당한 이유가 바로 주삼태자 문제와 밀접한 관련이 있다는 생각을 하고 있던 차였다. 양기륭楊起隆이 갈례의 총독부에 숨어 있을 가능성이 높다는 주장을 줄기차게 했다가 갈례에게 미운털이 박히게 된 것이다. 하지만 그는 이 모든 것에 대해 지금 당장은 입에 올리고 싶지 않았다. 갈례에게 사적인 보복을 한다는 비난을 받을 수도 있다고 판단한 때문이었다. 그는 그에 대해서는 간단하게 짚고 넘어가기로 작정하고 다시 입을 열었다.

"…… 다른 위험도 있사옵니다. 용담 옆에는 비로원毗盧院이라는 사찰이 있사옵니다. 근래 들어 이 절이 크게 부흥을 했사옵니다. 절을 찾는 사람들이 구름처럼 많을 뿐만 아니라 혼잡하기도 이루 다 표현할 수가 없사옵니다. 작년과 재작년에는 네 명의 고승들이 원적圓寂(불교에서 세상을 떠나는 것을 일컫는 말)에 들었던 이상한 일도 있었사옵니다. 올해는 소인이 감옥에 있다 보니 잘 모르기는 하옵니다만, 미복 차림으로 출타하기를 즐기시는 폐하께는 좋지 않을 것 같사옵니다. 치안이 걱정스럽사옵니다. 결단코 이대로는 아니 되옵니다."

강희가 장백년의 말을 듣고 난 다음 의문을 표했다.

"고승들이 이 년 사이에 네 명씩이나 좌화坐化(앉은 자세로 세상을 떠남)했다고? 통 믿기지가 않는군. 자네, 뒷조사는 해봤나?"

그러자 장백년이 쓸쓸한 웃음을 지으며 대답했다.

"그럴 새가 없었사옵니다! 행궁을 짓고 서원을 수리하고 난 다음 바로 이번 일을 당했사옵니다……. 비로원에는 한 번 뒷조사를 나가기는 했사옵니다. 하지만 돌아오자마자 해임당하고 대기실에 갇혀 심문을 받았사옵니다."

강희는 장백년의 말을 곰곰이 되새겨 보았다. 이상한 일이 한두 가지가 아니었다. 그러나 더 이상 묻지는 않기로 했다. 그저 장백년을 위로하기만 했다.

"좋은 사람을 너무 고생시키고 놀라게 해서 안 됐네. 아무튼 나머지는 차차 얘기하도록 하지. 그런데 자네, 재산이 고작 다섯 냥밖에 안 된다니, 그게 말이나 되는가. 여봐라! 은 삼백 냥을 가져다 장백년에게 상으로 주도록 하라!"

강희는 곧 밖으로 나가 계단 밑에 대기하고 있는 가마를 안으로 들이도록 했다. 장백년이 타고 가도록 배려를 한 것이다. 이어 고사기에게도 장백년 부자를 집에 데려다 잘 보살펴 주도록 하라는 지시를 내렸다. 강희는 부슬부슬 내리는 빗속에서 둘의 모습이 사라질 때까지 박힌 듯 그 자리에 서 있었다.

강희는 미복으로 갈아입고 목자후와 함께 말에 올랐다. 평소에도 과묵한 목자후는 동화문을 나설 때까지 별 말을 하지 않았다. 그러자 강희가 돌아보면서 말했다.

"자후, 자네가 짐을 따라 다닌 지도 벌써 십몇 년은 됐지 아마?"

"폐하께 아뢰옵니다. 소인은 강희 육 년부터 동정 형님을 따라 폐하를 모셨사옵니다."

목자후가 말 위에서 그대로 몸을 숙이면서 대답했다. 강희가 감개무량한 표정을 지었다.

"그동안 고생도 많았지. 험난한 고비도 많이 넘겨왔고. 그런데 위 군문이 상주문 끝에 자네하고 사돈을 맺기로 했다고 살짝 언급을 했던데? 엉큼하게 왜 지금까지 비밀에 붙이고 있었나. 짐이 술 한잔 얻어먹으러 갈까봐 걱정이 돼서 그랬는가?"

그러자 목자후가 황급히 대답했다.

"아이들 일 가지고 감히 폐하께 말씀 드릴 생각을 못했사옵니다."

"자네와 동정, 또 낭심, 무단은 다른 사람들하고는 차원이 달라. 나에게는 아주 특별한 존재라고. 짐을 따라 다니면서 산전수전 다 겪어왔잖아. 자네들 일이라면 대소사 할 것 없이 다 궁금하다는 말이야. 한낱 우스개에 지나지 않더라도 짐에게 들려줘서 기분이 좋아진다면 그것도 충성을 하는 것이네. 자네, 아직 순방아문 일을 보고 있나?"

순방아문巡防衙門의 장관은 바로 구문제독九門提督이었다. 목자후는 강희가 갑자기 그에 대해 물어오는 이유를 알 수가 없었다. 대답도 한참 생각한 다음 했다.

"소인은 선박영善撲營을 책임지고 있사옵니다. 강희 십이 년에 구문제독 자리를 맡기는 했으나 서리인 탓에 아문에는 나가지 않았사옵니다. 지금은 병부의 낭중郎中인 동국유佟國維가 맡고 있사옵니다."

"동국유가?"

강희가 말고삐를 잡아당기면서 얼굴을 들었다. 뭔가를 한참이나 생각하더니 천천히 다시 입을 열었다.

"그 친구는 효강孝康태후의 남동생이잖아. 일반인이라면 짐이 외삼촌이라고 불러야 하는 사람이 아닌가. 그 사람 어때?"

목자후가 심각하게 생각하지 않는다는 표정으로 대답했다.

"상당히 조심스럽게 일을 처리하고 있사옵니다. 또 외척의 신분을 고려해 외부와의 접촉은 가능하면 하지 않는 편이옵니다……"

강희가 흡족한 표정으로 머리를 끄덕였다.

"좋아, 그 위치에서 조심성 있게 처신하는 사람이라면 별 문제는 없을 거야. 짐이 동국유를 발탁해 더 높은 자리로 올리겠네. 또 자네는 양강 포정사兩江布政使로 보내겠네. 강녕 직조江寧織造도 겸하도록 하고. 어떤가?"

양강 포정사라면 대단히 큰 자리는 아니었다. 하지만 군대 병력과 백성을 동시에 관리할 수 있기에 권한이 보통 수준은 훨씬 넘었다. 강녕 직조도 그랬다. 비록 내무부의 부속기관이기는 했으나 직접 황제와 연락할 수 있는 권한이 있었다. 목자후를 포정사로 보낸다는 소문은 사실 오래전부터 나돈 바 있었다. 하지만 강희의 입에서 직접 나온 것은 처음이었다.

"소인의 오늘이 있는 것은 모두 폐하께서 키워주신 덕분이옵니다. 폐하께서 가라고 하시는 곳이라면 그곳이 어디든 가겠사옵니다. 다만…… 소인은 보고 배운 것이 없는 마적 출신이옵니다. 폐하를 따라다니는 일 이외에는 혼자서 해본 일이 없사옵니다. 폐하의 기대에 미치지 못해 실망을 시켜드리지나 않을까 우려되옵니다."

그의 말에 강희가 하하하하 크게 웃음을 터트렸다.

"자네가 위동정보다 학문이 부족하긴 해. 반면 위동정은 앞뒤를 재는 조심성이 지나쳐서 짐이 뭐라고 충고를 많이 하는 편이지! 걱정 말고 팔다리 걷어붙이고 한번 해보라고! 위 군문과 마찬가지로 짐이 자네에게도 일품의 녹봉을 주겠네. 짐의 명령에 따르는 것은 변함이 없어. 가서 무슨 일이 있으면 위 군문과 상의를 많이 하게!"

호부아문은 철사자鐵獅子 골목 북쪽의 삼거리에 위치하고 있었다. 병부와 거의 붙어 있었다. 문 앞에는 가마들이 즐비했다. 각 성의 번사藩司아문에서 북경으로 보고차 온 사람들과 예산을 타가려고 온 관리들이 타고 다니는 가마들이 분명했다. 강희와 목자후는 삼거리 부근쯤에서 말에서 내렸다. 아문의 입구에 사람들이 분주하게 왔다 갔다 하는 모습이 보였다. 그러자 목자후가 아뢰었다.

"폐하, 정문으로 들어가면 폐하를 알아보는 사람들이 있을 수 있사옵니다. 자칫하면 시끄러워지옵니다. 여기는 소인이 잘 아는 편이옵니다. 옆문으로 들어가시는 것이 좋겠사옵니다. 비양고가 도착했다면 군정사軍政司로 가서 그들과 군량미에 대해 의견 절충을 벌일 것이 틀림없사옵니다!"

강희가 그럴 수 있겠다는 표정으로 머리를 끄덕였다. 아문은 골목 깊은 곳에 있었다. 목자후는 사람들의 이목을 피해 강희를 모시고 그 거미줄 같은 골목을 마치 미혼진迷魂陣을 헤쳐 나가듯 걸어갔다. 그런 다음 북쪽 끝에 한 줄로 늘어서 있는 방 앞에 이르렀다. 문 앞에는 쇠로 만든 팻말이 걸려 있었다.

세조世祖 장황제章皇帝 성유聖諭: 여기는 군사 요지이므로 문무관원들은 각 부의 허가장 없이는 들어올 수 없다.

그때 마침 안에서 청지기 한 명이 나오다가 목자후를 발견하고는 바로 뛰어왔다.

"사관司官들은 다 있는가?"

"모두 여섯 명인데, 한 사람은 어제 출타했습니다. 지금 비양고 군문께 보고를 올리고 있습니다. 잠시만 기다려 주십시오. 소인이 달려가 아뢰겠습니다."

순간 목자후가 강희를 돌아봤다. 강희가 머리를 끄덕여 보였다. 그러자 목자후가 살짝 웃음을 흘리면서 청지기를 말렸다.

"그럴 것 없네. 비 대인과 나는 서로 모르는 사이도 아닌데 뭐!"

목자후는 강희와 함께 쥐 죽은 듯 고요한 군정사 마당으로 들어섰다. 복도를 두어 걸음 걸어가자 안에서 말소리가 들려왔다. 강희가 궁금한지 바로 다가가 창문으로 안을 들여다봤다. 그럴 듯하게 옷을 차려 입은 네댓 명의 주사主事들의 모습이 보였다. 창문을 등지고 앉은 채 비양고에게 각 지역의 병력 주둔 현황을 보고하고 있는 듯했다. 강희는 저편 안락의자에 비스듬히 기대고 앉아있는 비양고를 보는 순간 하마터면 웃음을 터뜨릴 뻔했다. 자주색 사포紗袍를 입은 비양고가 서른두 살밖에 되지 않은 사람치고는 대단히 늙어보였던 것이다. 게다가 피곤한 기색마저 역력했다. 자세히 보지 않으면 눈을 지그시 감은 채 마치 졸고 있는 것 같기도 했다. 입으로는 계속해서 "음, 음"하고 기계적인 대답을 하는 것 역시 그가 신통한 인물이 아니라는 사실을 말해주는 것 같았다.

"……비 군문께서 일하고 계시는 고북구는 찰합이몽고에서 항복한 병사가 모두 사천 명 있습니다. 그곳에서는 군둔제軍屯制에 따라 병사들 한 사람당 논 이십 무畝를 경작해야 합니다. 또 연간 군량미로도 일천오백 근斤씩을 납부해야 합니다. 이렇게 하면 일 년에 총 육백만 근의 식량을 자급자족할 수 있습니다. 그리고 호부에서는 사십만 근까지는 더 보태줄 수 있습니다."

주사인 소계조蕭繼祖가 조금 더 많은 군량미의 공급을 요구하는 비양고의 제안을 거절하는 분위기였다. 말에 무척 조리가 있었다. 그는 그러면서도 자신들을 너무 들볶지 말라고 하소연하는 것도 잊지 않았다.

"그런데도 군문께서는 저희 호부가 협조를 하지 않는다고 하시니, 저희들로서는 정말 억울하다고 말할 수밖에 없습니다……"

"음."

"현재 각 성의 둔전屯田 면적을 말씀드릴까요?"

"음."

비양고가 가볍게 머리를 끄덕였다.

"올해 관보官報에 기재됐던 부분입니다."

"음."

강희는 결국 몰래 웃음을 터뜨릴 수밖에 없었다. 소계조가 계속 상대하기가 피곤하다는 기색을 역력하게 보였음에도 불구하고 비양고가 여전히 "음, 음" 소리만 연발하고 있었으니 말이다. 게다가 일품 고관이자, 일등 시위, 대군을 통솔하는 대장군이라는 당당한 신분을 가지고 있는 비양고는 졸음을 이기지 못해 눈꺼풀을 억지로 지탱하는 우스꽝스런 모습을 보이고 있었다. 소계조는 마침내 어쩔 수 없다는 듯 마른침을 꿀꺽 삼킨 다음 비양고를 힐끔 쳐다보고는 숨도 쉬지 않고 그 많은 숫자를 읽어 내려가기 시작했다.

"……방금 읽은 대로입니다. 믿지 못하시겠다면 조사해 보셔도 좋습니다. 호부도 폐하를 위해 일하는 부서인데, 감히 사기를 치기야 하겠습니까?"

"끝났는가?"

"예."

비양고가 소계조의 대답이 터져 나옴과 동시에 천천히 몸을 일으켰다. 그러더니 두 손을 무릎에 올려놓은 채 언제 졸았던가 싶게 또박또박 말했다.

"여러분들도 어렵다는 것은 나도 잘 알아. 하지만 이번에는 군량미를 더 보내 달라고 조르러 온 것이 아니야. 이광지와 얘기를 좀 나누고 싶어서 왔을 뿐이야. 서정西征에 나설 때 어디의 군대를 파견할 것인지, 서정장군으로는 누구를 보낼 것인지 알고 싶어서 온 거야. 하지만 누가 되든지 폐하께서는 틀림없이 우리 고북구의 주둔군을 파견하실 거야!"

비양고의 말은 일리가 있었기에 강희는 머리를 끄덕였다. 그런데, 비양고는 곧이어 냉소를 흘리더니 조금 전 소계조가 보고한 내용을 하나씩 뒤집기 시작했다. 산동을 비롯해 산서, 하남, 강소, 안휘 등 18개 성의 둔전 면적도 한 치의 오차도 없이 소수점 이하까지 단숨에 입에 올렸다. 이어 바로 소계조가 보고한 것과 차이가 나는 부분을 따지고 들었다. 강희는 그런 비양고의 비상한 기억력과 보기와는 달리 꼼꼼하고 주도면밀한 일처리에 놀라지 않을 수 없었다. 흐뭇하기도 했다. 그는 더이상 엿들을 필요성을 느끼지 못했다. 바로 목자후의 옷자락을 잡아당긴 다음 앞장서 군정사의 대문을 향해 성큼성큼 걸어갔다. 목자후가 황급히 따라가면서 여쭈었다.

"폐하, 비양고를 만나시지 않을 것이옵니까?"

"봤잖아. 이렇게 보는 것이 진짜 보는 거야. 들어가면 사탕발림 소리밖에 더 듣겠어?"

강희가 미소를 머금은 채 곧바로 군정사에서 되돌아 나왔다.

38장
대신들의 술자리와 궁중의 연회

　이광지는 대만 수복에 기여한 공로를 인정받아 위세당당한 문연각대
학사로 봉해졌다. 소문은 빠르게 퍼져나갔다. 그러자 주위의 동년배들
이 한턱 내라고 끊임없이 졸라댔다. 그는 할 수 없이 조정의 정기 휴일을
잡아 친한 친구들을 비롯해 조정의 동년배들, 상서방의 몇몇 대신들을
집으로 초대했다. 그러자 이광지의 집 앞은 말할 것도 없이 아침나절부
터 찾아오는 사람들로 장사진을 이뤘다. 사람들이 타고 온 가마들이 집
앞 옥황묘가玉皇廟街까지 가득 메웠을 정도였다. 이복과 이록 두 집사는
얼굴에 땀을 철철 흘려가면서 손님을 맞느라 분주했다.
　오전 9시경, 맨 먼저 명주와 고사기가 그야말로 간발의 차이로 이광지
의 집 앞에 도착했다. 두 사람은 조정을 대표하는 고관답게 모두 멋들
어지고 풍류가 흘러넘쳤다. 그러나 각자 풍기는 분위기는 전혀 달랐다.
명주의 경우는 워낙 치장하기를 좋아하는지라 반백이 된 머리를 한 올

도 흩어지지 않게 기름을 반들반들하게 발라 뒤로 넘기고 화사한 장밋빛 비단조끼를 입고 있었다. 고사기는 우윳빛 장포를 입은 모습이 깔끔했다. 누가 봐도 인상적이었다. 게다가 부채를 부치면서 걷는 모습이 마치 닭의 무리에 잘못 섞인 학처럼 고고해보였다. 여러 관리들 사이에서도 단연 돋보였다.

"축하합니다! 용촌이 공을 세우고 대학사에 봉해졌으니 우리가 축하주를 사줘야 하는 게 순서인데! 그런데 먼저 이렇게 얻어먹게 됐구먼! 그래, 어머니를 비롯한 집안 가족분들은 모두 무고하십니까?"

명주는 이광지를 보면서 얼굴 가득 웃음을 지어 보였다.

"덕분에요!"

이광지는 내색은 하지 않았으나 명주의 말에 가슴이 쿵쿵 뛰는 것을 주체하지 못했다. 하지만 어쩔 수 없이 빤한 거짓말을 할 수밖에 없었다. 그럼에도 그는 두 사람을 안으로 안내하면서 여유 있게 대꾸하는 것은 잊지 않았다.

"두 분, 이렇게 만나니 반갑습니다. 세상 일이라는 것은 뜻대로 되는 게 별로 없어요. 이번에 복건으로 갔으나 대만의 일이 급해서 집에도 들르지 못했지 뭡니까. 일주일 전에 소식을 접했는데, 어머니께서 편치 않다고 하셔서 사실은 기분이 조금 우울한 편입니다. 며칠 지나면 휴가를 받아 가 보고자 하니 두 분이 폐하께 말씀 좀 잘 드려줬으면 고맙겠습니다!"

고사기가 흔쾌히 그렇게 하겠노라는 듯 눈썹을 위로 치켜 올리면서 대답했다.

"그거야 별로 어려울 게 없죠. 자식이면 자식 된 도리를 다해야 하는 법이고, 또 친구면 친구와의 의리를 지켜야 하죠!"

그러나 명주는 머리를 까닥 하기만 할 뿐 말은 없었다. 얼마 후에는 색액도도 도착했다. 사람들은 모두 자리에 앉았다. 이광지는 안채에서 중요한 손님들과 자리를 같이 했다. 양 옆의 방에는 모두 여덟 개의 탁자가 마련돼 있었다.

술이 세 순배 정도 돌자 명주가 먼저 분위기를 띄웠다.

"매일 뼈가 닳아빠질 정도로 폐하를 따라 다니다 어쩌다 하루 쉬니 정말 꿀맛이군요! 오늘 기분 좋네요. 용촌, 집에 있는 극단 배우들을 좀 부르지 그래요!"

"그런 극단이나 배우들은 아무나 양성하는 게 아니죠! 나같이 궁색한 한림 출신은 녹봉 외에는 생기는 게 없어요. 그러니 어떻게 극단을 후원할 수 있겠어요! 설사 돈이 있다고 해도 나는 싫습니다. 너무 떠들면 책을 읽을 수가 없으니까!"

이광지가 술잔을 든 채 대답했다. 그러자 고사기 바로 밑에 앉아 있던 어사 여국주가 미소를 머금은 채 입을 열었다.

"그럴 테죠! 용촌께서는 도학의 수령 아닙니까. 그런 분이 계집애들 같은 자들이나 후원해주면 뭐가 되겠습니까!"

그러나 명주는 쉽사리 물러서지 않았다. 끝까지 고집을 부렸다.

"아무튼 나는 술 마실 때 옆에서 장단 맞춰주는 사람이 있어야 흥이 나오. 갈운葛雲아!"

명주가 말을 마치기 무섭게 자신이 데리고 온 집사를 불렀다. 이어 미리 준비한 것처럼 지시를 내렸다.

"나가서 노래하는 애들 몇 명만 불러와! 많이는 필요 없어!"

갈운은 대답과 동시에 쏜살같이 밖으로 달려나갔다.

잠시 후 갈운이 세 명을 데리고 들어왔다. 젊은 부인과 열 살 가량 되는 남자 아이 두 명이었다. 그들은 곧 좌중을 향해 공손히 인사를 올렸다. 이어 젊은 부인이 오른쪽에 앉아 비파琵琶 줄을 두어 번 튕겼다. 그러더니 바로 청아한 목소리로 노래를 부르기 시작했다.

호숫가에서 황혼을 마주 하고 앉으니,

어디에선가 들려오는 술잔 부딪치는 소리.

오늘도 누군가 술에 취해 님을 찾겠지.

영혼을 앗아간 그 사람을 찾아 헤매겠지.

"잘한다!"

고사기가 즐거운 듯 박수를 쳤다. 동시에 명주에게 진심으로 우러나오는 칭찬의 말을 건넸다.

"명상, 그쪽의 집사는 소리를 파는 여자를 고르는 재주도 상당합니다. 자, 그런 의미에서 한잔 하시죠!"

고사기가 먼저 술잔을 단숨에 비웠다. 명주 역시 질세라 한 잔 마신 다음 입을 열었다.

"고 학사에게 칭찬을 받으니 참 기분이 묘하네요! 갈운아, 이리로 와라. 이제 주인 체면을 어떻게 살리는지 알겠지? 옛다, 이걸 받아라!"

명주가 순금 반지 하나를 집사인 갈운에게 던져줬다. 좌중의 사람들에게 자신의 배포를 보여주겠다는 심산인 모양이었다. 하지만 누구 하나 그의 통 큰 자선에 관심을 기울이는 사람은 없었다. 주빈인 이광지는 더했다. 손님들이 앉아 있는 방을 바쁘게 돌아다니느라 관심조차 보이지 않았다. 하지만 사실은 그게 아니었다. 그는 비파를 안고 앉아서 노래를 부르는 여자를 보는 순간 거의 기절할 정도로 놀라 명주의 치기어린 행동 같은 것에는 신경을 쓸 틈이 없었던 것이다. 그랬다. 그녀는 아무리 뜯어봐도 이수지가 틀림없었다. 한밤중에 귀신을 봐도 이보다 더 놀랄까. 이광지의 얼굴은 그만 백지장처럼 하얗게 질리고 말았다. 좌중의 사람들은 다행히 권커니 잣거니 하면서 술을 주고받느라 어느 누구도 그의 표정에 관심을 기울이지 않았다.

그때였다. 이수지는 명주와 색액도의 잇따른 요청을 못 이겨 아들들도 공연에 끌어들였다. 하나는 퉁소를 불게 하고, 다른 하나는 운판雲板을 두드려 박자를 맞추게 한 것이다. 또 그 자신은 비파를 타면서 다시 노래를 불렀다.

노래는 잔칫집에서 부르는 노래치고는 처연했다. 마치 이광지를 원망하면서 자신의 얄궂은 운명을 노래하는 것 같았다. 장내는 순식간에 숙연해졌다.

그때 고사기가 안 되겠다고 생각했는지 앞으로 나섰다. 분위기를 바꿔야겠다고 생각한 그는 부채로 손바닥을 때리면서 말했다.

"오늘은 원래 용촌 형의 승진을 축하하는 자리야. 흥을 돋워야지. 그러니 즐거운 노래를 불러줄 수 없겠나?"

명주가 꼭 그렇지만은 않다는 표정으로 한마디 거들었다.

"원래 이 대인은 고상한 분이에요. 저런 노래도 소화하실 수 있는 분이죠. 노랫말이 참으로 좋지 않습니까, 이 대인?"

"아, 예!"

이광지가 깜짝 놀라면서 얼떨결에 대답했다. 그러나 그는 이미 제정신이 아니었다. 서둘러 술 한 잔을 벌컥 마셨다. 하지만 이수지는 마치 작정이라도 한 듯 다시 슬픈 노래를 부르기 시작했다.

그 옛날 전쟁의 불길이 휩싸인 시골길에서 쫓기듯 허둥대는 그를 청루에 숨겨줘 낭패를 면하도록 했지. 하룻밤 순정에 댕기 풀어 맹세하면서 훗날을 기약했었지. 하지만 무정한 그 사람은 소식이 없네. 서풍西風이 불어오는 고도古道에는 처량한 눈물만 얼룩지네! 지금은 높은 자리에서 화려함에 취해 있는 그대 모습, 그날의 초라함은 온데간데없구나. 내 가슴은 비파 소리에 갈기갈기 찢어지는데, 그는 어찌 마주앉아 아무렇지도 않을 수 있는가. 아아, 하늘이여, 신이여! 왜 이다지도 무정한가!

이수지의 눈에서는 어느덧 구슬 같은 눈물이 방울방울 흘러내리고 있었다. 그러나 그녀는 멈추지 않고 노래를 끝까지 불렀다.

옥쟁玉箏으로 슬픈 노래를 부르다,
노래를 멈추고 눈물을 흘리면서 신세를 한탄하는구나.
누가 나의 불쌍한 팔자와 가슴 아픈 심사를 위로해줄까,
그것은 마치 꽃밭에서 새의 노래를 듣는 것과 같을 텐데!

고사기는 그제야 이수지의 노래에서 뭔가 이상한 낌새를 챘다. 순간 뇌리를 스치는 그 무엇도 있었다. 게다가 이광지가 창백하게 질린 얼굴로 거의 실신할 듯한 표정을 짓고 있지 않은가. 그는 빠르게 머리를 굴리면서 전후좌우를 꿰맞춰봤다. 역시 짚이는 데가 있었다. 또 확신이 들었다. 하지만 이런 자리에서 괜히 잘난 척을 하다 미운털이 박힐 필요는 없었다. 그는 그렇게 생각을 굳히고는 일부러 딴청을 피웠다.
"노랫말이 무척 감동적이네요. 웅 대인도 같이 왔더라면 좋아하셨을 텐데!"
그러나 명주는 고사기의 말은 듣는 둥 마는 둥 했다. 그저 헤헤 웃으면서 이수지를 향해 입을 열었다.
"그냥 누가 지어낸 노랫말이 아니라 실제 겪은 일인 것 같군. 여기는 천자의 수족들이 다 모인 자리이니, 무슨 억울한 사연이 있으면 주저하지 말고 얘기해 보게!"

명주는 이광지를 겨냥한 것이 분명한 음험한 표정을 지었다. 이광지는 그의 표정을 힐끗 쳐다보다 그만 금세 쓰러지고 싶은 절망감에 휩싸였다. 눈앞이 아찔하고 등골도 오싹해졌다.

"어째…… 그건 좀……."

이수지가 이광지를 힐끔 쳐다보고는 한숨을 내쉬었다.

"명상께서 그저 저의 아들들만…… 부디…… 누가 해치지 않게…… 해주세요……."

이수지는 말을 제대로 잇지 못했다. 아무래도 이광지가 부담스러운 눈치였다.

"누가 감히 누구를 해친다는 거야? 여기에는 세 명의 보정대신들이 있고, 위로는 성스럽고 현명하신 천자가 있소!"

명주가 순간 인상을 험악하게 일그러뜨리더니 냉소를 터트렸다. 그리고는 하인을 시켜 이수지 모자를 건넌방으로 데리고 들어가서 밥을 먹이도록 했다. 이어 칼끝보다 더 예리한 미소를 지으면서 이광지에게 물었다.

"용촌, 저 모자가 너무 불쌍하지 않습니까?"

이광지는 흠칫 몸을 떨었다. 동시에 축 늘어지면서 씁쓸한 웃음을 지으며 대답했다.

"이런 일은 전쟁 시에는 비일비재하게 일어나지 않습니까?"

이광지의 얼굴에는 핏기 하나 보이지 않았다. 시선도 어디에 둘지 몰라 허둥지둥하고 있었다. 아무리 눈치 없는 사람이 보더라도 수상한 느낌을 받기에 충분했다. 색액도 역시 눈치에는 나름 일가견이 있는 사람다웠다. 이광지와 이수지, 또 이광지를 판에 박은 듯 닮은 두 남자 아이를 번갈아보면서 이미 그들의 관계를 파악했다. 하지만 짐짓 모르는 척하고 있었다.

그때 명주의 표정이 갑자기 돌변하더니 뿌드득 이를 갈았다.

"전쟁 때에 이런 일이 많다는 얘기는 사실일 수도 있습니다. 그러나 사람이라면 어디까지나 천리天理와 양심을 저버려서는 안 됩니다. 그건 짐승보다도 못한 짓이죠. 나는 예전에 정주鄭州에서 백성들을 위해 천리를 어긴 자들을 두 명이나 한꺼번에 날려 보낸 적이 있습니다!"

"그래요. 그랬었죠……"

이광지는 산을 움직여 호랑이를 놀라게 하는 명주의 노련한 수법에 달리 변명의 말을 찾지 못했다. 더 이상 버틸 수 없다는 것 역시 모르지 않았다. 그저 아무런 의미 없는 말만 독백처럼 내뱉은 것도 그 때문이었다. 한편 색액도는 이광지가 장백년을 구해준 것에 대한 앙금이 적지 않았다. 때문에 끝까지 불난 집의 불구경을 하려고 작심한 터였다. 그러나 명주가 자신에 대한 탄핵안을 이광지가 준비하고 있다는 소문을 듣고 미리 선수를 친다는 판단이 들자 생각이 달라졌다. 드디어 그가 난감한 표정으로 쩔쩔매고 있는 이광지를 보면서 입을 열었다.

"진경, 평소 우리들의 우정을 생각해서 하는 얘기입니다. 이제 그만 솔직하게 인정을 하세요. 이 부인은 진경 그대를 찾아 천리 길도 마다하지 않고 온 것이 틀림없습니다. 솔직하게 인정할 것은 인정하고 대책을 강구해야 하지 않겠어요? 다행히 여기는 전부 가족 같은 사람들만 있으니 적당히 하고 넘어갈 수 있을 겁니다. 그러나 계속 버티는 날에는 글쎄 어떻게 될지……"

색액도가 잠시 말을 멈추고 뭔가를 생각했다. 그러나 더 이상 말을 잇지는 않았다. 자신의 진심이 잘 전달됐다고 판단한 듯했다.

솔직히 부친의 상중喪中에 근신하지 않고 술집 여자를 껴안고 잤다는 사실만으로도 도학가임을 자처하는 이광지에게는 치명타라고 해야 했다. 더구나 그는 이수지가 자신의 목숨을 구해줬음에도 불구하고 돌아서자마자 은혜를 저버리고, 철석같이 한 약속을 의도적으로 까마득히 잊고 있었다. 또 자신의 혈육도 나 몰라라 방치해 십수 년 동안 강호바닥을 헤매게 했다. 그가 아무리 대단한 위치에 있다고 해도 탄핵의 대상이 되는 것은 시간문제라고 할 수 있었다.

명주가 이수지 모자를 지금까지 챙겨온 데는 다 속셈이 있었다. 언젠가는 색액도를 뒤집어엎는 데 요긴하게 쓰일 것이라는 판단이었다. 이를 위해 치밀한 계산하에 이광지로 인해 색액도가 치명적인 피해를 입을 수 있도록 상황을 만들어가고 있었다. 하지만 그렇게 뜸을 들이는 도중 내무부에서 황태자의 옷가지를 챙기는 당광의唐光義로부터 이광지가 곧 자신을 탄핵할 것이라는 소식을 전해 들었다. 그로서는 색액도를 낚으려고 준비해뒀던 미끼를 더 이상 아껴둘 수가 없었다. 먼저 선수를 쳐서 이광지의 몰염치하고 지저분한 인간성을 폭로함으로써 자신에게 향하는 불길이 저절로 꺼지도록 할 요량이었다. 설사 이광지가 불을 지른다고 해도 그의 사악한 진면목이 백일하에 드러날 경우 자신은 얼마든지 빠져나갈 구멍이 있을 것이라는 게 바로 그의 판단이었다. 한마디로 이광지의 탄핵안은 사악한 소인배가 군자를 모함하는 수준에 불과하게 될 것이라고 그는 생각하고 있었다. 그는 색액도가 이광지에게 던진 말을 음미해보았다. 그 결과 이번에는 어쩔 수 없이 자신과 이광지의 일대일 대결로 만족하지 않으면 안 된다는 결론을 내렸다.

"진경, 색상의 진심어린 좋은 말씀에 귀를 기울여야겠습니다. 그대가 말귀를 알아듣지 못하고 끝까지 버틴다면 나도 매정하게 상주문을 올리는 수밖에는 별 도리가 없어요. 눈을 뻔히 뜨고서 순정을 바친 여자와 죄 없는 두 아이가 불쌍하게 떠도는 것은 차마 볼 수가 없으니까 말입니다. 왕사정에게 맡기면 이수지의 억울함을 며칠 내로 깔끔하게 풀어줄 텐데……."

이광지는 최후통첩이라도 하려는 듯 자신 앞에 당당히 서 있는 명주를 보면서 절망하지 않을 수 없었다. 하늘과 땅이 빙글빙글 도는 것 같았다. 그는 급기야 축 늘어져서 의자에 털썩 주저앉았다. 그러다 한참 후에 가까스로 입을 열었다.

"어찌 나 몰라라 하기야 했겠습니까……. 나는 진짜 저 사람이 내 아이를 가졌을 줄은…… 정말 하늘에 맹세코 몰랐습니다. 후유, 나 때문에 이런 고생을 하고 있는 줄도 몰랐고……. 송곳으로 자기 눈을 푹 찔러도…… 이렇게까지는 아프지 않을 겁니다. 입이 열 개라도 할 말이 없습니다. 죗값은 치를 테니, 명상께서 하고 싶은 대로 하십시오……."

이광지는 마치 세상의 종말이라도 맞은 것 같은 모습이었다. 모든 것을 체념한 사람처럼 얼굴을 한껏 내려뜨렸다.

좌중의 사람들은 모든 것이 사실로 밝혀지자 저마다 안타까운 한숨을 길게 내쉬었다. 명주는 바로 사람을 보내 이수지와 아들들을 불러오도록 했다. 그러자 이광지가 황급히 일어서서 명주에게 읍을 하면서 간절하게 부탁했다.

"조금만 더 있다가…… 술자리가 파하면……."

"그것은 말도 안 되는 소리예요!"

명주가 이광지의 부탁을 순순히 받아 줄 턱이 없었다. 오히려 더욱 짓궂게 몰아붙였다.

"나는 색 대인처럼 착하지 않아요. 궁금했던 일은 끝까지 캐내고 마는 아주 고약한 버릇도 있다는 말입니다. 용촌, 그대가 사적인 자리에서 무슨 말을 하고, 일을 어떻게 처리하는지 우리가 확인을 하지 못하면 수 년 후에 또 다른 일이 터질 수 있어요. 그러면 곤란하지 않겠소이까. 잘못하면 여태까지 뼈 빠지게 고생해 놓고 오히려 욕만 얻어먹을 수도 있다 이 말입니다!"

"그렇게 하세요. 내가 보기에도 전설처럼 아름다운 상봉이 되겠군요!"

고사기가 딱딱한 분위기를 해소해 보려고 장난처럼 내뱉었다. 이어 이광지의 어깨를 툭툭 치며 덧붙였다.

"뭘 그렇게 죽을 얼굴을 하고 있어요? 나 같으면 좋아라 하고 달려가겠네요. 나한테는 언제 이렇게 풍류남아처럼 보일 수 있는 일이 찾아오려나……."

고사기의 권유는 어떻게 보면 비아냥거림이라고 할 수 있었다. 그러나 이광지는 이미 그런 비아냥에 대꾸할 여유가 없었다. 여국주가 몰래 이수지 모자를 데리러 나가는 것도 보지 못했을 정도였으니 고사기는 한술 더 떠 건넌방에까지 달려가 다른 사람들에게 마구 말을 퍼뜨리기까지 했다.

"끝내주는 볼거리가 생겼으니, 다들 건너오세요. 이 대인에게는 오늘이 정말 경사로운 날이거든요……."

드디어 이광지와 이수지 모자는 여러 관원들이 벌떼같이 모여든 가운데 한데 부둥켜안았다. 울음이 빠질 수 없었다. 좌중의 세 대신들은 그 장면을 냉정하게 지켜보면서 저마다 다른 생각을 품었다.

이광지와 이수지 모자 상봉 사건이 일어난 지 사흘째 되는 날이었다. 이광지는 마침내 어머니 상에 따른 휴가를 신청하는 상주문을 작성했다. 강희에게 전달하는 일은 고사기가 대신 맡았다. 그런데, 강희가 즉각 답을 달아 보내온 성지의 내용은 이광지에게는 거의 복음과도 같았다.

대학사 이광지는 1품의 관리로 중요한 임무를 맡고 있다. 잠시라도 북경을 떠날 수 없다. 매정하게 해서 안 됐으나 상을 당한 아픔을 견딘 채 일을 계속해야 한다.

대만을 수복한 다음 처음 맞는 추석이 다가오고 있었다. 강희 22년의 이 추석은 여느 때의 명절보다 분위기가 몇 배는 더 고조되었다. 이날 강희는 대대적인 연회를 베풀기로 하고 넓기로 유명한 창춘원을 연회장으로 택했다. 예부의 관리들은 행사 준비를 위해 보름동안이나 눈코 뜰 새 없이 바쁘게 움직였다.

드디어 추석 당일이었다. 마치 씻어놓은 듯 말쑥한 보름달이 높이 걸렸다. 창춘원 곳곳에 내걸린 채색등은 그야말로 눈부셨다. 특별히 설치된 대형 무대 옆에는 백여 개의 음식상이 질서정연하게 마련돼 있었다. 한껏 들뜬 관리들의 머리에서 반짝이는 각양각색의 화령花翎도 불빛과 어우러져 장관을 연출했다.

낮에 이미 단체무용 같은 큰 행사는 마쳤기 때문에 저녁에는 자리가 여유롭고 넉넉했다. 관리들은 편안한 자세로 앉아 월병月餅을 먹고 해바라기씨도 까먹으면서 즐겁게 얘기꽃을 피우고 있었다. 강희 역시 기분이 여느 때와는 달라 보였다. 얼굴에 시종일관 웃음기가 사라지지 않았다. 그가 나타난 관리들의 자리에서는 어김없이 한바탕 웃음소리가 터져나왔다. 그가 무슨 우스운 얘기를 하는 것이 틀림없었다. 그는 일일이 관리들의 자리를 찾아 다니며 한 바퀴 다 돌았다. 그 후에는 좋은 과일과 음식들을 따로 챙겨 소마라고와 공사정을 비롯한 궁중의 귀인들에게 들여보내라는 지시 역시 잊지 않았다. 태황태후가 오기로 돼 있었기에 정확하게 몇 시쯤이 되겠느냐면서 묻기도 했다.

그렇게 즐거운 분위기가 한참 이어지고 있을 무렵이었다. 고사기가 갑자기 자리에서 일어나더니 좌중을 둘러보면서 큰 소리로 말했다.

"여러분, 조용히 해주십시오. 폐하께서 시를 한 수 읊으시겠습니다!"

고사기의 말이 끝나기도 전에 장내는 쥐 죽은 듯 조용해졌다. 강희는 우선 "사랑하는 사람 모두 영원하길 빌며 만월을 같이하니, 천리 길도 멀지 않구나"라는 유명한 소동파蘇東坡의 시구로 말문을 열었다. 이어 좌중을 향해 웃어 보이면서 덧붙였다.

"지척에 있으면서도 만나지 못하고 오늘처럼 달빛이 시리도록 화사한 밤에 눈물 지으며 그리워하던 때가 어제 같군. 그런데 이제는 대만의 백성들과 더불어 통일의 술잔을 높이 들게 됐어. 이 얼마나 감개무량한 일인가. 오늘 저녁 시랑은 정극상과 함께 남다른 감회에 부풀어 축배를 높이 들겠지. 한 민족, 같은 겨레끼리 총칼을 내던지고 얼싸안으니 원수가 어디 있고 미움은 또 무엇이겠는가. 짐은 이 순간을 오매불망 기대해왔어. 역시 하늘은 애써 구하고 열망하는 자에게 원하는 것을 선물하는 거야! 자, 여러분! 우리 다 같이 대만까지 들리도록 축배를 드세!"

강희가 격앙된 어조로 제의하자 흥분에 들뜬 관리들이 너 나 할 것 없이 만세를 연호했다. 술잔도 단숨에 비웠다. 잠시 감정을 억누르는 듯하던 강희가 다시 입을 열었다.

"사실 이번 대만과의 전쟁을 치르느냐 마느냐 하는 문제에 대한 의견이 분분했었지. 반대를 하는 사람들도 참 많았어. 하지만 대만은 반드시 찾아와야 하는 우리의 국토라고 시종일관 주장한 사람이 있었어. 그는 또 우리에게는 충분히 그럴 힘이 있다는 사실도 주장했었지. 이 전쟁을 밀어붙인 사람은 바로 대학사인 이광지네……."

이광지는 뜻하지 않게 조정의 문무백관들이 다 모인, 너무나도 성대한 자리에서 강희의 칭찬을 받자 금세 얼굴이 달아올랐다. 가슴도 세차게 뛰었다.

'역시 폐하께서는 나를 알아주시는구나!'

이광지는 그런 생각이 들자 조금 불안하기는 했어도 기분은 그야말로 날아갈 것 같았다. 주위에서 부러운 시선을 보냈다. 그는 심장이 튀어나올 것만 같은 기분을 다시금 느꼈다. 그는 머리를 들어 좌중의 호의에 화답하면서 뒤를 돌아보았다. 순간 이광지는 싸늘한 눈길의 곽수와 시선이 부딪쳤다. 그의 마음은 순식간에 천길 낭떠러지로 추락하고 말았다. 곽수는 사실 이틀 전 이수지 모자를 외면했던 이광지의 행태에 대해 원색적인 비난을 사정없이 가한 바 있었다. 심지어 팽붕彭鵬과 함께 〈이광지가 조정에 있어서는 안 되는 열 가지 이유〉라는 글도 발표했다. '인륜을 팽개친 인간 말종', '같은 하늘 아래에 산다는 사실을 창피하게 만드는 개망나니' 같은 비난으로 도배된 글이었다. 그러나 곽수는 이광지의 시선을 애써 외면한 채 아무런 표정 없는 얼굴로 술을 마시고 있었다. 이광지는 부지런히 두리번거리면서 팽붕을 찾기 시작했다. 그러다 이번에는 탁자 하나를 사이에 두고 건너편에 앉아 있는 진몽뢰와 정면으로 눈길이 부딪치고 말았다. 둘은 마치 못 볼 것을 보기라도 한 듯 황급히 서로의 시선을 피했다. 그때 강희의 목소리가 다시 들려왔다.

"대망의 대만 수복은 승리로 막을 내렸어. 광지의 공로는 누구도 지울 수 없는 것이야. 직급을 원래의 위치에서 두 등급 올리고 삼 년 후에 다시 공훈을 평가하겠어. 시랑은 부상을 입고도 용감하게 끝까지 싸워 해전을 승리로 이끌었어. 공의公義를 위해 사적인 감정을 뒤로 할 수 있었던 대장군다운 모습이 한결 돋보였네. 이 자리에서 그를 정해후靖海侯에 봉한다! 작위는 세습된다!"

이광지가 강희의 말이 끝나기 무섭게 급히 자리에서 나와 무릎을 꿇고는 성은에 감사를 표했다. 그러자 강희가 일어나라는 손짓을 했다.

"오늘 이 자리에서는 이러지 않아도 괜찮아. 다들 구애받지 말고 통쾌하게 마시게!"

"만세! 만세! 만만세!"

여러 신하들이 일제히 술잔을 높이 들며 크게 외쳤다. 분위기는 완전히 최고조를 향해 달려가고 있었다. 명주를 비롯한 상서방 대신들은 저마다 이광지에게 다가와서는 건배를 청했다. 강희는 그들의 모습을 정겨운 눈매로 바라보다 바로 진몽뢰에게 다가갔다. 진몽뢰는 황급히 자리에서 일어났다. 그러자 강희가 어깨를 다독이면서 제자리에 앉히고는 물었다.

"그래 셋째 황자하고는 지낼 만한가? 셋째가 자네를 무척이나 따른다더군. 힘든 점은 없는가?"

"폐하께 아뢰옵니다. 소인⋯⋯ 소인은 셋째 황자의 은혜에 힘입어 새로 하사하신 저택에서 열심히 책을 쓰는 데만 전념하고 있사옵니다⋯⋯. 셋째 황자께서는 나이는 어리시지만 총명하고 진취적 기상이 높사옵니다. 학업도 하루가 다르게 진전을 보이고 있사옵니다. 뿐만 아니라 아랫사람을 예우하시는 대범한 기질도 보유하고 계시옵니다. 몇몇 홍유鴻儒들은 지금 셋째 황자를 위한 책을 만들고 있사옵니다!"

진몽뢰가 두서없이 대답했다.

"잘한다니 다행이군. 그건 그렇고 자네가 쓴 《고금도서집성》은 아직 인쇄에 들어가지는 않았나? 짐이 번갯불에 콩 볶아먹는 급한 성격인 것은 잘 알고 있지? 빨리 보고 싶어서 그러니 미리 한 부 베껴서 들여보내주게."

강희가 희색이 만면한 얼굴로 동석한 관원들에게도 입을 열었다.

"오늘 이 자리에서 높은 관직에 있지 않은 사람은 진몽뢰 뿐이군. 자네들은 잘 모르지? 이 사람은 사적으로는 짐의 옛 친구야! 전에 이 친구가 회시會試를 보러 북경으로 올 때 길에서 만났지. 그때는 짐이 열여섯 살이었으니까 벌써 십 년도 훨씬 넘었군!"

강희는 옛 생각을 하니 감개가 무량한 모양이었다. 연신 진몽뢰의 어깨를 두드려주었다.

진몽뢰 역시 강희의 말에 지나간 과거를 떠올리며 감상에 젖어들었다.

눈에서는 눈물이 그렁그렁했다. 그가 떨리는 목소리로 아뢰었다.

"소인은 몸이 약할 뿐만 아니라 병이 들어 이미 머리가 하얗게 변했사옵니다. 폐하의 용안에도 어느덧 세월의 흔적이 자리를 잡았사옵니다. 천하 만물의 생명에 기운을 불어넣어주시는 폐하께서는 부디 옥체 강건하셔야 하옵니다……."

진몽뢰가 당부하듯 건네는 말에 강희가 기분 좋은 미소를 지었다.

"마흔 살밖에 안 된 사람이 머리가 하얗다고 일을 못하겠나! 다른 것은 몰라도 짐의 셋째 황자에게 학문을 가르치는 일은 똑 부러지게 잘할 수 있을 거야. 여봐라, 붓을 준비하라!"

강희의 지시에 태감 몇몇이 부리나케 달려가 붓과 벼루, 먹, 종이 등을 챙겨 왔다. 좌중의 모든 이목은 삽시간에 진몽뢰가 자리한 탁자로 집중됐다. 강희가 잠시 생각을 하는가 싶더니 바로 소매를 걷어붙이고 정성 들여 붓을 놀리기 시작했다. 금세 멋진 안진경체顔眞卿體(당나라 때 서예가 안진경의 서체)의 글씨가 눈앞에 드러났다.

松高枝葉茂 鶴老羽毛新
소나무는 키가 높아도 가지가 무성하고, 학은 늙어도 깃털이 새롭다.

"짐이 자네에게 주는 선물이야!"
"예?"

진몽뢰는 너무 놀랐는지 눈이 휘둥그레졌다. 주위에서 부러움에 찬 수군거림이 들려왔다. 그는 머리가 한없이 팽창하는 느낌에 사로잡히지 않을 수 없었다. 강희가 덧붙였다.

"잘 쓰지는 못했으나 힘들 때 쳐다보면서 용기를 얻었으면 하네."

39장

남순南巡을 앞두고

　강희와 신하들이 환담이 깊어지고 있을 무렵이었다. 갑자기 웅사리가 외치는 소리가 들려왔다.

　"문무백관들은 자리에서 나와 엎드려 태황태후마마를 맞을 준비를 하라!"

　웅사리의 말이 떨어지기 무섭게 장내에서는 잠시 소란이 빚어졌다. 신하들은 저마다 뒤질세라 황급히 자리에서 나와 줄지어 무릎을 꿇느라 바빴다. 무대 위의 극단 단원들 역시 즉각 모든 악기 연주를 멈췄다. 순간 모든 것이 잠잠해졌다. 강희가 황급히 마중을 나서는 발걸음소리가 울려 퍼질 정도였다.

　이윽고 학처럼 하얀 머리에 아직도 동안인 태황태후가 유호록씨와 아수 두 귀비의 부축을 받으면서 가마에서 내렸다. 이어 천천히 걸어오더니 강희에게 분부했다.

"다들 신경 쓰지 말고 마음껏 먹고 놀며 즐기라고 하세요. 그래야 내 마음이 즐거울 것 같소. 걷는 게 영 시원치 않아 오지 않으려고 했는데, 넷째 계집애가 하도 보채는 바람에 떠밀려 왔어요. 건국 이래의 일대 경사라면서 내가 오지 않으면 황제는 말할 것도 없고 밑에서 일하는 사람들도 흥이 안 난다나 뭐라나. 아주 닦달을 해댔어요. 나 원!"

강희는 태황태후의 말을 듣고서야 비로소 멀리서 뒤따라오는 공사정을 발견했다. 그러나 그녀와 절친한 사이인 소마라고는 보이지 않았다. 순간 강희는 무슨 일이 있는 것은 아닐까 하는 걱정을 했다. 아수는 그런 생각을 아는지 모르는지 쌀쌀한 날씨에만 신경을 썼다.

"태황태후마마, 추우실 텐데 몸에 두꺼운 모포를 둘러드릴까요?"

그러자 태황태후가 외투를 여미면서 대답했다.

"자네는 역시 서변西邊(서쪽 변방) 사람이 분명하군. 바로 모포 얘기를 하니 말이야. 괜찮아, 연극을 시작하라고 해. 또 황제도 나한테는 신경 쓰지 말고, 신하들이 일 년 동안 고생 많이 했으니 오늘 하루만이라도 잘 놀도록 분위기를 띄워줘요!"

"예. 오늘 저녁에 모처럼 다 모였네요. 할마마마께서 기분이 더 좋으시라고 손자가 효도잔치를 준비했습니다."

"오, 그게 뭐요? 효도잔치라?"

태황태후가 관심을 보이면서 다그치듯 물었다. 강희는 빙그레 웃으면서 대답했다.

"거창하게 잔치라고 하니까 쑥스럽네요. 별다른 것은 없습니다. 그저 여기 마련된 무대 위에서 즉석 연기나 하나 보여드릴까 합니다! 할마마마만 즐거워하신다면야 손자가 어느 정도 망가지는 것은 대수롭지 않습니다!"

강희가 연극을 보여주기 위해 무대 위에 오른다. 이 소식은 삽시간에 모든 연회석에 날개 돋친 듯 순식간에 퍼졌다. 예정에 없던 돌발상황이 발생하자 사회를 맡은 웅사리도 당황하지 않을 수 없었다. 효도라는 덕목을 크게 선양하려는 강희의 뜻이 분명했으므로 달리 행동을 막을 방법은 없었다. 급기야 창음각唱音閣의 시봉 태감인 당경보唐敬寶를 불러 상의를 했으나 역시 뾰족한 수는 없었다. 무엇보다 강희가 어떤 연극을 어떤 식으로 해야 무리 없이 소화해낼 것인가에 대한 생각이 나지 않았다. 또 별 실수 없이 마무리를 짓게 하는 방안도 떠오르지 않았다. 다행히 당경보가 춘추 시대의 대표적인 효자로 유명한 노래자老萊子와 관련한 연극을 올리자는 제안을 했다. 동시에 고사기와 상서방 대신들도 손 놓고 앉아 구경만 할 것이 아니라 강희와 적당히 손발을 맞춰야 한다는 의견을 냈다. 명주가 그 생각에 맞장구를 쳤다.

"좋소! 내가 퉁소를 불죠. 색 대인은 북을 두드리는 것이 어떻겠습니까?"

색액도가 그것쯤이야 하는 식으로 흔쾌히 대답했다.

"좋아요. 당연히 명령에 따라야죠!"

그러나 웅사리는 아직 절묘한 생각이 떠오르지 않는 듯 머리를 싸매고 있었다.

"그러면 나는 뭘 하지? 운판을 두드리면서 박자나 맞춰야겠군! 또 한 사람은 폐하 옆에 있어줘야 하오. 혹시 폐하께서 대사를 잊어버리시면 대신 대충 때려 맞춰 줄 수 있는 순발력이 있는 사람이어야 하는데!"

그러자 명주가 고사기의 등을 떠밀었다.

"여기 있지 않습니까. 그런 배역에는 아주 제격일 겁니다."

고사기도 적극적이었다.

"하라면 하지, 못할 게 뭐 있다고요."

고사기가 이내 머리채를 둘둘 감아 위로 올리고는 자신의 코를 가리키면서 덧붙였다.

"이제 여기에다 흰 색을 칠하면 되지 않겠어요? 워낙 바탕이 우스꽝스럽게 생겼으니 틀림없이 웃길 거예요. 눈썹은 원래부터 거꾸로 팔자이니까 그리고 자시고 할 것도 없고 말입니다."

좌중의 사람들이 한참 우왕좌왕한 뒤에 결국 이색적인 연극은 막을 올렸다. 내용은 간단했다. 나이 80세 먹은 아들 노래자가 백 세가 넘은 노모 앞에서 어린아이처럼 어리광을 부리면서 노환을 달래준다는 내용의 효성을 강조한 즉석 연극이었다. 그런즉 강희가 꼬까옷을 입고 아이처럼 꾸미고 무대에 올랐다는 사실 자체가 연극의 핵심이었다. 태황태후는 손자의 공연을 맨 앞에서 지켜보면서 너무나도 흥에 겨워했다. 나중에는 자리에서 들썩들썩하면서 모처럼만에 평범한 할머니로 돌아가 껄껄 웃으면서 즐거워했다. 아수 역시 태황태후 옆에서 입을 막고 내내 웃음을 그칠 줄 몰랐다. 무대 밑에 까맣게 둘러앉은 관리들도 해바라기씨가 입으로 들어가는지 코로 들어가는지 모를 정도로 연극에 깊이 빠져들었다.

강희는 통소와 북소리에 맞춰 계속 가짜 수염을 휘날리면서 그 자리에서 뱅그르르 도는 연기를 하고 있었다. 그 다음에는 태황태후를 연극의 주인공으로 설정한 듯 그녀가 앉아 있는 방향을 향해 연신 큰절을 올렸다. 고사기는 익살스러운 동작을 하면서 등장해 강희를 에워싸고 돌았다. 이윽고 강희가 운을 뗐다.

달은 밝고 바람은 맑으니
추석 밝은 달은……

그러나 강희는 다음 구절이 생각나지 않는 듯했다. 고사기가 바로 목을 빼들고 뒤를 이었다.

초롱불 밑에서 우리는 하나가 됐구나!

강희가 고사기의 뒤를 이어 공중제비를 넘는가 싶더니 다시 노래를 불렀다.

노래자는 80세, 당상堂上에는……

고사기가 낚아채듯 재빨리 대사를 이었다.

영원히 꺼지지 않는 수성壽星을 모셨노라!

두 사람은 호흡이 척척 맞았다. 좌중의 사람들이 미리 사전에 연극 연습을 했다고 여길 정도였다. 태황태후 역시 그렇게 생각했다. 눈물겹도록 대견하고 고마운 생각이 들었다. 더구나 그녀는 서른 살이 넘은 강희가 자신을 기쁘게 해주려고 공중제비까지 넘는 모습에 완전히 감동하고 말았다.

강희는 마치 아이처럼 한참이나 더 뛰고 달음박질을 쳤다. 얼마 후 그는 땀범벅이 돼 무대에서 내려왔다. 장내에서는 떠나갈 듯한 박수소리가 터져나왔다. 태황태후는 감격의 눈물을 훔치다 바로 두 팔을 한껏 벌리고서는 강희를 꼭 껴안았다. 그리고는 피곤이 서려 있는 강희의 얼굴을 안쓰럽게 쳐다보았다.

"나는 시중들 사람이 많으니 내 걱정은 하지 말고 들어가 쉬세요."

강희가 환하게 웃으면서 대답했다.

"이렇게 시끌벅적한데 잠이 오겠습니까! 할마마께서 손자를 아끼시는 마음을 헤아려 저쪽 회방정會芳亭에서 잠깐 쉬다가 오기는 하겠습니다."

강희가 포도주를 한잔 따라 태황태후에게 올렸다. 그런 다음 목자후에게 다가가 어깨를 툭 쳤다.

"짐을 따라와 보게."

목자후는 한 끼 밥을 반 정도 먹었을 정도의 시간이 흐른 뒤 돌아왔다. 이어 이광지에게 다가가 조용히 귀엣말을 전했다.

"폐하께서 회방정으로 이 대인을 부르시네요."

이광지는 옷차림을 단정히 하고 목자후를 따라나섰다. 하주아가 앞에서 길을 안내했다. 얼마 후 일행은 꼬불꼬불한 길을 지나 회방정에 도착했다. 시위인 소륜과 덕능태가 강희를 지키기 위해 시립하고 있었다. 둘은 이광지를 보자마자 바로 안으로 들어가 강희에게 아뢰었다. 곧 안에서 강희의 목소리가 들려왔다.

"이광지인가? 어서 들어오게."

회방정은 '정亭'이라는 이름과 지붕이 6각형 정자 모양이라는 사실만 아니면 사실 작은 궁전이라고 해도 좋았다. 안에는 널찍하고 유리 병풍으로 가려진 방만 무려 세 개나 있었다. 강희는 이미 옷을 갈아입은 상태였다. 백조 모양의 대관大冠을 머리에 쓰고 강녕 비단으로 지은 두루마기에 노란 마고자를 껴입고 있었다. 그는 온돌방에 앉아 차를 마시고 있다가 이광지가 머리를 조아리면서 큰 소리로 대례를 올리자 돌아앉았다.

"이광지, 갈례와 장백년의 사건에 대해서는 짐이 부의部議를 무시하고 나름대로 처리했어. 무슨 소문이 들리지 않던가?"

강희가 차 한 모금을 마시고는 느릿느릿 물었다. 은근히 마음을 졸였던 이광지는 걱정한 얘기가 나오지 않자 한결 마음이 편해진 듯 별 부담 없이 대답했다.

"소인은 예부에 잘 나가지 않는 데다 또 사람들을 만나 얘기를 많이 하는 편이 아니라서 잘 모르겠사옵니다. 그러나 소인과 고사기가 장백년을 보호하기로 결정했을 때는 솔직히 손에 땀을 조금 쥐기는 했사옵니다. 그럼에도 폐하께서는 현명한 판단을 하셨사옵니다. 덕분에 간사한 소인배들의 수작에 애꿎은 정인군자가 놀아나는 사례가 발생하는 것을 미연에 막을 수 있었사옵니다. 호부 쪽에서 그렇게 얘기하는 것을 제가 분명히 들었사옵니다. 제가 아는 것은 그저 그 정도뿐이옵니다."

강희는 이광지의 말에 거슬리는 부분을 잡아내지 못했다. 흡족한 표정으로 머리를 끄덕였다.

"자네가 손에 땀을 쥐었다는 말은 사실일 거야. 황제의 뜻은 예측불허가 아닌가! 아마 자네 자신을 위해서라도 가슴깨나 졸여야 했을 거야."

이광지가 다급히 머리를 조아렸다.

"예, 폐하께서 통찰하신 대로이옵니다!"

"강희 십이년에 자네와 진몽뢰는 같이 복건으로 돌아갔었지. 그때 이후로 자네는 복건에서 무려 오 년 동안이나 있었어."

강희가 사색에 잠긴 표정을 지었다. 그러다 이내 덧붙였다.

"갈례도 군대를 거느리고 경정충을 토벌하러 복건으로 갔었지. 같이 있었을 테니까, 갈례가 도대체 어떤 사람인지는 자네가 잘 알겠지?"

이광지는 재빨리 머리를 굴렸다. 떠오르는 생각은 딱 하나였다. 갈례와 관련 있는 사건들은 하나같이 뚜렷한 결론 없이 흐지부지 끝나버렸다는 사실이었다. 남위시험 부정 사건이 터졌을 때도 그랬다. 어사들 열몇 명이 들고 일어났으나 어떻게 된 영문인지 냄비처럼 끓는 듯하더니 아무 결론도 없이 덮어졌다. 장백년 사건 역시 크게 다르지 않았다. 죄를 뒤집어씌운 주범이 갈례라는 것이 명백해진 마당에 금방 잡아 족칠 것 같은 분위기가 크게 일었으나 아직 그의 털끝 하나 건드리지 않고 있었다. 심지어 며칠 전에는 강희가 이덕전을 남경으로 보내 그에게 담비가죽 마고자, 인삼 등을 선물로 줬다는 소식이 들려오기까지 했다. 정말 알다가도 모를 일이었다. 뿐만이 아니었다. 강희는 이광지 자신과 진몽뢰 사이에서도 애매한 태도를 보이고 있었다. 한마디로 둘 다 포용하는 자세였다. 이광지로서는 강희가 도대체 무슨 생각을 하고 있는지 도통 가늠할 수가 없었다.

이광지는 조금 전의 강희의 물음과 관련한 생각을 순간적으로 떠올리고는 곧 입을 열었다.

"소인과 갈례는 딱 한 번 얼굴을 봤을 뿐이옵니다. 소인이 보기에 갈례는 대범하고 소탈해 친구를 좋아했사옵니다. 하지만 권세를 악용해 사람을 괴롭히고 머릿속에 든 것 없이 까부는 사람이기도 했사옵니다. 또 거칠고 저속하기도 했사옵니다. 경우에 따라서는 보는 사람으로 하여금 혐오감을 느끼게 하는 부분도 없지 않사옵니다. 폐하께서 잘 살피시기 바라옵니다!"

강희가 알고 있다는 반응을 보였다.

"자네가 까발리지 않아도 다 알고 있네. 옛말에 친척과 측근일수록 조심하라고 했지. 짐이 다 생각이 있어. 장백년은 산서 순무로 가게 됐는데, 갈례는 짐이 조금 더 두고 볼 거야. 현재 강남 순무 자리가 비었는데, 누구를 보내는 것이 좋을까?"

"위동정이 어떨까요?"

이광지가 두 눈을 반짝이면서 대답했다.

"위동정은 더 이상 다른 직책을 맡길 수가 없어. 대만의 바닷길이 열려서 앞으로 무역이 왕성하게 이뤄질 것이 아닌가. 지금부터는 바빠서 안 돼."

"목자후가 노련하고 꼼꼼해 보이옵니다. 순무 자리에 앉으면 기대 이상으로 잘 해낼 것 같사옵니다."

그러자 강희가 잠시 생각하더니 입을 열었다.

"그 생각을 해보지 않은 것은 아니야. 하지만 짐의 시위로만 있었지, 실제 관리로서의 경험은 없어. 가장으로서 살림살이를 제대로 할지는 미지수야. 조금 더 키워야 해. 자네는 우성룡과는 사이가 어떤가?"

이광지가 솔직하게 털어났다.

"우성룡과는 같이 일을 해본 적은 없사옵니다. 하지만 듣기로는 유명한 청백리이기는 해도 누구에게 깊은 속을 털어놓는 사람이 아니라고 하옵니다. 그 때문에 더 왕래가 없지 않나 싶사옵니다."

강희가 목이 마른지 차 한 모금을 마셨다.

"군자의 사귐은 밀접한 왕래를 꼭 필요로 하지는 않지. 때로는 서로 피하기도 해야 해. 하지만 책을 가까이 하는 사람은 인격 함양과 수련이 우선시 돼야 하네. 아량이 넓어야 하지. 그러나 우성룡은 아직 그게 부족한 것 같아. 근보에 대한 태도를 보면 알 수 있어. 치수 일선에서 변덕 많은 물과 싸우느라 얼마나 고생하고 있나! 그런데 우성룡은 툭하면 탄핵안을 올려. 벌써 몇 번째인지 몰라. 자기 스스로 밴댕이 소갈머리라고 소리치고 다니는 것과 뭐가 다른가. 그런데, 우성룡의 탄핵안은 전부 자네 손을 거쳐 올려진 거라고 하던데?"

이광지는 강희의 말투에서 불만이 상당히 많이 섞여 있다는 사실을 직감적으로 느꼈다. 길게 생각할 겨를도 없이 황급히 머리를 조아렸다.

"알고 계신 대로이옵니다! 하지만 근보는 치수 사업을 하면서 자기 마음대로 사람을 쓰고, 사사롭게 예산에 손을 댔사옵니다. 지방관들의 의견에는 전혀 귀를 기울이지 않았사옵니다. 그 때문에 원론적인 비난이 만만치 않사옵니다. 우성룡은 사실을 말했을 뿐이옵니다."

"원론적인 비난이라고? 북경에 있는 관리들은 배불리 먹고 등이 따뜻하다 보니 하라는 일은 하지 않고 엉뚱하게 말도 안 되는 소리나 입에 올리고 다녀. 당연히 원론적인 비판에는 능할 수밖에 없어. 문제는 그러다가 백성들에게 실질적인 도움을 주는 일을 시키면 하나같이 어리버리하다는 것이지. 판단 잘 하라고. 자네 말을 들어보니, 어째 색액도와 둘이서 짜고 말하는 것처럼 들리는군!"

강희의 말투가 갑자기 준엄해졌다. 이광지는 눈치 빠른 그답게 서둘러 변명을 했다.

"소인은 어디까지나 폐하의 신하이옵니다! 소인은 색액도도, 명주의 편도 아니옵니다. 그 누구의 줄에도 서지 않았사옵니다. 소인은 오로지 폐하께만 충성을 다할 뿐이옵니다!"

강희가 흐뭇한 표정을 지어 보였다. 그러더니 바로 화제를 돌렸다.

"당나라 중기 때 이필李泌이라는 사람이 있었어. 자네도 알지, 그 얘기 말이야."

"예, 알고 있사옵니다."

"대종代宗 황제가 이필을 재상으로 기용하면서 절대로 사사롭게 사적인 은혜나 원수를 갚아서는 안 된다고 못을 박았었지. 그때 이필이 뭐라고 대답을 했는지 아는가?"

강희가 던진 묘한 질문이 날아드는 것과 동시에 냉랭한 찬바람도 불어왔다. 이광지는 흠칫 몸을 떨었다.

"이필은 다음과 같이 말했사옵니다. '소인은 원래 출가인이었습니다. 세상과는 갚을 은혜도 원한도 없습니다. 그런데 소인도 올릴 말씀이 하나 있습니다. 폐하께서는 앞으로 공신을 절대 죽이지 않겠다는 약속을 하십시오. 저는 그 대답을 듣고 싶습니다'라고요. 정확하지는 않사오나 대강 이런 내용이었던 걸로 기억하옵니다."

강희의 눈빛이 반짝거렸다. 마음이 통한다는 생각을 하는 듯했다. 강희가 한숨을 내쉬며 말했다.

"그들 군신 두 사람 모두 가슴속 깊이 담아두었던 말을 한 거야. 오늘 짐도 이 자리에서 자네와 마음을 활짝 열고 얘기하고 싶네. 자네는 문장 실력도 뛰어나고 짐의 스승인 오 선생님과도 인연이 깊어. 그래서 짐이 매사에 자네에게는 조금씩 신경을 더 써왔네. 하지만 자네는 오 선생님과 비교하면 공명에 대한 집착이 너무 커. 그게 흠이라면 흠이지. 짐이 여태 자네를 상서방으로 부르지 않은 것도 자네가 개인적인 욕심이 지나쳐서 그랬던 거야. 상서방에서 일할 그릇이 못 된다고 판단했기 때문이라고. 알겠나?"

강희의 진심어린 말에 이광지는 감동을 받았다. 하지만 완전히 수긍한 것은 아니었다. 그는 더욱 깊이 머리를 조아렸다.

"현명하신 지도를 부탁드리옵니다!"

"한 사례로 진몽뢰와의 관계를 들 수 있지."

강희가 가볍게 기침을 했다. 상당히 조심스럽다는 눈치였다. 그러나 그의 입은 잠시 후에 술술 열리기 시작했다.

"한때 바늘과 실처럼 가깝던 두 사람이 이제는 잘못하면 역사에 오명을 남길 사이가 됐지 않은가! 삼번의 난을 평정할 때 자네는 큰 공을 세웠어. 이번 대만 출정에서도 승리를 이끌어내기까지 결코 지울 수 없는 공훈을 거뒀지. 그래서 문연각대학사까지 됐고. 그런데 이토록 엄청난 일을 할 수 있는 사람이 어쩌면 가슴에 진몽뢰 한 사람도 품지 못하는가. 나는 그것이 정말 궁금해!"

"진몽뢰는 정직한 척하는 사기꾼이옵니다. 또 문인들의 명예를 실추

시키는 망나니이옵니다!"

이광지는 진몽뢰에 대한 비난을 퍼부었다. 그리고는 속으로 한 번 더 생각했다. 결국엔 강희 같은 성격의 사람에게는 끙끙 앓는 것보다는 직언을 하는 것이 더 나을 것이라는 판단이 섰다. 그는 솔직하게 자신의 속내를 털어났다.

"소인이 속이 좁아서가 결코 아니옵니다. 소인은 그런 사람과는 절대로 같이 일할 수 없사옵니다!"

그러자 강희가 정색을 했다.

"간사하다든가 사기꾼이라든가 하는 것의 사실 여부는 따지지 말자고. 어찌 됐든 그것은 다 과거의 얘기야. 지금은 문을 닫아걸고 셋째 황자와 함께 열심히 학문에만 정진하고 있어. 다른 돌출 행위도 전혀 하지 않더군. 그래도 못 봐주겠는가? 그러는 자네는 과연 얼마나 정직한가?"

이광지는 너무나 갑작스런 강희의 공격에 잠시 놀랐다. 기세에 눌렸다고 할 수 있었다. 하지만 이내 정신을 수습했다.

"소인은 사람을 속인 적이 없사옵니다. 더구나 군주를 기만한다는 것은 언감생심이옵니다! 폐하께서 하시는 말씀은 조금 황당하옵니다! 또 소인은 진 아무개를 괴롭히지 않았사옵니다."

강희가 껄껄 웃으면서 냉소를 터뜨렸다. 그러더니 찻잔을 무겁게 내려놓으면서 쏘아붙였다.

"짐이 구중궁궐에 깊이 틀어박혀 있다고 해서 밖에서 벌어지는 일을 모를 줄 아는가? 자네가 이런 말을 하지 않았는가? '황제가 진몽뢰를 셋째 황자한테 보내는 것은 소인배를 잘못 이용하는 행위라고 해야 한다. 실로 개탄스럽다'고 말이야. 그 말을 하지 않았다고 부정하지는 못할 거야. 또 '진몽뢰는 근본이 잘못된 인간이라 대가 끊겼다. 나 이광지 봐라! 정직하게 사니까 자식이 번창하지 않은가'라고도 했다지? 그렇다면 자네 자식들은 자네가 떳떳하게 떠들고 다닐 만큼 전부 그렇게 당당한 존재인가?"

이광지는 말문이 막히고 말았다. 자신이 평소 제일 친한 사람이라고 믿었던 이들한테만 했던 말이 고스란히 강희의 귀에까지 들어갔기 때문이었다. 더구나 강희는 자식 문제까지 알고 있는 듯했다. 그렇다면 이제 더 이상 숨기는 것은 불가능하다고 봐야 했다. 그가 바늘방석에 앉은 듯 안절부절못하다 머리를 조아려 아뢰려고 할 때 강희의 말이 다시 이어졌다.

"하도 자신이 정직하다고 고개를 빳빳하게 쳐들고 말하니, 짐이 하나 더 묻겠네. 모친상 휴가를 가지 못하게 짐이 막았을 때 왜 가만히 있었는가? 마치 짐이 매정하게 못 가게 하기를 바라기라도 했다는 듯이 말이야. 모자간의 정이 그 정도밖에 안 되는가? 무슨 도학가가 그런가?"

이광지는 송곳처럼 날카로운 강희의 질문에 어찌할 바를 몰랐다. 그저 사시나무 떨듯 떨기만 했다.

"무서워할 것은 없네. 잘 들어보게. 세상에 완벽한 사람은 존재하지 않네. 이건 조물주의 뜻일 거야. 짐이 영원한 스승으로 모시는 오 선생님은 정말 훌륭하신 분이야. 그러나 그 분 역시 수많은 장점에도 불구하고 옥에 티 같은 부분이 있었다고. 지나치게 맑은 탓에 사람이 접근하지를 못했지. 또 지나치게 곧아 휘어지지 못하고 부러지고는 했어. 그런데 자네한테 어찌 약점이 없겠는가! 오늘 아프게 찔러준 것은 앞으로 큰 병을 앓지 말라고 쓴 보약을 놓은 거네. 그 점 깊이 생각하게. 짐이 자네 같은 인재를 중용하려면 지금 주의를 주지 않을 수 없네. 아끼고 욕심이 나니까 혹독하게 할 수밖에 없다는 것을 이해하고 앞으로는 더욱 잘 하기를 바라네."

강희가 사색이 된 이광지의 얼굴을 보면서 안쓰러운 듯 부드러운 말투로 끝을 맺었다. 말 중에는 따끔한 정문일침도, 훈훈한 위로의 말도 다 있었다. 이광지는 강희의 말을 다 듣고 나자 존경과 두려움, 기쁨과 걱정으로 마음이 뭐라고 형언하기 어려울 정도로 복잡해졌다. 강희의 말에 바로 반응을 보이지 못할 정도였다. 그러자 강희가 자리에서 일어서면서 덧붙였다.

"내일 목자후가 남행길에 오르네. 그러니 자네가 좀 바래다주게. 근보가 올린 상주문에 대한 답장은 자네가 짐을 대신해 조서 초안을 작성하게. 황하 상류의 언덕에 풀과 나무를 심을 것과 섬감 총독과 순무는 이에 대해 제대로 감시하라는 내용을 골자로 해서 쓰게. 다 쓰고 나서 짐에게 가지고 오게. 자네와 상서방의 몇몇 대신들에게 내가 마지막으로 부탁할 것은 다른 것이 아니네. 쓸데없는 것에 시간을 허비하지 말고 직무에 충실했으면 하는 것이네. 오늘은 이만하고 들어가 쉬게!"

이광지가 뒷걸음쳐 밖으로 나갔다. 강희는 회중시계를 꺼내 시간을 봤다. 해시亥時가 다 된 늦은 시간이었다. 저쪽 창춘원에서도 연회가 거의 끝나가고 있었다. 그는 다시 창춘원으로 가기 위해 몸을 일으켰다. 마침 그때 등 뒤에서 누군가 염불하는 소리가 들려왔다.

"아미타불! 폐하께서 세인世人을 구제하고 용서하는 마음은 하늘도 굽어보실 것이옵니다!"

강희가 소리나는 쪽으로 고개를 돌렸다. 소마라고가 맞은편의 병풍 뒤에서 나왔다. 순간 강희가 반색을 했다.

"혜진 대사였군! 짐은 대사께서 오지 않은 줄 알고 서운했었는데!"

"넷째 공주에게 끌려오다시피 했사옵니다."

소마라고가 항상 그렇듯 담담하게 웃어 보이면서 합장을 했다.

"빈승이 한참 동안이나 들었사옵니다!"

강희 역시 소마라고가 대화 내용을 거의 들었을 것이라고 생각했다.

"이번에 목자후를 강녕으로 보내는 것은 세상을 들썩이게 할 큰 사건을 처리하기 위해서야. 당연히 조정의 핵심 중신들은 이번 일에 개입하지 않았으면 하는 바람이 있어. 그러나 만약 진짜 소문대로 색액도와 관련이 있는 날에는 짐의 남순南巡 일정은 뒤로 미뤄야 할지도 몰라!"

"그래서 폐하께서는 방금 이 아무개에게 흙탕물에 들어가지 말라는 암시를 주셨던 거군요."

소마라고가 눈을 지그시 감고 생각에 잠겼다. 그러다 한참 후 다시 입을 열었다.

"천고千古의 제왕들치고 어느 누가 이런 인자한 마음을 가졌던가! 아미타불! 공덕이 참으로 무량하옵니다!"

〈9권에 계속〉